OUIDA **PRIX: 1.**

AMITIÉ

ROMAN

VEC L'AUTORISATION DE L'AUTEUR

PAR

GIRARDIN

Librairie Hachette et Cie, boulevard Saint-Germain, n° 79, à Paris.

BIBLIOTHÈQUE DES MEILLEURS ROMANS ÉTRANGERS

ÉDITIONS A 1 FRANC LE VOLUME

ROMANS TRADUITS DE L'ANGLAIS

— Crichton — .... (T.) : Le trompette-major

...... (Chres. 1 v. — .... (Mies) : Lord Ulswater. 1 v.
...... Paul Ferroll. 1 v. ...... (Mies) : Une méprise. —
... Whitehall 1 v. — Whi- ... fouées de la Saint-Jean. — Mer...
... Barnaby, 2 vol. Hawthorne : La lettre rouge. 1 v. —
.... (V.) ..... Mehr- ... on aux 7 pignons, 1 v.
.... : L'........ blano. 1 v.
.... 8 vol. .... de l'Ara...
.... d'O...
.... — Roderick ...
.... v. — ... On ...ne pays, ...
....elin...
.... et ....

Fin d'une série de documents
en couleur

AMITIÉ

OUVRAGES DU MÊME AUTEUR

PUBLIÉS DANS LA BIBLIOTHÈQUE DES ROMANS ÉTRANGERS

PAR LA LIBRAIRIE HACHETTE ET Cⁱᵉ

Ariane, traduit de l'anglais. Deux volumes.

Pascarel. Un volume.

Amitié. Un volume.

Othmar. Deux volumes.

Wanda. Deux volumes.

Scènes de la vie de château. Un volume.

Les Napraxine. Deux volumes.

Umilta. — **La récompense du vétéran**. — **Les oiseaux dans la neige**. — **La dernière des Castlemaine**. — **L'assiette de mariage**. Un volume.

La princesse Zouroff. 2ᵉ édition. Un volume.

Les Fresques. — **Au palais Pitti**. — **Après-midi**. — **A Camaldoli**. Un volume.

Musa, imité par J. Girardin. Un volume.

Don Gesualdo. — **Pepistrello**. — **Une rose de Provence**. Un volume.

Syrlin. Deux volumes.

Guilderoy. Deux volumes.

Prix de chaque volume, broché : 1 fr.

Coulommiers. — Imp. PAUL BRODARD. — 280-99.

OUIDA

———

AMITIÉ

ROMAN

IMITÉ DE L'ANGLAIS AVEC L'AUTORISATION DE L'AUTEUR

PAR

J. GIRARDIN

———

NOUVELLE ÉDITION

PARIS

LIBRAIRIE HACHETTE ET Cⁱᵉ

79, BOULEVARD SAINT-GERMAIN, 79

—

1899

AMITIÉ

I

« C'est une corvée, ma sœur » dit à sa cadette Miss Moira de Craig Moira.

— Oui, ma sœur, une véritable corvée. Mais nous avons promis à Archie.

— Nous avons promis à Archie, et je désire voir quel ménage elle fait avec cet ancien marchand de tapis. »

Et la voiture qui contenait les misses Moira, de Moira Craig, leurs châles, leurs bichons, leurs cornets acoustiques et leur courrier, continua sa course à travers la campagne Romaine, et commença à gravir les pentes rapides et boisées par où l'on monte au vieux château de Fiordelisa.

Les misses Moira, de Moira, vivaient sur leurs terres, dans le comté de Caithness. C'étaient deux vieilles demoiselles, très riches, très laides, très excentriques, et toujours prêtes à donner leur avis, quand on s'en fût bien passé. Elles parlaient l'anglais avec un accent écossais très prononcé. La duchesse de Forfar et la marquise de Fingal étaient leurs propres nièces, nées de leurs propres sœurs. Miss Moira la cadette était, comme qui dirait, un simple écho de miss Moira l'aînée. Toutes les deux portaient lunettes; toutes les deux étaient sourdes. Jamais à l'une ou à l'autre il n'arriva une seule fois, un seul instant, d'oublier que les Moiras de Craig ont le droit de demeurer assis en présence de leurs souverains, et sont alliés à la moitié des grandes familles du royaume.

En ce moment elles allaient rendre visite à une de leurs parentes, et à grand renfort de lunettes cherchaient avec anxiété le château de Fiordelisa, où habitait cette parente. Enfin! voici Fiordelisa. C'est une ancienne construction, qui se détache en

gris clair sur un fond d'yeuses et de cyprès. Les jardins, selon
la mode italienne, aboutissent à des vignes, à des champs de
blé et à des plantations d'oliviers.

« L'endroit n'est pas vilain, mais comme c'est mal tenu! »
C'est miss Moira l'aînée qui émet cette opinion, au moment où
la voiture pénètre sous la sombre voûte d'une avenue de vieux
chênes. Miss Moira l'aînée ajouta aussitôt : « sans compter
ces emblèmes d'idolatrie qui s'étalent au seuil même de la
porte! »

C'est la vue d'une Piéta qui lui arrache cette exclamation indignée. Elle ferme les yeux et les tient fermés tout le temps
pour n'être plus exposée à contempler de pareilles abominations.

Du reste, si les deux misses Moira avaient mis le pied sur la
terre classique des « abominations », on peut bien dire que c'était
à leur corps défendant; mais leur sœur chérie, la mère de la
duchesse de Forfar, étant tombée dangereusement malade, les
deux misses Moira s'étaient empressées de l'aller consoler à Naples.
La sœur bien aimée et les deux misses Moira fuyaient à tire d'ailes la terre des « abominations ». Si elles séjournaient à Rome,
c'est que miss Moira la cadette n'était pas d'une santé
bien robuste, et ne pouvait voyager trop longtemps de suite.

La voiture s'était arrêtée subitement, miss Moira l'aînée se
décida à ouvrir les yeux, et put constater qu'elle se trouvait
juste en face de la porte d'entrée de Fiordelisa.

Entre les colonnes centrales d'une belle *loggia*, construite par
Bramante, la maîtresse du logis se tenait debout. C'était une
belle femme, dont on remarquait tout de suite les noirs sourcils.
A sa droite et à sa gauche, mais un peu en arrière, deux gentlemen s'apprêtaient, comme elle, à souhaiter la bienvenue aux vi-
siteuses.

La dame aux noirs sourcils était Lady Jeanne Challoner.

Avec un empressement plein de respect et de cordialité, elle
se précipita vers la voiture, pour souhaiter le bienvenue aux
deux vieilles demoiselles.

« Oh! chère miss Moira, comme c'est aimable de votre part!
et de la vôtre aussi, chère miss Élisabeth. Combien je regrette
de n'être pas à Rome en ce moment! Mais nous y retournons
après-demain, pour tout de bon. Si seulement j'avais été prévenue
de votre arrivée, je n'aurais pas manqué d'y retourner la semaine
dernière. Permettez-moi de vous présenter ces deux messieurs. —
M. Challoner; le Prince Ioris. Ne demeurez pas au soleil, je vous
en prie : vous devez étouffer avec tous ces châles. Robert... Io...

— *Enchanté de l'honneur de vous voir, mesdames*[1]. » En murmurant cette petite phrase, avec un charmant sourire et un profond salut, le prince Ioris s'avança jusqu'à la première marche, et offrit son bras à la vieille dame. Le prince Ioris avait les plus beaux yeux du monde, sans compter qu'il était grand, svelte et gracieux de sa personne.

« Tut! tut! tut! dit rudement miss Moira l'aînée, est-ce que vous ne pourriez pas parler anglais? Néanmoins, elle accepta le bras du prince, qu'elle prenait pour le maître de la maison. Miss Moira la cadette la suivait, escortée de Lady Jeanne Challoner, qui s'évertuait à se faire entendre d'elle, par l'intermédiaire du cornet coustique. Le second gentleman formait avec le premier le contraste le plus piquant. Il avait la figure d'un Écossais, les manières d'un Allemand, et un je ne sais quoi qui le faisait ressembler en même temps à un philologue de Leipzig et à un sénateur américain. Il eut comme une faible velléité d'offrir son bras à miss Moira la cadette, mais, ne sachant trop comment s'y prendre, il ne donna pas suite à son dessein ; et, pour avoir une contenance, il fit mine de chasser un épagneul qui aboyait du haut de sa tête.

La petite caravane ayant traversé la loggia déboucha dans un grand salon, où une vingtaine de personnes avaient été réunies pour faire honneur aux misses Moira de Moira. C'étaient tous des Anglais ou des Américains, citoyens temporaires de la Ville Éternelle. Pour charmer leurs loisirs, ces membres respectables de la société buvaient du thé, mangeaient des raisins et examinaient les tableaux et les porcelaines. Une fois assises, les deux vieilles demoiselles promenèrent autour d'elles des regards où l'on pouvait discerner un mélange d'effarement et de vague déplaisir.

Miss Moira l'aînée, concentrant les foyers de ses lunettes sur la maîtresse de la maison, lui rappela, avec sa bonne grâce accoutumée, qu'elle ne l'avait pas vue depuis plus de vingt ans, et qu'à l'époque de leur dernière rencontre, elle avait au moins douze ans, si ce n'est davantage: « Maintenant, ajouta-t-elle, pourrait-on savoir pourquoi votre mari parle français? »

Le gentleman qui ressemblait à un philologue de Leipzig et à un sénateur américain fit une tentative pour la débarrasser de ses châles, et murmura timidement: « Madame, voulez-vous me permettre.... »

1. En français, dans le texte.

Miss Moira l'aînée le prit pour un domestique et lui dit: «Mon ami, pas de zèle! Ma sœur a la poitrine délicate, et il y a des courants d'air ici.»

Le gentleman recula, tout penaud.

« Jamais je n'ai vu un Ecossais aussi brun que votre mari, Jeanne, » poursuivit Miss Moira l'aînée. Et en prononçant ces paroles, elle concentrait cette fois les foyers de ses lunettes sur l'élégant gentleman aux yeux noirs, qui murmura d'un air embarrassé: « *Plaît-il, madame?* »

Toujours persuadée qu'elle avait affaire à un compatriote, miss Moira l'aînée lui dit : « Est-ce votre longue résidence parmi des papistes qui vous a fait oublier votre langue maternelle ? »

L'autre gentleman, celui qui avait déjà reçu une rebuffade, fit une tentative désespérée : « Tous ces châles doivent vous gêner, madame, voulez-vous me permettre...

— Est-ce que vous ne pourriez pas vous tenir tranquille quand on ne vous demande rien ? s'écria miss Moira exaspérée de son insistance... Lady Jeanne, est-ce que vous ne pourriez pas dresser un peu mieux vos domestiques, et leur apprendre à ne pas assommer les gens? N'importe ; trop brun pour un Écossais, votre mari : d'ailleurs extraordinairement bien de sa personne. Comment se fait-il qu'il ne parle pas anglais?

— Ce n'est pas mon mari, se hâta de dire lady Jeanne... Elle rougit légèrement en prononçant ces paroles ; néanmoins son regard souriait. « Vous faites erreur, chère miss Moira ; du reste, c'est ma faute, je n'ai jamais su faire correctement une présentation. Ce n'est que Ioris, un ami, vous savez. Mon mari, M. Challoner, que vous avez pris pour un domestique et que vous avez grondé deux fois, parce qu'il voulait vous débarrasser de vos châles. »

C'était assurément la fine fleur de la société la plus polie et la plus élégante que l'on avait convoquée à Fiordelisa, pour l'édification des deux vieilles demoiselles. Mais il y a des situations où la politesse la plus raffinée se trouve en défaut. Le quiproquo de miss Moira l'aînée était si drôle, et son obstination si comique, qu'une sorte de petit rire étouffé parcourut l'assistance.

« Tut! tut! cria miss Moira l'aînée, en levant la tête d'un cran plus haut; car elle était de ces gens qui ne reconnaissent jamais leurs erreurs, même quand elles sont le plus manifestes. C'est *lui* qui nous a reçues; oui certainement, c'est *lui* qui nous a reçues à la porte. (Est-ce bien exact, ma sœur?) Certainement, c'est *lui* qui nous a reçues, lady Jeanne. » En ce moment, M. Challoner s'approchait d'elle, tenant d'une main une tasse de thé, et de l'autre un pot où il y avait de la crème. Miss Moira l'apostropha avec une vigueur étonnante : « Si c'est *vous* qui êtes le maître ici, pourquoi ne vous conduisez-vous pas comme doit le faire un maître de maison ? Est-ce *vous* qui êtes le maître, eh ? »

M. Challoner, sentant que la fine fleur de la société avait les yeux fixés sur lui, et qu'un petit rire de bonne compagnie, à demi réprimé, circulait autour de lui, demanda à miss Moira l'aînée si elle mettait beaucoup de sucre dans son thé ?

« Je me sucre moi-même ! répondit aigrement la vieille demoiselle... Ainsi, c'est *vous* qui êtes le mari de Lady Jeanne, n'est-ce pas ? On ne le dirait pas à votre conduite. Aussi je trouvais l'autre bien brun pour un Écossais !...

— Prenez-vous de la crème, madame ? » murmura M. Challoner. M. Challoner, dans une pose qui manquait de grâce et de souplesse, se tenait penché en avant, le petit pot d'argent à la main. Pendant ce temps-là, miss Moira l'aînée, semblable à une vieille demoiselle pétrifiée, regardait avec stupeur les couronnes et les armoiries des dessus de chaises.

« A qui ces armoiries ? demanda-t-elle. Nous ne connaissons pas cela au nord de la Tweved, ni même au nord de la Tamise ; la forme de l'écu..... »

Lady Jeanne pour esquiver la discussion héraldique, voulut opérer une diversion en amenant un petit détachement de la société élégante et polie, afin de procéder aux présentations. Mais miss Moira ne prenait pas facilement le change. Après avoir salué de la tête autant de fois que la politesse l'exigeait, sans lâcher pour cela sa victime, elle revint brusquement à M. Challoner et reprit le cours de son interrogatoire. « Jolie propriété, dit-elle, en promenant ses lunettes du plafond lambrissé au pavé de mosaïque. Jolie propriété ? Elle est à vous, n'est-ce pas ? »

M. Challoner fit entendre un murmure indistinct, et se pencha pour chercher les pinces à sucre.

« Vous l'avez achetée ? demanda sèchement miss Moira.

— Non... pas précisément.

— Louée ?

— Pas à proprement parler. Du moins, c'est... »

M. Challoner, en sa qualité d'homme éminemment correct, s'arrêta pour chercher le mot propre.

« Mon cher monsieur, si vous ne l'avez ni louée ni achetée, alors vous n'êtes pas chez vous ici, et je me demande pourquoi vous nous avez invitées à y venir ? »

M. Challoner se demanda ce qu'il pouvait avoir fait à la Providence, et par quelle fatalité les deux vieilles demoiselles avaient eu l'idée de quitter leur tranquille retraite de Craig Moira et les brumes de l'Atlantique. A tout hasard, il marmotta quelques explications confuses, où l'on put cependant distinguer ces mots: « Un ami, un vieil ami! »

« Alors Fiordelisa appartient à l'homme brun, n'est-ce pas? Il paraît tout jeune! fit observer miss Moira; votre femme et vous, vous venez chez lui, à titre d'amis. Dites-moi, monsieur, est-ce que c'est là une des habitudes de ce pays de papistes! »

M. Challoner croyait, pensait, qu'en effet c'était là une des habitudes... les maisons étaient si vastes, et les nobles si pauvres...

« *Il* est marié, n'est-ce pas? Que pense sa femme de cet arrangement? Certainement lady Jeanne nous a invitées à venir dans *sa* propriété. *Sa* propriété, c'était écrit en toutes lettres. Suis-je correcte, ma sœur?

— Absolument correcte, ma sœur. *Sa* propriété.

— Joris n'est pas marié, » dit M. Challoner; et dans sa détresse, il ne savait plus que faire des pinces à sucre. « C'est un brave garçon. Nous lui sommes très attachés. Voulez-vous visiter mes serres? »

Miss Moira refusa de visiter les serres, et dit avec un redoublement de sévérité: « Archie nous a priées de venir voir sa fille: nous sommes venues la voir. Mais, pour sûr, en nous invitant, elle a dit: *ma* propriété; *ma* propriété, en toutes lettres.

— Elle a dit cela par habitude, elle a tant fait pour cette propriété...

— Mais, enfin, puisque la propriété appartient à ce jeune homme..... »

Lady Jeanne Challoner demanda à miss Moira la permission de lui présenter un ministre anglican.

La présentation faite, miss Moira de Craig Moira revint à la charge:

« Eh! c'est une expérience qui n'est pas sans danger... deux maîtres sous le même toit.

— Pas sans danger, assurément! murmura miss Moira la cadette.

— Oh, certainement non. Et dites-moi, est-ce qu'entre ces deux messieurs, il n'y a pas de temps en temps quelques petites...

— Jamais, dit chaleureusement M. Challoner; mais en même temps il baissa malgré lui ses yeux clairs et froids.

— Alors, monsieur, vous n'êtes pas une créature humaine,

dit miss Moira avec emphase; et lady Jeanne, comme toutes les femmes de la maison Perth Douglas, n'a jamais été facile à vivre. Vous avez l'air d'un homme pacifique, néanmoins...

— Je vais vous montrer les volailles de ma femme. La renommée de la basse-cour de Craig-Moira... commença M. Challoner.

— Néanmoins, je crois que vous manquez de prudence et je préviendrai Archie, poursuivit impitoyablement miss Moira, que l'éloge même de la basse-cour de Craig-Moira ne put détourner de son but. C'est une singulière existence; elle a certainement dit : *ma* propriété; vous ne vous offenserez pas de ma franchise, mais j'ai l'habitude de dire ce que je pense; voyez-vous, le papiste est trop joli garçon, et lady Jeanne est encore jeune.

— Chère madame, je n'ai pas la moindre idée de ce que peuvent signifier.....

— Cela prouve que vous êtes un fou, monsieur! répliqua sèchement miss Moira.

— Voulez-vous venir voir la basse-cour de ma femme, elle a des bantams qui...

— Eh! Jeanne Perth Douglas élève des bantams? pas possible! Il y a des conversions qu'on ne s'explique pas. Les Perth Douglas ont toujours été des maîtresses femmes; le pauvre Archie en sait quelque chose. Au fait, je veux bien faire une visite à vos serres et à votre basse-cour. Votre basse-cour, vos serres! comment peut-on dire qu'elles sont à vous, puisque la propriété appartient à ce papiste.

— C'était une masure en ruines. Nous y avons dépensé beaucoup d'argent. On est toujours si heureux de pouvoir faire quelques chose pour un vieil ami! murmura vaguement M. Challoner en offrant son bras à la terrible miss Moira.

— Hum! dit miss Moira l'aînée avec un reniflement plein de scepticisme.

— Nous sommes absolument les fermiers de Fiordelisa, vous savez, poursuivit M. Challoner. La propriété était dans un état déplorable quand nous y avons mis la main. Les Italiens sont si imprévoyants, si prodigues. Mais ma femme est d'une admirable énergie, elle réussit dans tout ce qu'elle entreprend...

— Hum! répéta miss Mora l'aînée. Et ce beau papiste, lui est sans doute très reconnaissant de l'énergie qu'elle déploie?

— Oh! ne prononcez pas le mot de reconnaissance. Il ne peut pas même en être question, nous sommes toujours heureux de rendre service à nos amis, et puis Ioris est un si brave garçon, demandez plutôt à lord Archie. »

Lord Archie était l'idole de Craig Moira, et sa parole y faisait loi. Son nom, comme un talisman, adoucit l'humeur revêche et soupçonneux de la vieille demoiselle. Miss Moira se laissa conduire sans résistance à travers les serres, elle fit même l'éloge des bantams; seulement elle ne put s'empêcher d'émettre un reniflement belliqueux en passant devant la chapelle du château. Il faut tout dire: la porte de la chapelle était ouverte, et les paysans entraient pour entendre les vêpres. Quant elle vint retrouver sa sœur et son coin de canapé, sa figure présentait un aspect moins sévère; elle poussa même la condescendance jusqu'à accepter une nouvellle tasse de thé, et une grappe de raisin que le prince Ioris lui offrait avec une grâce exquise. Quand il s'éloigna d'elle, les lunettes de miss Moira le suivirent jusqu'à l'autre bout du salon.

« Élégant et séduisant, dit-elle à son hôte, mon opinion est que vous faites une imprudence de vivre avec lui, sous le même toit; vous n'avez que faire que de prendre la mouche. Une vieille femme comme moi a le droit de tout dire sans fâcher personne. Nous savons ce que nous savons sur l'humeur des Perth Douglas, et sur les fantaisies de lady Jeanne en particulier. Seigneur! mon cher monsieur, croyez-vous que sans cela on l'aurait mariée à un homme qui n'a d'autre titre que sa respectabilité? Non, non; les Perth Donglas sont des orgueilleux, et, après tout, vous avez été marchand de tapis à Bagdad.

— Réellement, madame... M. Challoner trouvait ce genre d'amabilité encore plus désagréable que les rebuffades de tout à l'heure.

— Tut, tut! dit miss Moira avec une sorte d'enjouement, ce n'est pas à moi qu'il faut essayer d'en faire accroire. Nous nous connaissons de longue date. Vos parents étaient des gens convenables, qui habitaient sur les terres de mon cousin Allandale depuis je ne sais combien de générations; mais, malgré toute leur piété, ce n'étaient après tout que de simples petits commerçants. Quand j'étais encore enfant et que j'allais chez mon cousin Allandale, j'achetais du ruban et des épingles dans la petite boutique de votre grand mère. Elle vendait aussi du tabac à priser et elle tenait le bureau de poste. Vous vous le rappelez, n'est-ce pas ma sœur?

— Parfaitement bien, elle vendait aussi des bonbons.

— Seigneur! mon cher monsieur, ce n'est pas pour vous le reprocher. Votre famille était très décente, et composée de vrais fidèles. Nimporte, le jour où nous avons vu un marchand de tapis élever ses prétentions jusqu'à la main de la fille d'Archie, le juste sentiment de notre dignité blessée... »

M. Challoner laissa tomber une majolique. Comme la majolique appartenait au prince Ioris, le mal n'était pas bien grand; ce léger accident eut l'heureux résultat de couper court aux réminiscences de miss Moira l'aînée.

« Ma sœur, il est temps de partir, le soleil est déjà très bas, » dit miss Moira l'aînée, quand on eut ramassé les morceaux de la majolique.

« Maintenant, monsieur, croyez-en une vieille femme, souvenez-vous de ce que je vous ai dit à propos des dames de la famille Perth Douglas, et n'oubliez pas que le papiste est un beau garçon très séduisant. Oh! vous n'avez que faire de prendre des airs de dignité offensée. La prudence est une vertu. Du reste je suis très heureuse de voir que vous ayez confiance en votre femme; cela prouve qu'elle le mérite, et que, par conséquent, elle a bien changé à son avantage; je suis fâchée de vous avoir blessé en vous parlant de votre grand mère; le souvenir n'a pourtant rien de fâcheux : c'était une bonne âme, et une personne pieuse. N'allez pas croire que j'aie l'intention de vous regarder du haut en bas, sous prétexte que vous n'êtes pas ce que nous sommes; oh! mon Dieu non! Cependant je dois vous avouer une chose : le jour où l'on a marié lady Jeanne avec vous, nous nous sommes querellés avec Archie, autant du moins qu'on peut se quereller avec une créature aussi inoffensive. »

La fine fleur de la société, très attentive, gardait un silence profond, au milieu duquel retentissaient clairement et distinctement les paroles de miss Moira l'aînée. Si la mosaïque se fût entr'ouverte, et si la vieille demoiselle eût disparu subitement dans les entrailles de la terre, comme un autre Curtius, M. Challoner aurait rendu d'ardentes actions de grâces à la Providence.

L'implacable miss Moira, enveloppée de tous ses châles, ajouta en se levant : « Jeanne est une belle personne, mais c'est une Perth Douglas, et elle a quelque chose dans le regard. Repensez souvent à ce que je vous dis. Surveillez-les tous les deux, et maintenant, adieu; lady Jeanne, recevez tous nos remerciements; nous vous recevrons de notre mieux quand vous viendrez dans le Nord. Je suppose que vous n'emmenez pas le papiste avec vous en voyage? Dites-lui cependant que nous le verrons avec plaisir dans le comté de Caithness. Ce serait peut-être le salut de son âme que de se rapprocher de la vraie doctrine. Notre ministre ferait tous ses efforts pour le convertir. C'est un bel homme, et

un gentleman courtois et bien élevé ; c'est triste de penser qu'il
brûlera pendant toute l'éternité. »

Le prince Ioris comprenant vaguement qu'il s'agissait de lui,
et qu'on lui adressait des paroles de courtoisie, offrit à chacune
des miss Moira un bouquet d'héliotropes d'automne, et de roses
Louise de Savoie, en leur disant en français : « Mille remerclements
mesdames, et à revoir. »

Les misses Moira acceptèrent les bouquets, et leur voiture rem-
porta du côté de Rome leur dignité, leurs châles, leurs bichons,
leurs cornets acoustiques et leur courrier.

« Le papiste a des manières, et l'homme aux tapis n'en a pas,
dit miss Moira l'aînée, en flairant les héliotropes de son bouquet,
espérons que lady Jeanne ne remarquera pas cette différence,
et qu'elle s'est rangée tout de bon. Mais je conserve des doutes,
ma sœur.

— Et vous avez bien raison, ma sœur. Vous avez toujours été
d'une pénétration admirable.

— Mais, reprit miss Moira l'aînée, elle a été très polie avec
nous, et son mari a l'air d'un bon homme. Je dirai partout
qu'elle est devenue raisonnable ; c'est notre devoir de faire pour
elle tout ce que nous pouvons, ma sœur. C'est la fille d'Archie !

— C'est la fille d'Archie, ma sœur. »

Il est à croire que les dispositions bienveillantes de miss Moira
l'aînée auraient brusquement changé du tout au tout, si elle
avait pu voir juste en ce moment l'attitude de la personne qui
en était l'objet. Lady Jeanne, dans la *loggia*, exécutait une danse
de guerre, à la manière des Peaux Rouges, en faisant claquer
ses doigts dans la direction de la voiture qui emportait les misses
Moira, leur dignité et leurs dispositions bienveillantes.

« Méchantes vieilles chattes, cria-t-elle, j'ai cru qu'elles ne s'en
iraient jamais. Vieilles sorcières ! Pourquoi ne leur avoir pas clos
le bec, Robert ? Et vous Io, quel âne vous êtes de leur avoir fait
une pareille réception. Après cela, elles ne pouvaient pas manquer de s'apercevoir que Fiordelisa est à vous, et des idiotes pareilles ne pourront jamais comprendre...

— Ce sont d'excellentes personnes, dit le prince Ioris avec une
espèce de timidité, pendant que, debout sous l'arcade de la loggia,
il contemplait le coucher du soleil.

— Et puis, reprit vivement lady Jeanne, quelle idée d'aller
gaspiller de si belles roses, des roses qui valent à l'heure qu'il
est cinquante centimes pièce. Et encore, vous les leur offrez vous-
même ! Mais vous faites toujours des choses ridicules. Seulement

retenez bien ceci : Une autre fois, offrez des roses, et votre tête
avec, si cela peut vous faire plaisir; tout ce que je vous demande,
c'est de ne pas *me* compromettre... »

Le prince Ioris ne répondit pas un mot. Appuyé contre une des
colonnes de la loggia, il continuait de contempler le soleil couchant.

Lady Jeanne Challoner et son mari allèrent rejoindre au salon
la fine fleur de la société pour en respirer le délectable parfum.
Ils retinrent à dîner plusieurs membres de cette admirable institution; ceux qui ne dînaient pas à Fiordelisa furent comblés,
au départ, de sourires et de raisins muscats.

Cependant les misses Moira s'étaient tout doucement endormies
au milieu de leurs châles et de leurs coussins. La voiture s'étant
arrêtée, elles se réveillèrent, et constatèrent qu'elles étaient aux
portes de Rome, et qu'un gentleman leur adressait la parole,
avec force sourires et force signes de tête. C'était un vieillard
d'apparence débile, qui répondait au nom de lord George Scrope
Stair; il avait l'honneur d'être une vieille connaissance des misses
Moira, et ce titre lui conférait quelques privilèges, par exemple
celui de leur serrer la main.

« Vous venez de faire visite à la papesse Jeanne? dit-il avec
un petit rire. Comment trouvez-vous Fiordelisa? » Ici un petit
signe de tête et un autre petit rire. « Ah oui! nous l'appelons
toujours la papesse Jeanne, ou du moins je me permets cette
plaisanterie quand mes filles ne sont pas là. La papesse Jeanne
détient les clefs du ciel et de la terre, et évince saint Pierre de
son palais, vous savez! C'est une simple plaisanterie que je me
permets quelquefois; surtout n'en dites rien à mes filles. Bonsoir! »

Là-dessus, le vieillard, qui avait été dandy à l'époque où
George IV était roi, s'en alla à travers le crépuscule, toujours
avec son petit rire de vieillard décrépit.

« La papesse Jeanne! répéta miss Moira l'aînée; ma sœur, je
regrette d'être allée là-bas! »

Et l'écho répondit : « Moi aussi, ma sœur. »

Après dîner, miss Moira l'aînée s'endormit doucement, sous
l'influence de la fatigue et du dîner. Tout à coup elle se réveilla
en sursaut

« Je me demande, ma sœur, dit-elle avec un bâillement, à
qui appartient définitivement cette propriété. »

L'écho répondit: « Je me le demande aussi, ma sœur! »

II

C'était le premier décembre, au coucher du soleil, sur le Pincio. La coupole de Saint-Pierre se détachait sur un ciel de pourpre et d'or.

Les cloches des églises, sonnées à toute volée, formaient un carillon discordant; une musique militaire jouait les valses de Strauss, beaucoup trop vite, et pas assez juste. Mais rien de ce que faisaient les hommes n'était capable d'amoindrir la grandeur de la scène, ni de troubler le calme sublime de la fin du jour. Les lignes vagues des collines lointaines passaient du vert au brun sur la fournaise écarlate des nuages; l'immense chaos de toits, de clochers, de coupoles, de tours, d'obélisques, de jardins, de ruines, de palais, de temples énormes, et de marécages désolés qui s'appelle Rome, s'étendait comme à l'infini, aussi indécis et aussi solennel qu'un désert; le soleil du désert, rouge et sans rayons, était comme suspendu au-dessus de la croix du dôme immense.

Il était quatre heures, le Pincio avait sa cohue habituelle de flâneurs fashionables, de chevaux fringants, de voitures armoriées; çà et là, dans la foule on entrevoyait une belle tête d'artiste, la figure fatiguée d'un malade, la robe noire d'un prêtre, la jaquette écarlate d'un *janitor*, la cuirasse d'un soldat, les cheveux bouclés d'un enfant, la soutane violette d'un séminariste, la robe de pourpre d'un docteur. Mais ce qui se faisait le plus remarquer, c'était la partie féminine de la fine fleur de la société; ces dames causaient le plus haut possible de la première chasse au renard de la saison, du premier bal de la cour, des nouveaux arrivants, et de la santé du Pape.

Personne, ou presque personne sur le Pincio n'avait l'idée de regarder le soleil couchant. Les gens lui tournaient le dos, sous prétexte d'écouter la musique, et au lieu d'écouter la musique, avaient tous les yeux fixés sur une femme qui passait en ce moment, et se disaient l'un à l'autre, avec une sorte de petit tremblement dans la voix: « Mais en vérité, c'est Étoile, avec la Coronis! » Après avoir prononcé ces paroles, tous ces gens prenaient un air désappointé parce qu'Étoile n'avait dans sa personne rien de bizarre ni d'extraordinaire, et ressemblait à toutes les autres femmes, j'entends à toutes les femmes qui savent s'habiller. Est-ce que par hasard une femme de génie a le droit de ressembler à toutes les autres femmes? Grave question, qui rendait les gens perplexes.

« Elles ne se peignent même pas la figure! » s'écria une des dames de la société avec une sorte d'indignation.

Toutes les personnes présentes avaient maintes fois tenu Dorotea Coronis au bout de leur lorgnette à Covent-Garden, au Grand-Opéra de Paris et au théâtre de Bade; très peu d'entre elles, au contraire, avaient aperçu Étoile; aussi se mit-on à la dévisager avec cette admirable impudence où excelle la fine fleur de la société.

« Elles n'ont par l'air de nous voir, » s'écria la dame qui leur avait déjà reproché de ne se point peindre la figure.

« Quel orgueil infernal, » marmotta un Anglais. Cet Anglais avait ôté son chapeau avec empressement, et venait de le remettre d'un air tout penaud, parce qu'on ne l'avait pas remarqué.

La voiture venait de repasser, et les deux artistes, au lieu d'abaisser leurs regards sur la foule, contemplaient le soleil couchant. La fine fleur de la société s'en trouva offensée. Comment! on voit les souverains se donner la peine de répondre aux saluts de la foule, et ces deux personnes qui n'avaient d'autre royauté que celle de l'art, ne salueraient pas la fine fleur de la société!

« Qu'est-ce que c'est qu'Étoile? demandait-on de tous côtés.

—Une énigme qui attend encore un Œdipe, » dit un gentleman qui croyait avoir de l'esprit.

La voiture s'arrêta en ce moment, et les deux artistes achetèrent des violettes de Parme. Dans cette action si simple, la foule crut deviner des raisons mystérieuses. Elle découvrait aussi une foule de mystères dans l'attitude du gros chien qui trottait après la voiture. Ce n'était certainement pas pour rien qu'il tirait la langue et qu'il remuait la queue!

Un des privilèges de la célébrité, c'est qu'un personnage célèbre ne peut pas se laver les mains ou bien ouvrir son parapluie, sans qu'on le soupçonne d'avoir ses motifs secrets pour le faire.

Étoile ne s'apercevait de rien. Elle avait la mauvaise habitude de ne pas voir les gens qui l'entouraient. Quand on le lui faisait server, elle se confondait en excuses, mais on ne lui pardonnait pas facilement. En général, on aime mieux être insulté que de passer inaperçu.

Son équipage, attelé de chevaux romains à longue queue, fit le tour du Pincio. Quant à elle, elle n'avait de regards que pour cette lumière divine du couchant, aussi rose que des feuilles de grenadier tombées, parsemée de petits flocons d'or, aussi légers que les boucles d'un chérubin.

« C'est un spectacle sans pareil! dit-elle avec un soupir.

— C'est Rome, » répondit Dorotea Coronis.

Pour elles la foule n'existait pas, elles ne voyaient que le soleil, qui descendait lentement à l'horizon.

La sagesse en ce monde ce serait d'être aveugle pour les couchers du soleil, jamais pour les gens qui saluent. Le soleil est bon prince et souffre qu'on le néglige; les gens à qui l'on ne rend pas leur salut se vengent cruellement.

Et la foule se demandait toujours: « Enfin, qu'est ce que c'est donc qu'Étoile? »

Personne n'en savait rien, ce qui fait que chacun prétendait le savoir au plus juste. Les histoires que l'on allait débitant sur son compte, étaient absolument contradictoires: mais qu'est ce que cela fait?

Un vieux flâneur, homme grave, et membre de plusieurs clubs risqua ce commencement de phrase: « Elle dit elle-même... » Mais qui se souciait de savoir ce qu'elle disait elle-même? N'avait-elle pas assez de talent pour composer son histoire à son avantage?

Le vieux flâneur, voyant que personne ne l'écoutait, s'en alla tout pensif s'accouder sur le parapet. Le voilà donc qui boude tout seul dans son coin, sans l'ombre d'un auditeur, et c'est bien fait! De quoi s'avise-t-il de prétendre faire croire aux gens que cette femme célèbre vit platement comme tout le monde, sans l'ombre d'une aventure. A la bonne heure s'il racontait qu'elle a un nouvel amant chaque nuit, et qu'elle les fait assassiner tous mystérieusement le matin! Voilà au moins qui serait vraisemblable.

Du talent! elle en avait, cela ne faisait pas l'ombre d'un doute, et même un talent admirable! mais enfin qui était-elle? Personne n'en savait rien. « Mais, pardon! au contraire, tout le monde le sait fort bien. Vraiment? Mais oui. C'est la fille d'un mendiant; elle a été trouvée sur le seuil d'une porte! Du tout, elle a pour père un cardinal; vous n'y êtes pas, c'est une erreur de jeunesse d'une princesse bien connue; c'est la maîtresse

d'un des Rothschild; allons donc! c'est la petite amie d'un ministre; c'est la fille du pauvre Morny; elle a été esclave en Cir-
cassie; serve dans la Russie Blanche; on l'a trouvée à demi-morte
de froid, un tambour de basque à la main aux portes de Vin-
cennes; son père est aux galères, sa mère tient un cabaret. C'est
une erreur : son père et sa mère sont des espions de l'Empereur,
gens tarés, mais riches; point du tout, ils sont morts tous les
deux. Mais si! Mais non! Le pauvre Empereur savait à quoi
s'en tenir, mais il avait emporté son secret dans la tombe. Elle
est au ban de la société. Quelle erreur! elle est reçue dans le
grand monde. On ne la reçoit pas partout. C'est ce qui vous
trompe, on la reçoit partout. Dans tous les cas, moins on en
parlera, mieux cela vaudra ! »

Pour se conformer sans doute à cette sage maxime, on ne parla
pas d'autre chose que d'Étoile, ce soir-là, sur le Pincio.

« Pourquoi était-elle venue à Rome? Y séjournerait-elle?
Sortirait-elle? Recevrait-elle? La recevrait-on? Irait-elle aux
ambassades? Ces fourrures qu'elle portait là venaient-elles de
Russie? Son costume était de Worth? Pourquoi avait-elle fait
arrêter sa voiture précisement à l'endroit où elle tournait le
dos à tout le monde et où elle ne pouvait entendre une seule
note de la musique? »

Au fond, tout ce qu'on savait c'est qu'elle arrivait de Paris,
par la voie de Nice et de Gênes; néanmoins l'opinion générale
était que ce voyage n'était pas si naturel qu'il en avait l'air, et
l'on flairait quelque chose.

Pourquoi, par exemple, Étoile avait-elle fait arrêter sa voiture
de façon à tourner le dos à la société? et pourquoi avait-elle
acheté des violettes de Parme?

Comme le soleil allait disparaître en empourprant le dôme de
Saint-Pierre, la société battit en retraite et déserta le Pincio.

Lady Jeanne Challoner imita le reste de la société, escortée
de son mari et du prince Ioris.

« C'est Étoile? » demanda vivement lady Jeanne, au moment
où la voiture qui emportait Étoile dépassait le trio.

Une dame américaine, qui visait à l'élégance, mistress Henry
V. Clams, une des connaissances de lady Jeanne, la rejoignit en
ce moment et lui demanda : « Est-ce vraiment Étoile? eh? Voyons,
renseignez-moi...

— On le dit. Je ne l'ai jamais vue, répondit lady Jeanne. Io,
moi et M. Challoner nous nous sommes présentés chez elle, mais
elle était sortie. Elle m'a apporté des lettres.

— Réellement! comme c'est intéressant, dit la fashionable
américaine. Joli équipage, hein? Ma parole...

— À Rome, pour de l'argent, on se procure tout ce qu'on
veut, répondit lady Jeanne avec un souverain mépris (il faut
remarquer que lady Jeanne était à pied). Je suis obligée d'être
polie avec elle. Voightel me le demande, et mon père aussi; il faut
que je l'aie à dîner. Voulez-vous être des nôtres, mistress Clams?

— Oh! mille fois merci; vous êtes réellement bien aimable!
dit mistress Henry V. Clams. Je meurs littéralement d'envie de
la voir; et j'ai fait à New-York un pari à propos de sa coiffure.

— Je me demande, dit lady Jeanne, ce qu'elle peut bien venir faire à Rome?

— Est-ce donc une chose si étrange que de venir à Rome?
demanda le prince Ioris.

— Évidemment non; quelles niaiseries vous dites! Mais, naturellement elle doit avoir une raison. Et puis, elle y est venue
en compagnie de la Coronis.

— La plus jolie femme de toute l'Europe, dit M. Challoner
avec beaucoup d'onction et de solennité.

— Une créature! s'écria lady Jeanne.

— Ma parole! reprit mistress Henry V. Clams, est-ce qu'elle
n'est pas duchesse de Santorin?

— Oui, mais le duc est en instance pour obtenir le divorce.

— Oh! réellement? Pas possible!

— Santorin n'est qu'un ingrat, murmura le prince Ioris; elle
lui a payé ses dettes, je ne sais combien de fois. »

Lady Jeanne lui répondit avec une sorte d'irritation: « Oh!
vous, Io, il suffit de chanter pour être un ange à vos yeux. On
connaît, Dieu merci, ces sortes de créatures. Étoile ne vaut pas
mieux qu'elle, j'en suis certaine. »

— Mon cher amour, dit M. Challoner d'un ton de doux reproche, vous oubliez... Est-ce que jamais votre père...

— Mon père! vous savez bien que le moindre cotillon lui fait
tourner la tête. Il est entiché d'Étoile; et ce Voightel qui ne
croit à rien, ne jure que par elle. Tout cela est bien bizarre. Voulez-vous savoir mon opinion? C'est une créature plus forte que
les autres.

— Cependant, hasarda le prince Ioris, je n'ai jamais entendu
dire un mot...

— Allons donc! s'écria lady Jeanne; il court toutes sortes
d'histoires sur son compte, et des histoires à faire frémir. Quel
jour l'invitons-nous à dîner? »

Mistress Henry V. Clams cependant méditait d'un air profondément réfléchi, et fouillait les recoins de sa mémoire; voici
ce qu'elle y trouva : « Hé bien, maintenant, j'ai lu quelque part,
il y a quelques années, dans notre pays, qu'elle s'était éprise
d'un chauffeur de la compagnie du chemin de fer de Lyon. »

M. Challonner éclata de rire, le prince Ioris en fit autant.

« Je n'avais pas encore entendu parler du chauffeur, reprit
lady Jeanne, mais ce que je sais bien, c'est qu'il y a sur son
compte des histoires dans ce goùt-là. Quelle date fixons-nous?
Le six vous va-t-il, mistress Clams?

III

A l'entrée du Corso, M. Challoner se rappela subitement qu'il
avait un rendez-vous. Sa femme et le prince Ioris descendirent
le Corso ensemble.

C'était l'heure où la rue présente l'aspect le plus animé et le
plus pittoresque. Sur les façades sombres irrégulièrement percées,
certaines fenêtres s'éclairaient pendant que beaucoup d'autres de-
meuraient dans l'ombre, les couleurs et les dorures des enseignes
apparaissaient vaguement dans la demi-obscurité; des lampes
jetaient leur clarté sur les balcons drapés de rouge; sous le porche
d'une église, des prêtres en surplis blanc psalmodiaient à la
lueur des torches; à tous les coins de rue l'on voyait des violettes et des camellias roses et blancs dans de grandes corbeilles;
des groupes de pifferari faisaient entendre les mélodies mono-
tones et sauvages de leurs montagnes; un détachement de *ber-
saglieri*, la plume au vent, grimpait la rue étroite au pas accéléré,
comme s'il s'agissait d'enlever d'assaut un défilé de montagnes;
des chevaux caracolaient, et le martellement de leurs fers sur
le pavé se mêlait aux batteries retentissantes des tambours.

« Je me demande, dit alors lady Jeanne à son compagnon, si
Étoile sera de votre goùt; en général vous aimez les personnes
excentriques. »

Avec une galanterie pleine de grâce, le prince Ioris répondit :
« Quelle qu'elle soit, elle ne sera jamais pour moi que *la terza
incommoda!* »

Lady Jeanne se mit à rire flattée du compliment, et les deux
promeneurs arrivèrent bientôt à une petite maison, étranglée

2

entre deux palais à mine rébarbative. Cette petite maison, située
près de la *Ripresa dei Barberi*, était connue des marchands et
de la fine fleur de la société sous le nom de Casa Challoner.

Lady Jeanne grimpa légèrement l'escalier de pierre de la Casa
Challoner, et le prince Ioris la suivit, avec la demarche et les
allures d'un homme qui rentre chez lui. La maison était plongée
dans l'obscurité, car il n'y avait qu'une lampe allumée, dans l'antichambre; mais lady Jeanne, sans la moindre hésitation, gagna
une petite pièce imprégnée d'une forte odeur de tabac turc, drapée d'étoffes turques, et meublée de divans turcs. Le prince Ioris
se jeta sur un des divans avec un laisser-aller où il y avait comme
un soupçon de fatigue et d'ennui.

Lady Jeanne alluma une cigarette, et méthodiquement se mit
à dépouiller sa volumineuse correspondance.

« Elle aurait aussi bien fait de ne pas venir, dit-elle entre ses
dents. Allons bon! encore une lettre de ce vieux tartare de Voightel.
Quatre pages d'éloges. Décidément Étoile est la perfection en
personne. Je déteste les gens parfaits. »

Le prince Ioris s'étendit tout de son long et ferma les yeux,
pendant que son amie continuait son travail. Il y eut un silence
de dix minutes. Au bout de dix minutes lady Jeanne leva la tête
avec impatience.

« Ne restez donc pas là sur ce divan à ne rien faire, Io ; dites-
moi ce que nous avons pour la semaine prochaine ; il faut que je
trouve un jour pour ce dîner...

Le prince se leva en soupirant, tira ses tablettes de sa poche
et dit :

« Vous avez demain cet évêque anglais et sa femme.

— Bien. Continuez.

— Le trois, la soirée d'Échéance.

— Je ne puis pas me dispenser d'y aller. Et puis?

— Le quatre, vous menez encore des Anglais à l'Opéra.

— Après?

— Le cinq, bal masqué à la légation grecque

— Et samedi six?

— Deux thés ; il y a là des noms anglais que je ne puis pas
prononcer.

— Tant pis pour les deux thés. Le six fera l'affaire. Prenez
quelques cartes et écrivez. »

Docilement il alla s'asseoir devant une petite table.

« C'est une créature destinée à faire sensation, continua son
amie. Il faut donc qu'on la voie ici tout d'abord, avant qu'elle

ait perdu le charme de la nouveauté. Qui inviterons-nous? Des gens intelligents, bien entendu. Invitez lady Cardiff, elle n'est pas femme a se formaliser des excentricités d'Etoile. »

Il remplit la carte sans se permettre la moindre observation; lady Jeanne lui dicta une douzaine d'autres noms, familièrement appuyée sur son épaule, pendant qu'il écrivait.

« Maintenant, dit-elle, au tour d'Étoile, Pour être polie, je joindrai à la carte un petit billet. Cette vieille bête de Voightel et papa ont fait tant d'histoires...

— Je ne puis pas mettre « Étoile » sur la carte?

— C'est bien sûr. Mettez : comtesse d'Avesnes. Quelle bourde! Penser que papa et Voightel croient que « c'est arrivé! »

— Pourquoi pas? » demanda le secrétaire, en glissant les cartes dans des enveloppes.

Avec la pointe de sa langue, lady Jeanne gonfla une de ses joues, et, en signe d'incrédulité, exécuta sur le tapis quelques pas d'une danse de caractère.

« Ioris, vous savez, elle est comtesse d'Avesnes comme notre chat! Maintenant, dessinez ce triptyque que j'ai promis au vieux Norwich, et faites vite. N'oubliez pas que nous dînons à sept heures, à cause du théâtre. Vous ferez porter demain matin les invitations par Anselmo. Celle d'Étoile, vous la porterez vous-même ce soir: c'est sur votre chemin. Je vais lui écrire tout de suite. »

Elle se mit à son bureau, et écrivit prestement une jolie petite lettre, qui se terminait ainsi:

« Surtout, je vous en prie, pas de cérémonie entre nous, et venez samedi; mon cher père, et plusieurs de nos amis communs, m'ont tant parlé de vous, que je ne puis prendre sur moi de vous considérer comme une étrangère. Mon mari sera aussi heureux que moi de l'honneur de recevoir Etoile à notre foyer romain. »

Ayant terminé cette lettre, elle en écrivit une autre, qui commençait ainsi:

« Bien cher Voightel, l'ombre d'un désir de votre part est pour moi un plaisir et un ordre. Vous savez d'ailleurs combien j'aime le génie et combien je le respecte, etc., etc. »

Ayant expédié avec la même facilité une demi-douzaine d'autres lettres, elle se leva pour aller voir où en était son ami. Elle lui dit alors, en passant les doigts dans les boucles soyeuses de ses cheveux noirs: « Quel lambin vous faites, Io! Vous n'avez encore dessiné qu'une aile, tandis que moi, j'ai expédié quinze lettres. »

Après le dîner, le prince Ioris conduisit lady Jeanne à un petit théâtre où la plaisanterie manquait un peu d'atticisme; quand
il l'eut ramenée chez elle, elle lui permit de regagner ses
pénates. Il occupait rue de la Ripetta un petit palais qui lui
venait de ses ancêtres. Un de ces beaux clairs de lune comme
on n'en voit qu'à Rome argentait tous les objets de sa lueur
douce et sereine. En regagnant son logis, le prince Ioris déposa
à l'hôtel de Russie le billet de lady Jeanne, à l'adresse de la
comtesse d'Avesnes.

« Étoile : c'est un joli nom, pensait-il en lui même; y a-t-il
quelqu'un dont elle soit l'étoile? C'est une grande artiste, tout
le monde le sait. Mais qu'est-elle en dehors de cela? Je voudrais
bien le savoir. »

En arrêtant ainsi sa pensée sur une femme, le prince Ioris se
permettait une liberté qui lui était formellement interdite, et
s'accordait un plaisir défendu.

Car la clef de ses pensées était suspendue à la ceinture de
lady Jeanne pendant le jour, et, la nuit, reposait sous son oreiller;
du moins lady Jeanne en était persuadée : ce qui, pour elle, revenait absolument au même

IV

Enfin, qu'est-ce que c'est qu'Étoile?

Le monde en général se pose cette question, aussi souvent
pour le moins que la fine fleur de la société.

Le monde, bien entendu, ne veut rien entendre de ce qu'É-
toile peut raconter sur son propre compte. Les faits n'intéressent
personne, parce que les faits, voyez-vous, c'est aussi amusant
que de l'arithmétique. A moins cependant qu'il ne s'agisse de
ces faits que l'on se raconte tout bas, de la bouche à l'oreille, en
ricanant.

Faute de faits, le monde ne reste pas à court ; n'a-t-il pas en
effet la ressource de créer une légende là où l'histoire fait défaut?
A ce petit travail d'imagination le public trouve deux avantages :
le premier, de se créer des sujets de conversation et de se distraire de son ennui; le second, de ravaler autant que possible
les personnages qu'il est obligé d'admirer.

C'est ainsi que le monde se venge de Milton en l'accusant

d'inceste ; de Goethe en disant que c'était une brute. Il aime à
croire que Raphaël est mort de ses excès, que Pascal était fou ;
que Lamartine n'a été qu'un mendiant toute sa vie ; que Scipion
avait mis le trésor public au pillage ! que Thucydide et Phidias
étaient des voleurs ; Héloïse et Hypatie des courtisanes ordinaires.
Ah ! Schiller nous donne envie, tout à la fois, de pleurer et de
prier ! N'oublions pas, pour nous venger, qu'il avait besoin,
pour évoquer l'inspiration, de sentir l'odeur des pommes pourries ; n'oublions pas surtout qu'à sa mort il ne laissa pas seulement de quoi se faire enterrer ! »

Si Étoile avait eu seulement l'esprit d'aimer, ou de laisser
croire qu'elle aimait l'odeur des pommes pourries, le monde
était satisfait, et la laissait vivre en paix. Si elle s'était habillée
en homme, si elle avait voyagé avec un duc marié, si elle s'était
prise de caprice pour un peintre adonné à l'ivrognerie, oh ! alors le
monde n'en eût que mieux compris son génie. Mais comprend-on
une femme célèbre qui s'avise de vivre comme les femmes ordinaires, quand les femmes ordinaires sont honnêtes, bien entendu ! Le monde était furieux ; le monde trouvait qu'Étoile y
mettait de l'affectation.

Étoile cependant employait sa matinée à parcourir les galeries du Vatican, sans se douter du bruit que l'on faisait autour
d'elle ; l'eût-elle su d'ailleurs, qu'elle n'aurait pas pris la peine de
s'en inquiéter.

La société vit à la porte du Vatican son grand chien Tsar, et
son domestique assis à côté du garde suisse. Aussitôt la société
flaira quelque intrigue avec un cardinal. Ce chien décidément,
avec son air sauvage, donnait beaucoup à penser.

A midi, Étoile rentra à son hôtel, où elle trouva un certain
nombre de cartes. A deux heures, elle fut vue en voiture avec
la princesse Vera Von Regonwalde, qui était tout à la fois une
ambassadrice et une femme d'esprit.

La princesse von Regonwalde, que les intimes appelaient familièrement la princesse Vera, était d'origine autrichienne. Le
prince von Regonwalde qu'elle avait épousé n'était pas Autrichien,
mais c'était le représentant d'une grande puissance. Elle était
charmante, et bien faite pour égayer la solennité d'une cour souveraine. Elle avait la physionomie de Béatrix Cenci, la démarche
de Diane chasseresse, le sourire d'un enfant, la grâce d'une fleur,
le regard d'une gazelle, et cette beauté de formes que Titien
donne à ses Vénus ; quand elle était entourée de ses enfants, les
enfants et la jeune mère formaient un groupe à tenter le pinceau.

du Corrège. Aux yeux de la société, la princesse Vera était une puissance ; aussi, lorsque la société aperçut Étoile dans sa voiture, elle inclina à revenir sur la sévérité de son premier jugement.

En lisant, dans les journaux du matin, qu'Étoile était venue à Rome pour sa santé, la société avait haussé les épaules en ricanant. Quand la société eut vu de ses yeux la célèbre artiste en compagnie de la princesse Vera, elle se souvint subitement d'avoir entendu dire que réellement Étoile avait la poitrine délicate; l'air de Rome lui convenait donc mieux que celui de Paris et de Bruxelles. Quant à son chien, c'était décidément un chien magnifique. On l'appelait cher vieux chien et l'on s'informait de son nom.

Seule mistress Henry V. Clams trouva inconvenante la présence d'Étoile dans la voiture de la princesse Vera, et le dit sans ménagement. La jeunesse de mistress Henry V. Clams s'était passée sur un défrichement du Far West, à cinq cents milles de tout centre de civilisation, et l'on s'en apercevait bien sur le tard; elle s'était mise en tête de devenir une *élégante*, et elle était venue en Europe pour prendre ses grades. On la tolérait parce qu'elle tenait table ouverte, parce que son cuisinier était un artiste de premier ordre, parce qu'elle prenait ses amants parmi les hommes politiques, parce que les dollars de son mari étaient innombrables comme les étoiles du firmament.

Mistress Henry V. Clams avait beau porter le titre d'*élégante*, tout au fond de son âme elle n'était pas très sûre de son goût. Par exemple, la veille au soir, sur le Pincio, l'élégante simplicité d'Étoile lui avait fait faire un retour pénible sur sa propre toilette. Décidément, elle portait trop de boutons, trop de passementeries, trop de couleurs voyantes, trop de franges; son propre chapeau lui fit subitement l'effet d'un feu d'artifice au moment du bouquet; sa modiste parisienne avait trahi sa confiance et l'avait attifée comme une femme du demi-monde. Comme il arrive bien souvent en pareil cas, au lieu de s'en prendre à elle-même de son manque de goût, elle s'irrita contre la personne dont la vue le lui avait révélé ! Voilà pourquoi elle déclara avec tant d'âpreté que la présence d'Étoile dans la voiture de la princesse Vera était une inconvenance, car au fond elle était bonne femme.

Les dames américaines sont reçues dans toutes les cours de l'Europe, uniquement parce qu'on ne sait pas d'où elles sortent : c'est leur seul titre. Si l'on voulait aller au fond des choses, on ferait parfois de singulières découvertes.

Ces dames n'y mettent pas tant de discrétion à l'égard des autres femmes, surtout s'il s'agit de leurs compatriotes. D'où sort-elle? Telle est la première question qu'elles se posent. Comme elles ont le génie de l'investigation, elle finissent toujours pas trouver, et elles vous font part de leurs découvertes avec une franchise d'enfants terribles. Ce sont elles qui vous apprennent que mistress Ulysses B. Washington a été marchande de pommes de terre bouillies ; que mistress Héloïse W. Dobbs a tué son premier mari d'un coup de révolver, à Saint-Louis ; que miss Anastasia B. Spyrle, fiancée au prince Volterra, a été danseuse de corde, au vu et au su de l'Union tout entière.

« Enfin, personne ne sait d'où elle sort ! » dit mistress Henry V. Clams. Et elle se tira un verre de curaçao à même un petit tonneau de cristal de Baccarat, installé sur une des tables de son salon. C'était le jour de réception de mistress Henry V. Clams.

« Qui est-ce qui s'inquiète de savoir d'où sortent les artistes ? Ce n'est toujours pas moi, » dit lady Jeanne Challoner, qui se piquait de patronner les artistes.

— Je comprends cela quand ils se renferment dans leur rôle d'artistes ! repliqua mistress Henry V. Clams. On ne les reçoit pas et l'on n'est pas tenu de leur parler ; mais quand je songe à cette princesse Vera qui se donne des airs comme si les anges et les impératrices n'étaient pas dignes de lui cirer les souliers....

— La princesse raffole de l'art, dit lady Jeanne. J'aime l'art aussi, vous savez ; seulement il y a des limites à tout. Dans tous les cas, comme je suis obligée de la voir, je ne suis pas fâchée de pouvoir m'abriter derrière l'autorité de la princesse Vera. Io, il est temps de partir. Que regardez-vous donc là ? Oh ! c'est la photographie d'Étoile. »

En effet, c'était la photographie d'Étoile : un simple profil, qui se détachait en clair sur un fond noir, comme un camée. Le prince Ioris jeta un dernier regard sur le portrait avant de remettre sur la table un album intitulé : *Célébrités*.

Tout en se hâtant de suivre lady Jeanne, il demanda à mistress Henry V. Clams si le portrait d'Étoile se trouvait dans le commerce.

« Mais, bien sûr ! celui-ci m'a coûté cinq francs. Je crois qu'il vient de chez Goupil. Il n'est pas fameux ; mais regardez-moi, par exemple, ces photographies de Judic et de Croizette.

Le portrait de Judic et de Croizette le laissèrent parfaitement froid.

« Allons, allons, dit lady Jeanne avec impatience, tenez, prenez Spit ; » et elle lui mit entre les bras un petit chien de Skye.

En descendant l'escalier qui était couvert d'un épais tapis

d'Aubusson, elle lui dit: « Cette femme de là-haut avait raison:
inconvenance est le mot; mais comme nous devons la voir, je
n'ai pas voulu le prononcer. Où sont mes fourrures? Faites attention. »

Profitant de ce que lady Jeanne était entrée dans une boutique pour marchander une porcelaine, le prince Ioris se glissa
chez Sulpici, pour lui commander de faire venir de chez Goupil
une photographie d'Étoile. »

Justement Sulpici en avait une, et même plusieurs; Ioris en
acheta une.

« D'où venez-vous, Io! vous m'avez fait attendre, et je vous
cherchais, » dit lady Jeanne avec impatience. Lady Jeanne n'était
pas contente; elle avait espéré faire un bon marché, mais l'homme
à la porcelaine avait tenu bon.

« J'étais sorti pour voir s'il pleuvait, je craignais que vous ne
fussiez mouillée. » En habile diplomate, il acheta la tasse de
porcelaine et l'offrit à lady Jeanne. Lady Jeanne redevint aussitôt d'une humeur charmante.

Ayant reconduit son amie jusqu'à la casa Challoner, Ioris retourna chez lui s'habiller pour le dîner. Tout le long du chemin
il pensa à Étoile, et murmura même plusieurs fois son nom. Ce
nom le fascinait. Il s'arrêtait sous les becs de gaz pour regarder
la photographie; arrivé chez lui, il la cacha dans un tiroir secret dont lady Jeanne elle-même ignorait l'existence.

Étoile était née dans un petit village ensoleillé des bords de
la Meuse, au pays de Jacques et de Rosalinde; c'est, comme on
sait, le plus joli coin de terre que l'on puisse rêver, bien que les
hypocondriaques y viennent prendre les eaux, et les joueurs
risquer leur argent à la roulette.

Le courant rapide et clair de la Meuse, les prairies semées de
grands ormes et de noyers, les collines couronnées de pins,
l'unique rue du village inondée de soleil, la fontaine où les la-
vandières se racontent les nouvelles, où viennent s'abreuver les
lourds chevaux du pays, voilà les premières images qui avaient
frappé les regards d'Étoile, et dont elle gardait précieusement
le souvenir.

Il lui suffisait de fermer les yeux pour revoir par la pensée,
dans le lointain poétique du passé, les primevères au talus des
fossés, le geai aux ailes bleues qui fuyait d'un arbre à
l'autre, la truite qui bondissait à la surface de l'eau, le renard
qui se risquait hors de son terrier avec une familiarité effrontée,
l'écureuil qui coulait comme une goutte d'eau le long d'une branche

de noyer, les charbonniers tout noirs qui descendaient de temps en
temps au village et racontaient des histoires de loups et d'ours,
les lourds chariots flamands qui s'en allaient en grande solennité
tantôt vers la France, tantôt vers la Prusse, enfin la lueur rou-
geâtre des hauts-fourneaux de Liège, qui ensanglantait à l'horizon les ténèbres de la nuit.

La maison où elle avait passé son enfance, entre la mère de sa
mère et deux vieilles servantes dévouées, était une de ces
vieilles maisons flamandes comme on en voit dans les tableaux
des peintres hollandais; avec toutes sortes de coins, de recoins
et de cachettes, toute pleine d'ombres transparentes qu'égayaient
de grands flots de lumière à l'endroit des fenêtres. Une maison
neuve a l'air d'une hôtellerie, une vieille maison comme celle-là
est peuplée des souvenirs du passé.

Cette maison dressait son pignon grisâtre au milieu des grands
arbres d'un jardin qui aboutissait à la Meuse. C'est dans un jardin comme celui-là que devait sommeiller la Belle au bois dor-
mant. L'enfance, quand elle est heureuse, ressemble à une belle
matinée d'avril; l'enfance d'Étoile était heureuse entre toutes :
elle s'écoulait dans la simplicité la plus naïve, dans la paix la plus
profonde, elle était peuplée de ces rêveries d'enfant charmantes et
gaies, comparables seulement à ces petits nuages roses, de
forme aérienne et vague, qui voltigent parfois autour du soleil.

Il y avait cependant autour de sa vie une ombre de tristesse
et de mystère, mais que l'on dérobait soigneusement à ses regards.

Elle était donc heureuse et gaie aussi longtemps que durait la
journée; mais il y avait des heures où sa joie avait quelque chose
de plus profond et de plus pénétrant. C'est lors qu'au sortir des
bois ou des prés inondés de soleil elle rentrait dans le petit coin
mystérieux et sombre qu'elle appelait son cabinet de travail.
Une fois là, pendant des heures, elle penchait son visage enfan-
tin et ses boucles joyeuses sur de gros livres et des exercices compliqués. Les personnes chargées du soin de l'élever s'émerveil-
laient de son ardent désir d'   oir, et se plaisaient à multiplier
les difficultés, pour lui donne   a joie de les vaincre.

Cette singulière précocité ne lui ôtait rien de la grâce et
de la naïveté de l'enfance. Tout le village l'adorait. Elle avait
même pris le cœur d'un vieux misanthrope qui vivait solitaire
dans les forêts des bords de la Meuse. C'était un Allemand;
grand artiste autrefois, il avait été arrêté brusquement dans son
essor par une paralysie du bras droit. Il s'éprit d'Étoile, en

a voyant essayer de saisir le secret du mouvement des nuages et les effets changeants de la couleur des eaux ; ayant reconnu qu'un instinct passionné l'entraînait vers les beaux-arts, il avait entrepris de la guider. A l'âge de quinze ans elle avait déjà créé des œuvres qui rendaient le vieil Allemand tout rêveur ; il n'osait pas lui dire à elle tout ce qu'il en pensait, de peur de faner en elle la fleur délicate et charmante de la modestie. Toute la journée elle peignait en plein air, toute la soirée et une partie de la nuit elle étudiait. Aussi était-elle parfaitement heureuse.

De temps à autre la vieille maison des bords de la Meuse recevait la visite d'un hôte, dont la venue bouleversait momentanément toutes les habitudes du logis, et alimentait la conversation des paysans pendant quinze jours. Il embrassait froidement Étoile, lui posait un problème, lui faisait composer quelques vers, restait deux ou trois jours, et s'en allait comme il était venu. On avait dit une fois pour toutes à Étoile que cet étrange visiteur était son père, le comte Raoul d'Avesnes.

A l'époque des grandes aventures et des grands coups d'épée, l'énergique et puissante race des comtes d'Avesnes avait régné en suzeraine sur la région sauvage des Ardennes. Les d'Avesnes avaient toujours été du parti catholique, on les voyait moins souvent à la Cour que sur les champs de bataille. Peu à peu, à force de se battre et de conspirer, ils avaient tout perdu, sauf leurs antiques traditions. Le comte Raoul d'Avesnes, leur dernier représentant, était d'un caractère à tout entreprendre et à ne rien achever. C'était une sorte de joueur politique, toujours impliqué dans quelque intrigue ou quelque conspiration ; à force de naviguer sur cette mer périlleuse, il finit par y sombrer. Le monde savait peu de chose sur son compte, sa fille presque rien. Il avait brisé le cœur de sa femme et dissipé sa fortune. Sa mort avait été un mystère comme sa vie ; sa mort ne fit pas un grand vide dans la vie d'Étoile, puisqu'elle le connaissait à peine.

La jeune comtesse d'Avesnes continua donc à étudier dans de gros livres, à vagabonder dans les bois et dans les prés, et à vivre dans un monde que son imagination créait de toutes pièces. Quelquefois une sorte de vague désir l'effleurait, lorsque, debout à la marge d'un champ de blé, elle regardait au loin le soleil qui se couchait dans une gloire de pourpre, derrière les lignes sombres des grands bois, à l'horizon. Mais c'étaient des désirs qui n'avaient pas encore déployé leurs ailes, et qu'une sorte de crainte vague empêchait de prendre leur essor.

Un an après la mort du comte d'Avesnes, la grand'mère d'Étoile, effrayée à l'idée de la laisser seule au monde, avec une fortune plus que modeste, et un nom dont la gloire passée ne pouvait lui être d'aucun avantage dans le présent, résolut de sacrifier sa propre tranquillité et d'aller habiter une grande ville.

Ces deux dames se logèrent dans un coin du vieux Paris d'où l'on aperçoit les arbres du Luxembourg. Il s'éleva comme un tumulte de grandes idées et de vagues ambitions dans le cœur de cette enfant qui avait étudié plus que bien des hommes, et qui, à la fréquentation familière de tous les grands poètes que le monde a produits, avait eu comme une révélation confuse de son propre génie.

Dans la ville des plaisirs, Étoile n'eut de pensées que pour l'étude et pour l'art. Les rares amis qui franchissaient le seuil de la petite maison appartenaient tous à d'antiques familles déchues; de toute la splendeur du passé, il ne leur restait que les traditions d'honneur de l'ancienne aristocratie et aussi ses préjugés; à leurs yeux, c'était se dégrader que de tenir une plume ou un pinceau.

Un jour cependant, Étoile rencontra en dehors de ce cercle étroit un ami personnel. C'était un grand artiste, dont le génie s'était révélé au milieu des tempêtes épiques du premier Empire; avant de le connaître, Étoile ressentait pour lui une admiration passionnée et une profonde vénération. Le jour où il la vit pour la première fois, le vieillard la regarda longtemps en silence; peu à peu sa physionomie austère prit une expression plus douce, il découvrit sa tête blanche et lui dit :

« Mon soleil est couché depuis longtemps, je me réjouis d'assister au lever du vôtre. »

La parole de David Israëls faisait loi, non seulement à Paris, mais dans l'univers entier. Il se chargea d'envoyer lui-même le premier tableau d'Étoile au Salon, sans en faire connaître l'auteur.

Quand on lui demandait le nom du peintre, il répondait laconiquement: « Un de mes élèves ! »

Le sujet du tableau était des plus simples : une glaneuse qui revient des champs au coucher du soleil. La foule assiégea le tableau; les critiques, les connaisseurs et le public saluèrent l'avénement d'un grand artiste. Cette œuvre fut suivie de plusieurs autres encore plus remarquables, et qui étaient signées du nom d'Étoile.

Pendant plusieurs années le monde entier crut qu'Étoile était un nom d'homme Le jour où le bruit commença à se répandre qu'Étoile était une femme, ou plutôt une jeune fille, le monde se mit à ricaner en haussant les épaules.

A qui ferait-on croire qu'une simple jeune fille pût montrer à la fois tant de profondeur, de force, de science, et surtout de mélancolie ?

Il fallut bien le croire cependant, lorsque David Israëls révéla la vérité, malgré la résistance d'Étoile.

David Israëls vécut assez longtemps pour assister à son triomphe, pas assez pour la protéger contre les insulteurs qui suivent toujours le char du triomphateur. Paris proclama le nom d'Étoile, et tout l'univers après Paris. Les hommes les plus célébres de l'époque tenaient à honneur d'être reçus chez elle.

A ses moments de loisir, elle écrivit une comédie qui eut un succès retentissant sur un des grands théâtres de Paris. « Elle a tous les talents ! » disait le monde en fronçant le sourcil. Si en même temps elle avait eu tout les vices, le monde n'aurait pas froncé le sourcil. Malheureusement pour sa réputation, elle n'en avait pas un seul.

Dix ans s'étaient écoulés depuis qu'elle avait quitté le village des bords de la Meuse, dix années de gloire, sinon de bonheur. Le génie est rarement heureux, excepté dans ses rêves, ou à l'aurore de son premier amour. N'ayant jamais connu la divine tendresse de l'amour, Étoile était obligée de se rabattre sur la gloire. Et qu'est-ce que la gloire à notre époque, sinon une banale notoriété, faite pour blesser les sentiments les plus délicats d'une femme vraiment femme ?

Étoile fut bien vite blasée sur la gloire, et elle commençait à sentir un grand vide en elle et autour d'elle lorsque les médecins lui recommandèrent d'aller en Italie pour sa santé !

V

Le prince Ioris avait donc laissé à l'hôtel de Russie le petit billet plié en triangle que lady Jeanne adressait à Étoile. Aussitôt un domestique le monta à la comtesse d'Avesnes qui, debout près

des fenêtres ouvertes de son grand salon, enveloppée dans ses
fourrures à cause de la fraîcheur de la nuit, regardait vaguement
les arbres du Pincio et des jardins Médécis, et la constellation
d'Orion qui venait d'apparaître au dessus de lignes sombres des
yeuses.

Étoile avait un teint éblouissant de fraîcheur, avec la taille
svelte et élancée des femmes qui prennent baucoup d'exercice au
grand air, soit à pied, soit à cheval. Ses cheveux châtain clair
se relevaient légèrement au-dessus du front, par un mouvement
plein de grâce ; ses yeux avaient l'expression que le peintre a
donnée à ceux de Shelley enfant ; les plis larges et simples de sa
robe de velours auraient tenté le crayon de Léonard de Vinci. La
vue de sa personne causait aux gens une sorte de désappointe-
ment ; on aurait trouvé plus naturel de la voir habillée en homme,
avec des cheveux courts et une mise négligée. En général, on
sait mauvais gré à une artiste d'avoir l'air d'une duchesse : on
ne sait plus à quoi s'en tenir !

« A quoi pensez-vous, Étoile ? » lui demanda une femme merveil-
leusement belle, dont la beauté avait l'éclat de la fleur du grenadier ou du saphir. Cette femme, c'était Dorotea Coronis ; c'était
la femme du duc de Santorin.

« Il me semble que je songeais à Actéa. »

Elle y songeait en effet, et le plus naturellement du monde,
puisque des fenêtres de son appartement elle voyait les masses
sombres des arbres du Pincio, et le dôme du temple élevé à la
mémoire de Néron.

« Pauvre Actéa, reprit-elle. Le souvenir de cette jeune esclave suffirait presque pour racheter les horreurs du temps où elle a vécu.

— Ne dites pas, pauvre Actéa ! dites : bienheureuse Actéa, reprit Dorotéa Coronis avec un soupir. Cette brute de Néron était
un dieu pour elle. Elle ne l'a jamais vu tel qu'il était. Je suis
sûre qu'elle le tenait pour un grand artiste et pour un poète
parfait. L'amour est aveugle.

— Pas l'amour comme je le conçois.

— Que savez vous de l'amour, vous qui n'avez jamais aimé
que l'art ?

— Vous parlez comme Voightel.

— Et Voightel a raison. Pourquoi n'avez-vous jamais aimé
personne ?

— Aimé ? Les hommes sont des amis parfaits ; mais quand ils
me parlent un langage plus passionné que celui de l'amitié, ils
m'ennuient ou me révoltent.

— Vous êtes bien heureuse d'être si froide.

— Est-ce de la froideur? Et suis-je réellement bien heureuse?

— Quoi qu'il en soit, vous vous faites beaucoup d'ennemis. Vous avez l'air de dire aux hommes : « Vous êtes trop sots pour réussir; » et aux femmes : « Je suis plus forte que vous. »

— Ce n'est pourtant pas mon intention. Mais, dites-moi, Dorotea, pourquoi êtes-vous si pressée de me quitter? »

La duchesse de Santorin fit entendre un petit rire embarrassé.

« Ma chère, M. le Duc a besoin de deux cent mille francs pour ses étrennes. Vous oubliez que je ne suis pas ma maîtresse, et que j'ai signé un engagement pour Saint-Pétersbourg.

— A votre place, je ne lui donnerais pas un sou. Votre contrat de mariage vous protège contre ses exigences, n'est-ce pas?

— Sans doute, mais je n'ai que ce moyen de le tenir à l'écart. Il n'est sorte d'outrages dont il ne m'ait abreuvée, mais il n'a pas perdu pour cela les droits que la loi lui assure. Il ne m'a jamais frappée devant témoins; et quoique il ait des maîtresses aux quatre coins de l'Europe, il n'en a jamais introduit une seule sous le toit conjugal. Vous voyez qu'aux yeux de la loi il est sans reproche! »

Une expression de douleur et de mépris avait assombri la belle physionomie de la grande chanteuse espagnole. Elle se leva brusquement, et se mit à marcher avec agitation.

Étoile quitta la fenêtre, et dit à voix basse: « Je n'aime pas à vous voir partir pour la Russie. »

La duchesse de Santorin leva vivement la tête et s'arrêta court.

« Vous croyez que j'y rencontrerai Fédor, vous êtes dans l'erreur. Pour m'obéir, il a quitté la garde impériale, et il est parti pour le Caucase. Il y restera tout l'hiver.

— Oui, mais qui voudra le croire?

— Qu'on le croie ou non, peu m'importe. Il me suffit que cela soit!

— Cela suffit pour nous, et pour Dieu... oui.

— Et qu'importe le reste? Quand une femme est reine, comme nous le sommes, vous et moi, ses juges naturels sont l'Envie et la Médiocrité. Depuis quand ces juges-là s'inquiètent-ils de rechercher la vérité?

— Mais, reprit Étoile, le Caucase a beau être au bout du monde, on en peut toujours revenir. Êtes-vous sûre que le comte Souroff...

— M'obéira jusqu'au bout? Oui.

— Ce n'est pas ce que je veux dire. Vous êtes sûre de lui, êtes-vous bien sûre de vous? Quand vous serez dans son pays, songeant qu'il est exilé chez des sauvages, tous les jours en péril, malade, blessé peut-être... êtes-vous bien sûre que vous pourrez vous empêcher de le rappeler?

— Oui, j'en suis bien sûre; parce qu'en prenant ma résolution, c'est à lui et non pas à moi que j'ai songé. Écoutez-moi, Étoile. »

Elle cessa de parcourir le salon d'un pas fiévreux et s'arrêta en face de son amie.

« Quand une femme pense à elle-même, elle est faible; quand elle s'oublie pour un autre, elle est forte. Fédor ne sera jamais mon amant, justement parce que je l'adore de tout mon cœur, et de toute mon âme; je suis Espagnole, c'est vous dire avec quelle passion je puis aimer. Je ne dois rien à mon mari, qui m'a insultée, volée, battue, et qui m'a répété cent fois : « Vous n'êtes que mon banquier, et c'est encore trop d'honneur pour vous. » Malgré cela, je ne serai jamais pour Fédor ce que le monde prétend que je suis. Et pourtant je l'aime; et pourtant il m'adore; il baiserait la trace de mes pas, il éprouve pour moi l'amour le plus tendre, le plus noble et le plus loyal qui puisse faire tout à la fois le bonheur et le désespoir d'une femme. Si je ne veux pas, c'est à cause de lui...

— A cause de lui?

— Oui, à cause de lui. Vous l'avez trop peu vu pour me comprendre. D'abord, Santorin le tuerait. Santorin est un misérable, mais pas au point d'accepter le rôle de mari complaisant; Fédor ne se défendrait pas; il se laisserait tuer. Il paierait volontiers de sa vie une heure passée avec moi. A supposer que Santorin consentît à fermer les yeux, voyez ce que serait désormais la vie, pour Fédor. Y a-t-il sur la terre une condition plus misérable pour un homme que d'être lié comme un esclave à la femme d'un autre homme? Fédor est jeune, il porte un nom illustre, il sort d'une grande famille qui l'adore; c'est un soldat plein de bravoure et de dévouement. Je ne veux pas ruiner son avenir; non! je ne le ruinerai pas! Pour l'amour de moi, il renoncerait à sa carrière, il supporterait l'exil, la confiscation l'infamie du nom de déserteur, et son adoration pour moi s'accroîtrait de tous les sacrifices que j'aurais exigés de lui Raison de plus pour que je ne les accepte pas. Et comme c'est un homme de chair et de sang, il m'oubliera, je l'espère, et plus tard j'apprendrai qu'il est heureux. »

Elle s'arrêta brusquement, se jeta sur un canapé, et, la figure
cachée dans ses mains, se mit à pleurer amèrement.

Étoile ne dit pas un mot, mais des larmes de sympathie, une à
une, lentement, coulaient sur ses joues.

Par les fenêtres ouvertes, on voyait briler les étoiles sur le
firmament d'un bleu sombre; on entendait le vague murmure
des fontaines; l'air était parfumé et un peu alourdi par la sen-
teur des héliotropes que l'on avait mises dans un vase, sur une
des tables de marbre du salon.

« Quel amour! pensa Étoile, il vaut bien qu'on l'achète au
prix d'une pareille torture! »

Pour la première fois de sa vie, elle s'aperçut qu'elle vivait
isolée au milieu du monde.

C'est juste à ce moment que le domestique lui remit le billet
de lady Jeanne, avec un bouquet de fleurs blanches et une carte.
La carte était celle du prince Ioris, le bouquet avait été acheté
par le prince Ioris dans la via Condotti. En joignant au billet de
lady Jeanne sa propre carte et le bouquet de lis et de camellias,
le prince Ioris avait cédé à l'une de ces soudaines impulsions
qui le rendaient sourd, par moments, aux conseils de la plus vulgaire prudence.

« Que ces lis sont gracieux! s'écria Étoile, et elle se pencha
sur les lis pour en respirer le parfum. Ensuite elle ouvrit le
billet de lady Jeanne.

Quelques jours auparavant, l'un des esprits les plus vifs, les
plus pénétrants et les plus mordants de Paris, le célèbre Voightel,
avait dit à Étoile, en lui faisant sa visite d'adieu...

« Voyez la fille d'Archie, puisqu'il le désire; oui, voyez milady
Jeanne. »

Voilà ce que lui avait dit le grand Vorghtel en personne, à la
fois voyageur, philologue, passé maître en toutes sciences;
comme il prononçait ces paroles, adossé à la cheminée d'Étoile,
ses lunettes vertes qui brillaient d'un éclat diabolique, et sa
grande barbe grise, lui donnaient l'air d'un chat monstrueux
plein de cynisme. « J'ai bien souvent parlé de vous à Jeanne.
A quoi elle ressemble? Pas à Archie, dans tous les cas; c'est
une belle femme, et une femme remarquablement intelligente
à sa manière, qui n'est pas la vôtre. Mérimée l'appelle sa *pétro-
leuse*. L'expression est impropre, n'en déplaise à Mérimée. Les
pétroleuses brûlent pour brûler, lady Jeanne n'est pas femme a
perdre si sottement son huile. C'est une nature hybride; un mélange de la Cléopâtre antique et de la très moderne dame de

comptoir. Je l'admire beaucoup. Chaque parole qu'elle m'adresse est un mensonge, je le sais parfaitement; et cependant je lui sais gré de prendre la peine de mentir pour me faire plaisir. Méprisable! dites-vous. Mais tous les hommes ont leurs faiblesses; une de mes faiblesses à moi c'est d'admirer les femmes qui *vivent* toutes les minutes de leur vie. C'est ce qu'elle fait, et c'est ce que vous ne faites pas, vous. Le rêve chez vous tuera toujours la *vie vivante*, jusqu'au jour où vous aimerez. Et, par parenthèse, vous feriez bien de ne pas trop tarder, si vous tenez à vous faire beaucoup d'amis. Les hommes en général n'aiment pas les femmes qui ressemblent à des citadelles imprenables, songez-y bien, ma dédaigneuse Étoile. Quand une femme a des bontés pour un certain nombre d'hommes, chacun d'eux est tenu de se faire son champion, et de soutenir, l'armet en tête, la lance au poing, que la dame de ses pensées n'a jamais eu de bontés pour personne. Quand elle fait comme vous, et qu'elle repousse tout le monde, chacun des amoureux évincés devient un ennemi mortel et la déchire avec acharnement. Comment un homme pourrait-il s'expliquer qu'on le repousse, sinon en admettant qu'il arrive trop tard, et que la place est prise... Que diable, il faut faire la part de l'amour-propre! Voyez donc notre chère lady Jeanne, ce charmant résumé de toutes les contradictions humaines, qui trouve moyen d'être ignorante comme une carpe, et fine comme l'ambre, audacieuse et timide, et qui sait tempérer l'ardeur brûlante de ses passions par les douches glacées de la plus froide prudence. Si elle avait votre talent, le monde aurait entendu parler d'elle. Telle qu'elle est, elle sait tirer un merveilleux parti d'elle-même. Que peut-elle faire à Rome? Je ne le sais pas exactement; mais je suis absolument sûr qu'elle y tripote quelque intrigue, et qu'elle y gagne de l'argent. Quand un beau clair de lune sur le forum aura emporté votre âme dans les espaces imaginaires, courez bien vite faire une visite à lady Jeanne. Lady Jeanne est un merveilleux tonique pour les poètes: elle sera pour vous la prose de Rome; telle que je vous connais, une fois à Rome, vous aurez grand besoin de prose. »

VI

Le 6 décembre, à huit heures du soir, Étoile montait l'escalier de la casa Challoner, afin de faire connaissance avec celle qui devait être pour elle la prose de Rome.

Étoile était fatiguée, et un peu pâle; elle ne portait pas de bijoux; sa toilette paille de maïs très pâle, avec garniture de dentelle noire de Chantilly, n'était égayée que par un bouquet de roses thé qu'elle portait à son corsage. Elle montait avec une grâce négligée et pleine de nonchalance, se demandant si lady Jeanne lui plairait autant que lord Archie. C'est ainsi qu'elle s'en allait à sa destinée, indifférente et les yeux fermés, comme nous y allons tous.

Dans l'antichambre, en se débarrassant de ses fourrures, elle entendit une voix qui chantait un refrain populaire, avec accompagnement de mandoline.

Quand le domestique annonça Étoile, la voix cessa de chanter; entre deux rideaux de soie orientale, la chanteuse s'élança en tendant les deux mains. La chanteuse était vêtue de velours noir; elle avait autour du cou un petit collier composé d'étoiles en diamants, qui lançaient des éclairs au moindre mouvement. Sa tête classique faisait songer à un buste de Minerve; elle avait un profil égyptien, des yeux brillants qui paraissaient verts au jour et noirs à la lumière, des sourcils bien fournis, et un sourire cordial, qui découvrait deux rangées de dents blanches et régulières.

« Combien je suis charmée de faire enfin votre connaissance! J'ai cent fois essayé de vous voir à Paris et à Bruxelles, » s'écria lady Jeanne avec un empressement hospitalier et une chaleur de bon aloi. -

— La fille de votre père est nécessairement mon amie, » répondit la nouvelle venue, dans toute la sincérité de son âme.

Lady Jeanne, qui tenait encore sa mandoline à la main, s'empressa autour d'Étoile, la conduisit au coin de la cheminée, où brûlait un bon feu de bois, et lui avança une chaise basse. Après l'avoir entretenue quelques minutes de son excellent père, de leur cher vieux Voightel, et de quelques amis communs, elle fit le geste d'une personne distraite, qui se rappelle tout à coup une

chose sans importance, et se détournant brusquement, présenta
un personnage qui, tout le temps, s'était tenu debout près des
deux dames sans qu'on fît attention à lui; on aurait dit le chevalier d'honneur d'une princesse, dans l'exercice de ses fonc-
tions.

« Le prince Ioris, la comtesse d'Avesnes. Ioris est un ami intime de mon mari, je puis bien dire son meilleur ami. Oh! naturellement il a entendu parler de vous. Qui est-ce qui n'a pas
entendu parler de vous? »

Le prince Ioris, aussi beau qu'un des cavaliers du Décaméron,
s'inclina avec la grâce d'un courtisan. Ensuite, l'avant-bras posé
sur le manteau de la cheminée, il se mit à débiter, de sa voix
mélodieuse, une foule de riens charmants.

En ce moment apparut dans le salon, avec la gaucherie et
l'ahurissement d'un acteur qui a manqué son entrée, le gentleman
à figure écossaise, qui avait les manières d'un Allemand. Lady
Jeanne le présenta officiellement, avec un léger froncement de ses
noirs sourcils.

M. Challoner, dont la physionomie avait la singulière propriété de demeurer immuable en toute circonstance, fit des yeux
ronds derrière son lorgnon, exécuta un salut compassé, et avec
une grande solennité remercia Étoile « du suprême honneur
qu'elle faisait à sa maison ».

Mistress Henry V. Clams apparut bientôt dans une robe à ra-
mages outrageusement collante, et portant sur sa personne
toute une mine de rubis.

« Elle ne porte pas de pierreries! ma parole! et je suis sûre
cependant qu'elle doit en avoir des tas, pensa mistress Henry V.
Clams, en regardant d'un air presque scandalisé les roses thé
du corsage d'Étoile. Je ne connais rien de plus contrariant que
les artistes, sinon les princes. »

Elle était accompagnée du marquis de Fontebranda, gentilhomme piémontais qui avait un emploi à la cour. Le marquis
l'avait dégrossie de son mieux, mais elle lui faisait quelquefois
souffrir mort et passion, par son amour désordonné pour les
couleurs éclatantes, et son mépris pour les règles de la syntaxe.
Son mari avait reçu une invitation, cela va sans dire; mais il
était entendu partout que M. Henry V. Clams n'allait jamais
nulle part. Ou bien il soignait un rhume, ou bien il avait reçu
des lettres importantes de New-York. Pendant qu'il faisait
l'éducation de la femme, Fontebranda avait mis la main à celle
du mari.

Les autres convives arrivèrent à la file, d'abord un chief justice anglais, renommé pour son esprit ; une vieille dame connue
dans toute l'Europe sous le nom de marquise de Cardiff ; quelques Italiens, quelques Russes ; et enfin un gentleman passablement mûr, une sorte d'Anglais cosmopolite qui répondait au
nom de Silverly Bell. Cet amuseur en cheveux blancs était l'enfant gâté de lady Jeanne. Sa présence était indispensable à tous
les « thés » que donnaient les Anglais en tournée sur le continent ;
il n'avait pas son pareil pour servir le thé avec grâce, et pour
vous raconter sur vos voisins, le plus gentiment du monde, les
histoires les plus abominables.

Quand on annonça le dîner, Fontebranda fut chargé de conduire Étoile, M. Challoner remorqua lady Cardiff, et la maîtresse
de la maison accepta le bras du plus cher ami de son mari.

« Que pensez-vous d'elle, Io ? lui murmura-t-elle à l'oreille.

— Pas grand'chose ! » répondit-il sur le même ton, en levant
légèrement les épaules.

Les yeux gris-vert de lady Jeanne brillèrent de satisfaction

Au dîner, Étoile parla peu. Il lui arrivait, en société, d'être
absolument muette, ou admirablement éloquente. Les esprits
comme le sien ressemblent aux ruisseaux limpides ; ils reflètent
les objets qu'ils rencontrent, étincelants quand ils traversent la
prairie inondée de soleil, sombres sous la voûte des arbres ou
sous l'amoncellement des nuages.

Mistress Henry V. Clams ne quittait pas Étoile du regard,
attendant toujours quelque chose d'extraordinaire et ne voyant
rien venir, elle se plaignit amèrement au chief justice, son
voisin. Le chief justice fit de l'esprit ; mistress Henry V. Clams
sourit pour avoir l'air de comprendre, et se répéta tout bas :
« Il n'y a rien au monde de plus contrariant que les artistes, si
ce n'est les princes ! »

Pendant ce temps-là, une autre personne, bien différente de
mistress Henry V. Clams, se demandait : « Si c'est Étoile, pourquoi
ne parle-t-elle pas pour nous amuser. Cette autre personne,
c'était la marquise de Cardiff. La marquise de Cardiff en était
encore aux idées du temps de Louis XIV. Elle ne voyait aucune
raison d'accorder la sépulture chrétienne aux artistes, ni de les
inviter à dîner.

« C'est la fameuse Étoile, n'est-ce pas ? demanda-t-elle à son
hôte.

— Oui, oui, » dit M. Challoner. M. Challoner ne savait pas
trop s'il devait se montrer fier ou humilié d'avoir Étoile à

sa table. « Le cher lord Archie l'aime beaucoup; il nous a demandé de faire pour elle tout ce que nous pourrions. Vous savez comme il est bon — ma femme tient de lui. Chère lady Cardiff, permettez-moi de vous recommander ces cailles bardées

— Elle a toujours l'air mieux élevée que vous, mon cher monsieur, » pensa lady Cardiff en ramenant son lorgnon du visage d'Étoile aux cailles bardées.

Du ton d'un homme qui s'excuse, M. Challoner reprit : « Je vous ai entendue dire que vous aimiez les célébrités, que cela vous amusait. Son génie, du moins, est indiscutable.

— Oui, oui, et, naturellement, je suis enchantée, dit Sa Seigneurie. Dites-lui de venir à mes lundis. Je le lui dirai moi-même après dîner. Elle est très bien habillée. Elle s'habille chez Worth ?

— Très probablement. On la dit extravagante.

— Et elle a bien le droit de l'être; c'est du Worth tout pur, j'en suis sûre maintenant, il n'y a pas à s'y tromper. Et l'idée des roses thé ! charmante ! Worth a des préférences. Quelle différence entre cette toilette et celles qu'il fabrique pour de simples millionnaires comme notre chère mistress Henry V. Clams ! »

Sans se douter de rien, Étoile échangeait quelques paroles avec ses voisins, Fontebranda et un certain comte Serge Roublezoff, et regardait fréquemment la maîtresse de la maison. Lady Jeanne répondait à ses regards par des regards bienveillants, remplis d'une honnête et franche cordialité. Sans trop savoir pourquoi, Étoile observait l'homme que lady Jeanne avait installé à la place d'honneur.

Il était grand et mince avec cet air de distinction qui est un signe de race; il avait les traits fins, le visage ovale, le teint bistré et délicat, un front pensif, et ce quelque chose dans le regard qui fascine les femmes et les domine; il avait la voix belle, les manières courtoises et gracieuses, on aurait pu croire qu'il venait de descendre d'un cadre de Vélasquez ou de Van Dyck. Étoile remarqua qu'il était aux petits soins pour lady Jeanne; il s'inclinait sans rien dire, avec un air de résignation lorsque lady Jeanne le contredisait, ce qui arrivait, en moyenne, au moins deux fois toutes les cinq minutes. Il l'appelait « madame » avec la plus stricte courtoisie; tandis qu'il disait : « Mon cher » en s'adressant à M. Challoner. Étoile ne put s'empêcher de trouver qu'il y mettait un peu d'affectation. Lady Jeanne surveillait ses moindres gestes et surtout ses regards; mais elle ne pouvait pas

surveiller ses pensées. Tout le temps du dîner, il fut préoccupé
d'Étoile. Il finit par arriver à ce raisonnement bizarre: « Je
sens que je l'adorerai, ou que je la détesterai. Peut-être l'ado-
rerai-je et la détesterai-je en même temps. »

Les yeux et toute la physionomie du prince Ioris étaient capables d'exprimer les sentiments les plus nobles et les plus élevés.
Mais à la table des Challoner il était contraint et silencieux;
par moments, il dépassait la mesure dans les efforts qu'il faisait
pour se rendre agréable. Étoile s'en aperçut et se demanda
quelle était la nature de ses relations avec les Challoner. D'après
ce qu'elle entendait à droite et à gauche, elle conclut que c'était
un noble romain, attaché à la cour; qu'il possédait une propriété dont le nom revenait à chaque instant. Mais il semblait
que, par suite d'un arrangement mystérieux et inexplicable, cette
propriété appartînt aussi à lady Jeanne.

« Qu'est-ce que c'est que Fiordelisa? » se demandait Étoile.
Elle ne se doutait pas que si Fiordelisa était la propriété du
prince Ioris, le prince Ioris était la propriété de lady Jeanne.

Après le dîner, la société suivit lady Jeanne dans un des trois
ou quatre petits salons de la casa Challoner; c'était un petit réduit meublé de divans confortables et dont le parquet était couvert d'épais tapis de Smyrne. On y voyait beaucoup de tableaux,
et de la porcelaine en quantité. Lady Jeanne ouvrit son porte-
cigares, et exprima l'espoir que tout le monde fumait.

Tout le monde fumait, excepté Étoile.

« Ah! comtesse, vous avez bien raison de ne pas fumer, dit
le prince Ioris; c'est une habitude disgracieuse pour une femme. »

Lady Jeanne qui les épiait les rejoignit alors, tenant à la main
son cigare allumé.

« Faites donc attention à ce que vous dites, Io! murmura-
t-elle avec humeur. Vous savez cependant que lady Cardiff fume
comme une locomotive. Et puis, comme vous avez été stupide
pendant tout le dîner. Allez donc distraire le chief justice; vous
voyez bien que M. Challoner l'assomme. »

Il obéit sans répliquer. Lady Jeanne présenta lady Cardiff à
la comtesse d'Avesnes. Pour se récompenser d'avoir opéré une
si habile diversion, elle alla rejoindre les messieurs. Le groupe
des messieurs venait de s'accroître d'un personnage qu'elle salua
gaiement du titre de « cher vieux Mimo ».

Le cher vieux Mimo, *aliàs* comte Burletta, était un homme
très fin et très habile; ses traits ne manquaient pas d'une certaine beauté, quoiqu'on pût lui reprocher un excès d'embon-

point; sa pnysionomie était souriante et sereine. C'était un gentilhomme qui se connaissait en tableaux, en porcelaines, en ivoire sculpté, et qui, pour de l'argent, en donnait à ses amis. Il employait ses matinées à courir les mansardes et les taudis, les palais, les ateliers et les couvents, et rentrait rarement au logis les mains vides. Dans le monde, c'était un homme du monde, c'est-à-dire qu'il mentait quelquefois; dans sa boutique, où il était visible tous les jours à trois heures, c'était un marchand honnête, à moins cependant qu'il n'eût affaire à quelque fou : l'occasion fait le larron. Du reste, bon catholique.

Le cher vieux Mimo s'assit familièrement sur un canapé, à côté de lady Jeanne, et lui murmura à l'oreille des secrets dont nul mortel n'eut jamais connaissance; ensuite il allongea la main et tira à lui la mandoline de lady Jeanne qui était enfouie sous un monceau de musique.

« Io, dit lady Jeanne, où est cette dernière chanson du Trastevere que vous avez transcrite pour moi? »

Ioris planta là le chief justice pour se mettre en quête de la chanson demandée. Quand il l'eut trouvée, ce n'était pas celle-là que lady Jeanne voulait chanter, et elle chanta autre chose. Pendant qu'elle chantait, elle lançait à Ioris des œillades amoureuses auxquelles il répondait, comme c'était son devoir.

« Cet homme joue la comédie, pensa la comtesse d'Avesnes; quel intérêt a-t-il à la jouer?» Et elle regarda M. Challoner, pour voir ce qu'il pensait de tout cela.

Ce qu'il pensait, il le gardait probablement pour lui, car il ne s'émouvait de rien, du moins en apparence. Il continuait, à demi-voix, une discussion politique avec le chief justice, pendant que sa femme chantait. Jamais il ne la gênait en rien, c'était le mari idéal du XIX° siècle.

Cependant lady Cardiff s'était assise à côté d'Étoile. « Ma chère comtesse, lui dit-elle, on vous parle sans cesse de votre talent, vous devez être excédée d'entendre toujours la même chose; permettez-moi de vous faire compliment sur l'élégance de votre toilette. Worth fait vraiment des merveilles pour les personnes de goût, tandis qu'il se contente d'habiller les autres. Exemple : Mistress Henry V. Clams qui est là, à côté de moi. Pour ma part, je vous suis reconnaissante de vouloir bien vous abaisser jusqu'à songer à votre toilette. Cela vous rapproche un peu de notre pauvre humanité. Le génie, trop souvent, vous savez...

— La négligence, reprit Étoile, n'est souvent que de l'affectation. D'ailleurs c'est un véritable plaisir que de s'habiller avec goût. Quelle est donc cette remarquable personne qui se croit obligée de faire une exposition de rubis pour un dîner sans céré- monie?

— C'est mistress Henri V. Clams. C'est Fontebranda qui l'a inventée, et qui a eu le talent de la faire accepter par la société. Fontebranda n'a pas le sou, vous savez, et les Clams sont archi- millionnaires.

— Je comprends. Les voyez-vous?

— Naturellement. Tout le monde les voit. Ils reçoivent très bien, grâce à Fontebranda. Restez-vous longtemps à Rome?

— Je compte y passer tout l'hiver. Quel est ce gentleman qui accorde la mandoline de lady Jeanne?

— C'est le cher vieux Mimo, *alias* le comte Burletta, excel- lente créature. Marchand de midi à quatre heures; comte le reste du temps. Si vous éprouvez le besoin d'acheter des tasses à thé ou des triptyques, priez lady Jeanne de vous conduire chez lui; si vous désirez vous faire bienvenir, payez sans marchander; surtout pas de questions indiscrètes sur l'authenticité de l'objet. Ce que j'entends dire par là? Oh! rien du tout. Mimo est un connaisseur; du reste, ici tout le monde est connaisseur; on vous le fera bien voir, au besoin. Aimez-vous la voix de lady Jeanne?

— Assez, mais je suis trop habituée à la grande musique pour être indulgente. Je reçois les plus grands artistes de Paris, et mon amie Dorotea a chanté pour moi toute seule, bien souvent.

— Ah! la duchesse de Santorin! Elle est à Rome, n'est-ce pas?

— Elle est partie; elle n'a pu passer qu'une journée avec moi, à cause d'un engagement qui la rappelait à Saint-Pétersbourg. Mais elle m'a promis de revenir dans deux mois.

— Dites-moi donc, dites-moi donc, vous qui devez savoir le fond des choses. Est-ce vrai que Santorin a lancé contre elle une citation à comparaître, et qu'il est en instance pour obtenir une séparation?

— Il lui a envoyé la note de sa dernière dette à payer, voilà tout ce que je sais...

— Mais on a parlé d'elle à propos du beau Souroff, l'aide de camp de l'empereur : vous savez bien ce que je veux dire.

— On a eu bien tort de parler d'elle, je vous assure. Le comte Souroff est dans la Caucase.

— Ah! vraiment! » dit lady Cardiff un peu désappointée. Lady Cardiff était très friande de scandales mondains, et elle venait de découvrir qu'elle ne tirerait rien d'Étoile sur le compte de son amie.

« Lady Jeanne est très belle quand elle s'anime en chantant, dit Étoile, pour jeter la conversation sur un autre sujet.

— Cette femme là est très bien, répondit la marquise d'un ton rêveur. Oui, elle est de grande famille, ce n'est pas une sotte, et la voilà cependant mariée à un M. Challoner! Il y a des choses bien étranges dans la vie de ce monde; mais je n'en connais pas qui soit plus étrange que ce mariage et ce mari. Vous connaissez son père à elle? Naturellement. C'est un homme charmant; moi je trouve que sa fille ne lui ressemble guère, et vous? Oui, je me sauve; désolée de vous quitter, mais il faut que je me montre au palais Ruspoli. Je vais m'éclipser en catimini; elle fait assez de bruit pour couvrir ma retraite. Ma chère comtesse, je suis ravie que vous ayez eu l'idée de venir à Rome, n'oubliez pas, je vous prie, que je reçois tous les lundis. »

Au premier mouvement de retraite de la marquise, M. Challoner se leva précipitamment pour la reconduire. « Je suppose qu'on la reçoit? lui dit-elle à demi-voix.

— Qui? Etoile? Oh! certainement, on n'a jamais rien dit sur son compte.

— Oh! mon cher M. Challoner, vous m'avez mal comprise. Je ne m'inquiète guère de sa réputation. Nous recevons tous les jours des milliers de gens tarés (M. Challoner fait une légère grimace). Les autres les reçoivent, nous n'en demandons pas davantage. Mais on ne peut pas attacher le grelot, vous savez; on ne manquerait pas de vous le reprocher plus tard. Quand une femme est *reçue*, réellement *reçue*, qu'importe ce qu'elle a pu faire, ou même ce qu'elle fait encore tous les jours? Pour en revenir à cette femme, elle est charmante; et au fait, du moment que *vous* la recevez, elle a le droit d'être reçue partout. Irez-vous faire un tour chez les Ruspoli? Non? Ah! c'est vrai, vous ne les connaissez pas. C'est une pitié. Mille remerciements. Il fait un froid de loup. Merci. Bonsoir.»

Quand M. Challoner rentra au salon, lady Jeanne chantait toujours. Le cher vieux Mimo avait jeté le grappin sur le chief justice, et l'initiait aux beautés d'une petite peinture de Masolino, qui était à vendre. A vrai dire, le chief justice était médiocre connaisseur en matière de beaux-arts, mais il ne lésinait jamais sur les prix, tout le monde le savait, et le cher vieux Mimo mieux que personne.

Le prince Ioris, après avoir répondu consciencieusement aux œillades de lady Jeanne pendant toute la durée de trois chansons populaires, se dit qu'il méritait bien une compensation; il alla la chercher près d'Étoile; tout en s'amusant à ramasser les feuilles tombées des roses thé, il l'entretenait avec sa grâce habituelle, et attachait sur elle des regards où elle eût pu voir, si elle avait été coquette, un hommage flatteur rendu à sa beauté.

Lady Jeanne, à qui rien n'échappait, s'arrêta brusquement au milieu d'une chanson, et rejeta sa mandoline avec une telle violence qu'elle faillit la briser. Sortant, sans cérémonie, du petit cercle des admirateurs de son talent, elle vint s'asseoir brusquement à côté du prince Ioris.

« Y songez-vous? lui dit-elle avec vivacité; comment pouvez-vous proposer à madame de la conduire demain aux Loges? En vérité, vous perdez la tête. Vous devez me piloter demain dans plusieurs ateliers; nous avons à examiner ce buste chez Fricco; l'évêque de Mélite vient luncher ici; et nous avons pour l'après-midi je ne sais combien l'affaires importantes. Vous voyez bien que vous n'êtes pas libre. D'ailleurs, madame a sous la main le père Marcello; c'est un homme qui en sait dix fois, cent fois plus long que vous, en matière d'archéologie et de beaux-arts!... »

Le prince Ioris s'inclina et répondit : « Madame, je suis à vos ordres, comme toujours.

— Je suis bien aise de l'apprendre, répondit-elle avec une irritation croissante. Alors, comment se fait-il que vous m'ayez fait attendre vingt minutes ce matin chez Fricco?

— J'étais au Vatican.

— Soit. Vous serez demain ici à dix heures. Je vous serai obligée de ne pas l'oublier. »

Étoile s'étant levée pour partir : « Quoi! sitôt! s'écria lady Jeanne avec le plus aimable et le plus franc de tous les sourires. Il n'est que onze heures. Vous me mettez au désespoir. Vous consentez à être mon amie, n'est-ce-pas? ne fût-ce que pour l'amour de mon père. C'est un grand bonheur pour moi que vous ayez fait le voyage de Rome!... » Elle suivit Étoile jusqu'à l'antichambre. Chemin faisant, elle l'accablait de protestations d'amitié, et esquissait une foule de plans et de projets, en vue de leur future intimité, et des amusements qu'elle comptait procurer à sa nouvelle amie intime.

Ioris, sans qu'on l'en eût prié, enveloppa Étoile de ses fourrures et lui offrit son bras.

« Comme elle est belle, et combien je la trouve aimable! » dit Étoile en descendant l'escalier.

Ioris ne répondit pas un mot.

« Vous êtes amie de lord Archie, » dit-il après un moment de silence. Etoile se figura qu'il parlait avec quelque embarras.

« Oui, je le connais bien, ce cher lord Archie; il est si bon!
— Je l'aime beaucoup aussi.
— Est-ce que vous êtes parent de la famille?
— En aucune façon, répondit Ioris avec une certaine impatience. Il reprit avec sa courtoisie habituelle : J'aurai l'honneur de me présenter chez vous, madame. Je serais heureux de vous être bon à quelque chose. Il y a peut-être à Rome des personnes dont vous désireriez faire la connaissance. Dans ce cas... »

M. Challoner les rattrapa sur l'escalier, en compagnie de mistress Henry V. Clams et de Fontebranda, qui venaient de prendre congé de lady Jeanne.

« Ma femme a besoin de vous, Ioris, dit le gentleman, il y a encore une chanson sur laquelle elle ne peut pas mettre la main. »

Ioris, esquivant M. Challoner, s'élança dans la rue : « Voici, madame, dit-il à Étoile, quelque chose que vous oubliez! » Et par la portière de la voiture il lui tendit son éventail. En même temps, il lui dit à demi-voix : « Ne faites pas attention aux paroles de lady Jeanne. J'aurai l'honneur de me présenter chez vous à midi, pour vous conduire aux Loges. Je ne suis pas de la force du père Marcello; néanmoins, si mon zèle et mon dévouement peuvent vous être de quelque utilité... »

L'impatience des chevaux coupa en deux la phrase du prince Ioris. Après être demeuré un instant tout rêveur à la clarté de la lune, il remonta l'escalier.

« Io, cria lady Jeanne, faites-moi d'autres cigarettes. Nous pouvons nous amuser, maintenant que nous sommes seuls. Mimo a récolté par la ville une histoire à pouffer de rire; elle est diablement salée, son histoire; mais n'importe, elle est exquise. »

VII

Lady Jeanne Challoner sortait d'une famille très honorable et très ancienne. On citait déjà le nom des Perth-Douglas à l'époque lointaine de Flodden et de Bannockburn. Malheureusement les Perth-Douglas étaient pauvres. Seulement ils étaient cousins du puissant comte des Hébrides, alliés par des mariages aux non moins puissants marquis de Lothian, cousins germains des ducs de Lochwithian et des lords de Fingal; ils comptaient dans leur parenté écossaise plus de pairs que n'en contiennent les registres de l'ordre du Chardon et celui de la Nouvelle-Écosse.

Le père de lady Jeanne, Archibald Angus Perth-Douglas, cinquième comte d'Archiestoune, appelé familièrement « Archie » par ses intimes, ne siégeait pas à la Chambre des Lords; il se contentait d'une place du gouvernement et d'une petite fonction à la cour. C'était un homme charmant, très aimé et très recherché. La mère de lady Jeanne avait été renommée pour sa beauté et pour son esprit, et aussi sa grand'mère. Et cependant lady Jeanne, à dix-neuf ans, avait épousé M. Robert Challoner, un obscur gentleman, un homme de rien, qui n'avait pas même le mérite d'être riche. Ce mariage excita une stupéfaction générale.

Avec un degré d'habileté de plus, cette femme si habile aurait soutenu à la face d'Israël qu'elle adorait M. Challoner, et qu'elle avait dit résolument à ses parents : « Lui ou personne. » Mais elle s'en allait répétant à qui voulait l'entendre qu'elle détestait son mari. Le moyen après cela, même pour ses plus aveugles admirateurs, de continuer à soutenir qu'elle avait fait un mariage d'inclination?

Lady Jeanne eut toute sa vie la chance d'avoir des amis discrets. Mais le secret le plus fidèlement gardé s'échappe toujours par quelque côté, et voilà justement pourquoi les Challoner ne vivaient pas en Angleterre.

Cet aimable, ce gracieux, ce beau comte Archie avait toutes sortes de raisons pour se déplaire à la maison; car il n'était pas de force à lutter contre quatre femmes; en effet, sa mère, ses deux sœurs et sa femme semblaient s'être donné le mot pour lui rendre la vie dure et la maison odieuse. Il allait se consoler ailleurs, là où on ne demandait pas mieux que de le consoler.

Lord Archie connaissait à peine sa fille. Quand il apprit qu'on la voulait marier à M. Challoner, il trouva l'alliance médiocrement flatteuse pour sa maison et fit mine de s'y opposer. Sa femme lui ayant déclaré péremptoirement qu'il fallait que ce mariage se fît, il donna son assentiment.

Comme il n'était point dans le secret de la comédie, on put lui faire accroire tout ce que l'on voulut sur l'immense fortune et l'édifiante piété de M. Challoner. Après tout, puisque sa fille ne disait pas non, qu'avait-il besoin de se rompre la tête d'une affaire où elle était après tout la partie la plus intéressée?

Il s'était écoulé treize ans depuis que lord Archie avait conduit sa fille à l'autel, et dans le cours de ces treize ans, lady Jeanne avait couru mainte aventure à l'ombre du nom de M. Challoner.

M. Challoner avait emmené sa jeune femme en Orient, parce que la maison de commerce où il avait été commis autrefois, et dont il était devenu copropriétaire, avait ses comptoirs à Damas et à Alep. Ce sont donc les lointaines et mystérieuses régions de l'Orient qui avaient été le théâtre des premiers exploits de lady Jeanne. Les bulletins de ses victoires étaient apportés en Europe par les touristes et par les voyageurs ; espérons, par esprit de charité, qu'ils étaient empreints de quelque exagération. Elle avait, disait la chronique, une cour composée de ministres asiatiques ; des pachas turcs étaient ses humbles esclaves ; elle jonglait avec des banquiers millionnaires ; des steamers impériaux chauffaient nuit et jour à ses ordres ; lorsqu'un étranger de bonne mine avait quelque loisir, elle faisait seller ses chevaux arabes, et s'enfonçait avec lui dans les sables du désert de Syrie pour lui en faire les honneurs ; un jeune giaour titré avait passé avec elle des heures délicieuses sur le toit en terrasse de sa maison, buvant du champagne frappé à la santé de M. Challoner, qui pendant ce temps-là peinait et besognait dans son comptoir.

Mais de quoi se mêlait-on, je vous le demande ? Si la dixième partie de tout cela eût été vrai, M. Challoner n'aurait pas manqué de se plaindre ; or M. Challoner ne se plaignait jamais.

Au bout de six ans, M. Challoner se trouva ruiné ou à peu près pour avoir voulu être trop habile ; il renonça donc au commerce des pierreries, des tapis et des épices, et ramena lady Jeanne en Europe. De son séjour en Orient lady Jeanne rapportait un peu de hâle sur les joues, une beauté bien conservée, une habileté merveilleuse à rouler les cigarettes, une bonne provision de tabac turc, une jolie collection d'objets précieux qui lui appartenaient légitimement, quoiqu'elle ne les eût pas achetés, une véritable encyclopédie de souvenirs, les uns gais, les autres tristes, et la certitude absolue de pouvoir impunément rompre en visière aux dix commandements, à la seule condition d'avoir pour défense la silencieuse approbation de M. Challoner.

Il était parfait dans son genre, ce M. Challoner, et sa complaisance fut en mainte occasion si précieuse et si utile, que lady Jeanne en ressentit une espèce de reconnaissance. D'ordinaire, elle le prenait de très haut avec ce vulgaire marchand de tapis :

ni à lui, ni à personne, elle ne laissait jamais oublier qu'elle
avait le droit de signer « née Perth-Douglas », et pourtant elle
condescendit deux ou trois fois à l'appeler « Robert ».

Lady Jeanne avait reçu de la nature un don inappréciable, celui de pouvoir se plier aux circonstances. Son caractère ne changeait pas, mais elle changeait d'allures et de manières avec une
merveilleuse facilité. Le goût des escapades la suivit de Damas à
Brindisi, de Brindisi à Rome, et la suivait même de Rome à
Londres, quand parfois elle passait la Manche « pour affaires ».
Seulement, elle s'y livrait avec les ménagements, les précautions
et l'hypocrisie qu'exige cette sévère et auguste matrone, la société. La société est une des puissances de ce monde : aussi lady
Jeanne avait le plus grand intérêt à se la rendre favorable : voilà
pourquoi cette femme intelligente laissa derrière elle en Orient
tous les souvenirs compromettants. Il fut bien entendu, une fois
pour toutes, que nul, à moins de vouloir passer pour un ma-
nant, ne devait se souvenir de ce qui s'était passé là-bas en
Syrie, encore moins y faire allusion. Si par hasard quelque
malotru s'avisait de faire appel aux souvenirs orientaux de lady
Jeanne, elle le regardait d'un air candide et surpris, comme un
inconnu qui vient de faire une méprise. Si effronté qu'il fût,
l'homme aux souvenirs orientaux se retirait l'oreille basse, ad-
mirant malgré lui l'aplomb et le talent de cette comédienne consommée.

De par la volonté de lady Jeanne, la déconfiture commerciale
de M. Challoner se transforma en un de ces glorieux désastres
d'où l'on sort la tête haute, avec tous les honneurs de la guerre.
En dépit du témoignage des banquiers et des consuls, il fut avéré
que M. Challoner avait encore des millions dans ses caisses. Il
fut avéré par la même occasion que lady Jeanne était un génie
financier de premier ordre. Si vous aviez fait mine seulement
de concevoir le moindre doute, elle vous aurait renvoyé au « cher
vieux Palm, au cher vieux Thiers, et au cher vieux Elgin ! »

Quiconque avait un nom en Europe, critique, chancelier, géo-
logue, premier ministre, géographe, peintre, romancier, se trouvait être « le cher vieux » de lady Jeanne. Il suffisait pour porter ce titre d'avoir mis le pied une fois par hasard, au temps
jadis, dans le salon de sa mère. « Et puis, il m'est si complètement, si absolument dévoué ! » ajoutait-elle en levant les yeux
au ciel.

Les méchantes langues, il est vrai, ne manquaient pas de faire
à ce sujet une petite observation qui n'était pas dépourvue de

justesse, du moins en apparence ; car il faut se défier des mauvaises langues, qui sont, comme chacun sait, le fléau de la société :
« Comment se fait-il, demandaient ces esprits mal faits, qu'avec une pareille escorte de personnages illustres et dévoués, lady Jeanne ait épousé un M. Challoner? Comment se fait-il qu'elle brocante aujourd'hui des tasses à thé et des triptyques?

— A sotte demande point de réponse, ripostaient les partisans de lady Jeanne. Les faits sont des faits, on ne les discute pas. Elle a eu connaissance de la déclaration de guerre cinq jours avant tout le monde ! Il lui a écrit la nuit même où il a dicté son abdication ! Elle avait lu les épreuves du fameux article de la *Revue des Deux Mondes*, bien avant la publication !

— Les affirmations ne sont pas des faits ! » objectaient ironiquement les esprits chagrins.

La société ne savait comment trancher la question. Elle prit un moyen terme. Parmi ses représentants les plus accrédités, les uns fermaient tout simplement leur porte aux Challoner ; les autres, plus charitables, leur firent l'aumône de quelques cartes. Lady Jeanne comptait ces cartes comme un candidat compte les bulletins de vote qui lui sont favorables. Elle les étalait bien en vue sur un grand plat de Delft, ayant conservé dans un coin de sa mémoire l'ingénieux fabliau des moutons de Panurge ; les premiers qui font le saut entraînent, les trois quarts du temps, tout le reste de la bande.

Exagération à part, lady Jeanne avait dans sa parenté de hauts et puissants personnages ; et elle prenait grand soin de ne le laisser ignorer à personne. Les grands de la terre lui tenaient compte de la peine infinie qu'elle se donnait pour leur plaire ; les petites gens lui savaient gré d'être en passe de les mettre en relation avec les grands. Grands et petits, il est vrai, s'excusaient fort de la connaître ; mais ils y étaient contraints par des raisons majeures, qu'ils déduisaient de leur mieux, dans leurs sphères respectives. Ou bien lady Jeanne ignorait ces petites trahisons, ou bien elle était trop politique pour laisser paraître qu'elle en était blessée.

« Vieille fée ! » s'écriait-elle avec dépit, lorsque quelque douairière titrée négligeait de lui rendre carte pour carte. Rencontrait-elle la vieille fée : « Ah ! chère lady Blank, s'écriait-elle, où demeurez-vous donc? Je suis au désespoir d'avoir si peu cultivé votre connaissance. Vous viendrez nous demander à dîner, n'est-ce pas? Voyons, quel jour? Choisissez votre jour, pour m'obliger. »

Neuf fois sur dix, lady Blank s'humanisait, envoyait sa carte, et dînait à la table des Challoner. Il faut dire d'ailleurs que les dîners de lady Jeanne étaient exquis.

En somme, en prenant certaines précautions, lady Jeanne pouvait continuer en Occident la joyeuse vie qu'elle avait menée en Orient; avec la jouissance ou plutôt la quasi-propriété de Fiordelisa par-dessus le marché.

VIII

Fidèle à sa parole, le prince Ioris, à midi juste, se présenta chez Étoile. Elle était sortie seule, depuis le matin. Il laissa sa carte et s'en alla sans empressement du côté de la casa Challoner. Il était désappointé, et ressentait une sorte d'irritation. Pourquoi?

Lady Jeanne n'était pas de bonne humeur. « Vous êtes en retard, Io, lui dit-elle d'un ton sec. Je vous avais donné rendez-vous pour dix heures. »

Elle était en toilette de ville, toute prête à sortir. Pour la première fois, Io remarqua que sa jupe était trop courte, ses bottines mal faites, et ses yeux décidément verts.

Il lui empoigna les deux mains dans une des siennes, et mit un genou en terre devant le canapé où elle était assise : « Veuillez m'excuser, dit-il, j'avais mal à la tête, et une correspondance interminable à expédier.

— Je croyais que vous étiez allé chez Étoile. Hier soir, vous parliez de lui faire visite. » Il y avait dans l'expression de ses yeux un mélange de soupçon et de colère.

Toujours agenouillé sur la peau de tigre, il se pencha vers elle et lui mit un baiser caressant sur les lèvres.

« Pas d'enfantillage, lui dit-elle vivement, nous n'en sommes plus là, du moins le matin. » Mais tout en le repoussant, elle souriait de ce qu'il lui plaisait d'appeler des enfantillages. S'il se fût montré plus raisonnable, il pouvait compter sur une scène, et il le savait bien.

« Allons, partons ! dit-elle en se dégageant de ses bras. Comme il se relevait, d'un geste à la fois caressant et brusque, elle releva les mèches de cheveux qui lui retombaient sur le front: « Nous sommes déjà bien en retard, j'ai peur que ce marchand de

Paris n'ait déjà acheté les tableaux du petit Ceccino ; le petit drôle commence à savoir ce qu'ils valent, et à hausser ses prix. »

Ioris, chargé du manteau de lady Jeanne, de son parapluie et de son petit chien, descendit derrière elle ; un *fiacre* les attendait.

Quand elle ne sortait pas avec les poneys du prince, elle prenait toujours une voiture de louage. Il n'y a que les snobs, disait-elle en riant, qui ont une voiture à eux, et c'est par pure ostentation. En général, j'aime mieux me promener à pied qu'en voiture. Quand je suis pressée, je prends un fiacre, c'est beaucoup plus commode et plus économique.

Économique, le fiacre l'était certainement, puisque c'était toujours Ioris qui payait le cocher.

Aussitôt qu'ils furent dans le fiacre, lady Jeanne demanda au prince ce qu'il pensait d'Étoile. Elle était elle-même très préoccupée d'Étoile depuis la veille.

« Elle ne me plaît pas particulièrement, répondit-il avec négligence, en allumant un cigare.

— La trouvez-vous séduisante ?

— Oh ! pour cela, non ! pas du tout.

— Nous serons obligés de la voir. Nous devons cela au cher vieux Voightel. Pourquoi haussez-vous les épaules ? Est-ce que cela vous ennuie ?

— Il y a dans ses manières quelque chose d'insolent. Elle a toujours l'air de ne pas voir les gens. Elle est nonchalante, indifférente. Je suis porté à croire qu'elle est froide.

— Elle dégèlera en votre honneur, Io, dit lady Jeanne. Mais, si le ton était léger, le regard avait une expression d'ironie et d'anxiété.

— Oh ! Dieu m'en préserve ! »

Cela était dit avec une emphase si naïve, avec un petit rire si gai et si franc, que le front de lady Jeanne se rasséréna subitement.

Ensuite, ils firent l'ascension de bien des escaliers sales et vermoulus, et se montrèrent dans je ne sais combien d'ateliers.

Lady Jeanne aimait les beaux-arts à la folie, c'était une chose convenue : voilà pourquoi elle courait les ateliers. Mais on ne peut pas aimer l'art sans s'intéresser aux artistes, surtout aux débutants, voilà pourquoi elle achetait beaucoup de toiles. Si elle les achetait le meilleur marché possible, c'est que la fortune des Challoner s'était limitée. La protection des Challoner s'étendait de préférence sur les jeunes artistes qui savaient le mieux « faire des tableaux anciens ». Une fois en la possession de lady

4

Jeanne, ces tableaux anciens se trouvaient toujours placés sous le patronage de quelque illustre mort. On n'osait pas affirmer qu'ils fussent du Pérugin ou du Titien, par exemple, mais pour sûr ils étaient de l'école du Pérugin ou de celle du Titien. Quelque Anglais en visite chez lady Jeanne, quelque touriste plus riche d'argent que de connaissances artistiques, s'éprenait de ses tableaux sur les éloges qu'on en faisait devant lui. Lady Jeanne, non sans quelque hésitation, consentait à s'en séparer, et la vieille Angleterre s'enrichissait d'un chef-d'œuvre des élèves du Pérugin et du Titien. Mon Dieu! de combien de gens à la fois une femme intelligente peut faire le bonheur!

Les jeunes artistes, entre eux, ne tarissaient pas sur la rapacité de lady Jeanne et la traitaient tout couramment de brocanteuse. Mais il est convenu depuis longtemps que l'on ne peut pas contenter tout le monde et son père, et d'ailleurs depuis quand l'opinion des jeunes artistes importe-t-elle à la société, cette matrone sévère et antiartistique?

Aux yeux de bien des gens, lady Jeanne passait pour une connaisseuse consommée. Mais les artistes et les connaisseurs sérieux sentaient leurs cheveux se dresser sur leur tête en l'entendant attribuer à Cellini un crucifix byzantin, prendre une *pâte dure* de Berlin pour du Capo di Monte, parler d'Agnès Sorel à propos de bijoux rococo, et mettre sur le dos d'Andréa Mantegna un panneau de la décadence bolonaise.

Mais il est convenu que l'opinion des artistes ne compte pas; restent les connaisseurs. Combien croyez-vous qu'il y ait de vrais connaisseurs dans la société? Un sur cent. Ce n'était donc pas la peine de se gêner pour une minorité si infime. Lady Jeanne aimait mieux compter sur l'ignorance de la majorité, et elle avait mille fois raison; il faut avoir vécu dans le commerce des classes prétendues éclairées pour savoir à quel point on y est ignorant.

Ce matin-là, après avoir parcouru beaucoup d'ateliers, fumé beaucoup de cigares, cligné les yeux en penchant la tête tantôt à droite, tantôt à gauche devant beaucoup de chevalets, marchandé baucoup de tableaux anciens qui n'étaient pas encore achevés, commis pas mal de bévues, et frappé familièrement, en camarade, sur l'épaule d'un grand nombre de rapins, elle se dit, non sans orgueil, qu'elle n'avait pas perdu sa matinée. Le prince Ioris était beaucoup moins fier de lui-même.

D'abord Étoile l'avait désappointé, ensuite il était excédé du petit chien, du parapluie et du manteau, qu'il lui avait fallu transporter de place en place. Il était donc dans des dispositions d'es-

prit passablement moroses lorsque lady Jeanne mit le comble à
son infortune en le requérant de la suivre à la casa Challoner
pour le lunch.

« Il faut absolument que vous veniez, lui dit-elle en jetant son
dernier bout de cigare. Vous aurez l'évêque de Mélite et un rôti
de mouton. Oui, je sais bien, cela manque de gaieté. Quand la
société saura que vous avez lunché en compagnie de l'évêque de
Mélite, elle en aura pour un an à se taire sur notre compte. »

Le prince Ioris frissonnait à l'idée de manger un rôti de mouton en compagnie d'une créature aussi extraordinaire et aussi
effrayante que devait l'être un évêque anglais. Mais, habitué à
obéir sans répliquer, il suivit docilement lady Jeanne à la casa
Challoner.

Quelle admirable comédienne que cette lady Jeanne ! En un tour
de main, elle composa son visage, sa coiffure, sa démarche, afin
de présenter aux regards de l'évêque un personnage de tous points
conforme à l'idéal que se fait la société, d'une lady anglaise
correcte et irréprochable. Ayant dissipé l'odeur du cigare par des
moyens à elle connus, elle s'assit au coin de la cheminée de son
cabinet de toilette, et en dix minutes parcourut dans la *Revue
contemporaine* un article de l'évêque sur la controverse de Va-
lentinien et de Damase. Le rôti de mouton parachevait la mise
en scène ; ce mets simple et primitif n'exhale-t-il pas en effet
comme un vague parfum d'honnêteté domestique ?

L'évêque anglican de Mélite était un personnage réservé et
solennel, et un *scholar* dans toute la force du terme : jadis il
avait tenu la tête de son collège à l'université de Cambridge.
Sa femme était une dame énorme, ce qui ne l'empêchait pas de
lutter de solennité avec l'évêque ; elle était fille de doyen et en
même temps nièce, sœur, belle-sœur d'une quantité incalculable
de chanoines, de recteurs et de pasteurs de toute espèce. Ils
avaient été présentés aux Challoner deux jours avant : M. Challoner avait fait un coup de maître en les invitant pour le surlen-
main à un lunch presque improvisé, et pour la fin de la semaine à un diner de cérémonie.

M. Challoner avait conservé de cuisants souvenirs de Mélita,
témoin d'une partie de ses désastres. C'est justement pour cela
qu'il se mit en tête de montrer à la société sur quel pied d'intimité et de familiarité il se trouvait avec l'évêque de cette intéressante possession anglaise. Par ce coup hardi, il coupait court
à tous les mauvais bruits qui pourraient encore courir sur son
compte et sur celui de sa femme.

Dans les occasions solennelles où les Challoner recevaient la société elle-même dans la personne de ses représentants les plus autorisés, la casa Challoner devenait le temple du bonheur domestique. On y buvait de la bière de Bass, en y entendant de la musique de famille; on trouvait le *Times* sur la table du salon, on y entendait dire « mon amour » toutes les cinq minutes; cuisine bourgeoise, sentiments bourgeois à l'ancienne mode; si l'on abordait la politique, c'était toujours au point de vue anglais; et la maîtresse de la maison se plaignait vaguement de sa santé qui ne s'accommodait pas du climat de la chère vieille Angleterre.

Avec une merveilleuse onction, M. Challoner expliqua à demi-voix la situation du prince Ioris : « un de nos meilleurs amis, pauvre garçon, affaires embarrassées, propriété en ruine. Je crois que nous lui avons été utiles, je suis sûr que nous lui avons été utiles. » De son côté lady Jeanne poussait des soupirs de tendresse en évoquant le souvenir de sa chère et regrettée maman ; et parlait sans embarras, sans réticence, avec une franchise qui toucha ses hôtes, de Fiordelisa et du propriétaire de Fiordelisa, qui était comme un frère pour son mari et pour elle. A la suite celle punch, l'évêque et sa femme ne cessèrent de répéter partout : « Il n'y a rien entre eux; il est impossible qu'il y ait quelque chose entre eux! » Lady Jeanne n'avait pas négligé non plus de faire comparaître sa fille, afin de pouvoir faire montre de son dévouement maternel. Effie était une fillette de douze ans, timide et embarrassée; lady Jeanne tirait de sa timidité et de son embarras même des effets inattendus. Il y avait notamment un petit tableau qui aurait désarmé, à lui tout seul, le critique le plus malveillant. Lady Jeanne attirait Effie par un mouvement de tendresse, et la retenait contre elle en lui passant le bras autour de la taille; alors la fillette regardait le prince Ioris, et l'appelait familièrement « Io ».

« On pourra dire tout ce qu'on voudra, c'est une excellente créature! » pensa la femme de l'évêque, qui se piquait d'être une mère comme il y en a peu.

« C'est une femme charmante! » pensa l'évêque. Lady Jeanne la bouche entr'ouverte, les yeux brillants de plaisir, paraissait écouter avec le plus vif intérêt les explications du savant ecclésiastique sur son dernier article de la *Revue contemporaine*.

Elle alla ensuite prendre le thé chez l'évêque, à son logement de la place d'Espagne. Là elle rencontra quantité de dignitaires anglais, de douairières, de vieilles demoiselles pleines de gravité; elle entre   s respectables de la so-

ciété, des faits et gestes de ses hauts et puissants cousins d'É-
cosse ; leur apprit que le « cher des Hébrides » avait loué la villa
A·lriana, en dehors de la porte Pia ; elle offrit son concours pour
organiser une loterie : il s'agissait de bâtir une nouvelle église
protestante dans l'enceinte de Rome, et l'on était justement en
instance auprès du gouvernement. Après s'être ennuyée à périr
avec une constance et un courage au-dessus de tout éloge, lady
Jeanne pensa qu'elle avait bien mérité une compensation.

Comme compensation, elle commença par renvoyer son mari à
la casa Chalonner. Ensuite, seule dans son landeau si récemment
sanctifié par la présence de l'évêque, elle eut un accès de fou
rire, si violent et si prolongé, que les larmes lui en venaient aux
yeux ; ensuite, elle fuma pour le moins une demi-douzaine de cigarettes, alla chercher Ioris et l'emmena dîner avec quelques
bons compagnons. Après le dîner, ces messieurs l'escortèrent au
théâtre Capranica, où elle applaudit une petite pièce dans laquelle
il y avait beaucoup d'esprit et pas l'ombre de décorum. Au retour
du théâtre, elle passa une partie de la nuit dans le petit salon
turc, à chanter quand elle ne fumait pas, à fumer quand elle
ne chantait pas, et à boire du café noir en manière d'inter-
mède. A la fin, l'atmosphère du petit salon devint aussi épaisse,
aussi obscure que le nuage dans lequel Jupiter cache ses faiblesses aux regards des mortels.

IX

A quatre heures du matin seulement, la porte de la casa
Challoner se referma sur le prince Ioris. Le prince poussa un
soupir de soulagement, alluma un cigare, s'enveloppa soigneusement dans son pardessus, et prit tout rêveur le chemin du
logis.

Jusque-là, une longue habitude l'avait empêché de réfléchir
et de sentir le poids et l'ennui du genre de vie qu'on lui
avait imposé. Ses yeux venaient de s'ouvrir enfin, et c'est
avec une sorte d'horreur qu'il repassait dans sa mémoire tous
les incidents de cette longue journée. Les chansons de
lady Jeanne, il les avait entendues cent fois, ses œillades fur-
tives ne lui disaient plus rien, ses plaisanteries, il les savait
par cœur, ses questions l'irritaient, et sa passion le laissait

froid. Quel bonheur d'être libre enfin, et de s'en aller tout seul par ce beau clair de lune.

La nature, pour le prince Ioris, avait été prodigue de tous ses dons, mais la fatalité s'était montrée cruelle comme une mauvaise fée.

Quoiqu'il fût réellement très beau, on pouvait cependant trouver des hommes plus beaux que lui; mais il y avait dans sa beauté un je ne sais quoi qui attirait l'attention. Ses yeux avaient une expression de tendresse rêveuse faite pour troubler les âmes les plus innocentes. Toute femme qui le voyait pour la première fois ne pouvait se défendre de repenser à lui après l'avoir perdu de vue. Il avait, comme on dit, le charme, et excitait cette sorte d'intérêt romanesque qui devient facilement de l'amour. Il était bien difficile à une femme de ne pas l'aimer quand il voulait se faire aimer d'elle.

Sa famille était une des plus anciennes et des plus illustres de la noblesse romaine; et quoi qu'elle fût devenue presque pauvre, elle n'était point déchue. Le prince Ioris avait porté les armes, il avait voyagé, il avait étudié. Ses revenus, tout limités qu'ils étaient, lui suffisaient pour faire figure dans le monde et satisfaire sa passion naturelle pour l'élégance: il avait des goûts simples. Il aimait son pays et se faisait adorer de tous ceux qui dépendaient de lui, gens de service et paysans. Il menait, heureux et content de son sort, la vie du noble italien, la plus charmante peut-être que l'on puisse rêver en ce monde.

Hélas! dans une heure maudite, les yeux hardis d'une étrangère tombèrent sur lui au milieu d'un bal de la cour, et à partir de ce moment-là sa destinée fut scellée, sa paix détruite, son bonheur perdu.

A peine débarquée à Rome, lady Jeanne, pour charmer ses ennuis, s'était mise à la recherche de quelque âme « sœur de la sienne ». Comme ses recherches n'aboutissaient pas assez vite au gré de son impatience, elle s'irrita et s'aigrit, et bientôt tomba dans cette disposition d'esprit où l'on dit qu'un Anglais « éprouve le besoin de tuer quelque chose ». C'est juste en ce moment que le prince Ioris eut le malheur de passer à sa portée.

L'ayant remarqué dans plusieurs bals, elle résolut de se l'attacher coûte que coûte. Ce fut d'abord sa vanité qui fut piquée, car le prince Ioris n'avait pas même l'air de se douter de sa présence. Elle fit pour attirer son attention tout ce que peut se permettre la coquette la moins scrupuleuse: il demeura indifférent. Elle se jura alors qu'il serait à elle, *per fas et nefas*, car l'indifférence du prince l'avait rendue sérieusement amoureuse. Quand elle l'eut forcé enfin d'arrêter ses regards sur elle, elle remarqua qu'elle lui inspirait plus de répugnance que de sympathie. Une autre femme aurait abandonné la partie; mais lady Jeanne redoubla d'efforts pour enlacer sa victime. Un soir, au bal, elle insista auprès d'un ami commun pour se le faire présenter. Ioris résista autant que le lui permettait la politesse; à la fin il céda, et l'ami commun eut l'honneur de présenter: le signor Ireneo, prince Ioris !..

Elle lui fit l'effet d'un serpent, et il trouva qu'elle avait la voix rude, le geste brusque, les poses d'un homme, rien de cette grâce qui plaît tant chez les femmes. Elle dansait mal, elle ne savait pas s'habiller, en un mot, elle lui déplut souverainement; elle ne fut pas sans le remarquer, et résolut de se venger.

Elle l'autorisa à lui rendre visite, et il fut bien obligé de s'exécuter. Lorsqu'il se présenta chez elle pour la première fois, il la trouva seule, elle avait le visage caché dans ses deux mains; tout à coup elle se tourna de son côté, comme surprise dans un moment d'abandon, et parut embarrassée. Il y avait des larmes dans ses yeux, et d'une voix brève et entrecoupée elle laissa échapper quelques paroles incohérentes où l'on pouvait comprendre qu'elle était une femme incomprise, victime d'une union mal assortie, et que sa vie était abreuvée d'*amertumes*.

Le prince Ioris était au comble de l'étonnement. Lady Jeanne s'applaudit de ce premier résultat. Quand on étonne les gens, on n'est pas loin de les intéresser.

Ainsi donc cette femme était malheureuse: si elle valsait avec emportement, si elle lançait son cheval au triple galop, avec une folle témérité, si elle affectait les allures d'un jeune *bersaglière*, c'était pour mieux dissimuler! elle avait un mari brutal, elle soupirait sans cesse après un bonheur qu'elle n'avait jamais connu; sous le masque de l'entrain et de la gaieté, elle cachait l'amertume et le chagrin d'une vie complètement manquée. Quel étrange contraste ! comment n'en être pas frappé? Ioris fut bien un peu surpris d'être choisi pour confident, lui qui pendant six mois avait fait tous ses efforts pour échapper à une présentation; mais, au fond, il ne pouvait manquer d'en être flatté. Un homme aime toujours à consoler une femme des chagrins que lui cause un autre homme. Lady Jeanne le savait bien: ayant échoué dans toutes ses autres tentatives, elle avait résolu de jouer le rôle de victime. C'était un rôle où elle avait eu de grands succès: toutes les fois qu'elle tombait sur un spectateur

assez naïf pour la croire, elle devenait subitement la victime de
M. Challoner; la rapacité de sa propre famille l'avait sacrifiée
à ce monstre, parce que c'était un Crésus. Il est vrai que le
Crésus en question vivait d'expédients et que ce monstre était
le type des maris complaisants. Mais comme M. Challoner était
en ce moment à Londres, le prince ne put être témoin de sa
scélératesse et de sa tyrannie, il fut obligé de croire lady Jeanne
sur parole. Il crut facilement aux fabuleuses richesses du
Crésus, car sur le continent il est convenu que tout Anglais est
millionnaire, par cela seul qu'il est Anglais; les deux mots sont
synonymes.

Quand le prince l'eut quittée, il ne put s'empêcher de penser
à elle : c'est tout ce qu'elle voulait pour le moment.

Il y avait alors à Rome une femme, une Italienne, qui aimait
passionnément Ioris, et qu'il avait lui-même passionnément
aimée. Ce jour-là, en se rendant chez elle, par habitude, ce n'est
pas à elle qu'il pensait; quand il fut assis à ses côtés, elle s'aperçut
tout de suite qu'il était distrait.

« Elle a, se disait-il, la démarche d'un carabinier, les pieds
d'une paysanne, les dents d'une bohémienne, les yeux d'une
tigresse et les manières d'une femme de pêcheur! » Oui, mais
cette femme hautaine avait pleuré devant lui, cette femme impérieuse lui avait demandé sa sympathie avec des regards sup-
pliants et des lèvres tremblantes!

Il y avait là une énigme que le prince Ioris eut l'imprudence
de vouloir déchiffrer. Il n'était point fait pour triompher à la
façon d'Œdipe, et ce fut le sphinx qui le dévora.

La pauvre Italienne, qui valait cent fois lady Jeanne, puisqu'elle
aimait sincèrement, commença à pâlir de désespoir. Et pendant
qu'elle se rongeait le cœur, le prince Ioris caracolait aux côtés
de lady Jeanne le matin au lever de l'aurore, parmi les gazons
en fleur de la vaste campagne; il faisait avec elle de longues
excursions dans les forêts et dans les montagnes, et passait ses
soirées à subir la fascination de ses yeux hardis, à écouter ses
chansons populaires, qui engourdissaient sa volonté comme les
incantations d'une magicienne. Lady Jeanne s'était juré qu'il serait
à elle, et il était à elle, pieds et poings liés. Le malheureux
avait cru céder à un caprice passager, il était pris pour la vie.
La première fois qu'il eut un éclair de bon sens, il frémit en
voyant qu'il était à tout jamais l'esclave de lady Jeanne et l'ami
de M. Challoner.

L'ami de M. Challoner! c'est-à-dire d'un Crésus qui brocantait pour vivre, d'un *monstre* rompu de longue date au métier de mari complaisant, capable de grogner pour un rôti brûlé, incapable d'envoyer des témoins à l'amant de sa femme. Quelle abjection!

Ce matin-là, en regagnant son logis, il songea à tout cela. Il avait honte de lui-même; surtout il était excédé de la vie que lui faisait mener lady Jeanne.

Arrivé à la petite maison qu'il habitait sur les bords du Tibre, près la piazza del Gesu, il prit une lampe qui brûlait dans l'antichambre et monta chez lui.

La maison était encombrée de bustes de bronze, de rouleaux de vieilles tapisseries, d'objets rococos, de pièces de porcelaine, de ciselures et de sculptures. Les Challoner avaient fait de sa maison une succursale de la leur. Ils voulaient bien brocanter, mais ils ne voulaient pas en avoir l'air.

Une fois dans sa chambre, il ôta son pardessus, alluma un cigare et se promena de long en large. Tout à coup, ses regards ayant rencontré un portrait de femme suspendu à la muraille, parmi des trophées d'armes, des paysages et des esquisses, il se détourna avec impatience.

Le portrait n'aurait pas dû se trouver là, car c'était le portrait de la femme d'un autre homme. Mais ce n'est pas un scrupule de cette nature qui causait l'impatience du prince Ioris. Ce fut là une pensée qui pour la première fois lui apparut nette et distincte : de sa vie il ne pourrait se soustraire à la vigilance soupçonneuse de ces deux yeux menaçants!

Cette nuit-là, par exemple, il faisait tout pour les éviter; mais il les sentait toujours attachés sur lui. Ayant disposé l'abat-jour de sa lampe de façon à rejeter le portrait dans l'ombre, il prit, sur un des rayons de sa bibliothèque, quelques numéros déjà anciens d'une grande revue européenne; après y avoir découvert un certain nombre d'articles signés : « Étoile », il se mit à les dévorer. Quand la lampe commença à pâlir et que les moineaux firent entendre leur ramage matinal, le prince Ioris leva lentement la tête.

« Est-il possible que cette femme n'ait jamais su ce que c'est que l'amour? » se demanda-t-il en fermant le dernier numéro de la revue. Il faisait presque jour quand il se mit au lit.

X

Ce matin-là, lady Jeanne songeait à Étoile et se demandait :
« Qu'est-ce que Voightel a bien pu lui dire ? »

Comme on est toujours disposé à juger des autres par soi-
même, lady Jeanne conclut que Voightel avait révélé à Étoile
tout ce qu'il savait ; et il en savait terriblement long ! Conclusion :
elle était à la merci d'Étoile.

La situation était nouvelle ; lady Jeanne s'apprêta à jouer un
autre personnage ; elle arbora donc une toilette qui tenait le
milieu entre le laisser aller du salon turc et la grande cérémonie des ventes de charité : fourrures d'Astracan, manières
franches sans familiarité, gestes vifs sans hardiesse, cordialité
naturelle avec une animation de bon aloi ; quand elle crut avoir
bien composé son personnage, elle se fit conduire au palais que
la comtesse d'Avesnes occupait, depuis la veille, près des jardins
Colonna. Étoile était chez elle ; lady Jeanne, avec le plus aimable
et le plus gai des sourires, déclara qu'elle la faisait prisonnière :
l'amie de son père et du cher vieux Voightel ne pouvait lui refuser de passer sa journée avec elle, ce serait un acte de charité.
Elle était toute seule ; M. Challoner était allé à Orbetello, et lo..
pauvre lo... était obligé de s'ennuyer toute la journée à
la cour, en l'honneur d'un potentat étranger fraîchement
débarqué.

« Naturellement, elle a dû mener une vie épouvantable ; mais
on ne s'en douterait pas à la voir. » Cette réflexion charitable
était de lady Jeanne, et s'appliquait à Étoile, qu'elle avait enfin
emmenée prisonnière sous son toit hospitalier.

Lady Jeanne avait toutes sortes de raisons de détester Étoile ;
d'abord, elle ne pouvait pas la déchiffrer ; ensuite, elle était
irritée de ne pas savoir quelles horreurs Voightel avait pu lui
raconter. Sans doute elle aimait à patronner les artistes, mais
pas les artistes d'une réputation européenne, surtout quand les
artistes étaient des femmes. Et quelle femme encore elle avait là
devant elle, une femme « orgueilleuse comme Lucifer », une
femme dont les regards semblaient percer à jour toutes les
petites ruses auxquelles on s'était abaissé, pour donner un faux
air de salon aristocratique à ce qui n'était en réalité qu'un ma-

gasin de bric-à-brac. Elle devinait, n'en doutez pas, que cette
porcelaine était raccommodée, ces tableaux restaurés, et ces antiquités fabriquées de la semaine dernière. Néanmoins lady Jeanne
se montra parfaite; il est impossible en effet de jouer avec plus
de naturel un rôle plus compliqué; elle sut donc être rêveuse et
enjouée, naïve et intelligente, bonne enfant et femme du monde;
mais surtout maîtresse de maison sans pareille.

Étoile se laissa prendre à tant de bonne grâce, et se dit
qu'après tout, Voightel n'était pas infaillible.

« Cher vieux Voightel! disait lady Jeanne avec ferveur; je
l'aime tant! On a beau l'appeler cynique, moi je suis sûre
qu'il a le cœur bien placé. Il a été comme un père pour moi, à
Damas. »

Elle détestait Voightel, et pour cause; mais elle le recevait
toujours à bras ouverts. Voightel savait combien elle le détestait,
mais il acceptait toujours ses dîners avec plaisir. Et pourquoi,
après tout, ne les aurait-il pas acceptés? Qu'importe le mal que
l'on pense d'une femme, si cette femme représente bien et se
donne du mal pour vous plaire! « Il ne croit pas un mot de ce
que je lui dis, pensait lady Jeanne, et pourtant il ne peut pas
s'empêcher d'avoir un faible pour moi! »

Ainsi va le monde.

En entendant l'éloge de Voightel dans la bouche de lady
Jeanne, Étoile éprouva quelque honte pour l'homme qui lui
avait défini lady Jeanne: « La prose de Rome ».

Comme elle se préparait à répondre quelque chose, le comte
Mimo Burletta fit son entrée, toujours aussi dodu, toujours aussi
affairé, avec une provision d'histoires scandaleuses et de dentelles d'occasion.

« Je vous gêne peut-être? C'est votre tailleur? » demanda
Étoile à son hôtesse. Elle n'avait pas reconnu le comte, elle n'avait
remarqué que l'énorme paquet de dentelles.

Lady Jeanne rit d'un petit rire embarrassé, fronça les sourcils,
murmura précipitamment: « C'est un vieil ami... très pauvre »;
maugréa contre le malencontreux visiteur et contre ses dentelles,
et le congédia; réflexion faite, elle courut après lui, le rattrapa
dans l'antichambre, le consola, et lui dit, avec un sourire, que la
comtesse d'Avesnes l'avait pris pour un tailleur de dames.

« Maladetta sia! » jura Burletta en jetant de rage ses dentelles sur le parquet. Et il répéta avec énergie: « Maladetta
sia! »

— De tout mon cœur! répondit lady Jeanne en riant. Ensuite,

ayant pris, pour expliquer son absence, une pièce de point de
Venise jaunie par le temps, elle rentra au salon.

« Un col de Marino Faliero, dit-elle en rentrant. N'est-ce pas
intéressant? C'est peut-être celui qu'il portait le jour de son
exécution ; qui sait ?

— Qui sait, en effet ? répliqua Étoile en souriant. Pourquoi ne
serait-ce pas tout de suite celui de Desdemona ? Cela serait bien
plus poétique. »

Lady Jeanne jeta de côté le point de Venise, avec un mouvement de dépit. Est-ce que l'amie de Voightel se moquerait d'elle,
par hasard ? Elle était de ceux qui disent volontiers : J'aime bien
me moquer des autres, mais je n'aime pas que les autres se
moquent de moi. En général elle préférait à tous ses autres amis
ceux qui croyaient au col de Faliero ou à toute autre bourde
qu'il lui plaisait de leur donner à garder ; ceux-là, du moins,
aidaient à la vente.

Ayant offert le déjeuner à Étoile, elle voulut se rattraper sur
la voiture : « Est-ce que cela vous ferait quelque chose, lui dit-
elle, de m'emmener dans votre voiture, pour cet après-midi?
Les poneys sont fatigués. S'ils sont à moi? Non, pas précisément;
ils sont à Io ; mais, naturellement, je les prends quand je veux.
Oui, ce sont de jolies petites bêtes; ils viennent du Frioul. Rapides comme l'éclair, et le pied aussi sûr que des chèvres. Vous
voulez bien me prendre dans votre voiture ? Merci; peut-être
viendrez-vous dans quelques ateliers avec moi? Naturellement
c'est un ennui pour vous. Vous ne trouverez là que du médiocre.
Mais je serai très heureuse d'avoir votre opinion, et les artistes
en seraient très fiers. Êtes-vous prête ?

Lady Jeanne comptait bien exhiber Étoile devant ses connaissances. C'était une de ses habitudes de jeter le grappin sur les
« illustrations » fraîchement débarquées, et de faire montre de
son intimité avec elles. « Quand on n'est pas la rose, » vous
savez le reste. Cette pauvre lady Jeanne était affolée de célébrité.

Quelle joie pour elle d'apprendre qu'on disait dans le monde :
« J'ai rencontré Pietra Infernale chez les Challoner, hier soir; il
aura fini ses illustrations du *Furioso* pour le jour de l'an. » Ou
bien : « J'ai accepté un dîner hier chez les Challoner, pour y
rencontrer le nouvelliste russe, Sacha Silchikoff: corrompu tant
que vous voudrez; mais quel esprit ! » Ou bien encore : «J'ai
lunché hier avec lady Jeanne ; devinez qui j'ai rencontré chez
elle ? Tom Tonans en personne ; si vous saviez ce qu'il dit des
peintres de l'Académie royale ! »

Après avoir promené Étoile d'atelier en atelier, se bornant pour ce jour-là à fumer quelques cigarettes, lady Jeanne eut la fantaisie de se lancer avec son amie en pleine « respectabilité ».

« Voulez-vous avoir la bonté de faire arrêter ici? lui dit-elle doucement, devant une vieille maison sombre, dans un vieux quartier tout noir.

« Il faut absolument, poursuivit-elle avec la même douceur, que je vous présente mes bons amis les Scrope Stairs. C'est leur jour, et je leur ai promis de faire mon possible pour vous amener. Vous entrerez, n'est-ce pas, ne fût-ce que pour m'obliger? Je leur ai tant parlé de vous! Ce sont de bonnes gens, pas sots du tout; ils meurent d'envie de vous voir... ils en meurent littéralement! »

Là-dessus elle enfila un sombre passage, et grimpa un escalier très élevé, très raide, et très obscur. Étoile la suivit, pour ne pas désobliger la fille de lord Archie.

« J'ai donné rendez-vous chez eux à Io. Les Scrope Stairs l'adorent, » dit-elle en gravissant les marches qui conduisaient au quatrième étage. « Oui, vous avez raison, c'est à une hauteur effroyable; mais ils sont mal accommodés, les pauvres gens. Le cher vieux lord George s'est arrangé pour manger cinq fortunes à la file! »

Elle s'interrompit pour écarter une tapisserie qui avait dû être présentable autrefois; ensuite, traversant une série de passages pauvrement éclairés, elle introduisit Étoile dans une grande chambre obscure et misérable, au beau milieu d'un congrès solennel de vieilles dames de tous les âges. Il y avait bien par-ci, par-là, quelques figures moins parcheminées que les autres, mais dans ce lieu sombre, dévasté et solennel, elles paraissaient vieilles quand même. Ces dames, comme autant de planètes solennelles, évoluaient autour d'une table à thé qui était leur centre d'attraction.

« Comment vous portez-vous, chères ? » s'écria lady Jeanne; et elle embrassa un nombre considérable de planètes avec une infatigable effusion. « Io est là? non? Cela lui ressemble bien. Ah! pardon, que je suis donc étourdie! Oui, 'ai réussi à la décider, comme vous voyez. Je vous présente mon amie, la comtesse d'Avesnes. Vous la connaissez mieux sous le nom d'Étoile. Je... »

Au seul nom d'Étoile, un frémissement d'horreur parcourut les rangs des planètes solennelles. C'était bien ce que lady Jeanne avait prévu. Littéralement, elle s'amusait comme un coilégien lorsque son grave professeur vient de marcher sur un pois fulminant.

« Nous sommes si honorés, si charmés, si extraordinairement flattés ! Voilà des années que vous êtes notre idole ! » La petite voix nerveuse qui bredouillait ces compliments était celle de la plus jeune des sœurs Scrope Stairs. Pendant ce temps-là, le vieux lord George s'avança d'un pas mal assuré, fit un vieux salut régence plein de dignité, mit ses lunettes devant ses yeux éteints, et tourna un joli petit compliment en l'honneur d'Étoile.

« Mais, murmura Marjory, la plus jeune des sœurs Scrope Stairs, est-ce qu'*on* ne s'étonnera pas un peu de *la* voir chez nous ? » Disons-le tout de suite, Marjory était maigre, ardente, avec une pauvre petite frange de cheveux au-dessus d'une figure nerveuse. Elle avait glissé ces paroles timorées à l'oreille de lady Jeanne, pendant que le vieux lord George captivait l'attention d'Étoile ; lady Jeanne jeta un gâteau dans la gueule de Cerbère, soit dit sans offenser miss Marjory.

« Oh non ! ma chère ; on la reçoit partout ; elle est à tu et à toi avec la princesse Véra ; naturellement il court sur son compte des histoires assez bizarres, mais vous savez que je n'ai pas l'esprit critique. Mais où peut être lo ? »

Marjory Scrope devint toute rouge.

« Nous ne l'avons pas vu aujourd'hui, murmura-t-elle. Mais, pour en revenir à votre amie, ce que vous me dites me fait le plus grand plaisir. Seulement, il m'avait semblé que mistress Middleway avait pris un air... un air étonné. Mais vous êtes mieux à même d'en juger que qui que ce soit, et d'ailleurs, une personne recommandée par lord Archie !... »

Mistress Middleway était la femme d'un de ces pasteurs anglicans dont le troupeau se compose de toutes les brebis protestantes, noires ou blanches, qui s'avancent vers le ciel par des voies si étranges, que les bonnes gens du pays, en les voyant passer à cheval, murmurent généralement : *« Non sono christiani ! »*

Mistress Middleway était une grosse femme fanée, râpée, ornée de deux filles à marier. Elle était extraordinairement sévère sur le choix de ses visites, et jouissait d'un revenu déplorablement restreint. Elle passait volontiers ses étés à Fiordelisa. Aussi, quand on faisait, devant elle, quelque allusion peu charitable aux mystères de Fiordelisa, elle s'écriait aussitôt : « Mes pauvres Challoner ! le monde où nous vivons est, sans mentir, terriblement méchant. Comme si la franchise même de leur amitié n'était pas une garantie ! Lady Hébrides a lunché chez eux hier ; je l'y ai vue de mes propres yeux ! »

Néanmoins, comme mistress Middleway était très stricte sur les convenances, et qu'elle avait deux filles à marier, elle avait froncé le sourcil à l'entrée d'une personne célèbre dont le nom lui paraissait un des synonymes de Tophet ; ensuite elle avait évalué au plus juste prix la robe de velours brun, ce qui l'avait rendue subitement beaucoup plus raide que de coutume ; ensuite, se penchant vers sa voisine, elle lui avait murmuré à l'oreille que cette chère lady Jeanne, vraiment, était d'une bonté qui frisait l'imprudence ; comme elle était la pureté même, et qu'elle jugeait les autres d'après elle, elle ne voulait jamais voir de mal nulle part.

Sa voisine était une vieille demoiselle d'une solennité effrayante ; elle portait des lunettes bleues et avait écrit un livre très savant sur les privilèges des vestales, et les pénalités qu'elles pouvaient encourir. Elle répondit tout bas à mistress Middleway que le monde était bien mêlé depuis ces temps derniers, qu'il devenait réellement dangereux d'y mettre le pied. On ne savait jamais qui l'on était exposé à y rencontrer.

« C'est bien vrai, répondit mélancoliquement la femme du clergyman. Il n'y a plus de ligne de séparation. Que peut être la société sans une ligne de séparation ? »

Elle passa le plat de sa main sur sa robe fripée, et quoi-qu'elle fût, au fond, aussi bonne chrétienne qu'une autre, elle éprouva une sorte de haine jalouse contre cette femme qui portait du velours brun, des fourrures de renard argenté, des cachemires brodés de soie et de la vieille dentelle de Malines au bas de sa jupe.

On pouvait passer de pareilles vanités à la comtesse des Hébri-des, puisque tout est permis aux favoris de la Providence. Mais une simple artiste !

« Et quand on pense à tout ce qu'il a fallu faire pour gagner de quoi payer ces choses-là ! » murmura-t-elle à l'oreille de sa voisine.

L'historiographe des vestales secoua la tête d'un air courroucé et répondit : « C'est très mal à lady Jeanne de l'avoir amenée. Jusqu'ici, dans cette maison du moins, on avait été en sûreté.

— Chère lady Jeanne ! soupira mistress Middleway, elle est si bonne, si imprudente ! » Ses sentiments de matrone vertueuse venaient de recevoir une nouvelle blessure ; sous la robe de velours brun, objet de scandale par elle-même, elle avait entre-

vu la vieille dentelle de Malines qui bordait la *balayeuse*
d'Étoile.

De la vieille malines authentique ! pour balayer la poussière !
On a beau être la femme d'un chapelain, voilà de ces choses
qui vous feraient douter de la Providence!

Étoile cependant, sans se douter le moins du monde de l'effet
terrible qu'elle produisait, recevait poliment les hommages su-
rannés de lord George, et se demandait pourquoi on l'avait introduite dans ce parlement de femmes. On se taisait devant elle,
ou tout au moins l'on ne parlait qu'à voix basse. Songez donc,
elle arrivait en droite ligne de Paris avec la réputation d'une
femme d'esprit!

Quand Étoile fut sur le point de partir, le vieux lord George
la gratifia d'une belle révérence du temps de Brummel. Lord
George, tout vieux qu'il était, savait encore très bien distinguer
une femme d'une autre : Étoile lui plut beaucoup, tandis qu'il
ne pouvait pas souffrir lady Jeanne. Mais, par exemple, il se
serait bien gardé de l'avouer devant ses filles.

« Si charmés d'avoir reçu un pareil honneur, et si nous pouvons vous servir à quelque chose... Nous pouvons nous présenter
à votre porte, n'est-ce pas ? — N'oubliez pas nos jeudis — tous les
jeudis jusqu'à la fin de mai. — En vérité, nous osons à peine espé-
rer que vous daignerez, etc., etc. »

Qui disait cela? Toujours miss Marjory. Et elle y mettait une
ferveur hospitalière qui communiquait une sorte d'animation
aux perles de son collier, aux breloques de sa chaîne de montre,
à sa pauvre figure, à ses pauvres petits frisotons.

Étoile retourna à sa voiture, se demandant plus que jamais
pourquoi on l'avait introduite chez ces braves gens.

Le front altier de lady Jeanne s'était chargé de sombres
nuages ; il était cinq heures et demie passées, et son ami le
prince Ioris n'avait point encore paru.

Elle aimait à le mener chez les Scrope Stairs ; et cela pour
deux raisons : la première, c'est qu'il s'y ennuyait à périr ; la
seconde c'est qu'elle éprouvait une sorte de joie triomphante à
entrer dans ce sanctuaire de la *respectabilité*, les deux mains
dans les poches de son pardessus, menant Ioris en laisse. Témoins de ce spectacle extraordinaire, les matrones et les vieilles
demoiselles du parlement Scrope Stairs ne manquaient pas de
crier en chœur : « Oh ! c'est de l'amitié, de la pure et simple
amitié ! la preuve, c'est que les Scrope Stairs les reçoivent *ensemble.* »

Les sœurs Scrope-Stairs étaient charmées de recevoir le prince Ioris. Au parlement Scrope-Stairs, le sexe fort n'était guère représenté que par des clergymen, par des missionnaires, ou par quelques malheureux voyageurs mal renseignés qui s'étaient laissé attraper, et de temps en temps par M. Silverly Bell. Ce dernier gentleman venait les jours où il voulait noyer quelqu'un de ses ennemis particuliers dans la théière des Scrope-Stairs.

Les misses Scrope-Stairs n'avaient jamais eu le moindre charme. De plus, elles étaient passées, fanées, déteintes, et naturellement perfides; mais quand on savait les prendre, il n'est sorte de services que l'on n'en pût tirer.

Du premier coup d'œil, lady Jeanne avait découvert qu'elles étaient nées pour jouer sur la scène du monde les rôles que l'on appelle « utilités » dans la langue du théâtre, et elle s'était donné la peine de les apprivoiser.

Ces jeunes personnes n'avaient pas, comme elle, le pouvoir de transformer en « frères » les quelques hommes qu'elles rencontraient sur leur chemin; mais elles avaient celui de détourner les yeux de la société des escapades que se permettait leur belle amie, en compagnie de « ses frères ». Ce n'est pas de l'amitié qu'elle ressentit pour les misses Scrope-Stairs, c'est une sorte de dévotion ; elle les embrassait à chaque rencontre, leur écrivait des billets à la douzaine, et quels billets ! Cette exhibition permanente de sentiments exaltés la fatiguait bien un peu ; mais nous ne sommes pas en ce monde pour nous amuser; du moins pour nous amuser toujours.

Les Scrope-Stairs, de leur côté, étaient beaucoup trop fines pour être complètement ses dupes : seulement, comme on avait, de part et d'autre, le plus grand intérêt à se ménager, l'alliance dura quand même, et l'on continua de s'embrasser à chaque nouvelle occasion.

Sans l'amitié des Scrope-Stairs, lady Jeanne aurait peut-être été en froid avec la société. Mais ces jeunes personnes étaient si bien élevées, si comme il faut; si éminemment estimables, si sérieusement respectables, si hautainement irréprochables ! Elles auraient pu, si elles l'eussent voulu, faire accepter à la société de plus gros scandales que Fiordelisa, et des scènes plus étranges que celle où se complaisait lady Jeanne, lorsqu'elle entrait dans le sanctuaire de la respectabilité avec ses deux mains dans ses poches, et ses amants sur les talons.

Les misses Scrope-Stairs avaient bien leurs petits défauts : jalouses et curieuses à l'excès, médisantes comme des filles pauvres, elles étaient capables à l'occasion d'offenser mortellement un ami sans défense. Mais elles vous étaient si absolument dévouées, quand vous étiez plus riche qu'elles ! elles étaient si profondément *morales !* et ce parfum d'austère moralité était si précieux pour certaines personnes! pour lady Jeanne, par exemple.

On les savait capables de toutes les vertus, même de charité, quand elles y trouvaient leur compte.

Les parents des misses Scrope-Stairs, spécimens démodés des idées et des mœurs d'un autre âge, ouvraient quelquefois de grands yeux, et ne comprenaient rien à la «charité» de leurs filles, ni à leurs idées sur l'amitié. Mais quoi ! est-ce qu'on est capable de faire prévaloir ses idées dans sa propre maison, quand on est vieux, pauvre, démodé, quand on a en face de soi des filles formidables, quand on vit dans un intérieur misérable et triste? Les vieux parents cédaient donc par nécessité et entraient malgré eux dans la politique de leurs filles. L'ancien courtisan déployait ses grâces surannées chez les Challoner, quand les Challoner étaient en humeur de respectabilité; la vieille dame emportait son tricot à Fiordelisa. Leurs noms respectés et leurs personnes vénérables étaient comme des remparts derrière lesquels la casa Challoner était inexpugnable.

« Que pensez-vous de mes chers amis? » demanda lady Jeanne à Étoile, pendant que la voiture les emportait.

Étoile ne savait trop que dire : aussi répondit-elle une banalité: « Je suis sûre que ce sont des gens bien estimables. Mais, vous l'avouerai-je, c'est une société au milieu de laquelle je me trouve un peu déroutée. J'y ai compté jusqu'à trente-huit dames, toutes fagotées à la diable. Je suis sûre qu'elles marmottaient tout bas: *Apage Satanas;* elles me paraissent terriblement sévères pour un monde qui n'a pas eu le bon goût de les apprécier à leur valeur, et de les marier. »

Lady Jeanne se mit à rire.

« Ce sont d'horribles sorcières, répondit-elle, je suis absolument de votre avis. Mais les sorcières sont de hauts et puissants personnages. Ce que l'on a de mieux à faire, c'est de les flatter pour se les concilier. Quant aux chères Scrope-Stairs, on ne peut pas les connaître sans les admirer; ce sont des amies infatigables; si sincères, si charitables! Pour moi, je les porte dans mon cœur! » Malgré la chaleur de cette profession de foi, quelque chose dans la physionomie de lady Jeanne pouvait faire douter de la sincérité de son langage.

« D'ailleurs, vous savez, les femmes peuvent nous être si utiles, à nous autres femmes; est-ce que vous ne vous en êtes pas encore aperçue?

— Non; c'est peut-être parce que je ne leur demande jamais rien. »

« Voightel lui a tout dit, » pensa aussitôt lady Jeanne. Elle se trompait. Voightel n'avait rien dit.

« Eh bien! je crois que vous avez tort, » reprit-elle tout haut, avec un mouvement de véritable franchise; car elle pouvait être franche quelquefois, et l'on peut dire que, sans la fatalité des circonstances, elle n'eût peut-être pas été ce qu'elle était devenue. « Oui, je crois que vous avez tort. On ne sait pas ce qui peut arriver. On ne se gênait guère, et on le prenait de haut avec Louis-Napoléon; on le tenait à distance pour n'avoir pas à lui prêter un demi-souverain. J'ai connu un gentleman qui lui fit un jour la charité d'une goutte de sherry après une chute de cheval qu'il avait faite à la chasse, dans le Leicestershire. A vingt ans de distance, l'empereur fit obtenir à ce gentleman une concession de travaux publics qui lui rapporta des sommes fabuleuses.

— Je ne dis pas non; mais sûrement le gentleman avait fait la charité de cette goutte de sherry par bonté d'âme et non pas par calcul.

— Hum! je ne sais pas trop. Il n'était pas homme à s'arrêter pour relever un fermier, par exemple. Dans tous les cas, il se montra poli, et n'eut pas à se repentir de sa politesse. Croyez-moi, ne négligez pas l'opinion des femmes. Elles vous ennuient! Et moi, croyez-vous donc qu'elles m'amusent? Mais elles peuvent vous faire tant de bien, ou tant de mal! »

Étoile descendit à sa porte, laissant sa voiture à la disposition de lady Jeanne. Dès qu'elle fut assez loin pour n'être pas entendue d'elle, lady Jeanne jeta au cocher l'adresse du prince Ioris.

« Comment, le prince n'est pas encore rentré? dit-elle rudement au domestique. Dites-lui que je suis venue, que s'il se présente plus tard que sept heures et demie, il n'aura pas à dîner, nous ne l'attendrons pas. »

Le domestique s'inclina avec respect; mais, du fond de son âme, il pria le ciel d'envoyer un bon petit *accidente* à la *dama* de son maître.

Quand lady Jeanne se fut jetée sans façon sur un des canapés du petit salon turc, elle eut un accès de fou rire en repensant à l'effroi des matrones quand elle leur avait présenté Étoile.

Sur un des sièges de son antichambre, Étoile, en rentrant, remarqua un pardessus doublé de fourrure. Une main douce, élégante, se tendit vers la sienne, à l'entrée du salon, et une voix tendre et mélodieuse prononça ces paroles :

« Excusez-moi d'avoir osé vous attendre; je vous avais déjà manquée une première fois; je n'ai pas eu le courage de me résigner à un second échec. »

La tête brune et expressive du prince Ioris paraissait singulièrement fine et poétique dans la demi-obscurité du soir.

XI

Ce soir-là, le dîner fut servi à sept heures et demie précises à la casa Challoner. Le mari et la femme dînèrent en tête-à-tête. Le front de madame était sombre et menaçant.

Ioris n'arriva qu'à neuf heures et quart.

« On m'a retenu trop tard à la casa di Risparmio, » dit-il en manière d'apologie. Mais ce fut en vain qu'il essaya d'intéresser le ménage à cette institution si recommandable.

Lady Jeanne lui fit servir les arêtes du poisson et les pattes du coq de bruyère : il avait bien mérité ce châtiment exemplaire. M. Challoner, en dégustant son claret, se plaignit de la sauce qui avait été manquée pour avoir attendu dix minutes de trop.

Ioris mangeait en silence, pliant les épaules, pour laisser passer l'orage. Il était accoutumé depuis longtemps à des scènes de cette nature; car elles ne sont pas rares dans un ménage à trois.

XII

Quelques jours plus tard, lady Jeanne dit à Étoile: « Il faut absolument que vous veniez à Fiordelisa! »

Le prince Ioris prit un air contraint et mécontent ; mais ayant fait un effort de volonté, il dit avec courtoisie: « Fiordelisa aura peut-être le bonheur de vous intéresser, à cause de son âge et de son histoire; depuis longtemps sa grandeur s'est évanouie. »

« Fiordelisa, pensa Étoile, qu'est-ce que cela peut bien être?

Un jour qu'elles étaient seules en voiture, lady Jeanne se mit en frais d'explications et d'éclaircissements : « Fiordelisa était un vieux château qui appartenait au prince Ioris; ils y habitaient une partie de l'année; cet arrangement était fort avantageux pour le prince. Io était si pauvre! Io était si faible, ils l'aimaient tant ce pauvre Io! Si elle n'avait pas veillé sur ses intérêts, en s'aidant des bons conseils de M. Challoner, il y a bel âge que le pauvre Io serait ruiné. Oui, naturellement, c'était un grand avantage pour lui de vivre avec eux, sans compter toutes les améliorations qu'ils avaient introduites à Fiordelisa. Ce n'était qu'une grange quand ils y avaient mis les pieds pour la première fois. On ne pouvait se figurer la peine qu'elle s'y était donnée. Quand elle avait une fois mis la main à un ouvrage, elle avait l'habitude d'y employer toute son énergie. Ce n'était pas comme Io, pauvre Io! Si elle n'avait pas été là, il n'aurait pas tiré un centime de revenu de sa propriété. Bien que les vers à soie lui prenaient trois mois de son temps; c'étaient, elle osait le dire, trois mois de captivité; mais aussi, grâce à elle, la magnanerie de Fiordelisa produisait bon an mal an trois cents livres de soie brute; à tant la livre, cela faisait une jolie somme que le pauvre Io était bien heureux de ramasser sur son chemin sans se donner de peine.

— Au moins, demanda Étoile, se montre-t-il reconnaissant? » Elle était prise d'une sorte de vague pitié pour l'homme qui faisait l'objet de cette conversation.

Lady Jeanne lui lança un regard furtif et reprit, avec une affectation de brusquerie chagrine : « Oh! je n'en sais rien. Il sait bien que sans moi il serait perdu, cela j'en suis sûre. Nous avons fait à Fiordelisa des dépenses considérables, et nous nous sommes pris d'une sorte de passion pour notre œuvre. J'ai planté trois nouvelles vignes cette année, j'avais fait venir les plants du Portugal. J'ai fait planter tout un vieux jardin en Xérès; dans trois ans, je récolterai du sherry.

— Et si votre ami se marie?... » demanda Étoile sans attacher à sa question aucune importance particulière.

Les yeux de lady Jeanne lancèrent un éclair aussi froid que le reflet de l'acier.

« Se marier! » Rien qu'à cette idée, elle fut obligée de reprendre haleine, comme après un étouffement; mais elle ne tarda pas à sourire.

« C'est mon plus vif désir, dit-elle, de lui voir faire un mariage *convenable*. Mais vous savez, ce pauvre Ioris, eh bien ! il éprouve une espèce de sotte admiration pour moi ; il se figure qu'il n'y a pas au monde une seule femme comme moi ; des niaiseries enfin ! c'est ce que je lui répète sur tous les tons.

— Je vois cela d'ici ; il se dit que l'avenir est vaste, que M. Challoner est mortel ; et en attendant, il le laisse améliorer ses terres.

— Que le diable vous emporte, pensa lady Jeanne. Je voudrais bien savoir ce que Voightel a pu vous dire ? » Elle était furieuse intérieurement, ce qui ne l'empêcha pas de répondre à cette plaisanterie par un sourire. Elle aimait à sourire, parce qu'elle avait de belles dents.

« M. Challoner mortel ! Ma chère, M. Challoner nous enterrera tous. Je crois qu'il a été taillé dans un tronc de *lignum vitæ*. Il nous aurait accompagnées aujourd'hui s'il n'avait pas reçu des télégrammes qui l'ont contraint de rester à la maison. Nous en sommes débarrassés tous les étés. Il s'en va quelque part à je ne sais quelle ville de bains, en Allemagne, avec sa petite Effie et sa gouvernante, qui est une Suissesse. L'avez-vous vue, cette Suissesse ? Je crois qu'il l'a ramassée dans un *café chantant* de Vevey. Car c'est lui qui l'a choisie. Naturellement Effie a appris à me désobéir, à mentir, à se rendre aussi désagréable que possible. O ma chère, vous ne savez pas au milieu de quels ennuis je me débats !

— Et le monde qui considère M. Challoner comme un si excellent homme ! Vous avez dû partager cette illusion, au moins dans les premiers temps.

— Jamais, » répondit lady Jeanne avec un de ces élans de franchise qui bouleversaient parfois ses plans les mieux construits. Elle n'eut pas plus tôt prononcé ce mot qu'elle rougit, se mordit la langue et changea de conversation.

« Savez-vous, dit-elle brusquement, que vous rendez Io très malheureux ? Il déclare que vous ne l'aimez pas, est-ce vrai ?

— Cela n'est pas vrai ; il a des manières très courtoises. Il ferait un admirable *laquais de place*. »

Lady Jeanne enchantée fit entendre un petit rire de satisfaction.

« Voilà, par exemple, un compliment que je ne lui répèterai pas. Pauvre Io ! je suis sûre que vous êtes surprise de le voir toujours rôder dans la maison, mais, vous savez, il nous est très utile, et je crois que nous ne lui sommes pas inutiles non plus ; et puis il est seul, et puis...

— Je ne suis pas surprise le moins du monde. »

Lady Jeanne garda le silence. Le calme d'Étoile, son air sérieux, contemplatif, un peu dédaigneux la déroutaient complètement, et même lui faisaient un peu peur.

« Il vaudrait mieux pour nous tous, se disait-elle en elle-
même, que nous n'eussions point fait connaissance. »

« Nous voici presque à Fiordelisa, reprit-elle tout haut en lançant les poneys dans un chemin montant, tout plein d'herbe. J'ai
envoyé Ioris en avant, après déjeuner. Tout doit être prêt, à
moins qu'il n'ait donné notre lunch à ses chiens ou à quelques mendiants. Cela lui ressemblerait bien. » Elle fit entendre
alors un petit rire qui aurait voulu être joyeux et qui n'était
que gauche.

Ioris vint à leur rencontre; il était vêtu de velours noir, tenant à la main un chapeau de feutre à larges bords, et accompagné d'un chien courant. Il ressemblait à un portrait de Velasquez.

« Prenez mes fourrures. Mon Dieu que vous êtes sot ! cria
lady Jeanne. Savez-vous ce que dit de vous la comtesse d'A-
vesnes? Elle dit (mais faites donc attention à ce panier), elle dit
que nous lui faites l'effet d'un admirable *laquais de place !* »

Ioris rougit, mais il n'oublia pas que son devoir de maître
de maison était de s'incliner profondément.

« Je remercie la comtesse de reconnaître en moi au moins ce
mérite, si peu enviable qu'il puisse paraître. » En prononçant ces
paroles, il leva les yeux sur elle avec une expression de doux
reproche.

« Monsieur le prince, dit Étoile en souriant et en lui tendant la
main, chaque fois que je vous verrai monter un échelon de l'échelle
sociale, je m'empresserai de vous en faire mon compliment.
Pour le moment, faites attention à ce panier. »

Ioris fit un geste d'impatience, et lady Jeanne se mit à rire.
Puis elle s'avisa qu'Étoile avait imité son ton de commandement
en répétant son ordre et cela lui déplut; puis elle se consola, en
se disant tout bas, avec une joie féroce: « Comme Ioris va la détester ! »

Elle se trompait: Ioris ne songeait pas à la détester; mais il
se mit à se détester lui-même.

« Est-ce que vraiment je lui parais si sot que cela? » Cette pensée
lui revint sous toutes les formes et à tous les instants, pendant qu'il
lui faisait les honneurs de la maison, des peintures anciennes,
des marbres, des tapisseries, et des trésors étrusques que l'on
avait tirés du sol en levant des fossés et en pratiquant des tran-
chées. Le château avait perdu beaucoup de son ancienne splen-

deur, mais il lui restait encore un air de noblesse et de mélancolie
qui jurait avec les boîtes de cigares de lady Jeanne, ses ulsters
et ses albums de caricatures. « C'est un lieu profané ! » se dit
involontairement Étoile.

Le lunch eut lieu dans la salle à manger, transformée par lady
Jeanne en un magasin de porcelaine. Il y en avait partout, pour
tous les goûts et pour toutes les bourses. Car lady Jeanne ne
faisait aucune difficulté de se séparer de ses trésors lorsque les
étrangers de passage lui en offraient un prix convenable.

Ioris était humblement assis au bas bout de sa propre table,
tandis que la femme de M. Challoner trônait à la place d'honneur, donnant ses ordres pour la journée, et parlant en vraie
fermière de ses vignes, de ses paysans, de sa volaille et de ses
fruits. A l'un des panneaux était accroché un portrait de la mère
d'Ioris. Étoile fut surprise de le voir à cette place.

« Est-ce que Fiordelisa est réellement à vous ? » lui demanda-
t-elle, pendant une absence de lady Jeanne. Pendant ce temps-
là lady Jeanne avait une violente altercation avec la fille de basse-
cour, qui avait vendu ses poulets trop bon marché ; on entendait,
de la salle à manger, les éclats de sa voix irritée et dure.

« Fiordelisa ! répéta-t-il avec surprise. Oui certainement ; il
y a douze siècles que Fiordelisa est dans ma famille

— Alors vous l'avez loué à M. Challoner ?

— Pas le moins du monde, je ne consentirais jamais à louer
Fiordelisa.

— Alors vous le leur prêtez ?

— Lady Jeanne me fait l'honneur de vouloir bien s'y plaire
et s'y mettre à son aise.

— Et vos gens, est-ce qu'ils aiment à être grondés ?

— Oh ! ce n'est rien, ils n'y prennent pas garde.

— Mais de quel droit les gronde-t-elle ? Du même droit qu'elle
vous gronde, vous, n'est-ce pas ?

— Du droit qu'elle s'est arrogé de gronder tout le monde. Il
y a des femmes qui aiment cela, » dit Ioris en haussant les
épaules.

Étoile sourit, et ce sourire le mit mal à son aise. Elle plaisan-
tait, il crut qu'elle le méprisait.

De l'autre côté d'une haie de cyprès, on entendait la voix irritée de lady Jeanne, dont les éclats dominaient les cris des
volailles et les bruyantes protestations des paysans. Bientôt
elle fit irruption dans la salle à manger, tenant d'une main un
paquet de plumes ébouriffées et de l'autre un fouet de chasse.

« Pourquoi ne faites-vous pas attacher cette brute de chien? dit-elle à Ioris. Il a tué deux de mes plus beaux brahmas. Je les avais achetés la semaine dernière, vingt francs pièce, de si bonnes pondeuses! J'ai prévenu les gens; la première fois que je le trouve détaché, je le pends. »

Ioris leva les yeux sur elle, ses joues étaient couvertes d'une vive rougeur : « J'espère, dit-il, que vous n'avez pas battu Imperator comme la dernière fois?

— Pas battu ! Un peu plus il serait mort sous les coups, voilà comme je ne l'ai pas battu. Il faut qu'il se souvienne du beau coup qu'il a fait. Pourquoi l'avez-vous lâché? Je vous avais dit de le tenir toujours à l'attache; c'est une vraie brute, il brise toutes les plantes.

— Cara Joanna, on ne peut pas tenir un chien continuellement à l'attache.

— Alors, vous n'avez qu'à vous en défaire. La première fois que je le trouve détaché, je le pends. J'ai prévenu Piétro, qui pleure toutes les larmes de son corps, et Marianna, qui crie du haut de sa tête. Imperator sera trop malheureux? Ne dites donc pas de niaiseries. Je me charge de son affaire, s'il continue à tuer mes volailles. Vous n'êtes pas raisonnable, Io, avec ce chien. »

Elle disparut de nouveau.

« Voulez-vous me permettre de vous quitter une seconde, dit le prince Ioris à Étoile, il faut que j'aille donner un coup d'œil à ce chien. »

La rougeur n'avait pas disparu de ses joues.

« Je veux aller le voir aussi, répondit Étoile; mais pourquoi *lui* permettez-vous de le battre? Elle n'en a pas le droit, n'est-ce pas? »

Ioris fit un de ces gestes expressifs, qui disent mieux que la parole : il faut supporter ce qu'on ne peut empêcher.

Le chien était dans son chenil. A leur approche, il se mit à ramper timidement, tout tremblant encore de douleur et d'épouvante, et il se mit à caresser son maître. Ioris lui rendit ses caresses, l'embrassa, lui adressa des paroles affectueuses, en un mot fit de son mieux pour le consoler.

Étoile, témoin de l'affection réciproque de l'homme et du chien, ne put s'empêcher de dire : « C'est très bien de le consoler, mais n'aurait-il pas mieux valu le défendre? » A son tour elle se mit à caresser le chien, pendant que le prince appelait son intendant.

« Tista, écoutez bien. Veillez bien à ce qu'Imperator reste au chenil quand la signora est ici. Naturellement il sera libre tout le reste du temps; s'il commet quelque dégât, vous réparerez le dommage, vous porterez cela sur mon compte. Je vous le payerai à part. Vous me comprenez bien?

— Je comprends bien Son Excellence; mais pendant l'été?

— Nous avons le temps d'y songer, » répondit Ioris avec impatience. Se tournant alors vers Étoile, il s'excusa d'avoir donné des ordres devant elle; il lui proposa ensuite de l'emmener voir un beau point de vue à l'endroit où la Rocca di Papa s'élève au-dessus des bois de pins.

« Faites détacher Imperator et emmenons-le, lui dit-elle.

— Je ne pourrais pas faire cela. Elle serait mécontente.

— Est-ce que le chien est à elle?

— Non, il est à moi.

— Et vous n'êtes pas libre de faire de votre chien ce que bon vous semble? »

Il ne répondit rien.

« Écoutez, reprit-elle, j'ai entendu les ordres que vous avez donnés à votre intendant. Veuillez m'excuser, mais, au lieu de prendre des arrangements si compliqués à propos de ce chien, ne serait-il pas plus naturel et plus simple de dire à lady Jeanne : Je ne veux pas que mon chien soit à l'attache, et je ne veux pas qu'on le batte. Si elle est chez vous et non pas chez elle, quelle difficulté voyez-vous à cela? »

Ioris poussa un soupir d'impatience.

« Oh! reprit-il enfin, on ne peut pas lui dire cela, à elle. Il y a là quelque chose que vous ne pouvez guère comprendre. Elle a trop l'habitude de faire sa volonté... je ne puis pas m'exposer à lui déplaire.

— Pauvre Imperator, et cependant vous avez l'air de l'aimer.

— Imperator souffre par ma faute, » murmura-t-il tout bas et comme malgré lui. Ils étaient arrivés au petit sentier qui escalade le flanc des collines, au milieu des touffes de myrtes, de tamaris et de lauriers sauvages.

« Quel est donc le secret de Fiordelisa? » se demanda Étoile, comme les ladies de Craig Moira se l'étaient demandé avant elle.

Ah! si seulement lady Jeanne n'avait jamais mis le pied à Fiordelisa!

Voici comment elle s'y était introduite.

Lady Jeanne était depuis sept mois à Rome, lorsqu'elle s'avisa tout à coup, aux approches de l'été, que le séjour en ville pendant la saison chaude lui serait nécessairement fatal. Elle sentait qu'elle n'échapperait pas à l'influence de la *malaria*. D'un autre côté, son mari était un ladre qui ne s'inquiétait guère de sa santé; elle avait besoin de respirer un air plus frais et plus pur, mais ce ladre ne consentirait jamais à délier les cordons de sa bourse pour la mettre à même de conserver sa santé.

Comme son ladre venait seulement de la rejoindre, elle avait beau jeu à le peindre, aux yeux du prince Ioris, sous les couleurs qu'il lui plaisait. Plusieurs fois, en compagnie de son ladre, elle avait déjeuné et lunché à Fiordelisa. Fiordelisa était inoccupé, tous les deux conçurent le désir de s'y installer. En conséquence elle eut des crises de larmes, des attaques nerveuses, et même une sorte de fièvre qui dura toute une semaine.

Ioris déposa à ses pieds les clefs de Fiordelisa. En bonne conscience, pouvait-il faire autrement?

Elle eut l'air de vouloir résister, affecta de craindre le ressentiment de son ladre, et finalement accepta.

Ioris s'excusa de ne pouvoir offrir mieux; il savait que le château était vieux et triste; mais il fit ce qu'il put pour le rendre habitable, envoya des meubles, nettoya le château du haut en bas, arrangea le vieux jardin, et la femme de M. Challoner consentit à y faire un peu de *villeggiatura*.

« Cet homme est fou, » pensa tout bas M. Challoner, mais il dit tout haut : « Vous êtes trop bon. Vous êtes bien sûr que cela ne vous gênera pas? Non? Je crois que ma femme n'est réellement pas assez forte pour voyager. C'est bien malheureux! »

« Allez au château, dit-il à sa femme, puisque décidément vous en avez envie; mais n'oubliez pas de prendre un chaperon, le premier venu fera l'affaire. Pensez-y. »

Ayant fait ce qu'il jugeait nécessaire pour sauver les apparences, M. Challoner s'en alla tranquillement prendre les eaux en Allemagne, pendant que Lady Jeanne, sur la colline, prenait soin de sa santé.

Le monde ne manqua pas d'abord de trouver M. Challoner bien confiant. M. Challoner, de son côté, plaignait Ioris de tout son cœur; mais les maris ne rendent jamais pleine justice au mérite et aux attraits de leurs femmes.

Lorsque lady Jeanne franchit le seuil de Fiordelisa, ses yeux lancèrent des éclairs; elle rêva tout de suite d'une annexion qui se changerait en une possession perpétuelle. Semblable à la Russie et à la Prusse, il lui suffisait de mettre le pied sur le sol d'un pays pour déclarer que le pays était à elle. Bien hardi qui oserait tenter de l'en déloger!

Lady Jeanne, femme sensée et pratique, ne perdit pas son

temps à admirer les merveilles de Fiordelisa, ni à rêvasser sur
les nobles souvenirs qui peuplaient cette antique demeure: admirer et rêvasser, c'est l'affaire des artistes et des poètes, qui sont
des fous, comme chacun sait. Avec un geste qui eût fait frémir
le prince Ioris, elle accrocha son châle dans le vestibule en disant : « Nous prenons possession. » Ensuite, elle se chaussa d'une
grosse paire de bottines en cuir fauve qu'elle avait achetées tout
exprès, et se dit : « Faisons le tour du propriétaire. » Quand elle
eut fait le « tour du propriétaire », elle décida, sans appel, des
changements qui étaient nécessaires pour que la terre fût d'un
bon rapport. Aussitôt elle mit les travailleurs à l'œuvre, et leur
apprit que c'était à elle désormais qu'il faudrait s'adresser, avec
elle qu'il faudrait compter.

Elle passa l'hiver à Rome ; mais quand le printemps fut revenu, elle partit pour sa campagne, sans demander à Ioris s'il
lui plaisait de l'inviter; cette fois, M. Challoner l'accompagna,
emportant avec lui plusieurs paquets de graines, et une chau-
dière brevetée pour la cuisine.

Ces gens s'installèrent à Fiordelisa avec une audace de Tsiganes
et une sagacité de Prussiens. Les voilà traçant des allées, taillant,
coupant à même les massifs, reproduisant les formes géométriques
de South Kensington, fermant la loggia avec des vitrages de
couleur qui lui donnaient un faux air de gare de chemin de fer,
invitant à déjeuner et à dîner des caravanes d'Anglais et d'A-
méricains, et s'adonnant à l'élevage des cochons et des poules.

Cinq ans ont passé sur cette audacieuse usurpation. « Nous
avons tout fait pour cette vieille baraque! » répète lady Jeanne
à qui veut l'entendre. Ils ont tant fait, que Fiordelisa est devenu absolument méconnaissable. C'était autrefois un fier château féodal, et aujourd'hui c'est une seconde succursale de la
casa Challoner; jusque dans le moindre détail on sent le bric-
à-brac et l'exploitation à outrance.

Lady Jeanne entassait sur les dressoirs la porcelaine dont elle
avait l'intention de se défaire, étalait sur les planchers des tapis
que le prince Ioris avait payés de son argent, et parlait sans cesse
de ce qu'elle avait fait pour lui; invitait les gens sous son toit
et se donnait tout l'honneur de cette hospitalité; faisait des cadeaux
avec ses fruits, ses œufs, ses fleurs, et son vin; et à l'époque du
printemps, quand un étranger de bonne mine avait l'heur de lui
plaire, elle l'emmenait dîner à Fiordelisa, et lui tenait compagnie, le soir, pendant qu'il fumait son cigare sur la terrasse, à la
clarté des étoiles.

Une fois, elle avait fait venir d'Angleterre à ses frais deux pê-
chers, et un porc du Berkshire. C'est là-dessus qu'elle se fondait
pour dire : « Pauvre Io ! que deviendrait-il   ns nous ? Nous avons
tant fait pour cette vieille baraque ! »

A l'entendre parler d'une voix émue de ses abeilles, de ses
bêtes, de ses porcs, on l'aurait prise pour une seconde Harriett
Martineau. La société secouait la tête d'un air profond, et, dans
son for intérieur, prêtait à lady Jean ne toutes les vertus qui
d'ordinaire naissent de la vie rustique. A l'ombre de cette réputation usurpée, lady Jeanne, une fois que la société avait le dos
tourné, chantait des chansons populaires avec accompagnement
de guitare, et sablait le champagne frappé, en compagnie de
quelques amis sans préjugés ou de quelques étrangers de bonne
mine. Cela ne l'empêchait pas, le lendemain matin de bonne
heure, de chausser ses grosses bottines de cuir jaune, et d'aller
tracasser l'intendant et les ouvriers.

L'amour vit surtout d'illusions. Les illusions du prince Ioris
s'envolèrent une à une, à la vue des grosses bottines de cuir
jaune, et au bruit des disputes de lady Jeanne avec l'intendant,
les fermiers et les paysans.

Quand il se mettait à la fenêtre pour respirer l'air frais et em-
baumé du matin, il entendait lady Jeanne qui criait d'un ton de
triomphe : « J'ai tué sept rouges-gorges et un rossignol avant
déjeuner, Io ! Que pensez-vous de cela ? » Il n'osait pas dire ce
qu'il en pensait ; il souriait par habitude, et louait son adresse,
tout en jetant à la dérobée un regard de pitié sur les victimes
de lady Jeanne. Alors il se précipitait pour lui offrir son bras et
la conduire à la loggia où le déjeuner était servi. La conversation
de lady Jeanne tournait toujours dans le même cercle ; on avait
surpris Nannia au moment où elle se sauvait avec un chou qu'elle
venait de voler ; elle avait découvert que Pépé ne se gênait pas
pour mettre des poignées de pois dans sa poche. Pendant qu'elle
se complaisait dans ces redites vulgaires, Io remarquait l'apparition de quelques fils d'argent dans la chevelure de sa maîtresse.
Et puis pourquoi s'habillait-elle si mal, sous prétexte que l'on
était à la campagne ? Elle avait la main trop grande, les attaches
trop grosses ; elle n'était pas la châtelaine qui convenait au château de Fiordelisa.

Lady Jeanne ne se doutait guère du travail qui se faisait dans
la tête du prince ; elle creusait et plantait, vendait et achetait ;
faisait des projets et des affaires, avait l'œil sur les poids et sur
les mesures ; elle se levait à cinq heures pour compter les pommes

de terre et les melons, les cerises et les choux avant de les envoyer au marché; elle montait les chevaux du prince, donnait
des ordres à ses intendants, et inspectait la propriété en robe
grise et en bottines fauves, contente d'elle-même, enchantée de
la vie qu'elle menait.

Cette vie-là n'aurait pas duré longtemps si le prince Ioris avait
pu entendre les explications que lady Jeanne donnait aux Anglais
et aux Américains sur ce pauvre Io, qui aurait été un mendiant
si M. Challoner et elle n'avaient pas eu la charité de se mêler
de ses affaires. Mais il ne savait pas l'anglais.

Il sentait vaguement que quelque chose allait mal, que les
changements introduits par lady Jeanne n'étaient pas tous heureux, et qu'elle lui avait aliéné le cœur de ses paysans, dont il
était aimé autrefois.

M. Challoner, lui aussi, avait fini par prendre Fiordelisa en
grande affection. Les visiteurs le trouvaient en contemplation devant les volailles de sa femme; ou bien on le surprenait un ar-
rosoir à la main, dans les serres. Il répétait, de son ton solennel,
le fameux refrain sur le pauvre Io, qui en serait réduit à la men
dicité, si lady Jeanne n'avait pas pris ses affaires en main. Lady
Jeanne est si bonne! disait-il en levant les yeux au ciel!

« C'est vous qui êtes très bon, et bien confiant par-dessus le
marché, pensait ironiquement la société; mais la bonne vieille
dame se trompait singulièrement si elle prenait M. Challoner
pour une dupe naïve ou pour un mari aveugle.

M. Challoner voyait très bien tout ce qui se passait, mais il
haussait cyniquement les épaules, et riait dans sa barbe de voir
un autre homme à sa place, tracassé, ridiculisé, mené à la ba-
guette, forcé de rendre compte de la moindre absence, et dé-
pouillé de son libre arbitre. Quelle vengeance plus terrible
pouvait rêver M. Challoner?

Par ce bel après-midi, le vrai maître de Fiordelisa s'empressait autour d'Étoile, et faisait beaucoup d'efforts pour la
comprendre, et beaucoup de frais pour l'amuser et pour l'intéresser. Il savait, quand il le voulait, donner à sa pensée un tour
gracieux et une expression pittoresque; il aimait l'art, et avait
poussé très loin ses études artistiques. Il ressentait une sourde
irritation à l'idée que cette étrangère, si haut placée elle-même
dans l'estime du monde, le tenait pour un esclave sans énergie
et sans volonté; par la raison que cette femme ne ressemblait à
aucune de celles qu'il avait connues jusque-là, il en était venu à
vouloir lui plaire à tout prix.

Comme lady Jeanne était profondément ignorante, et qu'elle avait l'âme prosaïque et l'esprit terre à terre, elle exerçait sur les hommes qui la fréquentaient assidûment la même influence que Circé sur les compagnons d'Ulysse. Les plus nobles facultés du prince Ioris s'étaient comme flétries et desséchées, dans la routine d'une vie sans chaleur, sans lumière et sans noblesse. Au seul contact d'Étoile, il les sentit renaître et tressaillir en lui.

Il y avait loin du château au bois de pins où l'on voyait Rocca de Papa, et les sentiers ne semblaient guère praticables que pour des chèvres. Et cependant ni Étoile ni le prince Ioris ne semblaient avoir trouvé le chemin long ou l'ascension difficile.

Le soleil inondait de sa lumière les collines des Volsques, la neige qui couvrait le sommet des montagnes de la Sabine avait pris la douceur caressante de l'opale. De gros nuages laissaient flotter leur ombre sur la vaste campagne, qui prenait des teintes sombres, presque bronzées; un nuage brillant, qui flottait entre ciel et terre, enveloppait d'un manteau de pourpre les flancs sauvages du sombre Soracte; bien loin à l'horizon, une ligne de lumière marquait l'endroit où la mer battait de ses flots les sables mélancoliques d'Ostie. Aussi chenu et aussi sévère qu'un pic des Alpes, le mont Gennaro s'élançait vers le ciel, drapé dans son manteau de frimas qu'il ne se décide à laisser tomber de ses épaules qu'à l'époque où, dans la plaine, les jeunes filles s'en vont chantant parmi les hautes tiges du maïs, à la recherche des coquelicots. Rome occupait le centre de ce panorama, surmontée de la croix de Saint-Pierre qui s'élançait hardiment jusqu'au milieu des nuages. Je ne crois pas qu'il y ait au monde une vue comparable à celle-là.

Étoile la contemplait en silence; de grosses larmes tremblaient au bord de ses paupières, sans qu'elle s'en aperçût.

Ioris la dévorait du regard.

« Vous sentez trop vivement, » lui dit-il avec douceur.

Elle avait oublié qu'il était là; elle le regarda avec les yeux surpris d'une personne qui s'éveille d'un songe.

« Oh non! je ne crois pas, répondit-elle. Je plains ceux qui ne voient pas le monde aussi beau que je le vois moi-même.

— Et pourtant, vous pleurez.

— Vraiment! je ne puis pas vous faire comprendre, à vous qui avez toujours vécu à Rome, tout ce que l'on ressent en présence d'un pareil spectacle. »

Il ne répondit pas. Les paroles d'Étoile l'avaient profondément ému. Il pencha la tête en silence ; on ne trouble pas une femme dans la ferveur de sa prière, ce serait presque une impiété.

Tout à coup, dans l'air tranquille et sonore du soir, son nom retentit, crié par une voix perçante. Il tressaillit et écouta.

« Pardonnez-moi, dit-il précipitamment. C'est elle qui nous appelle, dans quelques instants il fera nuit. »

La tête de lady Jeanne apparut, sombre et menaçante, derrière le feuillage léger des lauriers-roses.

« Où étiez-vous donc, Io ? Quelle idée de grimper jusqu'ici, et sans moi encore ! Je vous ai cherché partout. Le café est froid et nous ne verrons plus clair pour rentrer en ville ; c'est ce soir, vous savez, qu'on joue l'opéra de ce jeune idiot. Je me demande ce que vous avez pu faire tout ce temps-là ! »

Ce fut Étoile qui répondit pour lui :

« Nous avons consolé Imperator, et nous avons regardé la plus belle vue qui soit au monde. » Et, en prononçant ces paroles, elle regardait lady Jeanne bien en face.

Il y avait dans ce regard franc et loyal une nuance de mépris et de provocation. Étoile ne s'en doutait pas, mais lady Jeanne le sentit.

Ses yeux prirent une teinte plus sombre ; mais elle garda le silence, se demandant ce qu'elle ferait si Étoile avait l'audace de lui disputer Fiordelisa.

Lady Jeanne mit ses gants avec impatience avant même que l'on eût fini de prendre le café. Ioris et Étoile causaient gaiement et riaient ensemble.

« Je suis désolée de vous presser, dit-elle avec une froideur glaciale. Mais dès que le soleil est couché, il fait horriblement froid. Et puis, vous savez, Ioris a mis dans sa tête d'entendre ce nouvel opéra. Un garçon de la Maremme s'est figuré un beau jour qu'il réunissait dans sa personne le génie de Mozart et celui de Rossini, et Io l'a cru sur parole. Notre ami prend volontiers des oies pour des cygnes.

— Il y en a tant d'autres qui prennent les cygnes pour des oies ! » répondit Étoile en souriant. Involontairement, elle en était venue à défendre Io contre les perpétuelles railleries de lady Jeanne. Il faut avouer d'ailleurs que ces railleries manquaient généralement de sens et de sel.

« Mais, reprit-elle aussitôt, quel est ce compositeur qui sort de la Maremme ?

— Un enfant de génie ! il n'a que vingt-deux ans. Il n'a reçu aucune éducation, sauf une année d'étude à Bologne ; il y a bien des fautes dans son œuvre, mais elle porte en même temps la marque d'un talent supérieur. C'est son premier opéra. Il est intitulé *Proserpine*. Il y a de fort belles parties, et les chœurs notamment...

— C'est une hideuse cacophonie, s'écria brusquement lady Jeanne. Il a pillé Verdi, Gounod, et pour la partie infernale, le *Lohengrin*. Un vrai charivari d'ailleurs. Voir *Orphée aux enfers*.

— Ce n'est pas tout à fait la même chose, répondit Io en souriant malgré lui.

— C'est la même histoire, dit lady Jeanne avec un aplomb merveilleux, en se tournant du côté d'Étoile. Cet opéra ne vaut rien. Mais le compositeur a su prendre Io; Io se figure qu'il sait le contre-point et tout ce qui s'ensuit; son amour-propre est flatté et il a usé de toute son influence pour faire jouer cette misère à l'Apollon. Si l'on savait le fond des choses, on découvrirait qu'il a payé de sa poche les costumes et les décors. Io donnerait son dernier morceau de pain à un pauvre qui pleurerait pour l'avoir. Ne dites pas non; vous savez bien que vous le feriez, si je n'étais pas là pour vous en empêcher. Donnez-moi un cigare. Non, non, n'offrez pas d'autre café, nous n'avons pas le temps. Faites mettre ces raisins dans la voiture, il faut que je les donne à l'évêque de Mélita. Qu'on me tue ce mouton pour demain matin, rappelez-le à Tista. Qu'on tire quelques lièvres et qu'on me les envoie demain matin avec le mouton. Nous avons un grand dîner demain soir, et j'ai promis un lièvre à Marjory pour son père. Dites à l'ouvrier que cette barrière doit être posée pour lundi sans faute; il y a aussi le cadenas pour les portes; si le serrurier ne le pose pas tout de suite, je ne leur payerai pas un sou... vous m'entendez bien, pas un sou! Si je ne m'occupais pas de tout, ce n'est pas lui qui s'inquiéterait de quoi que ce soit, dit-elle en saisissant les rênes. Il payerait des ouvriers pour ne rien faire. Ils savent bien que je ne donne pas dans ces sottises-là. J'ai fait mettre des cadenas partout, figurez-vous que jusqu'ici la propriété était ouverte à tout venant.

— Les gens d'ici doivent vous adorer, » dit tranquillement Étoile.

Lady Jeanne ne comprit pas l'ironie.

« Je n'en sais rien, dit-elle. Dans tous les cas, ce serait leur devoir. Quand ils sont malades, je les fais soigner. Ces gens-là ne vous regardent jamais en face. Naturellement je les aime de tout mon cœur. Mais, avant tout, il faut que la propriété rap-

6

porte... dans l'intérêt d'Io, bien entendu. Faites attention, Io,
mes fourrures traînent sur la roue. »

Elle cingla quelques bons coups de fouet sur les oreilles des
poneys, et les lança à fond de train, à la descente, laissant le
maître des poneys escalader à ses risques et périls le siège de
derrière.

Il y parvint sans se rompre les os ; depuis longtemps les caprices de lady Jeanne l'avaient habitué à ces périlleuses prouesses.
Les coudes sur le dossier du siège de devant, il contempla en
silence le profil d'Étoile à la lueur du crépuscule. Et tout en contemplant le profil d'Étoile, il s'indignait en son for intérieur
d'avoir été traité si cavalièrement en sa présence. Comment
avait-il pu supporter si patiemment une servitude si humiliante ?
Comment n'avait-il jamais songé à se révolter ! Et des pensées
de révolte envahissaient son âme.

Pendant ce temps-là, lady Jeanne disait à Étoile : « Je serais si
contente si vous vouliez venir au théâtre avec nous ! Allons, ra-
visez-vous. Venez dîner avec nous ; je sais bien que nous avons
les Plinlimmon, de vrais emplâtres ; mais l'opéra nous dispen-
serait de les garder toute la soirée. »

Elle faisait l'aimable à bon marché, sachant qu'Étoile avait
promis de passer la soirée chez la princesse Véra, en compagnie
de deux ou trois intimes, traduisez : deux ou trois cents personnes.

Quand elle eut déposé Étoile à la porte de son palais, elle
murmura en fouettant les poneys :

« Étoile reçue chez la princesse Véra, si ce n'est pas absurde !

— En quoi absurde ? demanda Ioris en allumant un cigare.

— Pouvez-vous le demander ? répondit aigrement lady Jeanne.
Mais cela ressemble bien à la princesse Véra. Il suffit que vous
soyez artiste pour qu'elle vous ramasse dans le ruisseau, afin
de satisfaire son caprice ; après cela, elle tourne le dos aux personnes les plus respectables. »

Pour punir la princesse Véra de tourner le dos aux personnes
les plus respectables, à elle par exemple, lady Jeanne cingla d'un
bon coup de fouet l'oreille de Pippo, l'un des poneys.

M. Challoner se trouva sur le pas de sa porte juste à point
pour aider Ioris à descendre les fourrures de sa femme, et pour
exprimer l'espoir qu'ils avaient passé une bonne journée à Fiordelisa.

Pendant que le prince Ioris allait faire sa toilette pour le dîner, M. Challoner et sa femme causèrent affaires comme deux

marchands de bric-à-brac; il fut décidé qu'on céderait à lady
Norwich, pour la somme de deux mille francs, une parure de
turquoises qui en avait coûté huit cents; M. Challoner reçut un
satisfecit pour avoir attrapé un malheureux qui lui avait vendu
une cruche d'Urbino sans en connaître la valeur; il reçut mis-
sion de marchander une petite *Pietà* à un homme du Trastevere.
Io avait offert de se charger de la commission, mais Io n'entendait rien aux affaires; sitôt qu'un misérable lui parlait de ses
enfants qui mouraient de faim, il se laissait attendrir et payai
sans marchander.

C'était un des petits plaisirs de lady Jeanne de se plaindre à
son mari des faiblesses de leur ami commun, non pas qu'elle
cherchât à lui donner le change. A quoi bon? M. Challoner ne
l'avait-il pas obtenue de sa noble famille à condition de savoir
fermer à propos les yeux et les oreilles? Il était sourd et aveugle,
dès que cela convenait à lady Jeanne. Si donc elle se plaignait de
l'ami commun, c'était pour le plaisir de se plaindre et pour dis-
siper sa mauvaise humeur.

« Viendrez-vous à l'opéra ce soir? lui demanda-t-elle quand les
affaires sérieuses eurent été coulées à fond.

— Non... non.

— Vous ferez mieux de venir. Les Norwich y seront et cette
vieille sorcière de Plinlimmon nous accompagne. Si vous ne veniez pas, ils pourraient jaser.

— Très bien, dit M. Challoner, sans se permettre la moindre
observation.

— J'entends la sonnette de la porte d'entrée, s'écria lady
Jeanne. Je suis sûre que c'est cette vieille horreur de mistress
Plinlimmon qui arrive, habillée en perroquet, avec du vert, du
rouge, du jaune et du bleu. Quelle corvée de faire des frais de
politesse pour ces gens-là! Allez la recevoir, et dites-lui tout ce
qui vous passera par la tête, pendant que je m'habillerai. »

M. Challoner, avec une courtoisie pleine de solennité, accueillit et entretint les Plinlimmon, qui avaient gagné une fortune mons-
trueuse à fabriquer des bougies perfectionnées. Comme les Plinlimmon avaient l'esprit simple et le cœur sentimental, M. Challoner leur joua l'air qui leur convenait, et leur tira presque des
larmes en manifestant des inquiétudes sur la santé de lady Jeanne :
elle restait trop tard dehors par ce temps froid, compromettant
ainsi et sa propre santé, et le bonheur conjugal de M. Challoner.
Mais elle était si bonne et si charitable, qu'elle comptait pour
rien le danger quand il s'agissait de tirer une famille de la mi-

sère, ou de rendre service à un ami! Dernièrement, elle avait courageusement visité un peintre atteint d'une mauvaise fièvre.

A propos du peintre il parla peinture, la transition était toute naturelle. Il fit naître dans l'âme simple et sans malice des Plinlimmon un violent désir de posséder certains paysages, qui étaient là par hasard. Comme ces gens-là ne savaient que faire de leur argent, M. Challoner ne se fit aucun scrupule de les débarrasser d'une somme assez rondelette, en échange de laquelle il promit de faire porter les toiles dès le lendemain à l'hôtel Constantia.

Enfin lady Jeanne apparut. Elle montra à l'honnête mistress Plinlimmon une cordialité franche et sincère, qui la mit tout de suite à son aise. Ce manège lui réussissait toujours à merveille auprès des gens timides.

Alors entra sans être annoncé un personnage que M. Challoner présenta à ces bonnes gens, comme « notre honorable ami le prince Ioris ». Il ne manqua pas d'ajouter à voix basse : « Duc espagnol en même temps que prince italien, et filleul du pape. »

L'honorable ami fit, avec sa grâce habituelle, un de ces saluts de grand seigneur courtois, auxquels on n'est pas habitué dans le Montmouthshire. Ensuite il débita en français quelques phrases de politesse. L'éclatante toilette de mistress Plinlimmon sembla le frapper de stupeur, et il murmurait entre ses dents : *Dio mio! Dio mio!*

La consigne du prince était d'être très aimable avec les Plinlimmon, parce que c'étaient des millionnaires. Sur l'ordre de lady Jeanne, il offrit son bras à la fille des Plinlimmon. La fille des Plinlimmon, qui avait les cheveux rouges, était tout de vert habillée. Elle réduisit le prince au désespoir par sa manière de parler français, et maintes fois pendant le dîner il souhaita charitablement que ces stupides insulaires se trouvassent subitement transportés au fin fond de leur île.

A un certain moment, lady Jeanne lui dit d'un ton sévère: « Comme vous avez l'air distrait, Io.

— Ioris pense à mademoiselle Étoile, dit M. Challoner avec un sourire lugubre. Vous avez souvent entendu parler de mademoiselle Étoile, n'est-ce pas, mistress Plinlimmon? »

Et l'on commença à déchirer la pauvre Étoile.

Ioris gardait le silence, mais le rouge lui montait au visage. Lady Jeanne l'observait de temps en temps avec des yeux pleins de défiance. Oh non! il n'était pas possible qu'il songeât à une autre femme.

« Qu'est-ce que vous avez donc ce soir? » lui dit-elle brusquement à l'oreille, lorsqu'elle se leva pour donner le signal du départ.

Ioris haussa les épaules.

« O ma chère, pouvez-vous me le demander, lorsque vous m'avez affublé d'une demoiselle qui a des cheveux rouges, et des dents qui ressemblent à des touches de piano? »

Lady Jeanne se mit à rire et autorisa Ioris à l'envelopper de son châle, et à lui offrir son bras jusqu'à la voiture.

Tout le temps que dura le nouvel opéra, lady Jeanne ne cessa de bavarder et de ricaner; c'était une manière de punir Ioris d'avoir dépensé de l'argent pour monter « cette pièce stupide ».

Ioris, assis dans l'ombre, l'entendait à peine. Il pensait à ce coucher de soleil, là-haut sur la colline, au pied de la Rocca di Papa.

Il poussa un soupir de soulagement lorsque la pièce fut finie, et que lady Jeanne lui eut enfin rendu sa liberté pour quelques heures.

Les Plinlimmon se retirèrent enchantés d'avoir vu un prince italien vivant, et s'en allèrent chanter à tous les échos les délices de la casa Challoner, la bonté et la distinction de lady Jeanne. Leur premier soin, de retour en Angleterre, fut de suspendre dans leur galerie les paysages que leur avait si obligeamment cédés M. Challoner. « Oui, oui, disaient-ils en prenant des airs d'orgueilleuse modestie, c'est une de nos amies, lady Jeanne Challoner, qui a eu la complaisance de les choisir pour nous. Elle venait de choisir les pareils, exactement, pour sa propre cousine, la comtesse des Hébrides. »

Il en coûtait beaucoup à lady Jeanne de faire l'aimable avec les Plinlimmon et consorts, et de se gêner pour eux; mais elle y trouvait tant d'avantages de toute espèce, qu'elle passait par-dessus ce petit dégoût.

Quelques jours après les Plinlimmon, elle reçut les Norwich à sa table. Elle avait ébloui les Plinlimmon par une toilette de haut goût, et un grand étalage de bijoux étrusques; elle reçut les Norwich en robe de velours noir montante, avec un seul rang de perles autour du cou; sa beauté avait quelque chose de sévère, de classique et de discret. Elle fit la bonne mère et parla beaucoup de sa fille, ne montra que des objets d'art de premier choix, d'une valeur incontestable, relégua Ioris au bas

bout de la table, et ne fit de lointaines allusions à Fiordelisa
que pour glisser des phrases comme celle-ci : « C'est un endroit où nous allons l'été. M. Challoner a des goûts très cham-
pêtres : c'est un vrai fermier. »

Il faut dire que si les Norwich étaient des gens hautains, solennels et stupides, en revanche ils jouissaient d'une énorme influence. Pour les Norwich et consorts, lady Jeanne se faisait
grande dame et femme du meilleur monde. Peut-être, en présence des membres de cette tribu, était-elle un peu troublée,
un peu nerveuse, un peu brusque, et surtout un peu trop préoccupée de plaire. Mais à part cela, elle était irréprochable.

De retour en Angleterre, les Norwich et consorts disaient:
« Cette fille de lord Archie habite Rome. Oui, nous avons dîné
chez eux ; c'est maintenant une femme très agréable ; elle est
bien revenue de ses escapades d'autrefois ; c'est une bonne
mère, et elle a l'air de faire bon ménage avec cet individu
qu'elle a épousé. Naturellement, nous ne pouvions pas faire
autrement que de dîner chez eux. Après tout, on ne peut pas
oublier que c'est une Perth-Douglas. »

Il arrivait parfois que des individus du genre Norwich, en
flânant à travers l'Europe, rencontraient inopinément lady
Jeanne, en tête-à-tête avec le bel Italien, soit devant un café du
boulevard à Paris, soit sur un banc de jardin à Spa; car lady
Jeanne était parfois obligée de faire des voyages d'affaires.
Comme elle aimait à mêler le doux au grave, elle emmenait lo
avec elle. Les norwichiens, choqués de cette liberté d'allures,
fronçaient le sourcil, et leur cou devenait subitement d'une rai-
deur implacable. Mais lady Jeanne, sans se déconcerter, leur
expliquait qu'elle était en route pour aller rejoindre son mari.
M. Challoner n'aimait pas à la voir voyager seule ; c'était lui qui
avait prié le prince de lui servir d'escorte. Elle avait accepté,
mais uniquement pour complaire à son mari, car, Dieu merci,
elle n'était pas embarrassée pour voyager seule !

Les norwichiens alors se disaient les uns aux autres:
« Vous savez, le mari est au courant, cela fait une grande différence ! »

Et la société, si sévère et si dure parfois dans ses jugements,
se déclarait satisfaite.

XIII

« Il y a plusieurs années que cela dure : n'importe, ils ne me semblent guère faits l'un et l'autre pour aller ensemble ; c'est l'alliance de la poésie et de la prose la plus plate. »

Lady Cardiff prononçait ces paroles, son lorgnon sur l'œil, occupée à regarder Ioris et la femme de M. Challoner qui venaient de lui faire une visite de cérémonie : c'était son jour de réception.

Étoile, qui entrait en ce moment, entendit les dernières paroles de lady Cardiff et ne put s'empêcher de rougir. Elle lui dit d'un ton de doux reproche : « Vous dînez souvent chez elle, lady Cardiff !

— Quel ton tragique ! répondit lady Cardiff en riant. Non, ma chère comtesse, je ne dîne pas souvent chez elle. Il s'en faut même de beaucoup. Elle fait payer ses dîners trop cher : on ne peut pas sortir de chez elle sans emporter quelque potiche que l'on aurait à meilleur marché chez Spillmann. J'avoue cependant qu'elle m'amuse. C'est une femme très intelligente, qui sait à merveille se plier aux exigences de sa société, et qui a l'esprit de ne jamais relever une offense.

— Une offense ! vous n'y songez pas ; tout le monde a l'air de l'aimer ! » Étoile avait l'âme grande et généreuse ; lady Jeanne lui inspirait peu de confiance et de sympathie ; néanmoins comme c'était la fille de son vieil ami lord Archie, et qu'il y avait encore entre elles deux une espèce d'amitié, elle ne put s'empêcher de prendre sa défense.

Lady Cardiff sourit et laissa retomber son lorgnon.

« Je le crois bien qu'on a l'air de l'aimer ! Trouvez-moi donc une personne qui se donne autant de peine pour se concilier les gens ; c'est un mérite cela. Sans compter qu'elle a un mari qui vaut son pesant d'or ; non pas un de ces maris indiscrets qui ont des yeux pour voir, des oreilles pour entendre, et une physionomie chagrine qui prête aux commentaires de la société ; non, c'est un mari qui ne voit rien, qui n'entend rien, dont la physionomie n'exprime rien que la confiance la plus sereine et le contentement le plus parfait. On dit que le pavillon couvre la marchandise. Un mari comme celui-là est un pavillon aux couleurs de la respectabilité, dont l'ombre seule donne quelque chose de respectable aux fredaines de notre belle amie. La société se contente de cela, et c'est bien heureux; car entre nous, ce n'est pas amusant tous les jours, la respectabilité! La société sait très bien ce qui se passe dans le ménage Challoner; mais elle ira dîner chez eux, tant que le mari fera acte de présence à sa propre table. Vous trouvez cela assez laid? Je ne vous dis pas que ce soit bien joli; mais du moment que le mari accepte cet arrangement, la société n'a plus rien à y voir. Vous n'y comprenez rien? Naturellement; vous êtes une grande artiste, et vous avez bien autre chose en tête que de comprendre la société. Vous vivez dans l'olympe; mais nous, nous sommes de simples mortels. »

Lady Cardiff mettait une certaine coquetterie à se parer du titre de vieille femme. Cependant trois choses étaient restées jeunes en elle : la peau, qu'elle avait douce et satinée; le rire, qui était franc, et le cœur, que la vie n'avait point blasé. Elle était femme du monde jusqu'au bout des ongles; sa vie avait était une alternative d'orages et de plaisirs; elle faisait de la nuit le jour, et réciproquement; en fait de romans, elle ne lisait guère que Balzac et Frielding, et ne haïssait pas les mauvais sujets quand ils avaient de l'esprit. Elle était encore fort belle, et elle avait la majesté d'une impératrice quand elle traversait un salon, avec tous ses diamants. A côté de cela, elle était sujette à des accès de fou rire; elle faisait beaucoup de bien secrètement; elle avait une sorte de vénération pour les gens qui étaient en révolte contre les lois du monde; mais elle ne pouvait pas s'empêcher de regarder leur conduite comme une magnifique folie. Malgré sa clairvoyance, le premier imposteur venu pouvait l'émouvoir jusqu'aux larmes, pourvu qu'il sût s'adresser à son cœur. Elle passait tous les hivers à Rome, et ne vivait pas avec lord Cardiff. Il était arrivé dans ce ménage ce qui arrive dans bien d'autres. Le mari et la femme faisaient les délices de tout le monde, sans arriver à faire les délices l'un de l'autre. Lady Cardiff était tory de la vieille école et légitimiste de l'ancienne roche; elle tenait pour le droit divin, et n'avait jamais pu comprendre la nécessité ou même l'utilité du *bill de réforme*. Et malgré cela, Voltaire était son prophète, et la Rochefoucault son bréviaire. Elle ne voyait pas de salut en dehors de l'*Almanach de Gotha*, mais la vivacité de son esprit l'entraînait jusqu'aux confins de la démocatie.

Il n'y a rien d'amusant comme les anomalies, et lady Cardiff était l'une des femmes les plus amusantes de l'Europe.

« Mais, ma chère comtesse, dit-elle à Étoile, vous avez l'air bien grave. A quoi pensez-vous?

— Pardonnez-moi. Je pensais à mon amie Dorotea. Elle est sans reproche, et le monde est bien cruel avec elle. Et pourtant, quand il s'agit de l'espèce de femmes dont vous me parliez, ce même monde leur passe tout. Pourquoi? C'est de l'injustice et du caprice.

— Injustice et caprice, c'est précisément la devise du monde, répondit lady Cardiff. Mais voyons, sérieusement, sans phrases, est-ce que la duchesse de Santorini est fidèle à cette brute, à ce dissipateur?

— Absolument fidèle, oui.

— O mon Dieu! est-ce possible? Dans tous les cas, c'est un sacrifice bien inutile. On n'en voudra pas croire un mot.

— Dorotea ne règle pas sa conduite sur l'opinion du monde.

— Oh, mon Dieu! » répéta lady Cardiff, qui n'était pas encore revenue de sa surprise... Mais il y a eu un grand scandale à propos de Fédor Souroff. Vous ne pouvez pas nier cela.

— Le comte Souroff éprouve pour elle un amour profond et loyal, oui, mais il obéit à Dorotea. En ce moment il est dans le Caucase, cherchant à se faire tuer, et n'y réussissant pas, comme il arrive toujours dans ce cas-là.

— Le pauvre garçon! s'écria lady Cardiff; ainsi tout le monde se trompait, et elle ne l'aime pas, elle?

— C'est une question à laquelle je n'ai pas le droit de répondre.

— Alors, je dois comprendre qu'elle l'aime. Eh bien, soyez sûre qu'elle le rappellera du Caucase; et je ne puis pas absolument me figurer pourquoi elle l'y a envoyé. Vous la croyez, et moi je vous crois; mais vous ne trouverez pas une troisième personne pour admettre qu'elle puisse être innocente.

— Pourquoi?

— Pourquoi? Parce que... Vous savez ou vous ne savez pas comme on la traite. A l'heure qu'il est elle ne pourrait pas chanter à la cour d'Angleterre.

— Et pourtant...

— Et pourtant notre chère lady Jeanne peut aller à la Cour, et mistress Henry V. Clams aussi, et aussi cent autres qui les valent. Vous n'avez pas l'air de bien saisir la nuance. Le comte Souroff, pour obéir à votre amie, peut se faire tuer tant qu'il

voudra dans le Caucase. Cela ne changera rien à la thèse. La
société a son siège tout fait.

— Mais pourquoi? De quel crime Dorotea est-elle coupable
envers la société? Est-ce par hasard son innocence qu'on lui
reproche?

— Mon Dieu! mon Dieu! qu'est-ce que son innocence a à
voir là dedans? s'écria lady Cardiff. Et elle pensa en elle-même:
« Pourquoi ne comprend-elle pas à demi-mot? Je ne puis cependant pas lui dire à elle, une artiste! que c'est parce que cette
femme est une artiste! »

Avec une surprise qui n'était point jouée, Étoile dit naïve-
ment: « Il me semble cependant que c'est là le point capital.

— C'est parce que vous vivez dans les nuages, dit lady Cardiff.
Le point capital pour une femme, ce n'est pas d'être honnête,
c'est d'avoir un mari... comme M. Challoner.

— C'est à quoi une femme de cœur ne se résignera jamais,
dit Étoile en se levant.

— Je le sais bien, répliqua lady Cardiff en l'enveloppant de
ses fourrures avec une sorte de tendresse où il y avait beaucoup
de pitié.

Pauvre enfant, se dit-elle en la suivant du regard quand
elle s'éloigna; artiste et femme de cœur, comment pourrait-elle
comprendre les exigences et les complaisances de la société?
Pourvu qu'il ne lui arrive pas malheur! »

Étoile s'en retourna toute pensive, et même un peu troublée.
Elle avait loué en partie un vieux palais, où l'on entrait par
le Monte Cavallo, mais dont les grandes fenêtres donnaient sur
les jardins Rospigliosi. Les appartements étaient immenses,
voûtés, d'une grande noblesse de proportions, et ornés de fresques brillantes dues au pinceau de quelque artiste anonyme
du temps des Carrache. Elle s'y installa bien commodément
pour y passer l'hiver, et s'y trouva au bout de quelques jours
tout à fait chez elle, comme si elle l'habitait depuis vingt ans.
Elle fit sa résidence favorite d'une grande chambre dont les
vastes fenêtres avaient de profondes embrasures. Ce fut tout à la
fois son salon et son cabinet de travail. Quand elle eut rempli
les embrasures de palmes, de fougères et de fleurs; quand l'immense cheminée s'égaya d'un joyeux feu de bois mélangé de
romarin desséché; quand la grande chambre se fut parée de
vieux bronzes, de vieux brocarts, de statuettes, d'esquisses et
de livres. Étoile sourit et se sentit chez elle.

Il lui manquait bien d'abord quelque chose : cette vie intel-

lectuelle et artistique qui fait de Paris la ville des villes. Mais
en revanche elle trouva à Rome un repos plein de rêverie et
de charme, une sorte d'allégresse douce et reposée; sa pensée
fut captivée et comme bercée par les souvenirs d'un passé sans
pareil; la lutte et l'effort avaient cessé pour elle; elle éprouvait
un bonheur inconnu jusque-là, rien qu'à se sentir vivre.

La **seule** chose qui troublât son bonheur, c'était l'empressement des oisifs qu'attirait sa célébrité. Maudite célébrité! si
elle eût été une femme inconnue, elle aurait pu vivre solitaire
dans son grand palais à fresques, parmi les marbres du Vatican
ou du Capitole, ou sous les yeuses des jardins Borghèse et Pam-
phili. Malheureusement, il n'y a rien de tenace et d'importun
comme les oisifs qui ne voulaient pas quitter Rome sans l'avoir
vue au moins une fois chez elle, en costume de velours olive, orné
de vieilles dentelles flamandes, au milieu de ses palmes, de ses
fougères et de ses fleurs, son grand chien couché près du foyer,
et sur son **chevalet** quelque esquisse à demi recouverte par un
pan de vieux brocart d'or.

Pour sauver le reste de la semaine, elle sacrifia un jour; elle
choisit le dimanche pour recevoir les oisifs par fournées.

« Eh bien, je ne viendrai pas les dimanches, voilà tout » murmura Ioris quand elle lui fit part de sa résolution.

Étoile sourit. « Oh! que si, lui répondit-elle; je gage que
vous viendrez si votre souveraine maîtresse vous ordonne de
l'accompagner.

— Plaît-il? dit Joris avec un air d'innocence parfaitement
joué. Il ajouta tout bas: « Cela vous amuse donc bien de me
dire des choses cruelles. »

La casa Challoner recevait le mercredi: cette réception était
une sorte de sacrifice solennel en l'honneur de la société. On
mettait sous clef les pipes et les cigares, on cachait les statuettes dont l'expression était trop vive et trop animée; on bannissait
les esclaves dont la beauté pouvait prêter à des commentaires;
on produisait la petite Effie; M. Challoner arborait des manières
cordiales et engageantes; les paroles de lady Jeanne auraient
fait la fortune d'un journal à deux sous ou d'un recueil pério-
dique à un shelling, tant elles étaient pleines de bon sens et de
modestie.

En général, Ioris avait congé le mercredi. Mais lady Jeanne
avait soin de ramener son nom toutes les cinq minutes, avec
l'approbation bienveillante de M. Challoner: « Io est allé me
chercher des camellias. — Io est allé voir quelques tableaux. —

Cette photographie, c'est celle d'Io, vous l'avez vu ici la semaine dernière. Vous le trouvez beau? Ici ce n'est pas notre
avis; mais il est si bon garçon! »

La bonne dame à qui Jeanne tenait ce propos amenait sa fille
le mercredi suivant; et ne manquait pas de dire, quand on parlait d'Io et de lady Jeanne : « Elle m'a montré sa photographie
en présence de son mari et de notre cher évêque. Pour sûr il
n'y a rien. C'est de la pure amitié. »

Les filles de banquiers, de consuls, de marchands, les gentil-
lâtres et les farouches républicains qui n'étaient pas admis aux
dimanches de Monte Cavallo, établissaient des parallèles entre
les admirables mercredis de lady Jeanne et les abominables dimanches de la comtesse d'Avesnes.

« On ne se voit pas chez la comtesse Étoile, à cause de la fumée; — on y boit des liqueurs de toute espèce; — pianote et
chante qui veut. Dimanche dernier, le prince d'Escaut a chanté
pendant deux heures des chansons de café-concert et de corps
de garde; il a singé Thérésa, il a imité une bataille de chats sur
les toits, c'est scandaleux... scandaleux !

» Je ne vais pas à ses dimanches, ou du moins j'y vais bien
rarement! » En prononçant ces mots d'un air de regret, lady
Jeanne en laissait entendre beaucoup plus qu'elle n'en disait.

Lady Cardiff ayant rencontré la princesse Véra qui sortait de
chez Étoile, et une autre ambassadrice qui y entrait, en conclut
qu'elle n'avait point offensé la société en se montrant aux fameux dimanches, et osa dire ce qu'elle pensait : « Les dimanches d'Étoile sont charmants... Je l'aime beaucoup, je l'aime
immensément; elle est un peu hautaine peut-être (ceci à l'adresse
des gens qui n'étaient pas reçus aux dimanches) : ainsi elle a
été plus que froide pour le prince d'Escaut, tandis qu'elle était
très aimable pour une vieille créature de quatre-vingts ans, toute
barbouillée de tabac, parce que cette vieille créature possédait
sur le bout du doigt son Beethoven et son Schumann. Oui, elle
me plaît. Elle ne ressemble à personne. Elle me fait penser tout
à la fois à Sapho et à sainte Dorothée. Eh bien ! qu'est-ce qui
vous prend, et de quoi riez-vous, s'il vous plaît? »

Malgré son serment, Ioris fut vu aux dimanches de la comtesse d'Avesnes; mais il y allait seul, et rarement.

A Étoile il disait : « Vous m'avez traité d'esclave, je ne veux
pas apparaître, chargé de mes chaînes, devant vos yeux impi-
toyables. D'ailleurs, je n'aime pas à venir le jour où les autres
vous accaparent. »

Il disait à lady Jeanne : « Ma chère, vous savez que les « célébrités » me font peur. Laissez-moi tranquille. Je la vois chez
vous trop souvent pour mon repos. »

Parole ambiguë, que lady Jeanne interprétait au gré de ses
désirs. Aussi dit-elle à Marjory Scrope, son chien de garde :
« Pour le forcer à aller chez elle, il faut l'y traîner pieds et
poings liés. »

Mais le chien de garde, qui avait du flair, pressentait quelque
danger.

Une fois, deux fois, trois fois, en se rendant au palais Rospigliosi pour y faire une copie de l'Aurore, commandée par lord
Fingal, le chien de garde vit entrer chez Étoile, sur le midi,
un homme grand et élancé, qui ressemblait beaucoup au prince
Ioris.

XIV

Toujours assidue à sa tâche laborieuse, lady Jeanne ne perdait pas un jour, pas une heure, pas une minute pour fermer
la bouche à la société et pour s'assurer sa complaisance.

Ce jour-là, par exemple, elle avait conquis le cœur de
M. O'Glenamaddy, membre du parlement pour l'Irlande, en
lui donnant occasion d'acheter pour huit cents francs une
énorme toile qui en valait bien cinquante. M. Challoner, stylé
par elle, lui avait fait faire cette trouvaille dans un taudis, et
lui avait persuadé que la trouvaille valait, au bas mot, cent
mille francs. M. O'Glenamaddy repartit pour Dublin, pénétré
de reconnaissance et tout prêt à chanter les louanges de lady
Jeanne et de M. Challoner.

Lady Jeanne était dans la joie de son âme : ses hauts et
puissants cousins des Hébrides lui avaient envoyé une invitation à déjeuner pour elle, M. Challoner et pour leur ami le
prince Ioris. L'invitation était conçue, il est vrai, en termes un
peu froids; mais ce n'en était pas moins une invitation en
règle. Lorsque la comtesse des Hébrides, connue pour son ar-
rogance, réunissait dans une même invitation le ménage et
l'ami de la maison, qui donc, dans la société, aurait été assez
hardi pour gloser sur l'ami de la maison et sur la femme de
M. Challoner ? Voilà pourquoi lady Jeanne était dans la joie de
son âme.

Ce même jour, elle attendait Étoile pour le lunch, ayant organisé une partie à la grotte d'Égérie.

« Que je suis donc heureuse de vous voir ! c'est si aimable à vous d'être venue ! » Ces paroles si cordiales et si franches s'adressaient à la comtesse d'Avesnes, qui venait d'arriver. « Vous ne quittez plus la princesse Véra ; comment pouvez-vous vous abaisser jusqu'à de pauvres petites gens comme nous ? N'importe, je vous suis bien reconnaissante d'avoir fait ce sacrifice. Oserai-je demander à une personne comme vous un tout petit conseil sur un point qui m'intéresse beaucoup ? Jetez un regard sur ces vieilles gravures. Je cherche un costume pour le bal des Clan s. Que dites-vous de celle-ci ? Et de cette autre ? Les plis sont un peu raides, mais le style me conviendrait bien. Io prétend qu'il y a des fautes dans ces gravures. Il a un vieux portrait de famille dont il veut me faire prendre le costume. Vous ne vous figurez pas à quel point il est difficile sur l'exactitude historique. Il s'est presque fâché la nuit dernière parce que j'avais mis des boutons du xviii° siècle et des dentelles du xix° à mon costume Louis XIII. Bon ! le voilà en personne, qui vient me demander à luncher. Remarquez qu'il ne lunche jamais ici ; c'est *vous* qui l'attirez. Mon cher Io, ne pourriez-vous pas retirer votre pardessus sans briser ces tulipes ? »

A la vue des pétales qui jonchaient le sol, les yeux de lady Jeanne lancèrent des éclairs de courroux. De quel droit venait-il luncher sans en avoir reçu l'ordre ? Ne serait-ce pas par hasard un commencement de rébellion ?

Chaque fois qu'il manifestait la moindre velléité d'indépendance, lady Jeanne s'empressait de le tourner en ridicule. Sans lui laisser le temps de répondre, elle lui jeta les dessins de costumes.

« Voici un costume que la comtesse Étoile a choisi pour moi, lui dit-elle d'un ton bref. Prenez un crayon, et écrivez en marge l'indication des étoffes et des couleurs. Surtout écrivez lisiblement, pour que Mariannina puisse vous lire. » Pendant qu'il écrivait avec résignation, elle lui fit une querelle pour quelque potiche qu'il n'avait pas su se faire adjuger à une vente. C'était toujours la même chose ; quand on se fiait à lui et qu'on ne le surveillait pas, il ne faisait que des sottises ! Ensuite elle lui donna une série de commissions, entre autres celle de faire appliquer un vésicatoire à Pippo, l'un des poneys, et une association d'idées toute naturelle la fit passer de Pippo à une vieille jument dont Ioris aurait porté le deuil si lady Jeanne n'avait pas été là pour se moquer de lui et lui faire honte. Il était si ridicule avec sa tendresse pour les animaux! Puis elle revint au costume; l'ornerait-on de sequins ou de perles?

« Décidément nous y mettrons des perles; il y en a là une quantité que nous avons achetée l'autre jour; je ferai aussi bien de m'en servir en attendant que... »

Elle allait dire : « En attendant que je les revende. La présence d'Étoile lui suggéra une autre fin de phrase.

« En attendant que je m'en dégoûte; car il n'y a rien dont on se dégoûte plus vite que des perles. Parlez-moi des diamants; à la bonne heure! Si une bonne fée avait l'idée de me faire un cadeau pour mon jour de naissance, je lui demanderais certainement de me donner des diamants! »

Ioris soupira; il comprenait trop bien l'allusion. Les diamants coûtent cher, et il n'était pas riche. Il continua à esquisser le costume sans oser lever les yeux. Lady Jeanne s'approcha de lui, s'appuya d'une main sur son épaule, et de l'autre releva des mèches de cheveux qui lui tombaient sur le front. Tout le temps, elle regardait Étoile à la dérobée, car tout son petit manège était destiné à lui faire comprendre que le prince Ioris était à elle; défense d'y toucher!

Au contact de sa main, Ioris eut un mouvement d'impatience; mais il continua de dessiner sans desserrer les dents.

Étoile le regardait avec des yeux rêveurs, fascinée comme tous les artistes, par ce profil aquilin, qui se détachait avec une délicatesse exquise sur le rouge des tentures. Elle était révoltée à la vue de cette main de femme posée sur son épaule, comme la main d'un maître sur l'épaule de son esclave. Il est à moi, disait cette main nerveuse et forte, il est à moi pour toujours! Pour se délivrer de cette vue, elle se leva et alla regarder de près un petit tableau accroché à la muraille.

Ioris jeta son crayon, dont la pointe venait de se casser.

« Impossible de dessiner sur un aussi mauvais papier! » En prononçant ces paroles, il secoua vivement l'épaule, comme par hasard, pour se soustraire à cette espèce de caresse dont il rougissait en présence d'Étoile. « Je vous enverrai ce costume plus tard; je ferai aussi bien de copier tout de suite le portrait vénitien dont je vous ai parlé; vous aurez cela demain matin.

» Le lunch est servi, dit sèchement lady Jeanne, » et elle passa sans cérémonie devant ses deux convives. À peine entrée

dans la salle à manger elle tança vertement sa petite fille pour
avoir mis une robe de soie au lieu d'une robe de mérinos, ce
qui amena une passe d'armes dans les règles entre elle et
M. Challoner, qui défendait la robe inculpée. Au fond, robe de
soie ou robe de mérinos, c'était tout un pour elle; mais elle
avait besoin de quereller quelqu'un. L'enfant était élevée d'après
des principes d'une remarquable simplicité : tout ce que sa
mère lui commandait, son père le lui défendait, et réciproquement. Les enfants ont l'esprit très logique; lorsque Effie voulait
obtenir quelque chose, elle mettait ses parents aux prises.

Pendant toute la durée du lunch, lady Jeanne trouva moyen
de quereller son mari sur la robe de sa fille et Ioris sur la potiche qu'il n'avait pas su se faire adjuger.

Ioris parlait beaux-arts et littérature, mangeait peu ou point,
et pour la première fois regardait les menus propos de lady
Jeanne comme non avenus.

M. Challoner n'était sourd et aveugle que quand il le voulait
bien et qu'il avait intérêt à l'être; il vit qu'un orage s'amonce-
lait sur la tête d'Ioris, et il fut d'abord tenté de s'en réjouir;
puis il songea que si Ioris se mettait à aimer ailleurs, il s'en-
suivrait peut-être une brouille et une rupture, et il devint très
perplexe. M. Challoner aimait si passionnément Fiordelisa!

Un quart d'heure plus tard, Ioris murmurait à l'oreille
d'Étoile : « Alors vous ne croyez pas à ma sincérité?

— Je n'ai rien dit en ce sens.

— Vous n'avez rien dit; mais vos yeux ont parlé. Voyons,
dites-moi nettement votre opinion.

— Vous le voulez?

— Je vous en supplie.

— Eh bien, je vous crois franc par nature, et faux par
habitude.

— Qu'est-ce qui vous le fait supposer?

— Tout et rien; les artistes sont sujets à tirer des conclusions
sans s'en apercevoir, par pur instinct.

— Mais enfin, qu'est-ce qui vous ferait croire, par exemple,
que je ne suis pas sincère?»

Elle sourit de son insistance et lui dit : « Quand nous sommes
entre nous, vous appelez votre amie « ma chère »; vous l'appelez
« madame » en grande cérémonie quand il y a d'autres personnes.

— « Ma chère » n'est qu'un mot de pure amitié, reprit-il
vivement; « madame » est un *lapsus linguæ* dont vous ne pouvez rien conclure.

« — Je ne conclus rien; la conclusion se tire d'elle-même,
voilà tout. »

Ioris sourit. Un homme ne peut jamais s'empêcher de sourire lorsqu'une femme lui parle de sa situation à l'égard d'une
autre femme. Ce n'est pas un sourire de vanité. Le souvenir du
passé le fait naître, et aussi une sorte d'anticipation de l'avenir

« Vous êtes méchante, madame, lui dit-il gaiement. Peut
être apprend-on à mentir dans la société; car la société ne vit
guère que de mensonges. Mais je me sens incapable de vous
mentir jamais à vous.

— Pourquoi? Je ne vois rien en moi qui puisse vous en
empêcher.

— Pourquoi? reprit-il avec vivacité; parce que vous êtes
une de ces femmes devant lesquelles les hommes rougiraient
de mentir. »

Il l'enveloppait tout entière d'un regard sérieux, plein de
sympathie et de tristesse. Il lui toucha doucement la main, avec
une timidité bien mieux faite que l'audace pour toucher le
cœur d'une femme. Un instant ses doigts se refermèrent sur
ceux d'Étoile; le geste était d'une douceur et d'une grâce qui
équivalait à une muette supplication.

En ce moment, ils se tenaient debout, face à face, dans l'antichambre de la casa Challoner; lady Jeanne écarta la portière
de soie et vit tout d'un seul coup d'œil.

Elle fronça les sourcils, mais elle fut assez maîtresse d'elle-
même pour ne pas donner cours à sa colère.

Êtes-vous prêts? demanda-t-elle gaiement; ma chère comtesse, êtes-vous assez couverte? Vous savez que les soirées sont
très fraîches. J'ai craint un moment que M. Challoner n'eût
l'idée de venir avec nous; mais le cher doyen l'emmène visiter
les écoles anglaises. Il nous aurait gâté la grotte de la nymphe
Égérie, en nous prouvant par A plus B que Numa n'a jamais
existé. Nous prendrons Eccelino à son cercle, je le lui ai promis.
Ces autres messieurs ont pris les devants, à cheval. Io empor-
tera une provision de cigares. Mais partons bien vite, si nous
voulons arriver avant la nuit. »

Une fois en voiture lady Jeanne fut aux petits soins pour
Étoile et se montra d'une humeur charmante. Elle était profondément blessée, et inquiète de ce qu'elle avait vu dans l'antichambre; mais elle savait dissimuler. Pour punir Io, elle se
contenta d'adresser tous ses sourires à Eccelino di Sestri, charmant cavalier qui l'avait adorée jadis.

La voiture, après avoir suivi la route d'Albano, sous les vieux ormes sans feuilles, s'arrêta devant la retraite silencieuse où l'autel renversé d'Égérie disparaît sous le lierre et sous la mousse humide.

Le soleil était encore haut sur l'horizon, le ciel sans nuages, et le vent du nord tomba tout à coup quand la petite caravane pénétra dans la vallée de l'Almo.

« Pauvre Numa, dit lady Jeanne, s'il a jamais existé, je suppose qu'il devait être excédé de sa femme et de son bavardage; voilà pourquoi il avait voué un culte à la Muse du silence. C'est comme moi quand M. Challoner entame une de ses dissertations historiques. » Ces paroles, qui auraient fait frissonner la société, furent commentées par un petit rire insolent que la société eût formellement réprouvé. Lady Jeanne sauta légèrement de sa voiture et entra dans la grotte. Ayant allumé un cigare, elle lança, pour s'amuser, deux ou trois cailloux à la statue renversée qui a l'air de dormir son dernier sommeil sous la voûte de rocher.

« Tous les amoureux adorent la Muse du silence, dit le comte de Sestri; et en cela nous lui ressemblons tous tant que nous sommes.

— Vraiment? dit lady Jeanne. Mais je ne sais pas ce que c'est que les amoureux, je me contente d'avoir des amis. »

Ioris s'éloigna de la petite société pour cueillir quelques brindelles de genêt et de capillaire, qu'il offrit à Étoile.

Étoile était descendue jusqu'à l'endroit où la petite source murmure discrètement au milieu des mousses. Ioris la suivit, presque sans se rendre compte de ce qu'il faisait.

Lady Jeanne les surveillait de loin, tout en allumant un nouveau cigare. La passion n'avait guère de secrets pour elle, et il lui était facile de reconnaître cet attrait presque magnétique qui attire l'une vers l'autre deux âmes prédestinées à s'aimer. Mais si elle avait de la clairvoyance, elle avait encore plus de vanité. Un homme qui l'aimait, elle, ne pouvait songer sérieusement à une autre femme!

« Il se moque d'elle, » se dit-elle avec indifférence. Elle s'amusa même de leur petit marivaudage. « Après tout, se dit-elle, si cela l'amuse, où est le mal? »

Il ne déplaisait pas à l'égoïsme raffiné de lady Jeanne qu'une autre femme s'éprît pour Ioris d'un amour sans espoir. La vue des tourments de cette femme ajouterait à sa propre volupté. Lady Jeanne, comme le sage de Lucrèce, aimait à voir les nau-

fr agés se débattre contre la grosse mer, tranquillement assise sur
le rivage. Elle était sûre d'Ioris, il était à elle comme la bague
qu'elle portait au doigt; il ne s'éloignerait d'elle que le jour où
elle le jetterait loin d'elle.

« Ioris a l'air d'admirer cette nouvelle venue, dit le comte
Eccelino.

— Ne croyez pas cela, lui dit froidement lady Jeanne. Elle
ne lui plaît pas le moins du monde, il la trouve insolente et
exaltée. C'est moi qui lui ai dit de lui faire un doigt de cour.
Notre cher vieux Voightel s'est engoué d'elle. Vous connaissez
Voightel, la plus forte tête de toute l'Europe. »

Tout en riant avec les hommes qui l'entouraient, lady Jeanne
se répétait : « Il se moque d'elle, naturellement, puisqu'il ne
peut pas la souffrir. » Malgré cela elle regardait souvent de
leur côté, et leur tête-à-tête prolongé commençait à lui causer
une sourde irritation.

« Qui elle est? Je ne m'en doute même pas, répondit-elle
brusquement à une autre question du comte Eccelino di Sestri.
Son nom, tout le monde le connaît; mais je serais bien fâchée
d'avoir à dire d'où elle sort. Règle générale, ces espèces tom-
bent toujours de la lune.

— Mais elle est comtesse d'Avesnes?

— Certainement ; c'est là du moins le nom qu'elle se donne.
Ce nom répand un parfum tout à fait aristocratique; mais je ne
crois guère à l'aristocratie qui n'a pas de parenté, qui court le
monde avec un gros chien, qui en sait aussi long que Manon
Lescaut, et qui singe les airs candides de Una. Les hommes
aiment beaucoup ce genre d'aristocratie ; nous ne l'aimons pas,
nous. Songez un peu à tout ce qui a passé sous les yeux de cette
femme, même si nous la supposons innocente de fait ! Je veux
la croire innocente ; sans cela le cher vieux Voightel ne me
l'aurait pas adressée. Elle est très intelligente, tout le monde le
sait ; or il est bien difficile qu'une femme très intelligente soit
en même temps très innocente. Et puis, c'est une artiste ! »

Lady Jeanne savait fort bien qu'elle ne disait pas l'exacte
vérité; mais elle éprouvait le besoin de jeter quelques pierres
dans le jardin d'Étoile, pour punir Ioris d'avoir abusé de la
liberté qu'on daignait lui laisser, et d'avoir prolongé le tête-à-
tête ; d'ailleurs on est toujours enclin à juger des autres d'après
soi-même. Étoile avait eu toutes les occasions possibles de
« s'amuser », donc elle avait dû en profiter, car ce n'était pas une
sotte.

Quand le prince et Étoile revinrent de leur petite excursion,
elle les accueillit avec un sourire plein de bonté et d'indulgence.

« Ma chère, dit-elle affectueusement à Étoile, ne craignez-
vous pas de prendre froid? Il est temps de partir. Venez dîner
avec nous ; oh ! pas d'excuses, il faut que vous veniez. Je ne
vous demande pas de m'accompagner au bal masqué, je sais
bien que ces choses-là sont au-dessous de vous. Eh bien! croyez-
moi, vous ne tirez pas de la vie la moitié de ce que vous en
pourriez tirer. Io, donnez-moi mes fourrures et faites avancer
la voiture. Oui, oui, elle dîne avec nous ; d'abord je suis décidée à n'accepter aucune excuse. Si nous ne sommes pas en
force, nous ne pourrons pas empêcher M. Challoner de faire une
dissertation sur Numa. Cinq heures ! nous n'avons pas une minute à perdre. Je vous emmène aussi dîner, Eccelino ; et si vous
êtes aimable, je vous promets le cotillon, pour ce soir, chez les
Macscrip. »

Le comte Eccelino se confondit en remerciements, mais c'était
pure courtoisie de sa part, car il savait bien que si lady Jeanne
le traitait avec une faveur si marquée, c'était pour punir Io
d'avoir fait l'école buissonnière. Quant au coupable, il ne s'aperçut même pas qu'on avait voulu le punir. Tout le long du chemin il tint ses regards fixés sur le visage d'Étoile.

Étoile refusa absolument de dîner à la casa Challoner ; rentrée
chez elle, elle s'assit au coin du feu et se perdit dans une profonde rêverie.

« Il n'est pas heureux ! » voilà le thème que développait sa
rêverie ; elle sentait encore sur sa main la main timide et respectueuse d'Ioris ; elle revoyait ses yeux pensifs et éloquents
fixés sur elle, dans la demi-teinte du crépuscule.

Lady Jeanne cependant dînait en joyeuse compagnie. Après
le dîner, elle se costuma pour le bal masqué avec un petit frémissement de plaisir et d'impatience. Lady Jeanne raffolait des
bals masqués, et celui des Macscrip était le premier veglione de
la saison.

Lady Jeanne raffolait donc des bals masqués ; mais ce n'était
pas parce qu'elle avait besoin du loup et du domino pour
tromper la surveillance d'un mari sévère et jaloux. Elle allait
au bal, elle y faisait exactement ce qui lui plaisait et rentrait
avec son escorte à quatre ou cinq heures du matin, sans que
l'égalité d'âme de M. Challoner en fût troublée. Quand elle
ouvrait la porte avec son loquet, M. Challoner, qui avait le sommeil léger, se réveillait un instant et se retournait dans son lit

avec un sourire narquois, en pensant à *l'autre*, qui avait été de service toute la nuit, au lieu de dormir tranquillement.

Ce qui charmait lady Jeanne dans le veglione, c'était le plaisir d'intriguer les gens ou plutôt de se figurer qu'elle les intriguait ; c'était le bruit, le mouvement, les lumières, la liberté d'allures, qui faisait un si plaisant contraste avec la contrainte des dîners solennels où elle mangeait du mouton froid et de la laitue avec des chapelains, des consuls et des potentats ; où, pour plaire aux représentants de la société, elle caressait sa petite fille, appelait M. Challoner « cher Robert », et tenait des propos édifiants !

Ioris ne put retenir un soupir ce soir-là, en lui attachant son loup, et en songeant aux plaisirs vulgaires du veglione.

Cette nuit lui parut d'une longueur insupportable. Lorsqu'il fut enfin relevé de faction, il rentra chez lui, ferma les rideaux pour empêcher le jour d'entrer, et se jeta sur son lit.

« Bonté divine ! murmura-t-il en fermant ses paupières alourdies, et penser que j'ai pu jamais appeler « cela » du plaisir ! »

Il avait bien appelé « cela » de l'amour.

XV

C'était sur le Pincio, vers quatre heures.

« Ma chère comtesse Étoile, dit lady Cardiff, n'avez-vous pas déjà assez d'ennemis ? Quel besoin avez-vous d'augmenter votre collection ?

— Qu'ai-je donc fait ? demanda Étoile d'un air distrait. Elle songeait à certaines choses qu'Io lui avait dites la veille, à une soirée dans les salons du palais Farnèse.

— Ce que vous avait fait ? répéta lady Cardiff. Comment, vous croisez notre chère mistress Henry V. Clams, et vous avez l'air de ne pas la reconnaître !

— Je ne l'ai même pas vue.

— Mais vous la regardiez tout le temps.

— C'est bien possible ; dans tous les cas je ne me sens nullement disposée à me disculper d'un crime que je serais assez disposée à commettre, s'il faut vous parler franchement.

— Que me dites-vous là ? Vous aurait-elle offensée ?

— Pas le moins du monde ; mais quelles raisons ai-je de la connaître ? Elle est moins bien élevée que ma femme de chambre et cent fois plus vulgaire. Si encore elle n'était que vulgaire, mais elle se montre d'une inconvenance !

— Vous êtes terrible avec votre manie d'appeler les choses par leur nom ! Est-il vrai, oui ou non, que tout le monde la voit ? Il faut bien faire comme tout le monde... vous me permettez, n'est-ce pas, de vous parler franchement ?

— Je vous en prie, dites-moi toujours ce que vous pensez. Continueriez-vous à voir mistress Henry V. Clams, si vous appreniez demain que son mari est ruiné ?

— Bien sûr que non ; et elle ne se fait pas d'illusions là-dessus. Il n'y a rien comme ces farouches républicaines pour prendre les rebuffades en douceur. Continuer à la voir si elle était ruinée ? Demandez aussi à Fontebranda, pendant que vous y êtes, si, dans ce cas-là, il continuerait à filer le parfait amour.

— Pauvre femme ! dit Etoile.

— Ne la plaignez pas, ma chère. Elle sait très bien pourquoi je lui rends ses visites, et pourquoi Fontebranda lui fait la cour. Si son mari était ruiné, elle passerait l'eau et s'en irait tranquillement tenir un *bar* dans son pays. A propos, pourquoi n'êtes-vous pas venue au bal d'Échéance ?

— Je n'aime pas les bals.

— Très bien ; si vous n'aimez pas la danse, ne dansez pas ; et encore peut-être avez vous tort de ne pas aimer la danse ; quand une femme ne danse pas, la société la soupçonne d'avoir une jambe plus courte que l'autre. Mais au moins montrez-vous dans les bals. On va au bal comme on va à l'église, pour éviter de se faire remarquer. Vous auriez dû venir, ne fût-ce que pour voir notre chère lady Jeanne au souper, avec Io derrière sa chaise : « Io, faites ceci ; Io, faites cela · Io, passez-moi cette mayonnaise ; Io, offrez du poulet à lady Cardiff ; Io, donnez-moi ces fraises. » Tout le monde riait sous cape ; seul l'intrépide Challoner gardait un sérieux imperturbable. Elle avait une parure de saphirs que je ne lui avais jamais vue, Io doit savoir d'où ils viennent. Quelle femme charmante ! elle passe la moitié de sa vie à craindre que la société ne dise : Elle a un amant, et l'autre moitié à craindre qu'on ne dise : elle n'a pas d'amant. Le pauvre Io paraissait excédé ; quelle drôle de chose que l'amour ! »

Étoile ne disait rien, elle songeait à Io tel qu'il s'était montré à elle au palais Farnèse ; et c'est après cela qu'il s'en était allé passer le reste de la nuit au bal masqué. Elle lui en voulait un peu ; mais, en y réfléchissant bien, quel droit avait-elle de lui en vouloir ?

« Quelle drôle de chose que l'amour ! reprit lady Cardiff ; égoïsme de la vanité, égoïsme des sens, force de l'habitude, voilà l'amour aujourd'hui, pour les neuf dixièmes des hommes et des femmes. La passion, la vraie passion est pour eux lettre morte. Cela prend trop de temps et c'est trop dangereux. Voyez un peu où la passion a conduit Fédor Souroff. Votre amie l'a envoyé dans les neiges du Caucase. Or j'ai lu dans le *Galignani* d'hier que Souroff a été dangereusement blessé dans une escarmouche. Cela ne lui serait pas arrivé s'il avait eu l'esprit ou la chance de s'attacher à mistress Henry V. Clams ou à notre chère lady Jeanne. Ah ! voici le général Desart et mistress Desart avec Buonretiro. Jolie femme encore, n'est-ce pas ? Voilà plus de quinze ans qu'elle *flirte* à outrance, et elle ne s'en porte pas plus mal. Ce sont deux des colonnes de la casa Challoner. Le général Desart a pour M. Challoner l'estime qu'un homme d'honneur éprouve toujours pour un autre homme d'honneur. Passe-moi la casse, je te passerai le séné. Le général Desart est absolument sûr qu'Ioris est l'ami, rien que l'ami de lady Jeanne, il en mettrait sa main au feu. M. Challoner est prêt à jurer qu'il ne se passe rien du tout entre mistress Desart et Buonretiro. Quel touchant échange de bons procédés ! Ah ! mon cher général, comment vous portez-vous ? Quel temps charmant, n'est-ce pas ? Charlie est retourné à Eton ? Quel aimable enfant ! Comment vous portez-vous, ma chère ? Vous avez tout à fait bonne mine. Le départ de Charlie vous fait un vide. Ah ! les enfants, comme on aime cela. Vous verra-t-on à l'ambassade japonaise ce soir ? »

Après un échange de politesses avec les Desart, lady Cardiff poursuivit sa promenade toujours en compagnie d'Étoile

A quelques pas de là, elles croisèrent de nouveau Fontebranda et mistress Henry V. Clams ; puis la duchesse de Bridgewater, et lord Dauntless qui ne la quittait pas plus que son ombre ; puis la lionne de la saison, la baronne de Bruges, accompagnée du petit Ferrara, de vingt ans plus jeune qu'elle. Cette dame, là-bas, qui donnait à manger aux cygnes, c'était la délicieuse lady Eyebright, qui avait reçu une paire de soufflets pour avoir triché au jeu ; ce petit accident n'avait en rien diminué la haute estime où on la tenait pour s'être compromise avec un très haut personnage. Elle avait des lettres de lui, plein un tiroir

et par parenthèse ces lettres ne brillaient pas par l'orthographe.
Près du mur, partageant son attention entre le coucher du
soleil et les robes de ses voisines, les promeneuses aperçurent
la princesse Grégarine, que l'on appelait, entre hommes, « les
vices sympathiques ». Elle était laide comme un Cafre, séduisante comme une sirène, et s'appelait elle-même le singe le
mieux habillé de toute l'Europe. Ses caprices voltigeaient des
grands-ducs aux caporaux de la garde. En son for intérieur,
elle eût préféré les caporaux aux grands-ducs, s'ils avaient eu un
peu plus d'argent à leur disposition.

Après avoir échangé avec tout ce monde force signes de tête,
poignées de main et menus propos, lady Cardiff entraîna
Étoile vers sa voiture. « Voilà, lui dit-elle, les honnêtes femmes
selon le monde. C'est à mourir de rire !... »

Comme la voiture passait sous les yeuses taillées de la villa
Médicis, ces deux dames aperçurent dans la lumière rosée du crépuscule lady Jeanne en compagnie d'Ioris.

Lady Jeanne, du bout des doigts, envoya un baiser ; Ioris, en
s'inclinant, rougit et pâlit coup sur coup.

Lady Cardiff dit en souriant : « Ils s'en vont rejoindre les
Desart ; qui se ressemble s'assemble. Il y a des nuances cependant. La duchesse et la Grégarine sont d'un degré au-dessus de
lady Jeanne ; et la petite Eyebright elle-même lui fait assez
froide mine. Quel monde ! n'est-ce pas ? Que je vous raconte
ce qui m'est arrivé pas plus tard qu'hier. J'avais emmené avec
moi une jolie femme, qui est en même temps une grande
dame, pour lui faire voir la nouvelle maison de Vassiltchikoff.
Cette maison est charmante et remplie d'une foule de jolies
choses. Vassiltchikoff est collectionneur. « Comme vous êtes
bien installé ici, lui dit la jolie femme, il faut que j'y pince
quelque chose. Pincer est joli, n'est-ce pas ? Mais le plus joli, c'est
qu'elle a pris à Vassiltchikoff le plus précieux de ses bibelots en
vieux saxe, et une bonbonnière émaillée de Petitot.

» Cela vous indigne ? On voit bien que vous ne connaissez pas
votre siècle. Ma jolie femme a eu le tort de mettre un peu trop
de sans-gêne, disons un peu trop d'impudence dans son jeu.
Mais elle n'a fait, après tout, que ce que ses pareilles font tous
les jours. L'amour, aujourd'hui, doit être lucratif, pour les
dames s'entend. Si vous doutez de ma parole, demandez à
Dauntless, à Ioris, à Buonretiro, aux grands-ducs de la Grégarine, ce qu'ils en pensent. C'est un titre onéreux aujourd'hui que
celui « d'ami de madame ». Oui, je le sais, il y a des exceptions,

et Fontebranda est une de ces exceptions. Mais, dans le monde comme dans la grammaire, les exceptions confirment la règle. Pour paraître, pour écraser ses rivales en beauté, une femme a besoin de toilettes royales, et Worth se fait payer très cher. De plus, la société veut qu'on l'amuse, qu'on lui donne de grands dîners, des soirées, des bals ; a cette condition seulement elle consent à se laisser amadouer. Un bon cuisinier se paye plus cher qu'un bon général, les soirées et les bals sont d'un luxe insensé. Vous voyez bien que les pauvres femmes sont obligées, absolument obligées de tenir des comptes en partie double.

» Trafic infâme ! dites-vous. Mon Dieu, ma chère comtesse, permettez-moi de vous donner un petit conseil. Perdez donc cette mauvaise habitude d'employer le mot propre qui choque toujours les chastes oreilles de la société. La société ne veut pas voir clair, elle a intérêt à ne pas voir clair : de quel droit voulez-vous la contraindre d'avouer qu'elle sait ce qu'elle tient à ignorer ? La société a un vocabulaire qu'il vous faut absolument adopter. Là où vous dites tout crûment *adultère*, la société dit *liaison*. Voilà la nuance, vous êtes trop intelligente pour ne pas la saisir du premier coup. Réglez-vous donc là-dessus.

» En second lieu, ne vous en prenez pas aux pauvres femmes de certains arrangements qui pourraient choquer un moraliste sévère. C'est la société qui a fait le programme, les femmes sont bien obligées de l'exécuter de point en point. Autrefois la société demandait aux gens de la naissance ; elle s'est rabattue de la naissance sur la fortune, de la fortune sur l'esprit ; maintenant, blasée sur toutes choses, elle veut qu'on l'amuse. On l'amuse, voilà tout.

» Ah ! vraiment, il est facile de vivre en dehors de la société. Pour vous peut-être, qui trouvez en vous-même, dans la nature de vos goûts et de vos occupations, des armes puissantes contre l'ennui. Et encore, je vous conseille en amie de traiter avec la société, au lieu de lui déclarer la guerre, ou d'avoir l'air simplement de la négliger. La société est vindicative et se venge toujours cruellement. Vous voilà avertie. »

Pendant ce temps-là, Io et lady Jeanne étaient arrivés sur le Pincio.

« Pourquoi ne me parlez-vous pas Io ? dit lady Jeanne.

— Mais, ma chère, ces voitures font un tel vacarme.

— Allons donc. Elles ne font pas plus de vacarme que d'habitude. Avez-vous vu Étoile ?

— Oui.

— Avec lady Cardiff. Quelle horrible femme que cette lady
Cardiff! Je ne puis pas comprendre ce qui vous plaît en elle.
Je serais presque tentée de croire cette histoire que l'on raconte. Vous savez pourquoi il l'a quittée ? Parce qu'elle lui a
donné des coups de fouet pour avoir conduit dans sa voiture
une autre femme à Richmond.

— C'est bien possible, dit Ioris en levant légèrement les
épaules.

— Et peut-être encore ne savons-nous pas tout, reprit lady
Jeanne. Elle doit avoir dit quelque chose aux Monmouthshire,
car ils ont refusé mon dîner ; et cela après tous les cadeaux que
je leur avais faits. Je me proposais de les faire rencontrer avec
les Norwich et les Fingal, parce que Fingal est furieux à propos
du tabernacle de Mimo. Je ne sais quelle mauvaise langue est
allée lui raconter qu'il est fait de pièces et de morceaux, et absolument moderne.

— On devait s'y attendre! dit Ioris avec un certain mépris,
comme un homme dont on a rejeté les avis et à qui l'évènement
donne raison.

— On devait s'y attendre! vous êtes toujours si avisé! dit
son amie avec une grande irritation. Que vouliez-vous qu'on
fit? Il avait payé d'avance et il était impossible de mettre la main
sur un tabernacle. Fingal d'ailleurs était enchanté de son tabernacle ; il a fallu qu'on allât lui conter cette histoire pour l'en
dégoûter; Mimo a très bon goût, personne ne l'a meilleur.

— Sauf lord Fingal, répondit froidement Ioris; ce tabernacle
déshonorerait sa chapelle.

— Vous ne l'avez jamais vue sa chapelle, et vous ne la verrez
jamais, à moins que je n'arrive à vous convertir à la vraie foi,
comme ces vieilles misses Moira le souhaitaient, vous en souvenez-vous? Si le tabernacle de Mimo vous déplaisait, pourquoi
ne pas nous avoir laissés vendre celui de Fiordelisa? Il est authentique, celui-là.

— Ma chère, dit doucement Ioris, vous savez bien que je n'ai
rien à vous refuser. Je ne me réserve que l'autel devant lequel
mes ancêtres se sont agenouillés. C'est une folie sans doute,
mais une folie dont je ne puis me défendre.

— On sait que vous êtes entêté comme un mulet quand vous
voulez, » dit sèchement lady Jeanne. Le fait est que lady Jeanne,
maîtresse absolue de bouleverser Fiordelisa de fond en comble,
s'indignait sérieusement de rencontrer une résistance obstinée

toutes les fois qu'elle essayait de toucher à la chapelle. Ioris était trop de son siècle pour être pieux ou dévot, au sens propre du mot ; mais il était Italien ; de plus, il avait un véritable culte pour les croyances du passé ; s'il ne les pratiquait pas lui-même, il ne tolérait pas qu'on y portât atteinte. La chapelle contenait de véritables trésors artistiques qui excitaient la convoitise de lady Jeanne, des della Robbia, des chandeliers de Cellini, un vieil écran de Chine sculpté, un autel de marbre et des calices d'argent ciselé. « Il laisse perdre tout cela, s'écriait-elle avec douleur, et pourquoi? pour complaire à une vingtaine de paysans! » Forcée de s'arrêter devant la résistance obstinée d'Ioris, elle comptait sur le temps pour l'amener à composition.

Elle allait sans doute entamer avec Ioris une de ces discussions qu'il avait appris à redouter, tant elle y mettait d'entêtement et d'acrimonie, lorsque, par bonheur, M. Silverly Bell les rejoignit.

Toute la colère de lady Jeanne se transforma en cordialité, le sombre nuage qui chargeait son front se dissipa comme par enchantement.

« Mon cher Saint-Paul! cria-t-elle en lui tendant les deux mains. M. Silverly Bell s'appelait Saint-Paul de son nom de baptême.

Le cher Saint-Paul fut flatté et sourit. Le cher Saint-Paul, jadis, avait commencé par tenir lady Jeanne à distance. Mais lady Jeanne ne se laissait pas tenir à distance quand elle avait intérêt à se rapprocher des gens. Elle avait fait littéralement le siège du cher Saint-Paul, qui, vaincu par tant de grâce, de beauté, d'innocence et de complaisance, avait fini par capituler. Cet homme redoutable était en possession de faire et de défaire les réputations dans la société, de donner le coup de grâce aux réputations douteuses, et la dernière touche aux réputations sans tache ; de ce justicier, lady Jeanne, à force d'adroites et humbles flatteries, s'était fait un thuriféraire. Il hantait la casa Challoner, et la société allait répétant : « S'il y avait quelque chose entre elle et le prince Ioris, Silverly Bell serait le premier à le savoir et à le dire, il est toujours chez eux! »

La même politique qui lui avait assuré l'alliance de Silverly Bell lui avait réussi avec tous les hommes qu'elle avait intérêt à séduire Elle se donnait une peine infinie pour leur plaire, souriait d'un sourire charmant à leurs moindres propos, leur serrait la main avec une cordialité pleine d'abandon, les accueil-

lait toujours avec l'empressement le plus flatteur : aussi, tous
étaient enchantés de l'effet qu'ils produisaient sur elle, et
prèts en toute rencontre à vanter les manières distinguées et
le bon goût d'une dame qui les jugeait eux-mêmes si favora-
blement.

L'art de plaire aux gens consiste surtout à leur faire entendre
qu'on goûte leur société ; lady Jeanne désarmait ses ennemis
par le plaisir sincère qu'elle ressentait de leur seule présence.
Quoi que vous pensiez d'une femme, il vous est bien difficile d'en
médire, quand elle vous a cent fois donné l'assurance que vous
êtes parmi ses plus chers amis.

On attrape les mouches avec du miel, et non pas avec du vi-
naigre. C'est avec du miel, par exemple, que lady Jeanne avait
capturé le ménage Pratt. Elle y avait mis le temps, mais elle y
était arrivée.

« Michel Ange n'était qu'un sot, disait tout couramment
M. Pratt, le sculpteur anglais. Ce Pratt vivait avec des princes
romains, et les artistes, toujours railleurs, l'appelaient Phidias
Pratt. Il prenait cette louange dérisoire au sérieux, et y voyait
un compliment... pour Phidias. Le même homme vous prouvait,
clair comme le jour, que l'Apollon du Belvédère n'est pas déjà
une si grande merveille !

» Un sot de génie, mais un sot après tout, disait Phidias
Pratt en parlant de Michel Ange, et d'un geste magistral il
renvoyait son fez écarlate sur le côté de sa tête. Comprend-
on un homme assez naïf pour faire toute sa besogne lui-même ?
Quelle déperdition de forces et quelle perte de temps ! En somme,
il a gaspillé la moitié de sa vie à faire le métier de praticien. Moi
qui vous parle, j'emploie soixante praticiens, je ne touche jamais
au marbre, jamais ! Aussi voyez quelle quantité de statues je puis
produire, bon an mal an !

— Oui ; mais les idées, monsieur Pratt ! disait Étoile. A ce
compte, ou bien vous achetez des idées à ces gens que vous
payez, ou bien vous vous en passez.

— Les idées, les idées ! » marmottait Phidias en roulant des
yeux étonnés ; et pour toute réponse il se drapait dans sa robe
de velours, et marchait à grands pas parmi ses innombrables
statues.

Phidias avait épousé, vingt ans auparavant, l'héritière d'un
alderman ; ses œuvres peuplaient littéralement les palais de
justice, les monuments publics, les résidences des gentlemen
et les parcs. Est-ce qu'on avait jamais songé à lui demander

d'avoir des idées. Cette allusion aux idées lui paraissait du dernier mauvais goût.

C'était lady Jeanne qui avait amené Étoile à l'atelier de Phidias. Plus habile qu'Étoile, elle se tenait en extase devant une statue de la Désolation. La Désolation était vêtue d'une tunique dont les broderies étaient une merveille : ainsi le déclara lady Jeanne; elle ajouta même que si elle avait là sous la main une paire de ciseaux, elle se ferait fort de détacher ce pan de broderies, tant il était souple et vrai : on pouvait compter les fils du tissu.

Aussi qu'arriva-t-il? Ce bon Phidias dit à sa femme, quelques heures après cette entrevue : « Très intelligente cette lady Jeanne Challoner! A votre place, je lui ferais une visite; il ne faut pas être trop raide avec les gens; je sais bien qu'on parle d'elle et du prince Ioris; mais si son mari ne dit rien, je ne vois pas pourquoi nous nous montrerions plus difficiles que lui; et puis, elle dit que lord des Hébrides est son cousin. Les Hébrides sont ici pour tout l'hiver. A votre place, je laisserais à sa porte un petit bout de vélin... »

Mistress Pratt, qui avait apporté à Rome ses idées de Clapham, avait pendant de longues années trouvé que la casa Challoner n'était pas une maison où l'on pût décemment se montrer. Elle se relâcha peu à peu de la sévérité de ses principes, entraînée par l'exemple du monde nouveau où elle vivait, et le soir même déposa une carte à la porte de la casa Challoner. Quelques jours plus tard, elle y laissa une carte plus grande où on lisait : « Mistress Pratt. Chez elle. Le mardi. » Le mot « musique », imprimé en caractères microscopiques, avait l'air de se cacher dans un des coins de la carte.

Quand lady Jeanne eut entre les mains cette bienheureuse invitation, après laquelle elle avait langui si longtemps, elle fit un geste de triomphe. Les mardis de mistress Pratt étaient très recherchés; on y rencontrait le personnel de toutes les ambassades.

Mistress Pratt avait mis juste six ans à deviner l'existence de lady Jeanne; mais quand elle eut pris sur elle de la reconnaître, elle fit largement les choses : elle envoya aussi une invitation au prince Ioris.

« S'il y avait quelque chose entre eux, dit la société, est-ce que mistress Pratt se serait jamais décidée à les inviter ensemble? »

Mistress Pratt déposa aussi des cartes à la porte d'Étoile,

comme elle en aurait déposé à la porte de Phryné ou de Mé-
phistophélès, si elle les avait rencontrés dans le salon de la
princesse Véra. Mais M. Pratt ne manqua pas de faire observer à sa femme qu'on ne manquerait pas, un de ces jours,
de découvrir quelque fâcheuse histoire sur le compte d'Étoile.

« Oui, dit mistress Pratt à lady Jeanne, nous la recevons.
Nous l'avons rencontrée chez la princesse Véra. Mais, au fond,
qu'est-ce que c'est que cette femme? Je n'ai jamais pu le
savoir. »

Lady Jeanne, si elle l'eût osé, eût embrassé mistress Pratt
pour la malveillance qu'elle montrait en parlant d'Étoile. Et
cependant elle n'aimait guère mistress Pratt, parce que mistress
Pratt fréquentait des ducs et des duchesses. Il lui semblait qu'en
fréquentant de si hauts personnages, mistress Pratt empiétait
sur son domaine à elle, qui était née Perth-Douglas.

Pour la même raison elle détestait Étoile, qui n'était point née
Perth-Douglas, et dont la vie élégante, simple et noble faisait
un si étrange contraste avec la bassesse de sa vie d'intrigues et
de tripotages.

Il y avait quelque chose dans le regard d'Etoile qui mettait
sa conscience mal à l'aise; quelque chose dans son sourire
dont son orgueil était profondément blessé. Voightel devait lui
avoir tout révélé. Tout au fond d'elle-même lady Jeanne se méprisait profondément, et jamais ce mépris d'elle-même n'était
plus poignant qu'en présence de cette étrangère : aussi de quelle
haine elle la poursuivait!

XVI

C'était dans le salon de la princesse Véra.

« Pourquoi n'aime-t-on pas Étoile? demanda lady Cardiff.

— Est-ce qu'on ne l'aime pas? dit une baronne russe. Eh bien
moi, je l'aime beaucoup.

— Vous l'aimez, ma chère, et moi aussi, et une centaine de
personnes intelligentes aussi; mais cent personnes, cela ne compose pas une majorité.

— Voulez-vous savoir le mot de l'énigme? dit la princesse Véra.

— Nous vous écoutons, s'écria lady Cardiff, qui croyait en-
revoir quelque révélation importante.

— C'est parce qu'elle aime à voir lever le soleil.

— Comment! voir lever le soleil en hiver?

— En hiver et en été. Cela n'est pas naturel, évidemment; aussi la société n'aime pas cela. Pourquoi? Parce que nous n'aimons pas en général les gens dont les goûts et les besoins sont au-dessus de nos goûts et de nos besoins à nous. Lorsque le matin au lever de l'aurore nous revenons du bal, fanées, fripées, fatiguées, laides à faire peur, et que nous la voyons sortir de chez elle fraîche et reposée, nous ressentons un petit mouvement de jalousie, n'est-il pas vrai? Vous voyez bien que c'est la faute du lever de soleil. Ne cherchez pas d'autre raison. »

Tout le monde se mit à rire. La princesse Véra pouvait se permettre cette plaisanterie, car, après le bal comme avant, elle était toujours fraîche et charmante; de plus, elle avait elle-même un faible pour les levers de soleil.

Mrs Henry V. Clams qui était présente, crut voir une allusion dans les paroles de la princesse; mais comme elle n'osait jamais ouvrir la bouche devant elle, elle dévora sa colère en silence.

Sous une forme plaisante la princesse Véra avait exprimé une vérité incontestable. La Société n'approuve pas les goûts qui ne sont pas les siens. A qui fera-t-on croire qu'on se lève de bonne heure quand on n'y est pas forcé? Depuis quand les femmes font-elles des promenades solitaires à l'heure où la rosée brille encore sur les feuilles et sur les fleurs?

Pendant plusieurs années, on avait supposé que si Étoile sortait dès l'aurore, c'était pour courir à quelques mystérieux rendez-vous? Dans ce temps-là on était assez disposé à l'indulgence, car les rendez-vous étaient l'explication toute naturelle d'une conduite qui ne l'était guère. Mais la société, forcée de renoncer à cette explication, considéra désormais les sorties matinales d'Étoile comme autant de bravades à son adresse.

Étoile, si elle eût daigné se justifier, aurait pu répondre qu'elle sortait pour jouir de la fraîcheur et du silence du matin, pour prendre de l'exercice; mais cette explication était beaucoup trop simple pour paraître naturelle à une vieille dame aussi rouée et aussi expérimentée que la société.

Les artistes sont trop simples pour réussir dans la société.

Un matin qu'Étoile faisait sa promenade solitaire dans les bois de Pamphili-Doria, il lui arriva une véritable aventure. Elle trouva étendue sur le gazon une jeune femme évanouie. Cette jeune femme était très belle, quoiqu'on pût voir sur son visage la trace des privations et de la misère. Lorsque cette femme re-

vint à elle, grâce aux bons soins d'Étoile, elle demanda son
enfant et n'eut pas de repos qu'on ne l'eût transportée chez elle.

Étoile voulut l'accompagner. Dans la mansarde qu'habitait la
jeune femme, il y avait un petit enfant de deux ans, rose et bien
portant. On voyait que la mère s'était privée de tout pour que l'enfant n'eût pas à souffrir de la faim. Le matin même, à bout de
ressources, elle s'était levée de bonne heure pour aller cueillir
des violettes et en faire des bouquets ; mais elle était tombée
d'épuisement.

L'histoire de cette jeune mère était celle de beaucoup d'autres
jeunes mères : elle avait été séduite et délaissée. Hongroise de
naissance, elle s'était engagée à quinze ans, comme danseuse,
dans une troupe viennoise qui devait faire le tour de l'Europe.
Comme elle s'était démis la cheville en tombant dans une
trappe qu'elle n'avait pas vue, l'*impresario* l'avait laissée à
Rome, sans lui payer ce qu'il lui devait. Un jeune peintre français s'était épris d'elle et en avait fait sa maitresse ; puis il était
reparti pour son pays, promettant de revenir bientôt. Il avait
écrit une ou deux lettres dans le commencement ; depuis deux
ans, elle n'avait plus entendu parler de lui. Malgré cela elle lui
était restée fidèle, attendant qu'il revînt, et élevant son petit
enfant du produit de son travail.

Lorsque plus tard, dans la journée, Étoile revint la voir, la
pauvre petite lui parla d'une façon touchante de son désir de rester
honnête, et de ne rien faire qui fût de nature à faire rougir plus
tard son enfant. Étoile fut émue et résolut de faire tout ce
qu'elle pourrait pour l'aider à tenir ses bonnes résolutions. La
jeune danseuse voulait rester à Rome, espérant toujours voir
revenir le père de son enfant.

Le taudis qu'elle habitait était au cœur de la ville, juste dernière la casa Challoner. Étoile, en la quittant, passa devant la
porte de ce temple de toutes les vertus. « Entrons, se dit-elle,
poussée par une impulsion soudaine, peut-être lady Jeanne
pourra-t-elle m'aider à tirer de peine cette pauvre petite
et son enfant. » Instinctivement, elle se défiait de cette femme
que Voightel définissait la prose de Rome ; cependant elle
triompha de sa répugnance à l'idée d'assurer une amie aussi
active et aussi énergique à la jeune Hongroise.

C'était un mercredi, jour de réception de lady Jeanne. Il y
avait plusieurs voitures à la porte ; lady Jeanne, en toilette modeste, recevait les plus sévères représentants de la société.

Au moment où Étoile fit son entrée, lady Jeanne, la main sur

l'épaule de sa fille, disait, du ton d'une personne qui s'excuse :
« Oui, oui, vous avez raison ; moi non plus je n'aime pas cela.
Il y a toutes sortes d'histoires sur son compte, et M. Challoner
n'aime pas que je la voie souvent. Mais, vous savez, j'ai toujours
été trop faible ; et puis, mon pauvre cher père est si peu
raisonnable ; c'est lui qui est cause...

—La comtesse d'Avesnes! » annonça le domestique en écartant
la portière de soie.

Un frémissement d'horreur parcourut les rangs de la société,
qui s'ouvrirent d'eux-mêmes devant Étoile. Une vieille dame, pétrifiée d'horreur, laissa choir sa tasse de thé. Lady Jeanne, sans
le moindre embarras, s'avança vers Étoile le sourire sur les lèvres, les deux mains tendues.

« Vous êtes bien aimable. On est si heureux de vous avoir !
Oui, je sais que vous n'aimez pas les réunions autour d'une
théière. Approchez-vous donc du feu. Effie, donnez la crème. »

En apportant la crème, la petite Effie adressa un sourire affectueux à Étoile, qui avait été bonne pour elle, et caressa timidement sa fourrure de renard argenté.

« Je vous aime bien, dit-elle d'une petite voix tremblante.
Pourquoi maman dit-elle...?

— Effie, offrez du gâteau à lady George, dit M. Challoner,
pour opérer une diversion. L'enfant obéit effrayée, et Étoile
ne se douta pas que les paroles qu'elle avait entendues en entrant étaient justement à son adresse

La société battit en retraite devant Étoile, et abandonnant la
cheminée, alla reformer ses rangs autour de la théière ; la
société blâma lady Jeanne de sa condescendance ; une des misses
Scrope-Stairs la défendit en alléguant la noblesse de son caractère, qui l'empêchait toujours de croire à l'existence du mal.
La société se rabattit sur Étoile et se demanda en grondant
pourquoi « ces femmes-là » sont toujours si bien mises ?

Lady Cardiff était là avec son lorgnon, confortablement installée à l'un des coins de la cheminée ; elle fit signe à Étoile de
venir la retrouver.

« Comment vous portez-vous, ma chère comtesse ? Il fait
froid, n'est-ce pas ? Quelle robe charmante ! vous avez là des
boutons niellés qui sont délicieux. Ce salon est très amusant,
seulement on redoute toujours de voir lady Jeanne tirer quelque
potiche d'une armoire pour la mettre en vente. J'ai prétexté un
mal de dents pour qu'on me laisse tranquillement l'observer
tout à mon aise. »

                                          8

Ici, lady Cardiff met son lorgnon pour examiner la toilette
bretonne de mistress Henry V. Clams; puis, pour l'édification des
personnes voisines qui pourraient avoir la curiosité de tendre
l'oreille, elle dit à haute voix que Sa Sainteté est très malade.
Ensuite elle baisse la voix et continue à analyser le caractère de
lady Jeanne. « Vous dites qu'elle va m'entendre? N'ayez pas
peur, elle est occupée à crier dans le cornet acoustique de lady
George Scrope. Au pis aller, si elle m'entendait, elle en serait
quitte pour m'inviter à dîner et pour me fourrer quelque hideux
magot, c'est sa manière de se venger. Elle tire parti de tout,
même des affronts, même des rebuffades, et elle arrive toujours
à ses fins. Exemple: pendant plus de quatre ans, elle a cherché
à s'introduire chez les Monmouthshire. Repoussée avec perte à
chaque tentative, elle ne s'est pas tenue pour battue, et elle a
eu raison. Dernièrement, la chère Anne Monmouthshire organise
une loterie pour les pauvres, lady Jeanne saisit l'occasion aux
cheveux et arrive avec ses poches pleines de chapelets venant
en droite ligne du mont des Oliviers, du moins elle affirme qu'elle
les en a rapportés elle-même. Vous savez comme on est sot
quand on organise une loterie ; on ne rêve plus qu'une seule
chose, avoir beaucoup de lots! Lady Jeanne est reçue à bras
ouverts. Anne Montmouthshire dépose une carte à la porte des
Challoner, et je suis sûre qu'elle les a invités à son concert de
la semaine prochaine. Quand donc, ma chère comtesse, con-
sentirez-vous à descendre de votre empyrée, et à profiter des
leçons de sagesse mondaine qu'elle vous donne ? Eh mais!
s'écria-t-elle en s'interrompant brusquement, regardez! Qu'est-
ce que je vous avais dit? Voici Anne Montmouthshire en personne
qui vient lui rendre sa visite, le jour même où elle sait qu'elle
reçoit! Ma pauvre comtesse, vous n'êtes qu'une enfant au prix
de lady Jeanne. Vous traitez les gens selon leur mérite réel, et
elle selon le profit qu'elle en compte retirer. Aussi nous la
verrons réussir là où vous échouerez, si vous n'y prenez garde. »

Là-dessus, lady Cardiff se leva et s'avança majestueusement
vers la hautaine douairière au nez busqué qui répondait au nom
d'Anne Montmouthshire. En l'abordant, elle lança à l'adresse de
lady Jeanne une de ces terribles petites méchancetés qui la rendaient si redoutable.

« Je ne savais pas, ma chère que vous connaissiez lady Jeanne.
C'est une charmante surprise de vous rencontrer ici. Vous venez
sans doute chercher encore des chapelets? »

Cependant mistress Henry V. Clams s'était approchée d'Étoile et l'avait invitée à un grand dîner. Elle s'y prenait d'avance, car le grand dîner ne devait avoir lieu que dans douze jours. Étoile refusa poliment, mais obstinément, alléguant pour prétexte qu'elle était à Rome pour sa santé, et qu'elle ne sortait presque jamais. Mistress Henry V. Clams fut toute déconfite du refus d'Étoile; en même temps elle éprouva un malaise indéfinissable en constatant, par une rapide comparaison de sa toilette avec celle d'Étoile, que son costume breton était de mauvais goût, et son merveilleux chapeau absolument ridicule.

En ce moment entra un personnage qu'on ne s'attendait guère à voir paraître un jour de grande réception. C'était le prince Ioris. Il salua en gentilhomme, avec un sourire charmant.

Lady Cardiff porta son lorgnon à son œil.

« Ah! mon Dieu, s'écria-t-elle en s'adressant à son amie Anne Montmouthshire qu'elle avait traîtreusement accaparée. « Ah! mon Dieu, mais c'est le prince Ioris. En général, les maris ne se montrent guère aux réceptions de leurs femmes, mais M. Challoner et lui sont tout à fait exemplaires. Ce que je veux dire par là? Rien du tout, absolument rien, ma chère. Très bel homme, n'est-ce pas? Et comme on voit bien qu'il est né, lui! Mais justement pour cela, sa personne jure avec cette théière et cet évêque de Mélita, ne trouvez-vous pas? Lady Jeanne vous plaît? Vous seriez bien ingrate si elle ne vous plaisait pas. Elle fait assez d'efforts pour vous plaire. Cette idée des chapelets est ravissante, et songez qu'elle a rapporté cela de si loin ! »

A l'entrée du prince, lady Jeanne avait froncé ses noirs sourcils, et lui avait dit d'un ton peu aimable, en aparté : « Vous venez une heure trop tôt; comment pouvez-vous faire des sottises pareilles? Vous devez toujours attendre que ces gens-là soient partis; je vous l'ai dit cent fois ! »

Ioris fit son meâ-culpâ avec une parfaite soumission, présenta ses hommages respectueux, avec beaucoup de bonne grâce et d'enjouement aux saints qui étaient groupés autour de la théière, et se dirigea vers la pécheresse dont la présence les avait si fort scandalisés. Il se pencha vers elle et lui dit tout bas : « J'ai vu votre livrée à la porte, c'est pour cela que je suis monté. » M. Challoner sourit d'un sourire ambigu en mettant son lorgnon, ensuite quittant la place qu'il occupait devant le feu, il demanda à la société en général si l'affaire Chemnitz n'était pas un scandale épouvantable?

L'affaire Chemnitz était en effet, un véritable outrage pour les idées et les habitudes de la société. La société qui recevait lady

Jeanne et loris ne pouvait pardonner à la jeune baronne de
Chemnitz d'avoir déclaré nettement à son mari qu'elle ne l'aimait pas, qu'elle en aimait un autre, et qu'elle le quittait pour
vivre avec cet autre. N'avoir qu'un amant, et le proclamer à la
face d'Israël, quelle aberration! quand il lui était si facile de
sourire au baron, et d'introduire son amant au foyer domestique
en qualité d'ami! Renoncer aux millions du baron, quelle sottise! pensait tout bas lady Jeanne, et tout haut elle criait au
scandale et à l'abomination. Les fêtes royales du palais Chemnitz
avaient fait courir toute la société; désormais plus de fêtes! Cette
idée exaspérait la société, qui n'aime pas qu'on la prive de ses
plaisirs et de ses distractions. Et ce baron Chemnitz qui jette
feu et flammes et veut tuer tout le monde! Vit-on jamais mari
plus brutal et plus mal élevé? Que ne prenait-il modèle sur
M. Challoner, par exemple? En vérité, je vous le dis, dans son
ensemble et dans ses détails, l'affaire Chemnitz était un scandale
épouvantable. Aussi la société se voilait-elle la face.

loris voulut prendre la défense de la jeune baronne, qui était
sa compatriote; il allégua qu'on l'avait absolument contrainte
à épouser un homme qu'elle n'aimait pas; il l'avait connue
depuis son enfance, elle était d'un caractère très doux, et si
elle avait fait un éclat, c'est qu'elle avait au moins de la loyauté
et de la franchise dans le caractère. « D'ailleurs, ajouta-t-il, la
passion, dans le cœur d'une Italienne... »

Lady Jeanne le somma de se taire, au nom de la morale.
C'était si étrange d'entendre lady Jeanne lui imposer silence, à
lui, au nom de la morale, qu'il n'ajouta pas un mot, et reprit
son entretien avec Étoile.

« Je suis très fâché pour Chemnitz, dit M. Challoner avec un
sérieux d'augure, oui, très fâché; car toutes les richesses de la
terre ne sont pas pour consoler un homme de son déshonneur! »

Les dames de la société accueillirent par un murmure d'approbation cette sentence banale.

« Dieu! quel menteur que cet homme! » pensa mistress Henry
V. Clams en regagnant sa voiture pour aller chercher Fontebranda à son club.

Il faut rendre à Fontebranda cette justice qu'il ne demanda
jamais à M. Henry V. Clams de mentir comme venait de le faire
M. Challoner. Fontebranda disait tout simplement à sa maîtresse :
« Ayez un bon cuisinier, ma très chère; donnez trois grands
bals par hiver; ayez des chevaux anglais, et moquez-vous de
la société : il n'y a pas de danger qu'elle vous montre les dents. »

Sans trop comprendre sa politique, mistress Henry V. Clams suivait ses instructions à la lettre, et la société l'admettait haut la main, en vertu d'un pacte qui pourrait se résumer dans ce court dialogue :

« Amusez-moi et je vous recevrai.

— Recevez-moi, et je vous amuserai. »

Peu à peu les visiteurs de lady Jeanne disparurent. Les dames Scrope-Stairs remirent leurs chapeaux et leurs manteaux et se disposèrent à partir à leur tour.

« Excellentes personnes, dit confidentiellement Ioris à Étoile; *ma, mi seccano!*

— Vous n'êtes qu'un ingrat, car vous savez parfaitement qu'elles vous adorent.

— C'est justement là mon plus grand grief contre elles, » répondit-il avec un petit rire étouffé.

Les sœurs Scrope-Stairs, dans leur heureuse ignorance, ne se doutèrent guère de l'effet qu'elles produisaient sur le prince.

« Io, dit lady Jeanne pendant que les sœurs l'embrassaient avant de partir, ces demoiselles ne peuvent s'en retourner toutes seules, et je n'ai personne sous la main pour les reconduire; vous allez vous en charger, n'est-ce pas? Revenez à sept heures, Ronsoulet et Victor seront ici. » Lady Jeanne avait accompagné ces paroles d'un coup d'œil impérieux, presque irrité, que le prince connaissait trop bien.

Il regarda Étoile, hésita, poussa un soupir, et finalement s'exécuta. Ce ne fut pas toutefois sans protester à sa manière, en se disant à lui-même : « Elles pourraient traverser l'Italie tout entière sans escorte, sans qu'il vînt à l'idée de personne de les arrêter. »

Lady Jeanne, de son côté, se disait : « Il aurait reconduit Étoile chez elle, si je ne l'avais pas mis à la porte; et elle se demandait à propos de quoi Étoile laissait partir tout le monde sans manifester la moindre intention d'en faire autant.

« Je suis restée après toutes les autres visites, lui dit Étoile, parce que j'ai un conseil à vous demander. »

Ioris venait de disparaître par une porte, et M. Challoner avait également battu en retraite.

Lady Jeanne, songeant qu'Étoile lui avait déjà acheté toute une pièce de brocart, répondit avec empressement :

« Enchantée, je ferai de mon mieux... Parlez. De quoi s'agit-il? »

Étoile lui raconta l'histoire de la jeune danseuse hongroise,

qui mourait de faim, à quelques pas de la casa Challoner, dont
un mur seulement la séparait.

« Le petit enfant est charmant, lui dit-elle en terminant son
récit ; quant à la jeune mère, je suis sûre qu'elle vous intéres-
serait, si vous la voyiez seulement. Elle aimerait mieux mourir
avec son enfant que d'être infidèle à celui qui l'a trahie.

— Très intéressante, sans aucun doute, répondit Jeanne d'un
ton glacial, mais toute cette histoire est assez immorale, vuos
savez.

— Immorale? Non; il y a des histoires bien plus immorales
que celle-là... celle de mis ress Henry V. Clams, par exemple. »

Lady Jeanne se mordit les lèvres. Elle se demanda un instant
quel rôle elle allait jouer, celui de la femme vertueuse à
outrance, ou celui de la femme charitable en qui la charité
triomphe des scrupules de la vertu.

« Vous êtes bien bonne, dit-elle à la fin, de prendre à cette
fille un si vif intérêt. Racontez son histoire à Io, vous le verrez
aussitôt grimper l'escalier de sa mansarde, un bol de bouillon
dans la main droite, un billet de banque dans la main gauche.
Certainement cette fille est à plaindre, mais si elle est malheureuse, elle ne l'a pas volé. Pourquoi cédait-elle à ce peintre
avant d'avoir une bonne promesse de mariage en poche? Si
vous m'en croyez, parlez de cela au consul d'Autriche, ou bien
encore à votre princesse Véra. Ils la rapatrieront sans doute
gratuitement. Elle a probablement des amis là-bas ?

— Je ne crois pas, répondit Étoile. Mais ne vous en préoccu-
pez pas ; ce ne sera pas une affaire que de la mettre à même
d'entreprendre un petit commerce. C'est là-dessus que je voulais vous consulter...

— Naturellement, je suis disposée à me montrer charitable,
reprit lady Jeanne, qui avait vaguement conscience d'avoir été
maladroite; mais une danseuse et un enfant illégitime, c'est
bien embarrassant; on ne sait vraiment que faire. Je viens justement de renvoyer une femme de chambre pour conduite
légère Il faut être juste, on ne peut pas cependant encourager
l'immoralité.

— C'est une pitié de voir à quel point la société l'encourage, »
dit Étoile avec un de ces généreux mouvements d'indignation
et de mépris que la casa Challoner commençait à redouter.
Cependant lady Jeanne, qui ne perdait jamais la tête, répondit
aussitôt : « Je ne crois pas réellement que la société l'encourage à ce point. La société établit certaines règles, tant mieux

pour les femmes qui s'y conforment, tant pis pour celles qui ne s'y conforment pas; elles ne peuvent s'en prendre qu'à elles-mêmes. Quant à moi, je n'ai pas l'ombre d'un préjugé, et je serrerais aussi volontiers la main à votre danseuse qu'à une duchesse. Mais, vous savez, quand on est dans la société, l'on n'est pas libre de suivre toutes les impulsions de son cœur; ces pauvres filles se lancent tête baissée dans la passion, sans calculer les conséquences; après, elles sont toutes surprises que la société ne vienne pas leur offrir des berceaux de soie pour leur enfant. Leur malheur est digne de pitié; mais, après tout, si elles sont malheureuses, c'est qu'elles l'ont bien voulu.

— Tout cela parce qu'elles ont agi sans calcul, tandis que les femmes de la société calculent à merveille.

— Sauf cette sotte de Gertrude Chemnitz! Mais l'exception confirme la règle. Si elles ne calculaient pas, les pauvres femmes, qui donc prendrait la peine de calculer pour elles? Une chaumière et un cœur, c'est charmant dans les romances, c'est abominable dans la vie réelle. C'est une affaire de bon sens.

— Serait-ce aussi une affaire de bon sens, si cette pauvre petite danseuse s'abaissait jusqu'à se vendre pour nourrir son enfant et pour se nourrir elle-même?

— Mais certainement. Une fois admis le principe, il en faut tirer toutes les conséquences, et les accepter. C'est ce que vous ne savez pas faire, vous autres, âmes poétiques. »

Elle continua avec un charmant sourire, plein de bonté et de franchise : « Je vous dirai tout net que vos propos me scandalisent un peu. La société est plus forte que nous, soumettons-nous donc aux exigences de la société; il n'y a pas à sortir de là; toute plainte est superflue. »

Étoile lui souhaita le bonsoir et se retira. A peine eut-elle disparu, que lady Jeanne alluma un cigare, et s'en alla changer de toilette, pour recevoir une société qui n'avait absolument rien de commun avec celle des tristes buveurs de thé. Victor Louche était un dramaturge français de second ordre. Quant à M. Ronsoulet, c'était un très grand sculpteur; il traînait partout avec lui une certaine madame Patauge, qui était devenue madame Ronsoulet *de fait*, ne le pouvant devenir *de droit*, vu que M. Patauge était encore vivant. La société de ces trois aimables personnes était une sorte de tonique pour lady Jeanne après les ennuis d'une journée de réception.

Elle n'attendit pas longtemps ces hôtes du soir; ils arrivèrent ensemble, bras dessus, bras dessous, riant, criant, heureux de

vivre, répandant un parfum de mauvaise compagnie et de mauvais tabac dans l'atmosphère sanctifiée précédemment par la présence de la société vertueuse.

Victor Louche était un petit homme blême, qui avait la
langue bien affilée, et la plaisanterie volontiers graveleuse. Il
passait sa vie au milieu des acteurs et des actrices, et faisait les
délices des soupers de chez Bignon et des parties fines d'Étre-
tat. Madame Patauge était une bonne grosse femme, sans pru-
derie aucune et sans l'ombre de malice. Elle savait toutes les
anecdotes du boulevard et la moitié des chansons du commencement de ce siècle. Elle était née dans une loge de portier,
sous le règne de Louis-Philippe, et connaissait son Paris sur le
bout du doigt. Après avoir débuté, non sans succès, à l'Opéra-
Comique, elle avait épousé un journaliste qui s'était mis à la
battre et à dépenser l'argent qu'elle gagnait au théâtre. Elle
allait chercher des consolations dans l'atelier de Ronsoulet, qui
était alors le plus inconnu et le plus obscur des sculpteurs. Elle
s'attacha à lui, et alla vivre avec lui lorsqu'elle quitta M. Patauge après lui avoir dit son fait sans périphrases.

C'était une bonne âme, qui n'avait jamais songé à cacher ce
qu'elle avait été et ce qu'elle avait fait ; aussi la société affectait-
elle d'ignorer son existence, la même société qui recevait lady
Jeanne à bras ouverts !

Lady Jeanne recevait en secret ce trio de pécheurs endurcis :
1° parce que les pécheurs endurcis l'amusaient beaucoup plus
que les brebis sans tache ; 2° parce que Ronsoulet lui avait pro-
posé de faire son buste pour rien ; 3° parce que Victor Louche
en savait très long sur son compte. Il y avait encore beaucoup
de *parce que* qu'il est inutile d'énumérer.

Lorsque, par hasard, au milieu de la foule élégante du Pincio,
madame Patauge s'oubliait jusqu'à faire un petit signe familier
à lady Jeanne, lady Jeanne en était quitte pour expliquer à la
société qu'elle avait un faible bien connu pour les artistes, que
Ronsoulet faisait son buste, qu'elle rencontrait madame Patauge
à l'atelier de Ronsoulet, et qu'elle ne pouvait prendre sur elle
de faire une impolitesse à une personne qui de près ou de loin
touchait au monde des arts : c'était plus fort qu'elle, c'était dans
le sang, elle tenait cela de son père.

« Cette excellente lady Jeanne, disait la société avec indulgence, c'est tout à fait le portrait du cher Archie : trop bonne
pour ces gens-là, cent fois trop bonne, mais c'est dans le
sang. »

XVII

Lady Jeanne, femme éminemment prudente, avait recommandé au prince Ioris de faire un doigt de cour à sa chère
Marjory ; en même temps elle faisait parade de l'amitié qui les
unissait toutes les deux. Ioris obéit en riant, et joua avec beaucoup de grâce un rôle qui ne lui plaisait guère. Quant à la
pauvre Marjory, elle perdit complètement la tête. Lorsqu'elle
s'aperçut qu'on se moquait d'elle, et qu'elle jouait le rôle du
paravent derrière lequel se joue la véritable pièce, à l'abri des
regards indiscrets, elle n'eut pas le courage de rompre, et con-
serva obstinément au fond de son cœur une espérance qu'elle
osait à peine s'avouer à elle-même. Rompre avec la casa Challoner, c'eût été briser le faible lien qui la rattachait à Ioris, et
perdre toute chance de le voir et de lui parler. Elle continua
donc à embrasser son amie devant le monde et dans l'intimité,
et, tout au fond de son cœur, nourrit sa passion lamentable des
regards, des inflexions de voix, des moindres gestes de celui qui
était l'amant de son amie. Elle vit alors des choses qui échap-
paient aux yeux de lady Jeanne ; elle prévit le moment où le
proverbe aurait raison, et où des chaînes trop tendues se bri-
seraient d'elles-mêmes. Elle nota les fautes de son amie, et les
imprudences de sa passion tyrannique, vit que chaque jour la
chaîne se tendait de plus en plus, et sonda en tressaillant les
profondeurs obscures de l'avenir.

Elle aimait Ioris d'un amour terrible, l'amour de la femme
qui sait qu'elle n'atteindra jamais le but de ses rêves secrets,
qui sent que toutes les heures, toutes les pensées, toute la
personne de celui qu'elle aime appartiennent à une autre et ne
lui appartiendront jamais à elle, et qui néanmoins entrevoit dans
le secret de ses rêves un jour où quelque catastrophe imprévue,
un accès de dépit, de désespoir, le jettera peut-être dans ses
bras. « Qui sait ? qui sait ? murmurait-elle quelquefois dans le
silence de ses nuits sans sommeil.

Depuis plusieurs années déjà, Ioris avait cessé de jouer la
comédie avec Marjory. Marjory ne répétait plus « qui sait ? qui
sait ? » Néanmoins le même charme qui force le papillon à tour-
noyer autour de la lumière, attirait la pauvre Marjory vers la

casa Challoner, où Ioris passait une partie de ses journées; la
politesse pleine de grâce du prince, sa familiarité caressante,
ses manières toujours courtoises avec les femmes, ses mouvements les plus simples attisaient un feu qui couvait sous la
cendre. L'amour de Marjory était sans espoir, sans racines,
sans avenir, et elle le savait; mais c'était au moins quelque
chose de doux et de vivant au milieu de la tristesse, du néant
et de la contrainte de sa vie de tous les jours; le voir, l'entendre, être où il était, cela valait toujours mieux que rien.
Elle savait trop à quoi s'en tenir sur l'amitié du prince et de
lady Jeanne; mais il y a des choses si cruelles, qu'on ferme
volontairement les yeux pour ne pas les voir; on se les avoue
dans le secret de son âme, on ne peut pas souffrir que les autres
les voient, et en fassent le sujet de leurs conversations et de
leurs plaisanteries. Elle prenait donc la défense des deux coupables avec un tel accent de sincérité, que les plus sceptiques
se sentaient ébranlés.

Cette folie, lady Jeanne s'en moquait de tout son cœur, mais
elle ne faisait rien pour la guérir, elle lui était trop utile pour
cela.

Donc lady Jeanne l'embrassait en public avec effusion,
l'emmenait au théâtre, et s'en allait répétant : « Si l'on pouvait seulement décider Io à épouser cette bonne chère fille;
mais, vous savez, il n'en veut même pas entendre parler; c'est
une pitié; amis comme nous le sommes tous, ce serait tout simplement délicieux. »

« Cette bonne chère fille » cependant surveillait de près les
moindres démarches d'Ioris, avec une jalousie plus clairvoyante
que celle de lady Jeanne elle-même. Aussi, dès les premiers
instants, elle devina dans Étoile une rivale et se mit à la haïr
de toute la haine que peut ressentir une femme obscure et
dédaignée pour une femme brillante et adorée.

Quant à Étoile, si par hasard elle pensait vaguement à Marjory, c'était pour la plaindre comme une esclave de la société
et comme une ombre de lady Jeanne.

Mais Marjory Scrope-Stairs pensait à Étoile du matin au soir
et du soir au matin; elle surveillait ses démarches, épiait ses
gestes, ses paroles, la détestait à cause du *frou-frou* de ses
jupes élégantes, à cause de la grâce parfaite de ses mouvements, mais par-dessus tout à cause de l'expression que prenaient les yeux du prince quand il la regardait. La nuit, elle
s'éveillait en sursaut et murmurait : « J'en ai assez enduré,

— mais cela, je ne le supporterai pas. — Jamais, jamais, jamais! »

Encore si Étoile avait daigné prendre le thé chez les Scrope-Stairs, faire quelques jolis cadeaux aux Scrope-Stairs. vanté le salon des Scrope-Stairs, acheté une aquarelle d'après l'école d'Athènes de Raphaël, peut-être cette haine ardente se fût-elle un peu calmée. Mais Étoile n'était pas faite pour se plier à toutes ces petites complaisances; aussi, comme le lui faisait observer lady Cardiff, avait-elle tout à craindre des âmes basses et envieuses que ces petites complaisances sont seules capables de désarmer.

Ioris, chargé ce soir-là par lady Jeanne de reconduire les sœurs Scrope-Stairs, prit son mal en patience et s'exécuta avec beaucoup de bonne grâce.

Dans la demi-obscurité de l'escalier, ayant aperçu un bijou tombé sur une des marches, il se baissa pour le ramasser, et reconnut tout de suite un médaillon qu'il avait vu au cou d'Étoile. Au lieu de le renvoyer à sa légitime propriétaire par un des domestiques, il le glissa dans sa poche, sans rien dire. Une fois débarrassé des sœurs Scrope-Stairs, il rentra chez lui, dîna à la hâte, et se présenta sur les huit heures à la porte d'Étoile.

Étoile, assise près du feu, sur une chaise basse, s'amusait à regarder des gravures anciennes qu'elle avait achetées le jour même, et parmi lesquelles se trouvaient plusieurs Marc-Antoine.

Une douce chaleur régnait dans cette grande chambre princière; il y avait des vases de fleurs sur les tables de marbre, d'anciennes tapisseries et d'anciennes broderies dans tous les coins, des esquisses éparpillées sur les chevalets; le foyer avait quelque chose d'hospitalier avec ses grosses bûches qui brûlaient doucement et envoyaient des lueurs rouges sur les sculptures de la cheminée; une copie en marbre du *Mercure* du Belvédère se dressait au milieu d'un véritable parterre d'azalées d'un rose rouge, et un bronze d'après le *Jupiter* du Vatican, disparaissait au milieu des camellias blancs. La vue de cet intérieur fit naître aussitôt dans l'âme de Ioris une sensation de bien-être, de calme et de do... intime, qu'il n'avait jamais éprouvée ni dans sa petite maison solitaire, ni dans les appartements de la casa Challoner.

Étoile était en blanc, avec une branche de géranium au corsage. Elle se retourna à l'entrée du prince et l'accueillit par un sourire

« Il s'agit donc, lui dit-elle, d'une affaire bien urgente ? Lady Jeanne aurait-elle trouvé quelque chose à reprendre à son costume vénitien ? »

Au seul nom de lady Jeanne, une ombre légère passa sur la physionomie mobile du prince : néanmoins il s'avança vers Étoile, et mit un genou en terre devant elle.

« Il ne s'agit point d'un affaire urgente, répondit-il, et peut-être allez-vous me trouver bien indiscret d'oser me présenter à votre porte. Voici quelque chose que j'ai eu la bonne fortune de trouver ce soir; et je n'ai pas pu résister au désir de vous le remettre en mains propres. »

Étoile poussa un petit cri de plaisir.

« Oh! que vous êtes aimable! Mon cher médaillon! Je viens précisément d'envoyer un mot aux journaux pour le réclamer. Pour votre peine, je vais vous montrer ce qu'il y a dedans.

— Vraiment? »

Elle pressa un ressort secret; le médaillon s'ouvrit, et le portrait de Dorotea Coronis apparut aux yeux du prince. Il avait eu un moment d'angoisse terrible à l'idée que le médaillon pouvait recéler un portrait d'homme; son cœur se dilata et se remplit d'une soudaine allégresse.

« La duchesse de Santorin, dit-il gravement, est bien heureuse d'avoir une amie comme vous.

— Mais vous avez à peine jeté un coup d'œil sur son portrait; savez-vous bien que c'est la plus belle figure de toute l'Europe?

— Je n'ai que faire de la regarder, » répondit Ioris, et ses yeux, avec une douceur et une tendresse infinie, se levèrent sur ceux d'Étoile.

Étoile sentit qu'elle rougissait, sans savoir pourquoi, et se recula un peu.

« Prince Ioris, dit-elle, poussez un peu Tsar puisqu'il n'est pas assez bien élevé pour vous faire de la place, et relevez-vous. Voilà une chaise où vous serez très bien.

— Pourquoi ne m'appelez-vous pas Io, comme tout le monde?

— Je n'aime pas à faire comme tout le monde, lui répondit-elle avec un petit mouvement d'impatience. Il lui semblait entendre lady Jeanne crier de son ton impérieux : « Io! faites ceci. Io, apportez-moi cela! »

Il caressa Tsar, et s'assit sur la chaise, tout près d'elle, dans la douce chaleur du foyer.

« Vous allez passer la soirée toute seule? »

Elle sourit.

— Je ne me sens jamais moins seule que quand je suis seule ;
et c'est très heureux, car ma vie a toujours été assez solitaire.

— Cependant...

— Je vous voir venir. Je pourrais aller dans le monde. Mais
je n'ai pas beaucoup de goût pour la société, même pour la société parisienne. Je reçois beaucoup de monde chez moi, et cela
m'amuse ; mais la société proprement dite est bien monotone et
bien plate au prix des jouissances et de la variété que l'on trouve
dans l'étude et dans l'art.

— Je crains bien que vous ne soyez d'une santé délicate.

— On le dit, j'ai peut être commencé trop tôt à produire.

— Non, car tout ce que vous faites est parfait. »

Elle se récria sur le mot parfait. Ah ! s'il pouvait savoir combien ce qu'il lui plaisait de trouver parfait était au-dessous de
l'idéal qu'elle avait rêvé ! Ioris ne manqua pas de dire qu'il reconnaissait bien là les angoisses du génie, cita l'exemple de Raphaël, et finit par demander à Étoile si elle était déjà venue à
Rome.

« Jamais. J'ai étudié en Belgique et à Paris ; quand on a reçu
les conseils d'un homme comme Israëls, on pourrait presque se
dispenser du voyage de Rome. Mais puisque je l'ai fait, je veux
en profiter, et voilà pourquoi je me dérobe le plus possible
aux avances de la société. Quand même je serais folle des plaisirs du monde, je pourrais les retrouver dans n'importe quelle
grande ville d'Europe. Mais dans votre Rome, il est si facile
« d'être avec les immortels ! » Tant que dure le jour, je vais de
place en place, en quête des merveilles du génie et des grands
souvenirs de l'histoire ; quand arrive le soir, je suis trop fatiguée pour aller dans le monde.

— C'est une conduite très sage, mais n'y a t-il pas un peu de
cruauté à priver les autres...

— Oh ! je vous en prie, pas de compliments, je ne les aime
pas. Nous ne sommes pas dans le monde, soyons naturels.

— Alors vous doutez toujours de ma sincérité ?

— Non, pas toujours, Tsar ne vous aimerait pas si vous
n'étiez pas sincère... quelquefois. »

Ioris força Tsar à lever la tête, et lui baisa le front.

« Il me semble, dit-il doucement, que je suis toujours vrai,
excepté quand *elle* me force à être faux. Madame, parlez-moi
de vous, je vous en conjure. Vous ne pouvez pas vous figurer
quel intérêt je prends à tout ce qui vous touche. Non, non, ce
ne sont pas là des compliments, c'est la pure et simple vérité :

Quand on prononce le beau nom d'Étoile, tout le monde admire, je fais comme tout le monde. Ne m'en voulez pas?

— Pourquoi vous en voudrais-je? Je vous dirai de moi tout ce qu'il vous plaira d'en savoir ; mais je vous préviens que mon histoire n'est pas longue, elle est écrite dans mes œuvres. Je n'ai guère vécu qu'en plein air ou dans mon atelier. »

L'atmosphère de cette grande salle avait quelque chose d'intime et de familier, la lumière était douce et comme tamisée, le foyer brillait, l'air était parfumé par les fleurs et l'arome subtil du bois qui brûlait dans la cheminée. Il semblait à Ioris qu'il avait passé là toute sa vie à regarder les jolis effets de lumière que produisait la flamme du foyer sur les plis de cette chère robe blanche, et sur la petite touffe de géranium du corsage. Petit à petit, dans l'abandon du coin du feu, il pénétrait dans la vie passée d'Étoile et dans le secret de ses ambitions, il assistait à ses triomphes ; il croyait voir de ses yeux le petit village des bords de la Meuse, et la vieille maison voisine des jardins du Luxembourg. »

Étoile parlait rarement d'elle-même, ayant remarqué que le monde n'était pas disposé à la croire ; ses récits étaient trop simples pour paraître vraisemblables, venant d'une femme si célèbre.

Avec Ioris, au contraire, elle se sentit tout de suite à son aise et prit un plaisir d'enfant à lui raconter son enfance. Il écoutait, avec cette profonde sympathie qui est déjà, à elle seule, un hommage et une flatterie, avec des exclamations aussitôt réprimées, avec des regards surtout qui avaient une éloquence plus passionnée que les paroles les plus passionnées. Quand elle eut fini de parler, il poussa un profond soupir, comme un homme soulagé d'un pesant fardeau et d'une appréhension terrible.

« Et au milieu de tout cela, dit-il en hésitant un peu, vous n'avez jamais aimé!

— Aimé! répéta Étoile d'un air surpris. Puis tout à coup elle rougit et se troubla sans savoir pourquoi.

— Vraiment? demanda-t-il avec insistance. Est-ce vrai, dites, que vous n'avez jamais aimé personne? »

Étoile se pencha pour remettre dans le foyer une bûche enflammée qui venait de rouler. Dans le mouvement qu'elle fit, un brin de géranium tomba de son corsage. Ioris se précipita et le retira du feu.

« Répondez-moi, dit-il vivement. Est-ce vrai?

— Absolument vrai. Mais je ne sais pas pourquoi... »

Le prince mit le brin de géranium à sa boutonnière.

« Vous ne savez pas pourquoi, dit-il, je vous adresse une question si délicate? C'est presque une profanation que de vous l'adresser, et j'aurais pu m'en dispenser... car je savais...

— Que voulez-vous dire? que savez-vous?

— Je savais ce qui en était avant de vous l'avoir demandé. La première fois que je vous ai vue, j'ai pensé en moi-même: Cette femme n'a pas de passé, car une femme n'a pas de passé quand elle n'a pas aimé. Ensuite, j'ai étudié les poèmes que vous avez semés dans toutes les revues, et j'ai reconnu que j'avais raison. L'amour est une chose que vous connaissez par vos lectures, par vos rêveries; c'est une fantaisie pour vous, ce n'est pas un sentiment. Mais l'amour, voyez-vous, c'est quelque chose de plus fort, de plus tendre, de plus grossier aussi que tout ce que vous pouvez imaginer. Vous vous êtes dit souvent: « Voilà comme j'aimerai, » et jamais: « Voilà comme j'ai aimé. » Entre l'amour que vous avez rêvé, et l'amour tel qu'il est, il y a un gouffre, un abîme, une mer de flamme. Quand vous aurez franchi cet abîme, vous ne nous regarderez plus avec les yeux clairs, candides et surpris d'une créature supérieure qui s'est égarée par hasard sur notre misérable terre. Non, vous jetterez un regard en arrière, et vous ne serez plus innocente de cœur, comme vous l'êtes maintenant. Répondez-moi, ai-je raison? »

Les joues d'Étoile se couvrirent d'une ardente rougeur. Ioris était à ses côtés, presque agenouillé, penché vers elle, l'enveloppant d'un regard moitié rêveur, moitié sensuel, dont l'expression la troublait profondément.

« N'ai-je pas raison? » murmura-t-il doucement.

Elle passa sa main sur son front et releva ses cheveux avec un geste où il y avait tout à la fois de la fatigue et de la confusion.

« Oui — oh! oui, répondit-elle. Je suppose que la vie d'une femme sans l'amour est incomplète. Il me semble que je vis dans un rêve. Mais je ne puis aimer personne... de cette façon-là. L'art seul a le don de m'émouvoir jusqu'à la passion! »

Pendant qu'elle prononçait ces paroles, il s'était relevé; s'inclinant avec une grâce exquise, il effleura la main d'Étoile avec ses lèvres, et lui dit :

« Heureux celui qui aura le don de vous tirer de votre rêve. »

Ayant jeté un regard à la pendule, il salua profondément, caressa le chien et se retira.

La pendule marquait onze heures.

Après son départ, Étoile demeura immobile, contemplant la flamme du foyer. Un sentiment nouveau dont elle ne se rendait pas encore bien compte venait de s'éveiller en elle et précipitait les battements de son cœur ; c'était un trouble profond, avec une espèce de chagrin qui, en l'examinant de bien près, n'était pas du chagrin, au contraire. Quand elle eut interrogé son cœur de plus près, ses joues se couvrirent d'une rougeur brûlante ; elle se leva brusquement, irritée de se sentir si troublée, et de ne pas comprendre bien nettement la cause de son trouble.

Cependant Ioris, ayant caché sur son cœur le petite branche de géranium, montait l'escalier de la casa Challoner. Tous les convives avaient été très gais, sauf lady Jeanne, qui ne pouvait cacher sa mauvaise humeur.

Sur les onze heures, Victor Louche, qui était au piano, fut frappé d'une idée soudaine et cria sans y entendre malice : « Eh ! parbleu, où est le prince Ioris ? Je me disais bien aussi qu'il manquait quelque chose au *menu*. »

L'excellente madame Patauge, plongée au fond d'un fauteuil, dans une pose plus confortable qu'élégante, répondit, entre deux bouffées de tabac : « C'est vrai, où donc est le prince Charmant ? Il me semblait aussi qu'il nous manquait quelque chose. Vous ne vous êtes par querellée avec lui, *ma mie* ? Il est trop délicieux, quelles charmantes manières ! ah !

— Querellée avec lui ! répondit dédaigneusement lady Jeanne. Qui donc pourrait se quereller avec Io ? C'est un mouton. Il n'a pas assez de caractère pour donner prise à une querelle.

— Vous êtes jalouse, la belle, pensa irrévérencieusement ce fin matois de Victor. Jalouse de qui ? » et il plaqua un accord formidable.

M. Challoner s'était retiré dans ses appartements, comme d'habitude.

Madame Patauge lança à M. Ronsoulet un regard plein de malice dont l'effet fut absolument perdu par lui. M. Ronsoulet pensait à la statue de Palestrina qu'on lui avait commandée pour le nouvel Opéra, et un peu aussi à un certain *chateaubriand* qui avait eu l'heur de lui plaire au dîner. Peu à peu cependant il sortit de son engourdissement, et murmura à son tour : « C'est vrai, où est Ioris ? C'est la première fois que je dîne ici sans l'y rencontrer. C'est un fin connaisseur en matière de beaux-arts, on ne trouverait pas dans toute l'Europe un amateur de sa force. Où diable peut-il être ? »

— Je l'attendais à dîner, » dit lady Jeanne d'un air boudeur. Quand elle était de mauvaise humeur, il lui arrivait quelquefois de dire la vérité.

La portière de soie s'entr'ouvrit en ce moment, et Ioris apparut. Il baisa galamment le bout des doigts de madame Patauge, salua Ronsoulet avec un mélange d'amitié pour sa personne et de déférence pour son talent, et tourna un aimable compliment à Victor Louche sur sa dernière comédie.

« Quelles manières distinguées, *ma mie*, dit madame Patauge à l'oreille de lady Jeanne. Vous ne trouverez jamais mieux! »

Lady Jeanne ne l'écoutait pas; d'un ton bref et sec elle demanda au coupable : « Où avez-vous été?

— J'ai dîné chez moi. J'ai trouvé une masse de lettres

— Je vous avais dit de reconduire les Stairs.

— Aussi j'ai reconduit ces aimables sœurs.

— Pourquoi n'êtes-vous pas revenu tout droit ici?

— Je me suis rappelé que j'avais à donner des ordres à Giannino. Je savais que vous ne vous apercevriez même pas de mon absence; vous étiez, pour cela, en trop aimable compagnie.

— Vous avez passé tout ce temps à écrire?

— Oui. »

Un éclair d'impatience brilla dans ses yeux; cette interrogation l'irritait. Victor Louche, qui s'en aperçut, entonna une platitude de café-concert, pour rompre les chiens.

Madame Patauge insinua plaisamment que le prince venait probablement du club, et qu'il avait perdu de l'argent au jeu.

« Je ne joue jamais, » répondit brusquement Ioris.

Il y eut un silence embarrassant.

Victor Louche hurla une autre platitude, et fit un vacarme infernal avec les pédales. Ioris alla s'asseoir à côté de M. Ronsoulet.

« *Caro maestro*, lui dit-il, où en est le Palestrina? »

« Le mouton va devenir enragé, » pensa madame Patauge en s'enfonçant dans son grand fauteuil.

Heureusement pour le maintien de la paix, Mimo et Trillo entrèrent en ce moment, avec un jeune homme de vingt-trois ans, nommé Guido Serravalle, qui avait une jolie voix et qui chantait avec lady Jeanne.

Trillo avertit la maîtresse du logis qu'un inspecteur des beaux-arts, tout frais débarqué de Pétersbourg, avait l'intention de faire des achats considérables; Mimo lui fit savoir que lord Norwich l'avait chargé de lui dépister un beau retable d'autel,

9

du XIV⁰ siècle autant que possible. Quant à Guido Serravalle,
il mit aux pieds de lady Jeanne une nouvelle chanson, et un
vieux luth incrusté d'ivoire et d'argent, qu'il la suppliait de
vouloir bien accepter. Ces offrandes propitiatoires détour-
nèrent pour le moment les foudres de sa colère ; le luth pouvait
bien valoir trois ou quatre cents francs : aussi adressa-t-elle un
sourire au donateur ; néanmoins ses sourcils se froncèrent de
nouveau et sa physionomie redevint bientôt sombre et menaçante.

Madame Patauge, enveloppée d'un nuage de fumée, continua
à observer lady Jeanne, et lança un nouveau regard d'intelligence à Ronsoulet ; mais Ronsoulet était retombé dans sa somnolence.

« Elle est jalouse, et lui, il ne l'est pas. Non, ce luth ne lui a
pas fait froncer le sourcil ; au contraire, il est reconnaissant à ce
petit Serravalle d'avoir détourné l'orage. N'importe, il y a un
orage dans l'air, et je ne serais pas fâchée de le voir éclater. »

Mais ce plaisir délicat fut refusé à l'excellente madame Patauge. Ioris battit en retraite.

Il s'en alla avec Victor Louche, laissant le luth d'ivoire sur
les genoux de sa maîtresse, et Serravalle agenouillé devant elle
pour accorder le luth, Mimo et Trillo des deux côtés de ce joli
groupe, comme deux divinités tutélaires et indulgentes.

« Ronsoulet, dit madame Patauge en regagnant le logis, cela
ne peut plus durer longtemps.

— Vraiment, ma chère ? » dit Ronsoulet avec un profond soupir : il savait par expérience combien il est difficile de recouvrer
sa liberté.

Le lendemain matin, à la pointe du jour, Ioris, qui prenait
tranquillement son café dans sa petite chambre, vit tout à coup
apparaître une dame impérieuse et irritée. Il était écrit qu'il
n'échapperait pas à l'orage.

Qu'est-ce que cela signifiait ? Comment osait-il ? Où avait-il
été ? Qu'avait-il à répondre ?

Irrité, ennuyé, assourdi, surpris, exaspéré, il eut recours au
mensonge, il affecta d'être jaloux à cause du luth d'ivoire. Ce
mensonge flattait la vanité de lady Jeanne : aussi le crut-elle
sans examen. Sa colère se calma, et elle consentit à faire la paix,
sans songer même à demander à Ioris où il avait passé sa
soirée.

XVIII

Une heure après la tempête, lady Jeanne, debout devant une glace, y jetait rapidement un coup d'œil pour voir si ses cheveux n'étaient pas défaits et si sa robe n'était pas chiffonnée. En même temps elle souriait et se disait à elle-même : « Ainsi, il était jaloux de ce pauvre petit Guido. » Ensuite elle se hâta de quitter la maison d'Ioris.

Elle n'eut pas plus tôt mis le pied dans la rue, que sa mauvaise étoile la mit en présence de lord et de lady Norwich. Ces deux personnages, avec leur démarche pleine d'importance et de solennité, sortaient d'une église voisine où ils avaient visité une fresque célèbre. Suivis de leur valet de pied, ils regagnaient leur voiture.

Lord et lady Norwich affectèrent un air plus gourmé que d'habitude ; lady Jeanne fut d'abord toute décontenancée, mais elle prit bien vite son parti.

« Chère lady Norwich, dit-elle avec l'expression de la joie la plus vive, je ne pouvais pas vous rencontrer plus à propos. Vous connaissez la maison d'Ioris? M. Challoner vous y a conduits l'autre jour pour vous montrer ses vieilles tapisseries, n'est-ce pas (signe affirmatif de lord et de lady Norwich, qui ont déjà l'air un peu moins raide et un peu moins gourmé)? Je l'avais prié de vous y mener le plus tôt possible. Avez-vous le temps d'entrer? Je viens de me présenter pour voir un bijou, un vieux Francia qu'il a déniché dans les montagnes. Ce Francia appartient à un vieux prêtre, vicaire dans un misérable village ; ce brave homme meurt de faim et donnerait le tableau pour un morceau de pain. M. Challoner et moi nous avons été enchantés de ce tableau. Robert vient de me quitter, mais je puis toujours rentrer avec vous, et vous montrer le Francia, si vous voulez prendre la peine de monter. Vous savez que je suis ici chez moi. Pauvre Io, nous sommes absolument comme frère et sœur. Pouvez-vous m'accorder cinq minutes? »

Lord et lady Norwich hésitèrent pour la forme et prirent le parti d'entrer. Le Francia était exposé, seul, sur un vieux chevalet de chêne, dans une des pièces d'entrée.

« Très beau ; vraiment très beau... » dit lord Norwich en s'as-
seyant en face du chevalet.

Le Francia était un vrai Francia, qui n'était jamais sorti de
la famille du prince. C'était un véritable trésor, et Ioris y tenait
beaucoup. Lord Norwich en eut envie tout de suite. « Perdu
dans un presbytère de village! » murmurait-il en hochant la
tête. Lord Norwich était un honnête homme ; il était fermement
résolu à acheter le tableau, et non moins fermement décidé à
ne pas abuser de la misère du vieux prêtre de village. Il proposa donc un prix fort honnête.

« Je suis sûre, dit lady Jeanne, que Io pourra l'obtenir pour
ce prix-là. Je suis bien fâchée qu'il ne soit pas chez lui. Il était
sorti quand nous sommes venus, M. Challoner et moi. Mais je
lui en parlerai, et vous aurez certainement une réponse avant la
fin de la journée.

— Peut-être a-t-il l'intention de l'acheter pour lui? » dit lord
Norwich, qui, malgré toute sa morgue, avait des scrupules et de
la délicatesse.

Lady Jeanne se mit à rire.

« Pauvre cher Io! Lui, *acheter* ce tableau! J'ai bien peur
qu'avant peu il ne soit réduit à vendre les siens. Il est très
pauvre, vous savez, malgré tout le mal que nous nous donnons
pour lui à Fiordelisa. Il a consenti à exposer ce tableau, afin
que le pauvre vieux vicaire puisse plus facilement trouver un
acheteur. Il sera bien heureux d'apprendre que vous l'avez vu,
et que vous en avez envie; car il a très bon cœur. Chère lady
Norwich, je crains que vous ne preniez froid sur ce pavé de
marbre. »

En effet, lady Norwich avait froid, et elle insinua que si lord
Norwich avait assez regardé le tableau, elle ne demanderait pas
mieux que de s'en aller. C'était précisément ce que désirait lady
Jeanne. Elle craignait de voir apparaître Ioris d'un moment à
l'autre, car elle n'avait aucun moyen de lui faire savoir qu'il
devait se tenir soigneusement caché. Sans doute, elle eût bien
trouvé quelque histoire pour expliquer sa présence, mais elle
aimait encore mieux n'avoir point à le faire. Voilà pourquoi elle
suggéra que l'appartement était froid.

« On ne rencontre guère Io chez lui, ajouta-t-elle, car il passe
presque tout son temps avec nous. »

« S'il y avait quelque chose entre eux, pensa aussitôt lady
Norwich, elle n'oserait pas dire cela! Lady Jeanne reconduisit
le digne couple jusqu'en bas; on lui offrit une place dans la

voiture, et elle l'accepta, et s'en alla luncher en compag e de lord et de lady Norwich.

Plus tard, le même jour, elle criait avec indignation : « Vous ne voulez pas vendre ce Francia, Io! vous le vendrez pourtant, car il faut que vous le vendiez Si je n'avais pas imaginé cette histoire du pauvre vieux vicaire, j'aurais été compromise pour la vie. Voudriez-vous me compromettre en disant à ces gens que le Francia vous appartient? »

Un gentleman ne peut pas compromettre une dame, même quand cette dame est venue trouver le gentleman chez lui, sans en être priée, pour lui faire une scène abominable dont il se serait bien passé. Le Francia passa donc dans la collection des Norwich; mais le cœur du prince Ioris en demeura ulcéré.

Comme le prix du tableau était considérable, lord Norwich dit au prince : « J'espère que votre vieux prêtre sera à son aise pour le reste de ses jours. »

Ioris s'inclina sans rien dire.

Peu de temps après, lady Jeanne s'acheta une parure d'émeraudes, profitant de ce que les émeraudes étaient en baisse. Elle fit à la vente Chemnitz un achat non moins avantageux que le premier : c'était un incomparable cabinet de Boule. M. Challoner n'eut rien à débourser pour ces deux emplettes.

XIX

Les jardins du palais Colonna sont parmi les choses les plus charmantes que l'on puisse voir à Rome. Quand la grille de fer claque en se refermant sur vous, et que vous grimpez l'allée montante qui vous y conduit, à l'ombre des yeuses, vous êtes à peu près sûr de n'y rencontrer personne. Ces jardins peuvent nous donner une idée exacte de ceux où aimaient à se promener Horace et Virgile; assis sous le pin brisé qui fut planté en souvenir de la mort de Rienzi, vous avez à vos pieds toutes les tours et tous les temples de la ville éternelle; à deux pas, le Capitole se dresse au-dessus des maisons comme un rocher au milieu des flots; les pigeons se promènent autour de vous, les canards enfoncent leurs becs aplatis dans les gazons, les hirondelles passent et repassent, de temps à autre une orange trop mûre se détache et tombe avec un bruit mat, les fontaines bab'l'ent, les ruisseaux gazouillent, et le brouhaha des rues monte jusqu'à vous, adouci par la distance. Il n'y a pas beaucoup d'endroits au monde plus favorables à la rêverie solitaire que les jardins des ennemis de Rienzi.

Lorsque Étoile eut découvert cette charmante solitude, elle ne manqua guère d'y venir le matin dès l'aurore, ou le soir au coucher du soleil, en compagnie de Tsar, son fidèle garde du corps.

Un soir, après une journée tout entière passée dans les galeries du Vatican, en compagnie de la princesse Véra, elle alla s'asseoir dans les jardins Colonna pour voir coucher le soleil. Elle était donc assise, ayant sur ses genoux les volumes de Leopardi et de Giusti, qu'elle n'avait pas même ouverts, lorsque Tsar se leva et se mit à remuer la queue, comme pour souhaiter la bienvenue à quelqu'un. Elle regarda à travers les yeuses et les orangers. Le prince Ioris traversait le petit pont qui conduit du palais aux jardins, par-dessus la rue.

Tsar se précipita à sa rencontre en bondissant. Ioris, tenant son chapeau d'une main et de l'autre caressant le chien, s'avança vers Étoile.

« Je vous ai vue, dit-il, de la galerie du palais, et je n'ai pu résister au désir de monter ici. J'ai vu que vous regardiez Rome beaucoup plus que vos livres. Vous aimez ma ville?

— Peut-on faire une pareille question? Il faudrait n'avoir pas d'âme pour ne pas l'aimer.

— Peu de gens cependant s'y intéressent autant que vous.

— Vraiment? Au fait, lady Jeanne prétend que Rome lui rappelle le Caire, à cause de la poussière, Trouville, à cause de la cherté de la vie, Brighton, à cause de sa laideur, et Athènes, à cause de l'immense déception qu'elle vous cause. Les goûts sont différents. »

Il fit un geste d'impatience.

« Pourquoi toujours me parler d'*elle?* Laissez-moi donc oublier un moment qu'elle existe. »

Étoile le regarda un instant, puis, reportant ses yeux sur le paysage, elle lui dit : « Ne me dites pas de ces choses-là. C'est un manque de loyauté.

— Eh! les esclaves sont-ils tenus à la loyauté? Vous m'avez traité d'esclave. »

Elle ne répondit rien.

« Quand on commence par vous mettre les fers aux pieds et aux mains, s'imagine-t-on que l'on a le droit de compter sur votre loyauté? Si elle se l'imagine, elle se trompe. »

— C'est à elle qu'il faut dire cela, et non pas à moi. »

Encore une fois il fit un geste d'impatience.

« Lui dire cela, à elle ! on voit bien que vous ne la connaissez
guère. » Il songeait mélancoliquement aux scènes, aux orages,
aux reproches violents dont elle punissait la moindre infraction
à ses ordres tyranniques.

Ce que les hommes redoutent le plus, c'est ce qu'on appelle
vulgairement « les scènes ». Ioris vivait dans les transes, avec
l'appréhension perpétuelle d'une « scène » suspendue au-dessus
de sa tête, et prête à fondre sur lui, au moindre caprice de sa
maîtresse.

La violence donne à la femme une puissance sans limites;
devant la violence, la raison est sans force, la justice sans recours; c'est une tempête de sable contre laquelle le courage ne
peut rien. L'homme le plus brave n'a plus d'autre ressource que
de se jeter la face contre terre et d'attendre que l'ouragan ait
épuisé toute sa rage.

Pendant quelques minutes, Ioris marcha d'un pas fiévreux et
agité; ensuite, d'un air accablé, il s'accouda sur le mur de la
terrasse, tout près d'Étoile, penché vers elle.

La soirée était belle; le soleil flamboyait encore au-dessus
des lignes sombres que dessinaient les pins du mont Mario; la
chaude lumière du couchant empourprait la joue brune du
prince, et faisait ressortir la délicatesse de ses traits aristocra-
tiques, finement ciselés. La grâce naturelle de toute sa personne
lui donnait un ascendant irrésistible sur les femmes. Ce don de
charmer pourrait se comparer au pouvoir d'un magicien.

Le mérite le plus incontestable, les plus nobles qualités,
l'amour le plus chevaleresque, la passion la plus ardente peuvent
laisser le cœur d'une femme aussi froid que le marbre, tout en
flattant son orgueil. Qu'il se présente seulement, celui qui a le
charme et le don magique, fût-il plus inconstant et plus perfide
que l'onde, le cœur de cette femme préférera son amour à tous
les trésors de la terre, et ne croira pas l'acheter trop cher au
prix du malheur de toute sa vie.

« Quelle existence je mène!... s'écria-t-il impétueusement,
après un assez long silence; la vie d'un laquais; c'est vous-même
qui l'avez dit ! Ma volonté, mon temps ne m'appartiennent plus;
je passe ma vie à recevoir des ordres et à les exécuter, dans le
cercle sans fin d'une routine sans bonheur. Un laquais est moins
à plaindre que moi, car il a, lui, quelques heures de liberté.
Puis-je au moins fixer mes regards sur l'avenir? Je n'ose même

pas regarder devant moi, sûr d'avance de me heurter à un mur infranchissable. Sans foyer, sans intérêt, sans enfants, sans espérance, est-ce la peine de vivre? Il y a des moments où je porte envie aux mules qui passent près de moi, chargées de leur fardeau; il doit leur paraître moins lourd qu'à moi le mien. »

Étoile le regarda, et son cœur fut ému de pitié et comme percé d'un glaive de douleur. Elle ne pouvait révoquer en doute la sincérité de cette plainte passionnée.

« Mais votre amitié... » murmura-t-elle, elle n'acheva pas et son front se couvrit d'une ardente rougeur. Ce n'est pas l'amitié qui exercerait de pareils ravages sur une vie humaine. Elle eut honte d'avoir emprunté à la société le triste mensonge qui aide la société à fermer les yeux sur ce qu'elle ne veut pas voir.

Ioris, avec un de ces brusques changements d'humeur qui lui étaient si faciles et si familiers, comprit qu'il s'était trop avancé, il se retourna et dit avec un petit rire insouciant : « L'amitié! Ah! oui. Ce mot-là désigne tout ce qu'on veut, depuis la haine la plus mortelle et l'amour le plus ardent, jusqu'à la plus froide indifférence. En vérité, Tsar seul, je crois, entend aujourd'hui l'amitié comme nos pères l'entendaient. »

Ayant attiré le chien à lui, il se mit à le caresser; ensuite il se laissa tomber sur le banc, à côté d'Étoile; ils parlèrent de Leopardi qu'il avait connu dans son enfance, et regardèrent ensemble le dôme du Capitole devenir de plus en plus sombre à mesure que le soleil descendait derrière les pins qu'il empourprait. Quand l'obscurité fut venue, ils quittèrent ensemble le jardin solitaire. Il la reconduisit jusqu'à sa porte et lui dit adieu. Ensuite il se dirigea lentement et avec une répugnance croissante vers cette maison qui n'était pas sa maison, et vers cette femme qui n'avait plus son cœur. Il hésita quelque temps avant d'entrer, fatigué d'avance à l'idée de retomber dans l'ornière de tous les jours.

Les jours succédaient aux jours, et les nuits succédaient aux nuits, et c'était toujours entre eux la même comédie. Ces commandements brefs et secs, ces mépris insultants, ces discussions commerciales, ces regards sensuels, ces caresses banales, ces extases de convention, il connaissait tout cela, il ne le connaissait que trop. Le cœur défaillant, il monta l'interminable escalier de pierre, et entra dans l'atmosphère familière; tout lui donnait la nausée, depuis l'odeur du tabac jusqu'aux accords de la guitare. Des yeux brillants qui se fixent sur les vôtres, à travers des nuages de tabac, par-dessus une guitare enrubannée, peuvent vous faire tourner la tête pour six heures, pour six semaines, tout au plus pour six mois. Mais pour six ans!

Il savait d'avance tout ce qui allait se dire, tout ce qui allait se faire, **tout ce qu'on** attendait de lui, tout ce qu'on exigerait.

Quand Ioris entra dans le salon turc, la ly Jeanne était environnée d'un cercle de jeunes adorateurs. Ce chœur d'adolescents était conduit par Silverly Bell, qui avait les cheveux blancs, et le cher vieux Mimo, qui n'était plus tout jeune. Tout autour d'elle lady Jeanne avait des esquisses de costumes, des étoffes d'Orient, des cordons de sequins et des armes damasquinées. Elle discutait son propre costume et ceux de ses compagnons, pour le bal costumé des Echéance.

« Comme vous **êtes** en retard, Io. Où donc avez-vous été tout ce temps? lui dit-elle en manière de bienvenue; et elle fronçait les sourcils d'une manière tout à fait inquiétante.

— Avec le roi de Danemark, répondit Ioris.

— Comment? Mais c'est Almeria qui est de service auprès de lui.

— Almeria est indisposé, on m'a envoyé chercher pour le remplacer.»

Lady Jeanne lui lança un regard perçant; elle soupçonnait vaguement qu'il lui cachait quelque chose.

« Où donc le roi de Danemark est-il allé? demanda-t-elle, persuadée, comme toutes les femmes, qu'en procédant par demandes et par réponses, on est plus sûr d'arriver à la vérité.

— Aux galeries, répondit Io.

— Achètera-t-il quelque chose pendant son séjour? » Comme son esprit revenait aux préoccupations commerciales, ses regards se portèrent tout naturellement sur le signor Burletta.

Ioris haussa imperceptiblement les épaules et répondit : « Je n'en sais absolument rien. »

Ensuite, il prit le *Fanfulla* du jour, et s'assit à l'écart près de la fenêtre, pendant que lady Jeanne revenait à ses costumes et à ses adorateurs, essayant des *yashmaks*, jouant du tambourin, poussant de petits cris aux plaisanteries de la jeunesse, accueillant ses hommages avec des sourires, cajolant tour à tour Silverly Bell et Mimo avec une dextérité si parfaite, qu'ils ne songèrent pas un seul instant à être jaloux l'un de l'autre.

« Comme tout cela lui ressemble peu, à *elle!* » se dit Ioris avec un soupir involontaire.

Elle, c'était Étoile ; il ne la désignait déjà plus autrement dans sa pensée.

« Vous êtes aussi grave qu'un hibou, Io, » cria lady Jeanne, qui venait de congédier ses esclaves ; et elle ouvrit les fenêtres pour chasser l'odeur du tabac, car elle attendait à dîner le doyen de Saint-Edmond avec lady Barbara, sa femme et plusieurs autres membres respectables de la société.

« *Carissima mia*, répondit-il, on ne peut pas être bien flatté de vous voir prendre un si vif intérêt à des jeunes gens de vingt ans, qui ont, je le reconnais, le rare mérite de vous chanter des platitudes de café-concert. Quand je viens ici maintenant, vous ne savez plus que me faire des reproches, et vous réservez toute votre amabilité pour d'autres ; je ne vois rien là qui soit de nature à m'égayer beaucoup. »

Elle était loin de connaître le secret de son impatience et de deviner la comparaison qui se faisait en lui entre ses idées et ses manières à elle et celles d'une autre femme, pendant qu'il avait l'air perdu dans des réflexions. Malgré toute sa finesse, elle crut qu'il était sérieusement jaloux ; et cette idée lui plut, car pendant ces dernières années il avait montré peu ou point de jalousie.

« Quel enfant vous faites ! lui cria-t-elle gaiement. Allez vite vous habiller. » Comme elle se hâtait de disparaître pour rentrer chez elle, il lui prit la main et lui dit :

« Qui avez-vous à dîner ? Je ne m'en souviens plus.

— Une masse de grands personnages tous plus ennuyeux les uns que les autres.

— Vous n'avez pas invité... la comtesse d'Avesnes ?

— Étoile ? Mon cher Io ! êtes-vous fou ? Moi, mettre en présence cette Sapho parisienne et le doyen de Saint-Edmond, flanqué de la comtesse de Norwich ! Quand donc comprendrez-vous les exigences du décorum britannique ? »

Là-dessus, lady Jeanne se retira dans son cabinet de toilette, et Ioris descendit l'escalier, plongé dans une sombre rêverie. Il était mal à son aise ; il se faisait à lui-même l'effet d'un homme qui vient d'entendre un blasphème sans le relever, par pure lâcheté.

« Ainsi, se disait lady Jeanne avec un sourire de satisfaction, il est décidément jaloux ! Quelle plaisanterie ! Pauvre Io ! Jaloux ! après six ans il est encore jaloux ! » Cette pensée était si délicieuse et flattait si agréablement sa vanité de femme, qu'elle avait encore le sourire sur les lèvres quand elle revint au salon.

Elle fut charmante avec tout le monde, émerveilla le doyen de Saint-Edmond par ses connaissances en théologie, et fit la conquête de lady Barbara, en lui promettant de lui montrer une nouvelle espèce de tricot pour bas d'enfants.

« Nous n'avons qu'un trésor au monde, dit lady Jeanne, en faisant allusion à la petite Effie, et j'aime à penser de temps en temps qu'elle porte quelque chose que j'ai fait moi-même.

— Ce sentiment est bien naturel ! dit la femme du doyen, profondément touchée. C'était une bonne mère de famille qui adorait ses enfants.

— Cette jeune femme a du bon, mon cher, dit lady Barbara au doyen, pendant que leur voiture les ramenait à l'hôtel des Iles-Britanniques. Et d'abord c'est une mère très dévouée; on voit cela tout de suite.

— Femme extrêmement agréable, murmura le doyen avec onction. Beaucoup de sens commun; rien de superficiel. Ses remarques sur mon dernier pamphlet étaient réellement étonnantes. Très instruite pour une femme; très intelligente. Mal mariée, cela saute aux yeux; mariage très mal assorti; j'en avais témoigné ma surprise quand il me fut annoncé : et cependant tout cela a tourné beaucoup mieux qu'on ne devait s'y attendre, — maison bien tenue — excellent dîner — avez-vous remarqué l'esturgeon? l'esturgeon était tout à fait remarquable; très réussi, l'esturgeon !

— Et M. Challoner, quelle bonne pâte d'homme !

— Plein de sens, M. Challoner — quelque chose en Orient — consul? marchand de tapis? — quelque chose comme cela. M'a engagé à venir voir avec lui un Gentile da Fabriano que l'on aurait presque pour rien : affaire splendide ! — Oui, elle m'en a dit deux mots. Le tableau appartient à cet homme si remarquablement beau qui n'a presque pas ouvert la bouche pendant tout le dîner. Un Italien, un de leurs meilleurs amis; il avait passé toute la journée avec le roi de Danemark; d'après ce qu'elle m'a dit, il est très pauvre; ce serait une vraie charité à faire.

— Ah ! tous ces Italiens sont toujours pourvus comme des rats d'église. Oui, oui, nous irons voir ce tableau. Braves gens, les Challoner, très braves gens. »

Quand le doyen et sa femme eurent quitté la casa Challoner, et que le prince Ioris demeura seul en tête-à-tête avec lady Jeanne, elle lui dit brusquement : « Vous avez été complètement stupide ce soir, Io.

— J'ai la migraine, *carissima mia*. » Lady Jeanne le regarda d'un air soupçonneux. « Vous avez toujours la migraine, depuis quelque temps.

— Et vous n'avez pas pitié de moi ?

— Vous devriez bien, lui répondit-elle d'un ton peu gracieux, faire en sorte de n'avoir pas la migraine les jours où je reçois mes amis à dîner. J'ai remarqué que vous ne l'avez jamais quand cette femme est ici.

— Quelle femme ?

— Comme si vous ne saviez pas bien qui je veux dire. Je vous préviens que Marjory l'a très bien remarqué. Vous êtes toujours à tourner autour d'Étoile. Ne dites pas non ; vous le savez aussi bien que moi.

— Mais, ma chère ! J'espère que vous m'avez toujours vu courtois avec les dames.

— A d'autres ! Courtois, en vérité ! Vous dépassez singulièrement les limites de la courtoisie, du moins avec elle ; vous lui parlez des soirées entières ; quand elle s'en va, vous la suivez ; il y a des moments où vous êtes là, bouche béante, à la regarder comme si c'était une créature supérieure tombée du ciel !

— Quelle exagération ! La première fois que je l'ai vue, je vous ai dit franchement qu'elle ne me plaisait pas du tout, qu'elle avait quelque chose d'insolent et de glacial ; elle est tout à son art, et ne s'aperçoit même pas de l'existence de simples mortels comme moi.

— Dans tous les cas, vous cherchez à lui prouver que vous existez. Aujourd'hui même Marjory vous a vu vous promener avec elle dans les jardins Colonna.

— La *bonne* Marjory doit machiner quelque petite perfidie : j'étais allé rendre visite à Marco Antonio ; pour couper au plus court j'ai traversé les jardins. Je l'y ai rencontrée en effet, mais absolument par hasard.

— Hum ! » Lady Jeanne avait trop d'expérience pour croire à l'intervention du hasard quand il s'agit d'une femme et d'un homme véhémentement soupçonné de lui faire la cour.

« Ne nous querellons pas pour des riens, dit-il en se levant pour arranger familièrement quelque chose dans la coiffure de lady Jeanne. Pour moi, ce n'est pas une femme. Elle inspire le même genre d'intérêt que le vieux Grillparzer ou Wagner ; on la regarde non pour elle-même, mais pour ce qu'elle a produit. Quand une femme affronte le public, elle n'a plus de sexe. Vous connaissez mon opinion sur les femmes qui ont une notoriété quelconque. »

Il éprouvait un remords amer en proférant ce mensonge. Mais il savait mentir avec une admirable nonchalance, et il mentit cette fois en jouant le dédain avec tant de succès que lady Jeanne se laissa convaincre. Il est toujours facile de tromper une femme vaniteuse, parce qu'il lui semble impossible que l'on puisse lui préférer sérieusement une autre femme.

Il était penché sur elle et jouait avec ses cheveux, le plus amoureusement du monde, du moins en apparence. Elle fixa ses regards sur les siens. Les yeux du prince savaient mentir aussi bien que sa langue.

Elle l'aimait toujours, elle, d'une passion aussi folle et aussi aveugle que celle d'une Juliette ou d'une Gretchen à son premier rendez-vous. En public, elle le traitait comme un esclave, par vanité, par besoin de faire montre de sa puissance. Dans le tête-à-tête, sa passion était toujours aussi irrésistible, aussi insatiable ; ce qui ne l'empêchait pas d'avoir par-ci par-là quelque petit caprice pour un adolescent à figure d'Apollon. Pour Ioris, depuis longtemps l'amour de lady Jeanne n'était plus qu'une habitude. Il était blasé, désenchanté, irrité contre elle et contre lui-même de jouer une comédie insipide. De jour en jour, il sentait que sa chaîne lui pesait plus lourdement, mais il n'avait pas assez de volonté et d'énergie pour la rompre : lady Jeanne lui faisait peur.

XX

Si lady Jeanne se transformait le soir en Cléopâtre, elle redevenait *dame de comptoir* le lendemain matin sans faute. Elle eut vers cette époque tant d'affaires de toute espèce à conduire à la fois, qu'elle négligea de surveiller Ioris. Il en résulta pour lui une demi-liberté, car elle ne lui laissait jamais sa liberté tout entière ; comme les gens condamnés à la haute surveillance de la police, il devait faire acte de présence au moins une fois par jour ; mais il attrapait par-ci par-là une matinée, ou une soirée, ou un après-midi. Il n'hésitait jamais une minute sur l'emploi qu'il convenait de faire de ses demi-congés. Il s'en allait tout droit au vieux palais dont les fenêtres donnaient sur les jardins Rospigliosi, répondait par une caresse à la bienvenue que Tsar ne manquait jamais de lui souhaiter, et s'oubliait pendant des heures aux côtés d'Étoile, enivré du parfum des narcisses et des roses d'hiver.

Le charme de ces visites, déjà si grand par lui-même, s'accroissait encore aux yeux du prince loris de toute la saveur du fruit défendu. Lady Jeanne et Marjory avaient commis une insigne maladresse en lui laissant voir qu'on le surveillait de près. Tout Italien, dit-on, a en lui l'étoffe d'un diplomate; c'est un jeu et un plaisir pour lui de tendre à son but par les voies souterraines de la ruse et de la finesse. En ce sens, comme en beaucoup d'autres, loris était un véritable Italien.

Sa liaison avec lady Jeanne avait éteint peu à peu toute l'ardeur de son âme, comprimé toutes ses aspirations et engourdi toute son activité. Au contact d'Étoile, tout reparut au grand jour, les défauts comme les qualités.

Une des raisons qui l'avaient si vite refroidi et blasé, c'est que, par suite du consentement tacite de M. Challoner, sa liaison avec lady Jeanne avait quelque chose de plat, de bourgeois, de semi-conjugal. Avec un mari aussi complaisant, il ne pouvait être question ni d'intrigues, ni d'échelles de corde, ni d'escaliers dérobés, ni de poignards, ni de poison, toutes circonstances qui, pour une imagination italienne, sont un merveilleux assaisonnement à l'amour coupable; après qu'il se fut épris d'Étoile, le goût de l'intrigue se réveilla dans son âme, aiguillonnée par la jalousie de lady Jeanne et l'espionnage de Marjory.

Quand lady Jeanne lui demandait où il avait passé ses heures de liberté, il répondait effrontément : «A la cour», ou «Au Vatican», ou «Dans les ateliers»; et cela au sortir du salon d'Étoile.

Quand une femme vous entraîne ou se laisse entraîner par vous dans l'abîme d'une passion criminelle, il peut se faire que cette femme ait encore le cœur assez bien placé et l'intelligence assez élevée pour ne point éteindre en vous l'amour du beau et pour ne point couper les ailes à vos aspirations vers les régions supérieures de l'art et de l'idéal. Dans lady Jeanne, tout était prosaïque, sa passion sensuelle et grossière, ses calculs de dame de comptoir, son abjecte soumission devant les représentants de la société, ses arrangements domestiques, ses goûts, ses plaisirs, ses idées sur la vie, son humeur tracassière, ses moqueries et ses emportements. Incapable de s'élever jusqu'à loris, elle l'avait ravalé jusqu'à elle; elle le tenait à terre, du droit de cette tyrannie grossière et avilissante qu'exercent toujours les âmes vulgaires sur les âmes d'élite, soit dans le mariage, soit en dehors du mariage.

Pour Ioris, qui avait beaucoup de l'artiste et quelque chose du poëte, et qui pouvait dire de son imagination ce que Camors dit de la sienne : « *J'en ai, mais je l'étouffe*, » c'était un plaisir idéal et pur de visiter Rome en compagnie d'Étoile.

Un jour, devant le Faune du Capitole, elle devint toute pâle, et la parole lui manqua.

« Dites-moi vos impressions, » lui demanda-t-il.

Au bout d'un instant, elle lui dit : « C'est à peine si je puis m'en rendre compte. J'ai si longtemps rêvé de toutes ces statues, que j'éprouve en les voyant quelque chose d'aussi étrange que les visions d'un rêve. Le Faune est la véritable incarnation du monde naissant. Trois mille ans se sont écoulés depuis qu'il a reçu ses formes des mains de l'artiste, et il sourit comme s'il était né d'hier. Et pourtant que de croyances ont changé, que d'empires se sont écroulés, que de cités ont disparu depuis sa naissance! Et l'Apollon! on ne pourrait plus en faire le dieu de l'art, puisque l'art lui-même change ; c'est le dieu de la nature, le dieu éternel, le dieu des fleurs qui se sont épanouies sur la cendre de César, le dieu de la mer qui sourit encore après avoir englouti Shelley, le dieu du soleil, qui continue de briller pendant que les nations périssent. »

Debout à ses côtés, Ioris songeait à une autre femme, qu'il avait amenée là aussi autrefois. Cette femme avait fait la moue devant l'Apollon; dans cette gloire du Belvédère, elle avait vu un professeur de maintien; dans le Faune du Capitole, un petit drôle assez déluré. Pour conclure, elle s'était demandé ce que les gens pouvaient trouver de si remarquable dans ces espèces de poupées de pierre. A force de vivre à côté de cette intelligence inférieure, il avait fini par s'y habituer ; et malgré cela, que de souffrances elle lui avait causées jour par jour, heure par heure! Ce qu'il y avait de supérieur en lui s'éveilla et battit des ailes pour aller rejoindre Étoile dans l'atmosphère plus pure où la nature de son génie l'appelait à vivre.

Quand il était avec elle, il pensait et parlait comme elle, naturellement, sans effort, et il était sincère.

Il avait encore l'occasion de rencontrer Étoile dans une ou deux grandes maisons, aux ambassades, dans des palais où lady Jeanne ne pénétrait pas, mais où elle lui permettait d'aller, avec le secret espoir de s'y glisser quelque jour à sa suite.

En présence de son tyran, Ioris redevenait humble et sou-

mis ; se sentant surveillé, il était contraint, et s'effaçait complètement pour avoir la paix.

Quand il était loin d'elle, il était comme transformé : toute
sa grâce, tout son talent, toute sa supériorité reparaissait.
Étoile l'avait d'abord considéré comme un beau portrait ou une
belle statue ; mais ce beau portrait savait sourire, et cette
belle statue avait le don de l'éloquence. Il s'attachait à ses pas,
dans ces nobles galeries où le génie du passé regarde de toute
sa hauteur la frivolité du présent. Quand elle était accaparée
par quelques autres invités, il restait auprès d'elle, muet,
l'oreille tendue ; présente, il la suivait comme son ombre ;
absente, il la regrettait.

Jusque-là, quoique le monde n'en voulût rien croire, Étoile
n'avait aimé personne ; cela ne voulait pas dire qu'elle fût incapable d'aimer. Il lui était arrivé souvent de regarder avec une
certaine tristesse deux amoureux qui s'écartaient de la foule
pour disparaître sous l'ombrage des grands arbres, ou bien
encore une femme qui portait un petit enfant dans ses bras ;
alors elle souhaitait d'être touchée de la grâce comme les
autres. Mais celui qui devait prononcer le mot magique n'était
pas encore venu, et elle s'enfonçait de plus en plus dans le
culte de l'art et dans l'amour de la solitude.

Un grand homme, qui se trouvait être un vrai sage, lui avait
dit un jour : « Vous êtes une femme innocente, vous êtes une
femme de génie ; mais vous n'êtes pas une femme heureuse. »

Le monde savait qu'elle était célèbre et la croyait heureuse,
mais n'avait pas la moindre foi à son innocence.

Pour Ioris, comme pour le monde, c'était une chose étrange
de voir une jeune femme qui avait accès dans le grand monde,
se confiner dans l'étude et la méditation. Il aimait à venir la
surprendre le matin, et à la trouver au milieu de ses livres.
Lui aussi, autrefois, avait aimé l'étude ; le désir de la rencontrer sur ce terrain lui fit secouer sa légèreté mondaine et les
habitudes d'esprit qu'il avait prises dans la société de lady
Jeanne et de ses familiers. Tout en s'élevant sans trop d'effort
jusqu'à ces hauteurs sereines, Ioris n'entendait pas y planer
éternellement ; il comptait bien en redescendre accompagné
d'Étoile. Il sentait que ce serait pour elle une sorte de déchéance
que de connaître la passion humaine ; mais il était égoïste
comme la plupart des hommes, et chaque fois qu'il la voyait,
il sentait croître son désir de la faire descendre du ciel sur la
terre. Il avait résolu de faire battre son cœur, de le faire

battre à tout prix. Il n'était pas cruel cependant, mais la passion l'entraînait, aiguillonnée par une immense curiosité.

Il venait la voir chez elle, il était assidu dans les maisons qu'elle fréquentait, pénétrait peu à peu dans sa familiarité, s'initiait aux détails de sa vie, lui racontait de la sienne ce qu'elle en pouvait entendre sans rougir, et la traitait avec un respect et une délicatesse qui l'empêchaient de se défier de lui. Par moments cependant, il la contemplait longuement, en silence, avec cette expression mystique, voluptueuse et rêveuse à la fois que l'Amour a mis dans le regard des fils du Midi et de l'Orient.

Et pendant tout ce temps-là, la seule personne qui croyait avoir la clef de ses pensées les plus secrètes n'avait pas le moindre soupçon de la vérité. Du moment que le prince était toujours son esclave devant le monde, son adorateur, son amoureux, son jouet, lady Jeanne n'en demandait pas davantage. Sa vanité l'empêchait de voir le changement qui s'opérait lentement en lui.

De temps à autre elle avait un accès de jalousie sauvage, excité par quelque rapport de Marjory ou par la vue d'Étoile; mais la tempête était bien vite apaisée par un sourire nonchalant ou une dédaigneuse dénégation d'Ioris.

Ioris était naturellement franc et tendre, mais il était devenu faux pour avoir trop vécu parmi les femmes. La tyrannie de lady Jeanne avait complété son éducation.

XXI

Un jour, à déjeuner, lady Jeanne s'écria d'un ton de colère et de dépit : « C'est par trop ridicule de *la* voir en pareille compagnie! » Et elle rejeta loin d'elle un journal où l'on citait Étoile parmi les personnes qui avaient assisté à une fête chez une grande-duchesse de Russie.

— Pourquoi ridicule? dit Ioris entre ses dents, sans lever les yeux. Sa physionomie s'assombrit encore quand il se baissa pour ramasser le journal.

— Pourquoi? cria lady Jeanne. *Pourquoi?* C'est plus que ridicule, c'est révoltant!

— Pourquoi? » reprit Ioris d'un ton froid.

10

Lady Jeanne eut un accès de rire nerveux.

« Vraiment, Io, d'où sortez-vous et où avez-vous vécu? Vous qui connaissez si bien Paris, vous qui avez la prétention de connaître le monde!

— Je ne comprends pas, répondit-il avec la même froideur.

— Ah! vous ne comprenez pas! C'est pourtant assez facile à comprendre, même pour vous qui n'y voyez pas plus loin que le bout de votre nez. Après la vie qu'elle a menée!

— Une vie innocente! J'avoue que le cas est rare. Mais je n'ai jamais cru que cela pût être considéré comme une tare. »

Nouvel éclat de rire de lady Jeanne.

« Innocente! C'est vous qui êtes innocent. Écoutez seulement dix minutes les gens qui parlent d'elle; ce sera assez pour vous faire dresser les cheveux sur la tête. On sait ce que c'était que les soirées du samedi, à Paris. Je puis vous assurer que même les hommes, j'entends ceux qui se respectent, n'osaient plus y mettre les pieds. »

Ioris fit entendre un petit rire dédaigneux.

« Je ne savais pas les hommes si timorés. Après tout, c'étaient peut-être des Anglais. Mais, ma chère, puisque vous savez tant d'horreurs sur son compte, pourquoi la recevez-vous?

— C'est la faute de cette vieille bête de Voightel.

— Il me semblait que votre père...

— O Dieu, non! C'est à peine si elle connaissait papa. Au fait, oui, naturellement, elle le connaissait, mais il n'allait chez elle que de loin en loin.

— Chez elle! là où les hommes qui se respectent ne mettaient pas les pieds? Pauvre lord Archie! »

Lady Jeanne rougit de colère.

« Vous savez parfaitement ce que parler veut dire. Mon pauvre cher papa n'est pas toujours assez sévère. (Ioris revit en imagination lord Archie fumant tranquillement son cigare sous les cerisiers de Fiordelisa, et il pensa qu'en effet lord Archie n'était pas toujours assez sévère.) Et puis, elle séduit les hommes; ces créatures-là sont toujours séduisantes. La vie d'Étoile a été infâme, absolument infâme. Si j'avais su dès l'abord ce que je sais maintenant, je ne lui aurais jamais permis de mettre le pied dans mon salon.

— Dans tous les cas, c'est un joli pied, » dit étourdiment Ioris. Il était en colère, et sans oser le montrer ouvertement, il soulagea son cœur par ce mot cruel. Lady Jeanne n'avait pas un joli pied, et elle ne savait pas se chausser. En ce moment même, comme elle avait une jupe trop courte, son pied apparaissait, chaussé de grosses bottines rustiques. Ioris s'oublia jusqu'à regarder ce pied malencontreux en parlant de celui d'Étoile. La fureur de lady Jeanne fut à son comble; mais elle savait contenir sa fureur, de même que le prince savait ordinairement contenir son indignation. Elle se précipita vers son secrétaire, en tira une lettre et la lui jeta.

« Lisez cela, puisque vous ne me croyez pas, moi! »

Ioris lut la lettre. En la lisant, il avait les sourcils légèrement froncés, mais sa physionomie ne changea pas d'expression. Quand il eut achevé sa lecture, il rendit la lettre à lady Jeanne en disant : « Ce serait concluant si c'était vrai. »

Cette lettre avait été écrite par un homme qui, en sa qualité d'artiste médiocre et obscur, était jaloux depuis longtemps des succès d'Étoile. Il avait autrefois essayé de lui faire la cour, et il avait été repoussé. Lady Jeanne, qui le connaissait bien, s'était adressée à lui pour avoir des renseignements sur Étoile. En réponse, il avait exagéré encore ce que la calomnie avait pu inventer sur le compte de la grande artiste.

« Ce serait concluant si c'était vrai, répéta Ioris en rendant la lettre à lady Jeanne. Mais pourquoi nous quereller à propos de cette femme? C'est à Rome un oiseau de passage; elle y est aujourd'hui, demain elle n'y sera plus. »

Il se méprisait lui-même pour ce qu'il venait de dire; en même temps une pensée de doute se glissait dans son âme, combattue aussitôt par un sentiment chevaleresque qui le poussait à prendre la défense d'une femme calomniée et absente. Mais comme il avait pris l'habitude de dissimuler ses pensées et ses sentiments, il n'ajouta pas un mot.

« Comment! si c'est vrai? » s'écria lady Jeanne en remettant la lettre dans le secrétaire. Le *si* est de trop. Quiconque la connaît vous dira la même chose. Mon père a eu tort de me l'adresser, à *moi*. Mais je reconnais là l'influence de ce vilain animal de Voightel! »

Ioris garda le silence; il se souvenait d'avoir entendu lady Jeanne parler maintes fois de Voightel comme du plus instruit, du plus distingué et du plus merveilleux des hommes.

En ce moment, M. Challoner entra.

« Nous parlons d'Étoile, Robert, lui dit sa femme. N'êtes-vous pas indigné contre cette brute de Voightel, qui a persuadé à mon père de me l'adresser, à *moi*? »

M. Challoner n'avait pas son pareil pour saisir la balle au bond.

« Il est certain que ç'a été une mauvaise idée, dit-il avec un
sérieux admirable. On ne saurait prendre trop de précautions;
et il court une foule de méchantes histoires...

— C'est ce que je disais à Ioris, reprit lady Jeanne. L'existence qu'elle a menée à Paris est quelque chose d'abominable.

— Vous êtes toujours trop bonne, je ne cesse de vous le répéter, et vous vous pressez trop d'accueillir les gens, reprit
M. Challoner, d'un ton de gronderie paternelle qu'il savait
prendre dans certaines circonstances. Oui, oui, il aurait beaucoup mieux valu ne pas faire sa connaissance; notre départ pour
la campagne coupera court à tout cela, et nous en serons quittes
pour ne pas renouer au retour. Ioris, voici un télégramme de
Sicile. »

On recevait souvent des télégrammes de Sicile à la casa
Challoner.

M. Challoner et lady Jeanne avaient formé le projet grandiose
de relier la Sicile à l'Italie par un pont tubulaire jeté en travers
du détroit de Messine, ou plutôt lady Jeanne avait conçu ce
projet, et M. Challoner l'avait vivement approuvé. Une fois le
pont construit, la Sicile cessait d'être un pays barbare, et le
brigandage disparaissait, comme le disaient très clairement les
prospectus. Le pont, il est vrai, n'existait encore que sur le
papier, sauf une ou deux piles que l'on avait construites comme
amorce dans le voisinage de Scylla. Les actions avaient été
lancées dans le public, un duc écossais était nominalement à la
tête de l'entreprise; dans la Calabre et dans Cannon-street, une
foule d'employés et de commis faisaient beaucoup de bruit et
peu de besogne au sujet du fameux pont; on cotait les actions
aux différentes bourses de l'Europe, et les chambres de commerce s'en occupaient.

Lady Jeanne appelait le pont tubulaire « mon pont », comme
elle appelait Fiordelisa « ma ferme ».

Le XIXᵉ siècle a le rare privilège d'avoir donné naissance à ce
qu'on pourrait appeler « la femme d'affaires », car aux choses
nouvelles il faut des noms nouveaux. Or lady Jeanne se flattait
d'avoir le génie des affaires, en un mot d'être « une femme d'affaires ». Le pont de Messine était sorti tout armé de ses médita-
tions financières, comme beaucoup d'autres entreprises qui
d'ailleurs n'ont pas laissé grande trace. Quand on voulait bien
prendre la peine de l'écouter, elle avait toujours des merveilles
à vous raconter sur les entreprises qu'elle avait lancées, sur les
concessions qu'elle avait obtenues, sur les faveurs que son sou-

rire escamotait aux ministres, sur les signatures royales obtenues par son intercession. A l'entendre, pas un bateau ne prenait la mer, pas un banquier ne faisait fortune, pas une locomotive ne se lançait sur les rails, pas une rue nouvelle ne se perçait de la Tamise au Nil et du Tigre au Danube, sans qu'elle eût contribué peu ou prou au succès de toutes ces entreprises.

Les profanes, il est vrai, prétendaient qu'en affaires elle avait surtout le génie du brocantage; mais le vrai mérite a toujours des envieux. Elle avait un talent incontestable pour créer des compagnies, pour persuader aux gens de prendre des actions; elle obtenait réellement, par des moyens à elle connus, des concessions ministérielles et des subsides royaux, et s'entendait à merveille à pêcher en eau trouble : voilà la vérité.

En son âme et conscience, Ioris détestait tous ces tripotages d'argent. Mais lady Jeanne le forçait à y entrer quand même. Son nom faisait très bien sur les prospectus du pont de Messine; et en y engageant des capitaux, il se passait une fois de plus autour du cou la corde dont lady Jeanne tenait le bout d'une main si ferme et si assurée. Allez donc vous brouiller avec les gens lorsque vos fonds sont engagés dans les mêmes spéculations que les leurs. Si Pâris et Ménélas s'étaient associés pour construire un pont, la guerre de Troie n'aurait jamais eu lieu.

Le pont de Messine était véritablement une invention sublime. « *Ils* sont partis ensemble pour la Calabre, à cause de mon pont! disait lady Jeanne aux sévères représentants de la société. C'est bien du tracas pour eux et de l'ennui pour moi. Mais ce sera une grande chose pour l'Italie quand ce pont sera terminé. Aussi on ne doit pas regarder à sa peine. »

Et alors les sévères représentants de la société s'en allaient répétant : « Ce n'est pas étonnant qu'il soit toujours chez eux; vous savez, c'est pour cette affaire du pont de Messine. Le duc d'Oban est président de la société, et il y a beaucoup de capitaux anglais dans l'affaire. L'idée première est d'elle. En vérité, le monde est bien médisant! »

Pendant qu'ils étaient en Calabre, lady Jeanne prenait du bon temps, en compagnie de quelques jeunes amis; ce qui ne l'empêchait pas d'écrire tous les jours à Ioris : « Je m'ennuie à périr! »

Ce jour-là, cependant, le télégramme ne *les* appelait pas en Calabre. On devait faire une excursion à Fiordelisa. M. Challoner, après avoir remis le télégramme à Ioris, déclara que les poneys étaient attelés.

Les matinées étaient encore très froides, il y avait de la neige

sur les collines, et une bise glaciale ridait la surface du Tibre.
En vérité ce n'était pas une journée bien choisie pour une partie
de campagne. M. Challoner n'avait cure de la brise, puisque, après
avoir assisté au départ des deux voyageurs, il rentra dans son
cabinet, s'installa près d'un bon feu, alluma une bonne pipe,
et sourit ironiquement en songeant à *l'autre*, qui était de corvée
par un temps pareil.

Lady Jeanne non plus ne s'inquiétait guère de la bise ; elle
allait à Fiordelisa pour inspecter des travaux et tracasser son
monde.

« Êtes-vous devenu muet, Io ? » dit-elle d'un ton aigre, en
cinglant les oreilles des poneys.

Ioris ramena ses fourrures devant sa bouche : « Ce n'est pas
agréable, dit-il d'un ton froid, d'avaler de la glace ! »

Et il se remit à songer : « C'est la jalousie, se disait-il, qui lui
a fait inventer toutes ces calomnies ! » Et son cœur s'anima au
souvenir d'Étoile, et ce qu'il y avait de généreux en lui se révolta à l'idée des attaques dirigées contre une personne absente.
Il commençait à se préoccuper beaucoup d'Étoile, sans oser se
l'avouer, car il ne se dissimulait pas le danger d'un pareil amour.
Il se déguisait donc à lui-même sa passion naissante et lui donnait en idée tous les noms possibles, excepté le véritable, excepté
celui qui eût été à la fois un aveu à ses propres yeux, et une
mise en demeure de prendre un parti entre la femme qu'il avait
cru aimer, et celle qu'il commençait à aimer sérieusement.

A peine arrivée à Fiordelisa, lady Jeanne se mit à la besogne
et n'eut guère le temps de s'occuper d'Ioris. Il en profita pour
aller fumer un cigare au grand air, sur la colline.

De loin, il entendait les éclats de voix de lady Jeanne qui se
querellait avec l'intendant. Par contraste, il songea au foyer si
calme, si paisible où Étoile se livrait à ses études favorites, et
il se demanda si elle remarquerait son absence, ce matin-là, et
si elle le regretterait.

Ces rêveries-là vous mènent toujours plus loin qu'on ne veut.
Plus il songeait à Étoile, plus il trouvait lady Jeanne vulgaire et
prosaïque, plus il lui en voulait de le retenir captif, de lui
avoir rendu odieux le séjour de Fiordelisa, de lui avoir aliéné
l'affection de tous ses paysans, de lui avoir fermé l'avenir, de
l'avoir rabaissé à ses propres yeux, de l'avoir à moitié ruiné,
d'avoir engagé les restes de sa modeste fortune dans l'odieuse
entreprise du pont de Messine, et d'avoir ajouté ainsi une nouvelle chaîne aux chaînes qu'il portait déjà.

Quand l'heure du luncheon réunit lady Jeanne et Ioris, elle lui défila le chapelet monotone de ses exploits du jour; un garçon d'écurie avait été puni pour avoir volé, on avait tué un épervier et on l'avait cloué à la porte, on avait pris au piège une centaine de grives que l'on porterait au marché; on avait découvert un terrier de renard et on l'avait bouché: le renard mourrait d'asphyxie; elle avait découvert une erreur dans les comptes, elle avait tué d'un coup de pistolet un chien errant, un chat avait été pendu; il y avait une nouvelle portée de petits cochons. Il écoutait d'un air ennuyé; il était fatigué de tout cela, parce qu'il était fatigué d'elle.

A la fin, lady Jeanne, furieuse de son indifférence, se leva brusquement de table et renversa plusieurs pièces d'argenterie. Il mériterait d'être ruiné, de mourir dans un hôpital, elle était bien sotte de se tuer le corps et l'âme comme elle le faisait! Il ne trouva rien à répondre, ou plutôt, ce qu'il aurait pu répondre il le garda pour lui, souhaitant de tout son cœur qu'elle n'eût pas une attaque de nerfs.

Elle lui fit grâce de l'attaque de nerfs, parce qu'elle avait encore beaucoup d'instructions à donner avant de partir, et parce qu'elle dînait ce soir-là chez ses cousins, lord et lady Fingal, à l'hôtel des Iles-Britanniques.

Quand les deux excursionnistes revinrent de leur partie de plaisir, ils trouvèrent M. Challoner qui attendait tranquillement leur retour, les pieds sur les chenets, fumant sa bonne pipe, et plongé dans un journal du soir.

Ioris, qui n'était pas invité au dîner des Fingal, prit congé à la hâte, et courut chez Étoile, avant d'aller prendre son service au Quirinal.

« Je ne pourrais pas dormir sans l'avoir vue, » se dit-il à lui-même.

« Où peut aller Io? je me le demande, dit lady Jeanne d'un ton de mauvaise humeur; il est toujours pressé de partir maintenant. »

M. Challoner, qui lisait la *Pall mall Gazette*, leva les yeux et dit sans sourciller.

« Amoureux! » Après quoi il reprit sa lecture.

Les yeux de lady Jeanne lancèrent deux éclairs de colère « Robert, dit-elle d'un ton irrité, vous serez donc un idiot toute votre vie? »

Robert se tint coi et s'absorba de plus en plus dans la lecture de la *Pall mall Gazette*: Robert n'aimait pas les querelles.

En entrant chez Étoile, loris jeta un regard tout autour de lui, heureux de voir enfin cet intérieur calme et reposé après lequel il avait soupiré toute la journée, comme après un idéal de bonheur et de paix.

« Malheureusement pour moi, dit-il, je ne puis rester que quelques minutes, mais j'ai pensé que je pouvais venir prendre des nouvelles de votre santé. » En prononçant ces paroles, il se penchait vers elle, et attachait sur elle un de ces regards qui disent si éloquemment : « Il n'y a rien au monde qui me soit plus cher que vous ! »

« Il me semble, dit-elle, que vous n'êtes pas très bien vous-même ; vous paraissez fatigué. » Sa voix tremblait un peu et ses yeux se baissèrent devant les siens.

« Je suis fatigué, » dit-il avec un soupir. Et il eut une rapide vision de la triste et froide journée qui venait de s'écouler, image de tant d'autres journées froides et tristes.

« Je suis fatigué, » reprit-il, debout près de la cheminée, les yeux fixés sur elle avec une expression rêveuse.

Elle prit une rose jaune dans un bouquet qu'elle arrangeait au moment où il était entré, et la lui tendit. Le thé était tout préparé sur un petit guéridon japonais ; elle lui en versa une tasse, et la lui apporta ; il suivait tous ses mouvements avec un sentiment de bien-être et de paix.

Quand elle lui tendit la tasse, les doigts d'loris caressèrent les siens, et quand elle la lui reprit, il posa ses lèvres sur son poignet.

Elle rougit et s'écarta de lui.

« D'où venez-vous ? lui demanda-t-elle, comme il s'approchait des roses pour les regarder.

— J'arrive de Fiordelisa

— Seul ?

— Non. Est-ce que j'ai jamais le bonheur d'être seul ? »

Le cœur d'Étoile battit plus vite, et elle ressentit un mouvement de colère qu'elle ne chercha pas à analyser.

« Pourquoi vous plaindre du lot que vous avez choisi vous même ?

— L'ai-je choisi moi-même ? murmura-t-il ; et il songeait à cette étrangère au front impérieux, qui l'avait contraint de venir ramper à ses pieds.

— Sans doute vous l'avez choisi vous-même, lorsque vous avez donné Fiordelisa.

— Mais je n'ai pas donné Fiordelisa. J'ai cru que c'était pour un été... deux tout au plus.

— Alors, comment se fait-il ?...

— Comment ? Puis-je lui dire de s'en aller, moi ? »

Étoile se leva et marcha de long en large, avec impatience.

« Je ne ferai pas semblant de ne pas comprendre ; à quoi bon ? Vous êtes dans une situation dont une femme ne peut pas parler... sans rougir. Il serait absurde de ne pas avouer que je la vois sous son vrai jour, et que je vous plains de tout mon cœur ; j'en ai beaucoup, beaucoup de chagrin. Comment pouvez-vous continuer à vivre ainsi ? Une passion coupable peut encore s'excuser, quand elle suppose du courage et des sacrifices, mais la vôtre ! Ce n'est qu'un long mensonge, que le monde accepte, et qu'il décore du beau nom d'amitié, parce qu'il a intérêt sans doute à mentir ou à se tromper lui-même. Mais au fond ce n'est qu'un honteux mensonge, et le plus lâche qui fut jamais !

— Le monde ne s'y trompe pas, croyez-moi, » dit Ioris avec ce dédain aristocratique qu'inspirent aux délicats les jugements de la foule.

Étoile poursuivit, sans s'arrêter à lui répondre : « Si vous aviez réellement, sincèrement aimé cette femme, auriez-vous accepté de vivre comme vous vivez, de donner la main à son mari, de caresser son enfant, de jouer un rôle dans cette comédie sociale ? La seule idée de vous introduire en ami à son foyer, dans sa maison, vous aurait fait horreur.

— Il y a amour et amour, dit Ioris. Vous parlez d'un amour bien rare, et qu'une femme comme elle ne peut inspirer. Vous ne comprenez pas...

— Non, je ne comprends pas. Je comprends la passion sans l'avoir jamais éprouvée moi-même. Si vous aviez tué le mari et entraîné la femme loin du monde, cela, je l'aurais compris. »

Ioris éclata d'un rire amer et méprisant.

« Je ne sais pas lequel de nous trois aurait le plus vite regretté un dénouement aussi tragique. Il y a des femmes capables de sacrifier l'univers entier à leur amour. Sérieusement, croyez-vous qu'elle soit de celles-là ?

— Il y a eu un moment où vous avez dû le croire, autrement...

— Grand Dieu ! comme vous saisissez peu la réalité des choses ; combien peu vous comprenez... »

Sa pensée se reporta à l'époque où cette étrangère l'avait, malgré sa résistance, enveloppé de ses filets. L'amour qui naît derrière un masque de velours noir, au milieu de la fumée des cigarettes, dans la folie d'un cotillon, au sortir d'un bal, ce n'était pas cet amour dont parlait Étoile. Sacrifier tout à son amour ! rien que cette pensée lui remettait sous les yeux la vie en partie double de sa maîtresse, si soigneuse de sauver les apparences, sans renoncer pour cela à aucun de ses plaisirs.

« Il est possible, dit-elle, que je ne comprenne **pas**. Et je me félicite de ne pas comprendre ! » Il y avait dans le son de sa voix plus d'impatience et de dépit qu'elle ne le croyait elle-même. Elle reprit : « Si vous aviez tué son mari, ou s'il vous avait tué, j'aurais pu éprouver quelque sympathie. Au moins, la situation aurait été nette et franche ! »

Cette fois encore loris se met à rire avec un mélange de légèreté et d'amertume.

« Pauvre homme ! c'est le plus plat et le plus ennuyeux de tous les bourgeois. Est-ce une raison pour le tuer ? Et lui, pourquoi me tuerait-il ? Ne suis-je pas son meilleur ami, son souffre-douleur, celui que l'on querelle à sa place ? Il lui manque bien des qualités, mais du moins il n'est pas ingrat... envers moi. »

Étoile, sans y **faire** attention, effeuilla brusquement une rose qu'elle tenait à la main, et en jeta les pétales sur le tapis.

« J'ai dis que je vous plaignais. Je me rétracte. Puisque vous êtes capable de plaisanter sur un pareil malheur, c'est que vous l'avez mérité.

— Plaisanter ! moi ? »

Il se pencha, lui prit les deux mains et les baisa avec une tendresse où il y avait autant de timidité que de passion.

« Si je plaisante, dit-il, c'est pour cacher ma souffrance. Plaignez-moi. Dieu sait que j'en ai grand besoin. »

Il lui baisa encore une fois les mains et se rendit à la cour, où il était de service ce soir-là.

Étoile demeura debout près de la cheminée, avec les pétales de la rose à ses pieds.

Il lui semblait qu'elle avait maintenant sa part de leur mensonge et de leur honte.

En même temps, elle se sentait envahie par une joie douce et subtile qui lui faisait peur.

XXII

Lady Jeanne s'aigrit et s'exaspère ; depuis quelque temps, sa chance l'abandonne et elle n'a plus la main aussi heureuse. Elle s'est horriblement ennuyée au dîner solennel des Fingal; et, pour employer une expression qui lui convient à merveille, « elle n'y a pas fait ses frais ». On l'avait placée entre un archéologue qui a relevé une de ses hérésies artistiques, et un professeur d'Oxford qui ne l'a entretenue que de ses voyages. Ni l'un ni l'autre n'a eu l'air de s'apercevoir qu'il était à côté d'une jolie femme; bref, elle n'a fasciné personne : elle a perdu sa journée. Aussi, en rentrant, elle gronde ses domestiques qui ont laissé trop de lampes allumées pendant que les maîtres n'étaient pas là; une seule suffisait! Elle trouve un télégramme qui lui apprend que les actions du pont de Messine dégringolent; une lettre où il est dit qu'un joli tableau du Parmesan, envoyé par elle à Londres pour y être vendu, a été examiné par des connaisseurs compétents et traité de croûte abominable. Alors, lady Jeanne, en termes peu choisis, mais très énergiques, enveloppe dans une même malédiction toutes les bourses de l'Europe et elle y joint tous les connaisseurs compétents ou soi-disant tels.

Mimo, le doux, le suave Mimo, ose insinuer que le Parmesan est traité selon son mérite, et il a l'audace d'ajouter: « Souvenez-vous que je vous avais prévenue! » Le suave Mimo reçoit un vigoureux soufflet pour sa peine; mais le suave Mimo baise la main qui l'a châtié, et la paix est faite; la colère de lady Jeanne ne tombera pas sur le suave Mimo, il faut pourtant bien qu'elle tombe sur quelqu'un. Elle tombera sur Étoile.

En réalité, la guerre sourde que faisait lady Jeanne à la grande artiste dont elle était jalouse, n'avait jamais cessé, mais elle prit un caractère plus décidé. Lady Jeanne donna de sa personne et lança toutes ses troupes à l'assaut.

Toujours prudente, même dans l'emportement de sa colère, elle continua de procéder par insinuations perfides, par réticences calculées; elle affectait même de défendre Étoile; mais, comme dit la société, dans sa profonde sagesse, on ne défend que les gens qui ont besoin d'être défendus; si lady Jeanne, si bonne, si indulgente, si faible même pour les artistes, en est réduite à la défendre, vous comprenez bien qu'il doit y avoir des choses horribles dans le passé de cette malheureuse!

Mistress Phidias Pratt se contente de secouer la tête, n'osant risquer un mot avant d'être bien sûre de ne pas offenser la princesse Véra, qui reçoit Étoile. Mistress Mac Scrip et mistress Henry V. Clams, et les colonies qu'elles représentent, reprochent à leurs ambassades respectives un excès d'indulgence, ou plutôt de faiblesse. Les sœurs Scrope Stours poussent des soupirs à fendre l'âme, et murmurent à l'oreille des gens : « Non, je vous en prie, n'ayez pas peur; elle ne vient pas chez nous les jours de réception; si elle s'y risquait, nous nous arrangerions pour l'empêcher de vous adresser la parole. »

Silverly Bell détournait charitablement les gens de déposer des cartes à la porte d'Étoile. « Il ne faut jamais faire de nouvelles connaissances avant d'être sûr qu'on ne sera pas forcé de les renier bientôt. »

Cela n'empêchait pas M. Silverly Bell de rendre visite à Étoile, et de boire le thé d'Étoile; mais, vous savez, un homme va partout, surtout quand il a dépassé un certain âge.

Étoile ne se doutait de rien, et se fût-elle doutée de quelque chose, qu'elle aurait continué dédaigneusement à marcher dans sa voie.

Lady Cardiff, qui lui voulait du bien, avait pourtant pris la peine de l'avertir et de la mettre en garde. Forte de son expérience personnelle, elle lui avait fait un petit cours de sagesse mondaine, qui était un chef-d'œuvre dans son genre. Étoile avait tort de négliger la société; c'est une divinité exigeante et vindicative; on l'apaise par des sacrifices propitiatoires, on l'irrite par des dédains. Elle devait surtout se concilier les femmes, car les femmes sont les grandes prêtresses de la société, et les ministres de ses vengeances.

Étoile répondit que la société l'ennuyait, et que les femmes, en général, étant ou coquettes, ou frivoles, ou méchantes, elle ne se sentait aucun désir de cultiver leur connaissance. Elle avait ses livres, ses travaux, ses promenades, et cent merveilles à voir dans tous les coins de la Ville éternelle; pourquoi perdrait-elle une heure de son temps dans les salons, lorsqu'elle avait déjà si peu de temps et tant de choses à faire?

Lady Cardiff, en la quittant, se dit : « Elle l'aura voulu; mais tous les grands génies ont leur petit grain de folie! »

Et elle alla s'habiller, car elle assistait le soir même à un grand dîner chez mistress Henry V. Clams; c'était ce fameux dîner auquel Étoile avait poliment refusé d'assister, en alléguant l'état de sa santé. C'était Fontebranda qui avait organisé ce dîner, comme il organisait toutes choses dans la maison des Clams.

Quelques heures avant le dîner, mistress Henry V. Clams, dans la solitude de son cabinet de toilette, minutait une épître destinée à sa sœur qui continuait d'habiter les Etats-Unis.

« C'est ici le paradis des femmes mariées. Si j'étais restée au

pays, il y a bel âge que l'on ne s'occuperait plus de moi. A New-
York, les jeunes filles sont tout, ici elles sont moins que rien.
Dans les bals, on n'invite jamais une jeune fille tant qu'une
femme mariée a encore une petite place de libre sur son carnet.
Je voudrais que vous pussiez voir Héloïse B. Dobbs ; vous savez
bien, Héloïse B. Dobbs, celle qui a tué ce beau jeune homme
d'un coup de revolver, à Saint-Louis ; elle a cinquante ans au
moins ; elle est toujours décolletée plus bas qu'aucune de nous,
et quand on sort du bal au petit jour, on est toujours sûre
qu'elle va rester encore à tourbillonner comme une roue de ma-
chine à vapeur, jusqu'à la fin du cotillon ! »

Après avoir écrit cette épître, mistress Henry V. Clams revêtit
une robe de taffetas blanc à broderies d'argent, toute constellée
de boutons de roses et de colibris ; elle avait des colibris sur sa
tête, sur ses épaules, et jusque sur ses souliers. La première
personne qu'elle reçut au salon fut justement Héloïse B. Dobbs.
Héloïse B. Dobbs avait pour ceinture un ruban très étroit, pour
épaulettes deux rubans encore plus étroits. Si les draperies destinées à voiler ses charmes étaient réduites à leur plus simple
expression, en revanche elle exhibait une quantité de diamants
suffisante pour faire compensation. Ces deux dames s'écrièrent
en même temps : « Ma chère âme, que vous êtes donc jolie ! »
Mais tout bas chacune des deux pensait de l'autre : « Jézabel,
va ! si c'était à New-York, les jeunes filles ne manqueraient pas
de te *lyncher.* »

Le dîner eut un grand succès, du reste comme toutes les entreprises où Fontebranda mettait la main. Alberto Fontebranda
ne ménageait point la dépense, du moment qu'il s'agissait de
faire naître un sourire sur les lèvres austères de la société.
Donc la société souriait ; par exemple, quelqu'un qui ne souriait
pas toujours, c'était M. Henry V. Clams quand on lui présentait
la note ; mais que ce gentleman sourît ou ne sourît pas, on ne
s'en inquiétait guère.

Cependant quelquefois il se mettait en colère et il criait ;
mais la scène n'allait jamais bien loin. Qu'était-il venu faire en
Europe, après tout ? Il était venu « faire figure » ; et, en somme, il
« faisait figure », tout au moins par procuration, grâce à sa femme
et à Fontebranda.

N'eut-il pas un soir la prétention d'occuper à sa table la place
réservée au maître de la maison ! Mais Alberto Fontebranda lui
fit comprendre que ce n'était plus la mode et que l'on avait
changé tout cela. Il ne se le fit pas dire deux fois.

A New-York, il n'aurait pas manqué d'essayer son revolver sur la personne de Fontebranda ; mais il était en Europe, et pour « faire figure », il était contraint de subir les lois capricieuses de la mode.

Après le dîner, quand le grand monde se fut retiré, et que l'on fut entre intimes, le salon changea subitement d'aspect ; des valets discrets apportèrent des cartes pour les amateurs, une roulette de trente-et-quarante et la collection complète des boissons dites rafraîchissantes, si chères aux citoyens des États-Unis.

M. Clams, qui jusque-là avait eu les allures embarrassées d'un domestique de grande maison, trop gauche pour garder sa place, fit sonner des napoléons dans sa poche de pantalon, cracha furtivement dans une jardinière, avala d'un seul trait une composition choisie désignée sous le nom de « réveille-mort », et commença à reprendre les allures et les sentiments d'un citoyen indépendant.

« Alberto ! dit mistress Henry V. Clams.

— Ma très chère ? répondit Fontebranda.

— Ç'a été fameux !

— Oui, ma chère, très réussi.

— Mais il y a une chose qui me chiffonne, dit la dame en avalant une bonne gorgée de « réveille-mort ».

— De quelle chose parlez-vous, ma chère ?

— Nous avons eu une altesse allemande, un des cousins de l'empereur de Russie, un maréchal français, une pairesse anglaise, deux ambassades au complet, et je ne sais combien de ducs et de princes italiens, et, malgré cela, cette femme a refusé mon invitation.

— Cette femme ! Quelle femme ? dit le comte Alberto, du milieu d'un nuage de fumée.

— Étoile !

— Bah ! fit dédaigneusement Fontebranda.

— Oh ! vous avez beau dire Bah ! répliqua sa souveraine maîtresse, en jetant brusquement sa cigarette dans un massif d'azalées ; cela me chiffonne, cela m'agace, cela m'exaspère. Qu'est-ce que c'est donc, après tout, qu'une méchante artiste, auprès de tous ces grands personnages ? »

Lady Jeanne, renversée dans un fauteuil, avait Ioris à sa droite, et à sa gauche Eccelino de Sestri et Douglas Græme ; elle ôta son cigare de sa bouche, et un sourire de satisfaction s'épanouit sur ses lèvres.

« Chère mistress Clams, qu'est-ce que cela peut vous faire?
Elle s'est rendu justice, voilà tout. Je voudrais bien qu'elle eût
eu autant de tact en ce qui me concerne, et qu'elle eût gardé
pour elle ses lettres de recommandation. »

Ioris était assis en ce moment sur l'un des bras de son fauteuil; il devint pâle comme un mort et fronça les sourcils. Cependant il ne dit rien, quoiqu'il eût honte de garder le silence,
et qu'il se traitât en lui-même de perfide et de lâche.

Mistress Henry V. Clams, exaltée par le succès de son grand
dîner et par l'absorption d'une certaine quantité de « réveille-
mort », s'étala dans un fauteuil, une jambe croisée par-dessus
l'autre; entre deux bouffées de cigarette, elle pria lady Jeanne,
puisque l'on était entre intimes, de lui dire bien franchement,
mais là bien franchement, ce que c'était qu'Étoile, « parce que,
voyez-vous, je parierais bien que vous le savez! »

Lady Jeanne prit un air attristé et dit : « Non, je n'en sais
rien, ou au moins je n'ai pas de renseignements précis; et puis,
quand bien même je saurais quelque chose, quel intérêt aurais-je
à lui faire du tort? Naturellement, j'ai entendu dire bien des
choses, comme tout le monde. Mais les artistes sont tous comme
cela; pour connaître si bien l'anatomie, elle a dû faire de drôles
d'études, vous comprenez; et quand on reproduit le nu avec
tant de vérité, il est impossible qu'on ne l'ait pas étudié sérieusement. Elle a dû aller dans les musées d'anatomie, où l'on voit
de si abominables horreurs. Soyez sûre qu'elle y est allée! »
C'était dit avec une touchante modestie, et cependant lady
Jeanne, en général, faisait profession de détester les prudes, et
les nudités ne lui faisaient pas peur : dans sa salle à manger,
elle avait fait accrocher un prétendu Titien qui représentait le
jugement de Pâris. Naturellement, les trois dames du tableau
étaient nues, nullement prudes, et par-dessus le marché, de di-
mensions colossales.

« Oh! voyez donc comme c'est choquant, dit mistress Henry
V. Clams, réellement épouvantée du mot *anatomie*, dont elle
ne comprenait pas très bien la signification.

« Mais, reprit-elle, après avoir recouru de nouveau au « réveille-mort », tout cela ne nous dit pas ce qu'elle a été autrefois.

— Oh! quant à cela, répondit lady Jeanne avec une délicieuse
nonchalance, cela nous importerait peu si elle avait mené une
vie décente. Si vous tenez tant à le savoir, je puis vous dire ce
qu'elle a été dans le temps. C'est une petite fille que le vieux

peintre français Israels a ramassée dans le ruisseau. Sa mère
était une « malheureuse », et Israels faillit écraser la petite fille
qui avait été déposée sur le seuil d'un marchand de vin. Mais,
encore une fois, tout cela ne serait rien, si, une fois devenue
grande, cette femme avait su se tenir. »

Après ce petit récit, qui faisait plus d'honneur à son imagination qu'à sa véracité, lady Jeanne lança quelques bouffées de
fumée. Sous l'excitation du moment, elle avait inventé cette petite
histoire d'un bout à l'autre. Elle avait eu soin de parler en anglais pour dérouter Ioris.

« C'est la pure vérité, ajouta-t-elle ; car je la tiens d'un des
grands amis du vieil Israels.

— Voyez-vous cela, dit mistress Henry V. Clams, et puis cela
se donne des airs ! J'aime cela, par exemple ! Ma parole, pour un
rien, je lui jetterais cela au nez ! »

Lady Jeanne lança sur les assistants des regards où brillait la
franchise et l'honnêteté.

« Eh bien ! dit-elle, moi, pour ma part, je ne voudrais pas
lui en faire un reproche. Ce n'est pas sa faute si elle est née
dans le ruisseau. Mais, malgré son talent (car remarquez bien
qu'elle a du talent), elle ne serait jamais devenue célèbre comme
elle l'est, si elle n'avait montré trop de complaisance (vous
m'entendez, du reste?) pour certains grands personnages qui ont
le pouvoir de créer les réputations de pied en cap. De plus, une
bonne moitié au moins de la beauté et du fini de ses peintures
provient de la collaboration anonyme d'un de ses amants. C'est
un grand coloriste ; il se nomme Pierre Gérard. C'est lui qui fait
les tableaux, et c'est elle qui les signe. Voilà ce que je trouve
absolument déshonnête et immoral, voilà ce qui me blesse
profondément.

— Ainsi, ce n'est même pas elle qui fait ses tableaux ! » s'écria
mistress Henry V. Clams. Elle était si surprise, qu'elle recourut
pour la troisième fois au « réveille-mort ».

M. Henry V. Clams, qui écoutait, debout devant la cheminée,
cracha encore une fois dans les azalées, et dit sèchement :
« Jeune homme extraordinairement complaisant. Ce jeune homme
doit être un bon chrétien. D'où est-il, cet excellent jeune homme,
milady ? »

Lady Jeanne rougit légèrement.

« C'est un Belge, je crois, répondit-elle d'une manière évasive. Mais le fait est connu de tout le monde à Paris. »

M. Henry V. Clams s'émerveilla de la sottise du jeune Belge

qui, pouvant gagner de l'argent avec ses pinceaux, les prêtait à une autre personne. Mistress Henry V. Clams trouva son mari vulgaire et le lui dit en termes très clairs. Fontebranda, qui ne comprenait pas l'anglais, attira en bâillant la roulette de trente-et-quarante dans le cercle des intimes.

Lady Jeanne ne jouait jamais, parce qu'on ne peut pas jouer à coup sûr, et que l'on s'expose ainsi à perdre son argent sans compensation. Elle se leva et se retira, suivie de Ioris.

Ioris ne disait pas un mot. Il n'avait pas compris ce que lady Jeanne disait d'Étoile; mais il en avait assez deviné pour être irrité contre elle et honteux de lui-même. Lady Jeanne, de son côté, se demandait si elle n'avait pas été trop loin en inventant Pierre Gérard, mais elle ne s'effrayait nullement des conséquences. Un mensonge fait toujours son chemin dans le monde, et on peut toujours, au besoin, en rejeter la paternité sur une tierce personne que l'on ne nomme pas, par pure discrétion.

Toute réflexion faite, elle fut contente d'avoir créé Pierre Gérard, et elle eut même un moment la fantaisie d'en essayer l'effet sur Ioris. Mais elle renonça à cette fantaisie, en songeant qu'il était capable d'aller tout raconter à Étoile.

« Ne montez-vous pas, Io? lui demanda-t-elle avec surprise, quand elle vit qu'il se disposait à prendre congé au bas de l'escalier.

— Non, répondit-il laconiquement. Il ajouta, non sans hésiter: « Et je pense... je pense, ma chère, que vous pourriez respecter les noms des personnes que vous recevez chez vous, et à qui vous donnez la main en signe d'amitié. Voilà tout. *Felicissima notte!* »

Elle demeura muette d'étonnement et de colère, les yeux fixés sur la porte qui venait de se refermer, et dont le bruit avait éveillé M. Challoner, qui dormait du sommeil du juste.

« Mon Dieu! s'intéresserait-il sérieusement à elle? » A cette pensée, une lumière nouvelle pénétra dans son âme, et si sa vanité n'eût continu à lui mettre un voile devant les yeux, elle aurait entrevu la vérité, comme à la lueur d'un éclair.

XXIII

Le temps avait brusquement changé; le fond de l'air était froid; il venait des Abruzzes et des Apennins un vent glacial, qui hérissait de petites lames la face sombre du Tibre.

En sortant de chez lui, Ioris se sentit triste et mal à son aise. Il avait passé de longues heures, sous les regards inquisiteurs du portrait de lady Jeanne, à feuilleter des montagnes de paperasses pour tâcher de se rendre un compte exact de sa situation financière et de la responsabilité qu'il avait encourue en prêtant son nom à la grande entreprise du pont de Messine. Ce qu'il put comprendre en gros, c'est que sa fortune s'enfonçait peu à peu dans le sable, à l'exemple des piles d'attente du fameux pont.

Donc, il était en perte dans cette entreprise, comme dans toutes celles où on l'avait lancé malgré lui. Mais s'il perdait son argent, il ne voulait pas que d'autres fussent exposés à perdre le leur, à cause de la confiance que son nom leur avait inspiré. Sur ce point, du moins, il avait une volonté, et une volonté assez ferme et assez tenace pour ne se laisser ni ébranler ni séduire par son entourage. La perspective qui s'ouvrait devant lui n'était pas de nature à égayer ses esprits ; d'ailleurs, il se sentait mal à l'aise au milieu des chiffres, et rien dans son passé ne l'avait préparé à son rôle de spéculateur.

Conduire un cotillon aux Tuileries, vider une affaire d'honneur à la frontière, pincer les cordes d'une guitare dans un jardin éclairé par la douce lumière de la lune, étudier la peinture dans une vieille Académie, soupirer pour la beauté la plus entourée à la cour, causer musique avec l'abbé Liszt, échanger des politesses cérémonieuses avec les cardinaux, parcourir les ravins des Alpes avec un roi pour compagnon de chasse, tout cela composait une vie brillante et voluptueuse comme celle du Décaméron, comme celle des tableaux de Carpaccio et de Bordone ; mais c'était un assez pauvre apprentissage pour le nouveau métier qu'on lui avait imposé.

Les colonnes de chiffres l'éblouissaient et les lettres d'affaires lui donnaient la migraine ; il y voyait cependant assez clair pour comprendre qu'entre l'actif et le passif l'équilibre était depuis longtemps rompu, et que la balance penchait de plus en plus du côté du passif. Lady Jeanne dépensait des sommes folles pour Fiordelisa, et jusqu'ici du moins les revenus étaient bien loin de couvrir les dépenses. Ioris avait calculé que les ananas lui revenaient à cinquante francs pièce ; et tous ces ananas servaient à faire des cadeaux à des amis qui n'étaient pas les siens.

Après avoir perdu sa matinée à faire et à refaire des calculs, il n'en était pas plus avancé, ne sachant que décider pour le

présent et surtout pour l'avenir. Il avait donc la migraine, et
son cœur était mortellement triste.

Ce jour-là il était libre. Lady Jeanne était partie au bras du
beau Douglas Grœme, avec Silverly Bell en guise de chaperon,
pour assister à un concert de charité, dans les salons de lady
Annie Monmouthshire. Après le concert, elle dînait en grande
cérémonie à la table de lady Annie, avec le doyen de Saint-
Edmund. Dans de telles circonstances, Ioris aurait été un acces-
soire compromettant.

Tout naturellement, au sortir de chez lui, il dirigea ses pas
du côté du palais d'Étoile.

Dans les premiers temps, il prenait la peine de calmer les
reproches de sa conscience, en inventant chaque fois quelque
prétexte nouveau pour justifier à ses propres yeux la fréquence
de ses visites. Désormais il venait la voir uniquement pour le
plaisir de la voir sans chercher l'ombre d'un prétexte, et son
visage était devenu si familier aux domestiques d'Étoile, qu'ils
l'introduisaient sans cérémonie, aussitôt qu'il se présentait.

Ce jour-là, il se présenta sur les cinq heures. Étoile était
sortie, mais elle ne devait pas tarder à rentrer. Il se jeta sur un
canapé pour l'attendre.

Le silence, le parfum des fleurs, le demi-jour du salon, dé-
tendirent ses nerfs. Tsar, endormi près du foyer, ouvrit un
instant les yeux, et voyant que c'était son ami qui était là, se
rendormit avec une douce quiétude, après lui avoir souhaité la
bienvenue, d'un mouvement doux et lent de sa queue. Il y avait
tout autour du salon des dessins commencés, des livres ouverts,
des fleurs fraîches, et une foule d'objets familiers qui tous semblaient prendre une voix pour lui parler d'Étoile absente. Il
attira négligemment à lui un volume qui était à portée de sa main.

C'était la *Nélida* de Daniel Stern.

Le livre était ouvert au passage si vrai et si éloquent où
semble vibrer le profond mépris d'une nature courageuse pour
le prudent égoïsme des âmes lâches :

« *Marcher environnée des hommages que le monde prodigue
aux apparences hypocrites ; jouir à l'ombre d'un mensonge de
lâches et furtifs plaisirs ; ce sont là les vulgaires sagesses de ces
femmes que la nature a faites également impuissantes pour le
bien qu'elles reconnaissent et pour le mal qui les séduit ; également incapables de soumission et de révolte, aussi dépourvues
du courage qui se résigne à porter des chaînes que de la hardiesse qui s'efforce à les briser.* »

« C'est le portrait de lady Jeanne, pensa Ioris ; et il remit le
livre où il l'avait pris, avec un mouvement d'impatience. Pourquoi ce livre venait-il lui rappeler ce qu'il cherchait à oublier,
surtout chez Étoile ? Cependant, il sourit en pensant qu'Étoile
avait lu ce passage ; et non seulement elle l'avait lu, mais elle
l'avait souligné au crayon. Elle avait donc pensé aux *vulgaires
sagesses* de la femme qui le menait en laisse ! Qui sait, peut-être
s'en était-elle indignée, pour l'amour de lui ?

Il s'imagina qu'Étoile était jalouse de lui, comme l'était cette
autre femme. Mais, avec toute sa finesse, il se trompait.

« Tiens ! tiens ! » dit la voix de lady Cardiff ; lady Cardiff en
personne était sur le seuil du salon. Lady Cardiff avait pour
principe et pour pratique constante de ne s'étonner de rien ;
cependant elle fut si surprise de trouver Ioris familièrement
étendu sur le canapé, qu'elle ne put s'empêcher de dire : « Tiens,
tiens ! »

Elle pensa aussitôt : « Il a l'air bien plus à son aise ici que
là-bas ! » Cependant Ioris s'était levé avec empressement, et
venait lui présenter ses hommages avec cette gaîté et cette
grâce qui lui étaient si naturelles.

« Mon cher prince, charmé de vous voir ; j'entre et je me
sauve ; on m'a dit qu'elle allait rentrer dans un instant. C'est
charmant ici, n'est-ce pas ? trop de fleurs peut-être, à cause de
la migraine, mais c'est si joli ! » Ayant ainsi parlé, lady Cardiff
tira sa boîte à cigarettes et continua : « En voulez-vous une ?
Est-ce qu'elle ne vous permet pas de fumer ? Moi, elle me le
permet. Quel horrible temps, n'est-ce pas ? Je sors du concert
de lady Annie ; ils ont accordé leurs instruments pendant deux
heures, et au moment où je pensais que le concert allait commencer, on m'a dit que c'était fini. Il paraît qu'ils avaient joué
je ne sais quel morceau très remarquable et très savant. Vos
amis Challoner étaient là, du moins lady Jeanne ; c'est elle qui
a eu la complaisance de me dire que l'on venait de jouer un
morceau très beau et très savant.

— Lady Jeanne aime beaucoup la musique, répondit Ioris,
agacé de voir reparaître lady Jeanne au moment où il faisait
tous ses efforts pour ne pas penser à elle.

— Est-ce donc aimer la musique que de tuer les rossignols et
de goûter ce qu'on nous a joué aujourd'hui ? On m'a dit qu'elle
tuait les rossignols à Fiordelisa. est-ce vrai ? Mais je suis sûre
que *vous*, du moins, vous préférez le chant des rossignols aux
charivaris les plus savants, comme celui d'aujourd'hui.

— Je suis du pays des mélodistes, répondit-il en souriant. Mon avis est que la musique est faite pour charmer l'oreille ; mais vous savez que c'est une opinion rococo, bafouée par la science moderne. »

Lady Cardiff fit une charge à fond de train sur la science moderne. De la science moderne elle passa à la politique, et tout en débitant ses paradoxes habituels, elle s'amusait beaucoup de voir Ioris jeter des regards désespérés sur la pendule.

Au bout d'un quart d'heure, Étoile rentra ; aussitôt le salon se remplit du parfum subtil des violettes fraîchement cueillies. Étoile était allée faire une promenade dans les bois avec la princesse Vera et ses enfants.

Lady Cardiff s'aperçut facilement du plaisir qu'Étoile et Ioris éprouvaient à se revoir ; mais si elle eut la malice de les observer du coin de l'œil, elle eut en même temps la charité de paraître très affairée après une allumette qui ne voulait pas prendre.

« Ah ! ah ! se dit-elle en elle-même. En sommes-nous là ? Et, au fait, pourquoi pas ? Seulement cela aura son contre-coup ailleurs. Aura-t-il le courage d'affronter la tempête ? Il aura affaire à forte partie. Sera-t-il de force ? voilà la question. »

Elle se contenta de dire tout haut : « Quelle moisson de violettes ! seulement, elles sont humides, c'est désagréable. Il est si facile d'en acheter à la bouquetière du coin ! Ce n'est pas la même chose que de les cueillir soi-même ? J'aurais cru le contraire. Je me sauve, je venais seulement vous dire un mot. » Et elle raconta je ne sais quelle histoire, à propos d'un volume de mémoires français qu'elle avait promis à un malade.

En réalité, lady Cardiff était venue avec l'intention de passer une heure avec Étoile, à bavarder. Mais elle était trop fine pour ne pas voir qu'elle était importune en ce moment, et trop charitable pour ne pas se sacrifier. Elle se retira donc le plus naturellement du monde, et Ioris la reconduisit jusqu'à sa voiture.

« Ils sont faits pour s'aimer, se dit-elle en s'enfonçant dans les coussins de sa voiture. Elle est charmante, Ioris est très beau, et il a les manières d'un gentilhomme à une époque où les bonnes manières sont si rares. Oui, mais il y a *l'autre*, qui ne voudra pas le rendre, parce que par la même occasion il faudrait quitter Fiordelisa ! »

Ioris était rentré dans le salon où les violettes humides répandaient leur parfum.

Étoile avait ôté son chapeau et ses fourrures ; elle était debout près de la cheminée, occupée à arranger ses violettes dans deux vases de porcelaine. Tsar était couché à ses pieds.

« Puis-je rester un moment avec vous? lui demanda-t-il presque humblement. Je suis fatigué ; j'ai passé ma journée au milieu des chiffres, à m'occuper d'affaires. Je suis triste, glacé, découragé. Puis-je rester ?

— Naturellement, » lui répondit-elle en rougissant, et elle continua à arranger ses violettes. Il la regardait avec une tendresse rêveuse, et suivait tous les mouvements de ses mains fines sous les manchettes de vieille dentelle, au milieu de cette forêt de fleurs humides, tandis que les gouttes d'eau brillaient sur ses doigts, comme des diamants.

« Pourquoi ne portez-vous pas de bagues? » lui demanda-t-il à brûle-pourpoint.

Elle répondit avec un petit rire : « Vanité ! les bagues déforment les doigts ou les cachent, tout au moins.

— Idée d'artiste, de sculpteur ; je la crois juste. D'ailleurs vos mains sont trop belles pour avoir besoin d'ornements...

— Ou de compliments.

— La vérité n'est pas un compliment. Je ne vous fais jamais de compliments, à *vous* ; vous le savez très bien. Dites-moi... vous avez lu ce livre de Daniel Stern, *Nélida ?*

— Oui, c'est un livre très bien fait. Mais...

— Il y a surtout un passage d'une singulière éloquence. Est-ce à moi que vous pensiez quand vous l'avez souligné ?

— Oui. »

Il prit le livre, et le remit sur la table après avoir relu le passage. Il ne put retenir un soupir.

— C'est *son* portrait, je suis sûr qu'*elle* a dû poser ; » dit-il d'un ton méprisant.

— Ce n'est pas bien à *vous* de dire cela ! » Étoile prononça ces paroles avec une vivacité singulière. Tout en le blâmant, elle éprouvait un sentiment de plaisir dont elle ne tarda pas à avoir honte. « Cela lui ressemble, sans doute ; cela ressemble probablement à des centaines d'autres femmes ; mais ce n'est pas à vous de le dire, puisque vous l'acceptez telle qu'elle est.

— Pourquoi ? demanda-t-il les dents serrées et avec un léger sifflement dans la voix. Parlons franchement ; vous trouvez peut-être à cela quelque lâcheté ; mais vous savez très bien que les esclaves sont toujours lâches ; les tyrans qui les ont réduits en esclavage n'ont pas le droit de s'en plaindre. Non ! reprit-il en changeant brusquement de ton, et sa voix avait un accent

de douce supplication. Ne me dites pas de choses cruelles. De
vous, je n'ai pas la force de les entendre. Peut-être trouvez-
vous que ma conduite est vile et indigne d'un homme. Quand je
suis en votre présence, je le trouve aussi.

— Ce n'est pas devant moi, c'est devant vous-même qu'il faut
le penser. » Elle se rapprocha de la cheminée, et la flamme du
foyer l'éclairait tout entière. « Votre nom est noble, non pas
seulement parce qu'il est inscrit au livre de la noblesse, mais
parce qu'il représente tout un héritage d'actions héroïques et de
caractères chevaleresques ; si la splendeur matérielle de votre
maison s'est évanouie, raison de plus pour la maintenir à son
rang dans le respect du monde et dans l'admiration des hommes ; vous n'avez pas le droit d'être ridicule ; vous n'avez pas
le droit d'affronter le mépris ; l'honneur de tant de siècles repose
sur vous ; il s'élèvera encore ou il succombera avec vous. Ce
n'est pas devant moi que vous devez rougir d'une passion sans
noblesse et sans excuse ; c'est devant vous-même, c'est devant
la mémoire de vos aïeux. »

Ioris l'écoutait, la tête penchée, les yeux baissés.

« Jamais une femme ne m'a dit ce que vous venez de me
dire, » murmura-t-il d'une voix indistincte ; et il demeura immobile et silencieux, le coude appuyé sur le marbre de la cheminée.

« Ce n'est pas ce que peuvent dire les femmes, qui doit vous
servir de règle, c'est ce que vous dit votre propre cœur. Vos
aïeux vous ont laissé un si brillant héritage, vous avez tant de
glorieux souvenirs pour vous soutenir, vous exciter et vous conduire ! Vos compatriotes vous aiment et vous les aimez ; votre
avenir vous offre de brillantes perspectives, et si vous viviez
dans vos terres...

— Mon avenir est *sa* proie aussi bien que le présent ; elle a
profané Fiordelisa ! murmura-t-il avec accablement. Ah ! vous
ne pouvez pas comprendre.... Moi aussi j'ai rêvé autrefois ce
que vous rêvez pour moi aujourd'hui ; j'ai médité de grandes
choses, ou tout au moins j'ai entrevu une vie qui n'aurait pas
été indigne des glorieux souvenirs de ma maison. Mais la société
détruit toutes les pensées généreuses, toutes les nobles aspirations ; quand elle prend un homme, elle le façonne à son image,
et peu à peu il devient menteur et déloyal comme elle. Que sont
les femmes aujourd'hui ? de petits êtres charmants que l'on
considère comme d'aimables jouets, ou bien des oiseaux de proie ;
elles excitent nos désirs, et se complaisent à nous abaisser pour
être nos égales ou pour nous dominer. Les hommes supérieurs

les font bâiller. Vous me direz que c'est bien peu chevaleresque
de rejeter le blâme sur les femmes, et vous aurez peut-être
raison. Mais, en vérité, devant une femme comme vous, on ne
peut s'empêcher de voir ce que seraient les hommes, si toutes
les femmes vous ressemblaient. Vous me dites que c'est une
lâcheté d'appliquer les paroles de Daniel Stern à la femme qui
a fait de moi ce que je suis aujourd'hui et qui m'a fermé l'avenir. Ce n'est pas sa faute ; elle ne peut pas s'empêcher d'être ce
que la nature l'a faite. On ne peut pas donner plus qu'on n'a
soi-même. Oui, c'est la vérité, la hideuse et froide vérité. Qu'est-
ce que sa passion pour moi, sinon la fureur d'une tigresse, mais
une fureur calculée, qui passe après tous ses intérêts mondains
et le culte de soi-même...

— Chut! chut! ce n'est pas loyal. »

Il se mit à rire amèrement.

« Loyal! je suis aussi loyal envers elle qu'elle l'est envers
moi. Croyez-moi, dans une passion qui brave le monde il peut
y avoir de la loyauté ; dans une intrigue comme la nôtre, il n'y
a que fausseté et hypocrisie : c'est un enfer.

— Chut !

— Pourquoi m'imposer silence? Laissez-moi vous dire au
moins une fois la vérité. Aucune femme n'a jamais exercé sur
moi l'influence que vous avez, vous. Je crois que vous feriez de
moi tout ce que vous voudriez, si j'étais toujours près de vous.
Vous êtes comme les fleurs, et c'est pour cela que vous les
aimez; vous parlez aux hommes du Dieu qu'ils avaient oublié.
Les fleurs ne connaissent pas leur puissance, vous non plus.
Vous ai-je blessée? Pardonnez-moi. »

Étoile garda quelque temps le silence.

« Blessée? dit-elle enfin, oh non ! Vous n'êtes pas juste envers
elle ; d'ailleurs vous ne pensez pas ce que vous dites.

— Laissez-la se défendre elle-même; elle s'y entend à merveille. Croyez-vous aussi que je ne pense pas ce que je vous dis,
à vous? Regardez-moi, et dites si vous le croyez. »

Elle le regarda de ses beaux yeux si calmes, si francs et si
candides. Les passions des hommes ne l'avaient jamais troublée;
elle n'avait jamais eu aucun effort à faire pour les juger et les
écarter d'elle. Devant le regard profond et rêveur d'Ioris, devant cette expression si caressante, si ardente, si mystérieuse
où elle pouvait lire une passion qu'il n'osait pas avouer, les yeux
d'Étoile se baissèrent. Elle ressentait de l'étonnement, du trouble,
et une sorte de malaise.

« Prince Ioris, dit-elle froidement, il est sept heures et demie. On vous attend à la casa Challoner. Vous oubliez tous vos devoirs. »

Ioris revint à lui et veilla sur l'expression de son regard.

« Je n'y vais pas ce soir. Je dînerai seul chez moi. »

Cependant il ne fit aucun mouvement pour prendre congé et partir : il demeura appuyé sur le marbre de la cheminée, voilant de sa paupière ses yeux qui avaient parlé trop éloquemment.

Un domestique entra, apportant les lampes. Le cœur d'Étoile battait violemment ; elle craignait d'avoir été trop dure.

« Voulez-vous dîner avec moi ?... lui dit-elle d'une voix un peu tremblante. Dans une demi-heure j'attends mon vieil ami Voightel ; il arrive de Paris. Oui ? Hé bien, relisez *Nélida* pendant que je vais changer de robe. »

Il lui baisa les mains ; quand il fut seul, ce n'est pas *Nélida* qu'il se mit à lire, mais l'histoire troublée de son propre cœur.

Et en même temps, au fond de son cœur, il espérait que les neiges des Alpes auraient retardé le baron Voightel.

XXIV

Mais les neiges n'avaient pas retardé le baron Voightel. A huit heures dix minutes, ses lunettes vertes, sa barbe grise et son esprit caustique firent leur apparition chez Étoile. Comme le prince Ioris paraissait aussi à son aise que s'il eût été chez lui, comme il avait une rose-thé à sa boutonnière, le baron se mit à rire en lui-même, et se dit : « *A la bonne heure!* Cela finit toujours par arriver. Mais lui, quel homme est-ce pour avoir su charmer notre belle indifférente ? »

Le petit dîner à trois fut charmant, et charmantes aussi les heures de causerie qui le suivirent. Jamais Voightel, quand même on le lui eût affirmé sous serment, n'eût voulu croire que le prince, à un certain moment, avait ardemment souhaité qu'il fût, lui Voightel, enfoncé dans la neige des Alpes jusque par-dessus la tête. Ioris, en effet, n'avait jamais été plus aimable et plus brillant.

A minuit, quand il fallut prendre congé d'Étoile, il accompagna le baron jusqu'à son hôtel et lui serra les deux mains, en lui exprimant **tout** le plaisir que lui causait « l'honneur d'avoir fait sa connaissance ».

« Charmant de sa personne, les manières d'un grand seigneur et la figure d'un personnage historique. » Voilà ce que pensait Voightel en montant son escalier. Cela ne l'empêcha pas de secouer la tête à plusieurs reprises.

Voightel se rendait à Brindisi, et n'avait que **trente-six heures** devant lui pour séjourner à Rome. Bien loin là-bas, dans les pays inexplorés qu'il aimait à parcourir, une escorte armée jusqu'aux dents n'attendait plus que lui pour attaquer deux ou trois grands problèmes de géographie et d'ethnographie. Trois gouvernements s'étaient réunis pour combiner et pour organiser cette expédition, et ils avaient aussitôt jeté les yeux sur Voightel pour en être le chef; il n'avait donc pas le temps de s'arrêter à lire jusqu'au bout le roman d'amour dont la première page venait de se dérouler sous ses yeux.

Voightel trouva dans sa chambre un petit billet arrivé dans la soirée. M. Challoner et lady Jeanne Challoner, ayant appris son arrivée par les journaux, le suppliaient de ne pas oublier les plus dévoués et les plus sincères de ses amis.

L'ingrat se servit du petit billet pour allumer sa pipe du soir. Le lendemain matin, après avoir vu le roi, quelques ministres et un demi-cent d'archéologues et de savants, l'ingrat trouva enfin une minute pour la casa Challoner. Il fut accueilli avec de véritables transports, et l'on tomba dans un profond désespoir quand on apprit qu'il ne disposait que d'une petite demi-heure.

Il était cinq heures, et comme c'était le jour de réception de lady Jeanne, Voightel scandalisa très fort la société par ses idées sur la polygamie; de plus on se disait de la bouche à l'oreille qu'une fois, dans les îles des Caraïbes, il avait mangé son valet de chambre.

En son honneur, lady Jeanne osa braver la société; elle l'autorisa à fumer, et lui fit servir toutes les liqueurs imaginables. C'était un si cher, un si vieil ami! Pouvait-elle oublier combien il avait été bon pour elle, là-bas, à Damas!

Voightel se laissa faire, but tranquillement, à petits coups, fuma au milieu d'un cercle de douairières, et dit avec beaucoup de bonhomie: « Oh! non! nous n'oublierons jamais les beaux jours de Damas; comment pourrions-nous les oublier? Quel champagne vous aviez, ma chère, et comme Horace Vere s'entendait à faire sauter les bouchons! Du haut de la terrasse nous tirions des chats et des corbeaux. Vous ne manquiez jamais

votre coup dans ce temps-là. Avez-vous toujours la main aussi
sûre? C'était un bon temps, un trop bon temps. Pauvre Jack
Sackville! »

Lady Jeanne était sur les épines, mais elle n'en laissait rien
paraître, et remplissait avec une grâce incomparable les devoirs
de l'hospitalité.

« Toujours la même, pensa Voightel, en l'examinant à travers
ses lunettes vertes; toujours la même, seulement un peu plus
vieille. »

En ce moment Ioris entra.

« Io, cria lady Jeanne, venez ici, je veux vous présenter au
meilleur ami que j'aie au monde... à mon second père!

« Nous nous sommes déjà vus! » Voilà les paroles que Voightel
avait déjà sur les lèvres; mais il se ravisa en voyant Ioris s'incliner profondément devant lui, comme s'ils eussent été absolument des étrangers l'un pour l'autre. Voightel devinait les
choses à demi mot; il comprit tout de suite la situation; il fit
donc semblant de ne pas reconnaître Ioris et remarqua très bien
que Ioris lui en savait gré.

« Est-ce un de vos grands amis? demanda tout bas Voightel
à lady Jeanne. Ah! un ami aussi intime que Jack Sackville?
Pauvre Jack! celui-ci est bien plus beau. »

Lady Jeanne rougit et se mordit les lèvres.

« M. Challoner a pris à ferme les terres d'Ioris, dit-elle à la
hâte. Le prince est très pauvre, vous savez, et M. Challoner
l'aime beaucoup.

— Challoner aimait beaucoup aussi Horace et le pauvre Jack,
dit Voightel d'un air innocent. Votre mari a toujours été une
bonne pâte d'homme. Alors vous voilà fermiers! Est-ce un
bon métier par ici? Beau pays, mais pauvre, n'est-il pas
vrai?

— Nous ne faisons pas cela pour en tirer profit, » répondit-elle
presque durement. Voightel la mettait au supplice.

« Voilà ce que c'est que de vivre dans un pays poétique, dit
Voightel; comme on subit l'influence du milieu où l'on se trouve!
Cela me rappelle ce valet de chambre que j'ai mangé à la sauce
Robert. Par parenthèse, cette petite histoire a fait son chemin,
car j'entends d'ici cette admirable dame en robe rouge fripée
qui la raconte à l'oreille de sa voisine; ce brave garçon m'a paru
aussi bon que le veau le plus tendre. C'est évidemment l'influence du milieu; mes convives le trouvèrent aussi bon, et
même meilleur que du veau. Il est évident que dans Pall Mall.

par exemple, un valet de chambre à la sauce Robert eût fait
scandale. N'est-ce pas, madame? »

La dame en robe rouge fripée, qui n'était autre que lady
George Scrope-Stair, fut si terrifiée de cette question à brûle-
pourpoint, qu'il lui fut impossible de répondre un seul mot.

Bien longtemps après, elle allait répétant : « Le fait est vrai,
car il en est convenu devant moi! »

Voightel se leva pour partir, et lady Jeanne le reconduisit
jusqu'à l'escalier. Sous prétexte de lui offrir un parapluie, car il
tombait quelques gouttes, Ioris descendit l'escalier avec lui.

« Mon cher baron, dit-il avec son sourire le plus aimable, si
j'ai fait semblant de ne pas vous reconnaître, c'est que lady
Jeanne avait parlé très souvent de me présenter à vous; je n'ai
pas voulu lui gâter son plaisir en lui disant qu'on l'avait devan-
cée. Elle a pour vous une estime particulière! »

Voightel le regarda en face, à travers ses lunettes vertes.

« Je comprends, » dit-il sèchement; ils se séparèrent avec une
exquise politesse.

Voightel sentit tout de suite qu'il y avait un danger suspendu
sur la tête d'Étoile. S'il avait pu remettre son expédition, il
l'aurait fait volontiers pour voir se dérouler les péripéties du
drame, et intervenir au besoin comme le *Deus ex machina* du
théâtre antique.

« Beau, charmant, mais faible, j'en ai bien peur, pensait-il
en lui-même. Il n'est pas homme à avoir le courage de son opinion. J'aimerais autant qu'il fût moins habile comédien. Je
n'aime pas cette grâce dans le mensonge, c'est déjà bien assez
du mensonge dans toute sa laideur. »

Il se rendit au palais d'Étoile. Pour la première fois de sa
vie, il aurait voulu être quelque chose pour elle, son père, par
exemple, afin d'avoir le droit de lui dire: « Prenez garde ».

En dînant avec elle, il manœuvra avec une extrême prudence,
car s'il avait des soupçons, il n'était encore sûr de rien.

« J'ai rencontré aujourd'hui, dit-il, votre hôte d'hier soir.
— Ah!
— C'est un beau garçon, un très beau garçon; c'est chez
Jeanne Challoner que je l'ai vu. »

Étoile garda le silence.

« C'est un de ses amis, n'est-ce pas?
— Ils sont très amis... oui! »

Il se mit à rire en l'observant avec attention.

« Amis comme Nelson et lady Hamilton, eh! Le mot amitié

est si élastique! Notre chère Jeanne a eu beaucoup de ces amis-là; cependant, jusqu'ici aucun d'entre eux n'avait fait de Jeanne sa fermière. Qu'est-ce que c'est que sa propriété?

— Elle est considérable, mais je ne crois pas qu'elle soit d'un grand revenu.

— Pas pour lui, du moins, s'il en a confié la gestion à Jeanne.

— Si vous ne l'aimez pas, pourquoi lui avez-vous rendu visite?

— Ma chère, elle m'aime beaucoup.

— Alors vous êtes un ingrat. »

Voightel si mit à rire.

« Elle est devenue très convenable, je dirais presque prude; j'ai vu des *muffins* et du thé chez elle. A Damas, c'était du champagne et du caviar. J'ai fait allusion à cette bienheureuse époque, c'est un si grand plaisir que de revenir sur le passé! Je suppose qu'elle n'aimerait pas à me savoir trop lié avec le prince son propriétaire. Je m'étonne qu'elle vous permette de lui donner des roses-thé. Oh! mille pardons, je n'ai pas l'ombre d'une arrière-pensée. J'ai idée que lady Jeanne ne vous porte pas dans son cœur, et je vous préviens qu'elle n'est pas tendre pour les gens qui sont sur son chemin. *C'est un joueur contre qui ne rien perdre, c'est beaucoup gagner.* Ce qu'on a dit de Tilly peut s'appliquer à elle. Oh! vous n'avez pas besoin de prendre vos grands airs de tranquille dédain; je suppose que vous quittez bientôt Rome, n'est-ce pas? Si elle est aigrie? Je le crois bien, et on le serait à moins. Ce n'est pas agréable d'épouser un M. Challoner et de vendre de la porcelaine, et de se prosterner aux pieds de la société, quand on sent qu'on était né pour quelque chose d'un peu plus relevé. Pourquoi je lui rends visite? C'est le plus grand sacrifice que je puisse faire pour elle. « J'ai eu le cher vieux Voightel à dîner! » dit lady Jeanne, et cela la relève singulièrement aux yeux de la société. S'il fallait renoncer à voir toutes les jolies femmes qui ont eu quelque petite histoire, on ne dînerait jamais en ville. Si je sais son histoire? Oh! oui, et même sur le bout du doigt. Je l'ai connue en robe courte, je lui ai donné des dragées. Voyez-vous, la fille d'Archie aurait dû épouser un duc. Tout le mal vient de ce qu'elle n'a pas épousé un duc. Pourquoi elle s'est fixée à Rome? Parce qu'elle ne peut pas retourner en Angleterre. Comprenez-vous? Elle sait bien que je connais tout son passé, et c'est pour cela qu'elle est si empressée autour de moi. Elle est toujours charmée de me voir; elle me bourre ma pipe, elle me prodigue les liqueurs les plus fines, et ne ment pas plus d'une fois toutes les dix minutes sur son séjour en Orient et sur son intimité avec le cher vieux Palmerston. Aujourd'hui, elle parle amour platonique et vend des tableaux, et elle rencontre de bonnes gens pour avoir foi en elle. On ne trouvera donc jamais le fond de la crédulité humaine? Ah! ah! c'est une fine mouche... mais... on ne devrait jamais rien dire! »

Là-dessus, il allongea ses jambes, pour boire son claret plus confortablement.

Il reprit bientôt : « J'ai donc revu Ioris aujourd'hui, comme je vous l'ai dit; il m'a paru faire un singulier contraste avec ces vertueux accessoires : le thé et les *muffins*. Il aurait été bien mieux à sa place là-bas, en Orient, sur la terrasse de la maison Challoner, la nuit, à la clarté de la lune. Il ne se tirera jamais de ses mains, vous savez. Je lis sa destinée sur sa figure. Jack Sackville ne lui aurait jamais échappé s'il n'était pas mort. Le seul homme capable de lui tenir tête serait quelque brutal qui ne craindrait pas de frapper une femme. Lui, c'est un gentilhomme, un gentilhomme trop courtois, disons le mot, trop faible. Son mal est donc sans remède. Est-ce que ce n'est pas son portrait, cette esquisse que je vois sur ce chevalet?

— Oui. »

Etoile eut un mouvement de dépit en se sentant rougir. Voightel s'approcha du chevalet, regarda le portrait sans rien dire et revint à sa place.

« On dirait un Giorgione ou un Titien; c'est une figure historique; vous devriez le peindre en cotte de mailles; Seigneur Dieu! s'il savait tout ce que je sais! » Et il fit entendre un petit rire que l'on pourrait qualifier de méphistophélique.

« Mais, reprit-il aussitôt, il est bien convenu que l'on doit savoir se taire! » En disant cela, il comptait bien qu'Étoile ne manquerait pas de l'interroger.

Mais Étoile ne montra pas la moindre curiosité; elle essaya même de détourner la conversation; elle était trop loyale pour désirer entendre dire du mal d'une femme qui était encore son amie, du moins au sens que la société attache à ce mot, devenu si banal.

Voyant qu'elle ne lui ferait pas de questions, Voightel prit son parti en brave, et lui raconta tout.

« Pourquoi, lui dit Étoile, avec un mouvement de dignité et d'indignation, me racontez-vous cela à moi, vous qui consentez à

la voir encore, vous qui acceptez ses avances et son hospitalité ?
Cela n'est ni délicat ni généreux. » Les confidences de Voightel
la révoltaient, en blessant sa délicatesse chevaleresque, qui la
portait à pratiquer la justice, surtout envers une ennemie. D'ailleurs toute cette vilaine histoire lui causait une sensation de
malaise et un certain mécontentement d'elle-même.

Voightel se disposa à partir pour ne pas manquer le train de
Brindisi. Malgré la cynique indifférence dont il faisait volontiers
profession, il se sentait ému et troublé.

« Pourquoi donc, dit-il, vous montrer si chevaleresque ? Cette
femme est votre ennemie ou ne tardera pas à l'être. Ma chère,
les jours de Fontenoy sont loin de nous; aujourd'hui, c'est à qui
tirera le premier. Nous sommes au siècle du canon, la cheva-
lerie est morte, depuis longtemps.

— Il n'y a aucune raison, répondit vivement Étoile, pour
qu'elle devienne mon ennemie. » Et pendant qu'elle prononçait
ces paroles, sa physionomie avait un air de défi; mais malgré
elle, sa voix tremblait.

« Naturellement, répondit-il d'un ton sec, il n'y a absolument aucune raison. Seulement Archie et moi nous avons été
des sots de vous adresser à elle. C'est une femme agréable,
quand elle veut bien s'en donner la peine. Traitez-la donc
comme une femme agréable, mais tenez-la à distance. Achetez-
lui, à l'occasion, de la dentelle pour un millier de francs, vous
pouvez toujours en faire cadeau à votre femme de chambre.
Mille francs, ce n'est vraiment pas cher. Soyez toujours sur vos
gardes. Mais, en vérité, il me semble impossible que vous ayez
jamais occasion de vous quereller ensemble; vous vivez aux an-
tipodes l'une de l'autre. N'importe, tenez-vous sur vos gardes,
c'est tout ce que je puis vous dire. N'allez pas oublier que c'est
une jolie femme, une femme charmante, et surtout qu'elle est
la fille d'Archie. N'importe, moins vous la verrez, mieux cela
vaudra. »

Là-dessus, il fit un pas pour sortir. Malgré lui il se retourna
et tendit encore une fois la main à Étoile; ses yeux de vieux
savant impassible étaient presque humides quand il lui répéta,
avant de la quitter :

« Soyez sur vos gardes; surtout n'oubliez jamais cette recommandation : je voudrais vous voir déjà loin de Rome. Si
vous ne partez pas, achetez-lui de la dentelle et donnez-lui à
entendre que vous pouvez décider le gouvernement français à
faire l'emplette d'un maître primitif pour le Louvre. »

Après son départ, Étoile demeura longtemps absorbée dans ses réflexions, à la lueur mourante du feu qui s'éteignait.

Tout ce que Voightel lui avait dit de cette femme, dont elle avait accepté l'amitié, ou du moins ce que le monde appelle de ce nom, pesait sur elle, et lui causait une sorte d'oppression et de dégoût.

« Je n'ai rien à voir là dedans? » se disait-elle à elle-même; mais elle avait beau se le dire et se le redire, elle ne parvenait pas à le croire. Si, malgré elle, elle s'inquiétait de cette femme, c'est parce qu'elle s'intéressait à Ioris. A peine s'en doutait-elle; mais la pitié qu'elle ressentait pour lui, l'appel qu'il avait fait à sa sympathie, attiraient doucement son cœur à lui, et il lui était plus cher qu'aucune créature ne l'avait jamais été. La passion des autres hommes l'avait fatiguée, révoltée ou rebutée; mais la sienne, justement parce qu'elle n'osait encore se manifester que par l'expression de ses regards et le son de sa voix, par une hésitation respectueuse, par une grâce pleine de tendresse et de timidité, pénétrait jusqu'à son cœur sans lui causer d'alarmes; sans qu'elle en eût même conscience.

Deux choses avaient tout d'abord attiré Ioris : Étoile était capable de ressentir la passion, mais elle ne l'avait jamais ressentie. Au charme qui était en elle, et qui l'attirait doucement vers elle, se joignait l'ambition de faire battre ce cœur que personne n'avait fait battre encore. Quelle allégresse et quel triomphe, s'il y parvenait un jour !

Il commença donc par l'habituer tout doucement à sa présence. Elle finit par l'attendre, elle reconnaissait son pas, elle remarquait le frémissement de joie qu'il éprouvait à la revoir; insensiblement elle ressentit en sa présence des sensations qu'elle n'avait jamais ressenties jusque-là, une allégresse de cœur, un bonheur de vivre qu'elle attribuait à l'influence de Rome, de son beau ciel, de ses grands souvenirs. Ses jours étaient pleins de joie et de lumière; chaque matin, en se réveillant, il lui semblait que tout ce qui l'entourait lui souriait et lui souhaitait la bienvenue.

Et puis, il faut bien le dire, l'air de l'Italie est enivrant pour un artiste. La passion y fleurit si naturellement qu'elle inspire moins de défiance que partout ailleurs; au milieu des monuments dont les ruines mêmes parlent si éloquemment de la longue durée des siècles écoulés, l'amour finit par croire à sa propre immortalité ! La passion est partout, dans l'air, dans la lumière, dans le vent. Dans les autres pays, l'amour peut n'être qu'un accident de la vie; en Italie, c'est la vie même.

Dans ce paradis de l'amour, Étoile avait rencontré le seul homme qui jusque-là eût fait parler son cœur.

« Vous ne savez rien de l'amour, lui avait dit un jour le vieux Voightel, quelques années auparavant, à Paris. Quelle chose étrange! vous, qui dans l'opinion de tout le monde avez dû avoir une jeunesse orageuse, vous que tant d'hommes seraient si heureux d'adorer... Vous n'en savez pas plus long là-dessus que cette fleur de gardénia attachée à votre ceinture.

— Excepté en théorie, avait répondu Étoile. J'ai lu tant de livres sur ce sujet! C'est le thème universel.

— Lu! s'écria le vieux sceptique d'un ton dédaigneux. Enfant que vous êtes, avec vos lectures! Quand vous connaîtrez l'amour autrement que par les livres, vous vivrez en un jour toute une longue existence; et vous vous demanderez avec étonnement comment vous avez pu vivre sans aimer. Seulement, quand vous aimerez, la grande artiste sera morte en vous, du moins j'en ai bien peur! »

XXV

Pendant qu'Étoile rêvait au coin du feu, et que le train emportait Voightel à travers la neige, Ioris montait l'escalier de sa prison.

Il était dix heures: il y avait, le soir même, un bal pour lequel on l'avait requis. Il était donc en grande toilette, avec une brochette de décorations à la boutonnière de son habit. C'était d'ailleurs bien malgré lui qu'il avait arboré cette brochette. Combien de fois avait-il protesté en disant: « On ne porte pas de décorations dans une maison particulière, elles sont réservées pour les réceptions officielles. Je puis vous assurer, ma chère, que partout ailleurs elles sont de mauvais goût.

— Mettez-les quand vous m'accompagnez, » disait sèchement lady Jeanne. Lady Jeanne connaissait bien son monde, et savait quel effet produisent les décorations sur les femmes des banquiers et des consuls, sur les gens de la petite noblesse et sur les républicains d'Amérique.

Au moment où Ioris entra, lady Jeanne était seule, étendue sur un canapé M. Challoner, retiré dans son appartement, préludait au repos de la nuit par un bon petit somme au coin du feu

« Comme vous arrivez tard, Io, » cria lady Jeanne en se soule-
vant à moitié, et elle lui passa un bras autour du cou. Il se
laissa faire, tout en rougissant de sa faiblesse. Il éprouvait les
remords d'un homme qui trahit une femme ; mais déjà, dans sa
pensée, la femme qu'il trahissait en ce moment, ce n'était plus
lady Jeanne.

« Pourquoi n'êtes-vous pas venu dîner ? lui demanda-t-elle en
lui caressant les cheveux. Robert a été d'une humeur de dogue.
Dites-moi donc un peu ce que vous devenez?

— J'ai été de service à la cour beaucoup plus souvent ces
jours derniers, et puis, je passe beaucoup de temps dans les
bureaux du pont de Messine. » Pour faire agréer ces excuses,
Ioris s'assit sur un tabouret et posa son front sur les genoux de
lady Jeanne. Il se sentait découragé, harassé, fatigué de sa
maîtresse et de lui-même, lâche et faux.

Néanmoins, comme ils étaient en tête-à-tête, il se laissait
aller par habitude.

Le temps s'écoulait, lady Jeanne était heureuse et le prince
s'étourdissait pour ne point voir une vérité qui aurait dû lui
crever les yeux ; c'est qu'il était traître envers deux femmes à la fois.

A minuit lady Jeanne le quitta pour aller s'habiller ; c'est Ioris
qui lui attacha ses bracelets et qui l'enveloppa dans sa sortie
de bal. Il fut de service toute la nuit, au grand bal des Mascrips. Mistress Mascrip fut très fâchée d'apprendre que le cher
M. Challoner était un peu fatigué et qu'il s'était mis au lit ;
mais elle fut « ravie » de voir lady Jeanne, et enchantée de serrer
la main au prince.

A l'exemple de mistress Mascrip, la société souhaita la bienvenue à lady Jeanne et à son amant. La société des Mascrips
n'était pas des plus distinguées, aussi lady Jeanne s'amusa-t-elle
éperdûment jusqu'au petit jour, pendant que le prince faisait
auprès d'elle l'office de valet, comptait les heures, songeait à
Étoile, s'ennuyait à en pleurer et se méprisait cordialement.

Rentré chez lui, Ioris ne put dormir. Sa conscience était mal
à l'aise ; la tête brûlante et fiévreuse, il endurait le supplice si
bien décrit par un grand maître :

« *Avoir menti, c'est avoir souffert. N'être jamais soi, faire
illusion toujours, c'est une fatigue. Être caressant, se retenir,
se réprimer, toujours être sur le qui-vive, se guetter sans cesse,
veiller sur la rondeur de son geste et la musique de sa voix;
ne pas avoir un regard. Rien n'est plus difficile, rien n'est plus
douloureux.* »

Pendant que lady Jeanne prenait ses ébats, avec approbation de la société, Dorotea Coronis chantait à l'opéra de Saint-Pétersbourg. On jouait ce soir-là *Roméo et Juliette* de Gounod, par ordre de l'empereur : c'était une représentation de gala. La cour était là, dans toute sa magnificence, et la présence même de l'empereur ne suffisait pas à contenir l'enthousiasme des spectateurs. Dorotea Coronis était, ce soir-là, si admirablement belle, que l'on commença par applaudir sa beauté. Mais quand sa voix se fit entendre et prit son vol vers les cieux comme le chant de l'alouette, on oublia qu'elle était belle, et toute la salle fut comme suspendue à ses lèvres, croyant entendre chanter les anges.

Elle avait remporté de grands triomphes, jamais un seul qui fût comparable à celui-là.

A peine le spectacle fini, les dons impériaux affluèrent dans sa loge sous forme de bijoux sans prix, entremêlés de fleurs. On détela ses chevaux, on la reconduisit en triomphe, au milieu des cris et des applaudissements, et à la lueur des torches.

« Oh ! la nuit des nuits ! » cria dans la ferveur de son extase la vieille femme espagnole qui ne l'avait jamais quittée depuis le jour où elle avait chanté pour la première fois, à Séville.

Dorotea Coronis ne répondit pas ; elle demeura assise devant son miroir, les mains négligemment croisées sur ses genoux, dans une pose pleine d'accablement et de tristesse. Tout le temps qu'elle avait chanté, tout le temps que la foule l'avait applaudie, elle avait eu dans le cœur le souvenir de Fédor, et devant les yeux le dernier regard qu'il lui avait adressé, en la quittant pour obéir à ses ordres.

Dorotea devait assister à un grand souper donné en son honneur par des princes ; elle se fit excuser en disant qu'elle était souffrante. Alors, dans la solitude de sa chambre, pendant que la vieille Espagnole disait son chapelet, accroupie près de la porte, elle ouvrit une petite cassette. Cette cassette ne contenait d'autres trésors que quelques lettres et une mèche de cheveux.

Elle relut les lettres une à une, depuis la première jusqu'à la dernière, comme elle les avait déjà relues cent fois. Les premières ne contenaient que quelques mots de politesse, les autres exprimaient toute l'ardeur d'une passion sincère et dévouée, tantôt animée par l'espérance, tantôt abattue par le désespoir. La dernière parlait en plaisantant d'un coup de lance reçu dans une escarmouche.

« Vous me trouvez froide, pensait-elle en lisant. Oh ! mon cher amour, c'est que vous ne connaissez pas le fond de mon

cœur. Que me fait l'opinion du monde ? avec quelle joie j'encour-
rais son mépris et ses insultes pour prix d'une heure seulement
passée avec toi ! Mais, ma chère âme, c'est à toi que je pense, et
non pas à moi, c'est toi qu'il faut que je sauve et que je préserve. Oh ! mon Dieu, faites-moi la grâce d'être forte, d'être
froide, de supporter ses reproches et la vue de sa douleur. Mère
du Christ, donnez-moi la force de respecter sa liberté, de ménager son avenir. »

Alors elle pressa les lettres sur son sein, comme une mère
presse son petit enfant malade, et elle baissa la tête, trouvant
son fardeau de douleur trop lourd à porter.

La porte de la chambre s'ouvrit sans bruit, et le duc de Santorin entra dans la chambre. Du premier coup, il aperçut dans
le miroir les lettres que sa femme pressait sur son sein, la pâleur de son visage, et les larmes qui tombaient lentement de ses
yeux.

Allongeant la main par-dessus son épaule, il saisit les lettres,
sourit d'un mauvais sourire et dit à demi-voix :

« Voilà des preuves que nous attendions depuis longtemps,
mes avocats et moi. Dans tous les cas, vous ne recevrez plus de
lettres de lui, car il est mort. »

Il était mort, en effet, des suites de sa blessure, à moitié chemin de Saint-Pétersbourg, où il accourait pour mourir à ses
pieds.

                              XXVI

Ioris se réveilla avec une sensation de fatigue et de découragement. Un moment, le souvenir d'Étoile éclaira son âme et ra-
nima son cœur, comme un rayon de soleil qui donne la vie à un
paysage sombre et attristé ; mais ce rayon de soleil fut bien vite
masqué par un gros nuage noir. Ioris venait de se souvenir que
l'on était au mardi gras, et qu'il était commandé de service auprès de lady Jeanne pour une grande partie de la journée.

Avec cette triste perspective devant les yeux, il se leva en
soupirant. Au temps de sa première jeunesse il aimait assez les
réjouissances et les aimables folies du carnaval ; elles avaient
alors pour lui comme pour le monde en général une lumière et
une couleur qui ont complètement disparu depuis.

Lady Jeanne, qui ne s'inquiétait jamais de consulter ses goûts,

lui fit dire de se tenir prêt pour trois heures. Il chargea son domestique de faire préparer le break pour cette heure-là, et s'en
alla tout droit chez Étoile.

Elle l'accueillit d'un sourire et continua de peindre. Il s'empressa de regarder le travail d'Étoile, et reconnut son propre
portrait. Sans répondre à ses exclamations de joie et de surprise, elle lui dit : « Reculez un peu; encore un peu, pour être
en pleine lumière. J'ai fait cette étude, de souvenir; il faut que
je la termine. Je l'appellerai Hamlet.

— Hamlet! Pourquoi?

— Parce que vous avez beaucoup du caractère d'Hamlet;
vous ne saurez jamais bien au juste ce que vous voulez...

— Je ne sais que trop bien ce que je veux, répondit-il d'une
voix si basse qu'elle l'entendit à peine. Ses yeux s'attachèrent
sur Étoile avec une sombre passion; à son tour, elle leva les
yeux sur lui, comme sous l'influence d'une force irrésistible;
elle le regarda un instant, frissonna et devint toute pâle.

Il prit sa main gauche, y déposa un baiser et la garda dans
les siennes. Le silence était si profond que chacun d'eux pouvait
entendre battre le cœur de l'autre.

Le domestique ayant ouvert la porte, ils tressaillirent comme
deux coupables. Il s'éloigna d'elle brusquement et se tint debout devant la cheminée. Le domestique avait introduit un
vieux musicien allemand, de la connaissance d'Étoile; c'était
un pauvre petit vieillard décrépit, dont le nom était inconnu de
la foule, mais qui savait toute la musique allemande par cœur,
qui la sentait avec passion et la jouait comme un grand artiste.

« Vous m'avez prié, dit-il, de vous apporter la musique de
la *Passion* de notre sublime Bach ; et il y avait dans ses pauvres yeux presque éteints le regard si affectueux et si touchant
du chien rebuté de tout le monde, quand il est en présence de
la seule créature qui est bonne et douce pour lui.

Après avoir adressé un salut timide à Ioris, qu'il ne connaissait pas, il se mit au piano et joua sans attendre qu'on lui en
eût donné l'ordre. Aussitôt le salon fut rempli de ces admirables mélodies d'un caractère si solennel, si tendre et si mystique
à la fois.

Étoile rapprocha son chevalet de son modèle et continua de
peindre. La lumière tombait sur les traits délicats de Ioris,
aussi pensifs et aussi mystérieux que ceux des têtes du Bron-
zino et de tous les anciens portraitistes florentins. L'odeur des
jonquilles et des jacinthes flottait dans l'air, mêlée pour ainsi dire

aux mélodies qui s'envolaient du piano, là-bas, dans ce coin obscur, où le vieux musicien, ravi en extase, oubliait la fuite du temps. On se sentait dans une atmosphère d'apaisement, de calme et de sérénité.

Ioris était tout à la fois malheureux et content ; son âme était encore agitée, mais elle se laissait aller à une douce rêverie et se calmait peu à peu. Étoile était pâle, et son pinceau tremblait légèrement dans sa main. Toutefois, quand leurs regards se rencontraient, tous les deux se sentaient heureux.

Qu'avaient-ils besoin de se parler? la musique n'était-elle pas pour leurs cœurs le plus éloquent de tous les interprètes?

Les horloges du voisinage se mirent à sonner deux heures.

Tous les deux tressaillirent ; ils ne pouvaient concevoir que le temps eût passé si vite. L'heure qui venait de s'écouler demeura à tout jamais la plus délicieuse dont ils eussent jamais joui, et la plus pure de toute la vie d'Ioris. Jamais, depuis lors, ils ne purent entendre ces divines mélodies sans pleurer au souvenir de cette heure bénie entre toutes les heures.

Comme deux heures sonnaient, Étoile reçut un billet de la princesse Vera. La princesse Vera lui rappelait qu'elle l'attendait à trois heures : on lui gardait une place sur le balcon.

« Le Corso ! » dit Étoile avec un mouvement d'impatience, et elle tourne contre le mur le portrait commencé !

Au seul mot de Corso, Ioris se rappela qu'il était de corvée.

« Et moi aussi, dit-il avec un soupir, il faut que j'aille au Corso. » Elle ne lui demanda pas avec qui ; elle évita même de le regarder. Il prit congé d'elle, pendant que le vieux musicien jouait les mélodies compliquées et mélancoliques de Schumann et de Chopin.

Ioris la quitta, plus calme, plus heureux. Les dieux antiques marchaient quelquefois enveloppés d'un nuage pour échapper aux regards des mortels. Ioris s'en allait par la ville enveloppé d'un nuage de mélodies, de parfums, de souvenirs purs et doux.

Lady Jeanne, masquée, vêtue d'un domino à paillettes, était accompagnée de Guido Scrravalle et de Douglas Grœme. Guido Scrravalle était déguisé en trouvère et tenait une guitare à la main. Douglas Grœme avait choisi un costume de mousquetaire Louis XIII. Tous les trois avaient de petites pelles d'étain pour lancer du plâtre sur la foule.

« Io, vous avez l'air aussi lugubre qu'un fossoyeur, dit lady Jeanne. Pourquoi ne vous êtes-vous pas déguisé ? » Sans atten-

dre sa réponse, elle inaugura les folies du carnaval par un véritable hurlement de bacchante et sauta dans le break ; le jeune
Guido pinça les cordes de sa guitare. Mimo, le gros Mimo, avait
eu l'idée absurde de se déguiser en condottiere. Il accourait tout
essoufflé et faillit s'empêtrer dans sa rapière en voulant monter
trop vite ; le comte de Sestri, en César Borgia, portait un costume
azur et blanc.

« En route ! cria lady Jeanne, qui ne se tenait plus de joie.
Le break fut bientôt au milieu de la foule. Tout le temps que
durèrent les saturnales, Ioris tenait ses regards attachés sur le
balcon de la princesse Vera, mais il n'y vit point paraître
Étoile. Il lui sut gré de n'y être pas venue.

Vers le soir, les nuages de plâtre et la grêle de confetti
furent remplacés par les moccoletti, qui transformèrent le Corso
en une mer de feu. La bande joyeuse s'en alla dîner dans un
cabinet particulier chez Spillmann. Après le dîner, qui avait été
très bruyant et très gai, lady Jeanne, comme une couleuvre
qui change de peau, échangea son domino pailleté contre un
domino noir et courut au Veglione.

A quatre heures du matin seulement, lady Jeanne, fatiguée de
sa nuit et enrouée à force d'avoir crié, consentit à quitter le
foyer encombré de masques et à se laisser reconduire chez
elle.

Ioris, au lieu de rentrer chez lui, se promena par la ville, jusqu'au moment où une lueur grisâtre annonça la venue du jour.
Il ne put s'empêcher de diriger sa promenade vers le vieux
palais de Monte Cavallo, afin d'avoir au moins le plaisir de
passer sous les fenêtres d'Étoile. « Elle dort, » se dit-il en lui-
même, et il pensa avec un frisson de dégoût à l'autre, qui avait
passé la nuit à crier, et en quelle compagnie ! et au milieu de
quelles plaisanteries !

Quelques jardiniers entraient en ce moment dans les jardins
Colonna. Machinalement, il les suivit et se laissa tomber sur le
banc où il avait trouvé Étoile assise quelques jours auparavant.

Il se mit à contempler la ville endormie, dont la masse lui
apparaissait vaguement à la pâle lumière du matin, et les larmes
lui vinrent aux yeux. « O les rêves de ma jeunesse ! » pensait-il ;
et son âme était triste jusqu'à la mort. Sa jeunesse, ses rêves
auraient pu ressusciter, si un spectre terrible n'avait gardé la
porte du tombeau où ils s'étaient ensevelis : le spectre d'une
passion morte !

XXVII

Pendant ce temps-là, M. Challoner, qui, en sa qualité d'homme
vertueux, n'allait pas au bal masqué, et en sa qualité d'homme
avisé, n'évoquait point de spectres, se faisait servir une tasse de
thé dans son lit ; ensuite il prit un bain froid, lut les journaux
du matin, eut une entrevue avec sa petite fille et avec sa gouvernante ; ensuite, il s'en alla tranquillement du côté du Trastevere. Arrivé devant une grande maison d'apparence assez revêche, il monta l'escalier de pierre et arriva devant une porte
toute brillante de glaces et de plaques de cuivre, dont l'éclat
faisait honte à toutes les autres portes de la maison revêche. On
y lisait en grosses lettres : *Società Italiana-Inglese dei Ponte
Calabrese-Siciliano* », et au-dessous : *Bureau della Dire-
zione.*

C'est là que M. Challoner trônait en qualité de directeur ; ce
titre de directeur flattait la vanité de M. Challoner et le conso-
lait de bien des petites choses. En sa qualité de directeur, il
touchait de beaux appointements, et du haut de son siège prési-
dait à la ruine des actionnaires avec une grande sérénité.
Comme le prince Ioris était un des principaux actionnaires,
M. Challoner souriait sournoisement en voyant sa fortune et son
honneur s'enfoncer peu à peu dans les sables mouvants de la
spéculation, comme les piles du fameux pont s'enfonçaient peu
à peu dans les sables du golfe. Certains maris trompés font du
scandale, tuent leur homme ou se font tuer par lui. M. Challoner
était trop bien élevé et trop ami de la paix pour recourir à la
violence. Il se vengeait à sa manière.

Ioris était au désespoir de s'être laissé entraîner dans cette
affaire. Tout allait de mal en pis, il le savait, il le voyait, mais
chaque fois qu'il faisait un mouvement pour se dégager, il s'enfonçait davantage.

M. Challoner avait naturellement la main malheureuse, et
toutes ses entreprises avaient échoué misérablement ; l'entreprise du pont de Messine prenait au grand galop même le chemin
que ses devancières ; mais du moins, cette fois, la malechance de
M. Challoner avait cela de consolant pour lui qu'elle ne le com-
promettait en rien : il n'était ni actionnaire, ni responsable, tan-

dis que le pauvre Ioris était responsable et actionnaire. Il était donc facile à M. le directeur de faire à *mauvais jeu bon visage* ; et même, à mesure que la débâcle approchait, sa physionomie devenait plus sereine et plus souriante. Quelquefois, à la tombée de la nuit, lady Jeanne, au retour de ses courses, venait le prendre à son bureau ; alors il lui demandait d'un ton de bonne humeur : « Et Ioris ? Ioris est-il avec vous, mon amour ? »

Ce jour-là, en venant à son bureau, le parapluie sous le bras, il avait entendu parler du dénouement de l'affaire Chemnitz. Le baron avait tué l'amant de sa femme et il avait reçu lui-même une balle dans le poumon. M. Challoner avait secoué la tête, il désapprouvait la violence ; il trouvait que la colère est un vilain péché. En revanche, il s'était frotté les mains en lisant la correspondance relative au pont de Messine : l'entreprise était au plus bas, la ruine d'Ioris était assurée, et aussi la vengeance de M. Challoner, et cela sans coup férir.

Quand il quitta son bureau, son parapluie sous le bras, un ami qu'il rencontra lui parla tout naturellement du scandale du jour, et s'arrêta brusquement, se souvenant qu'il ne faut pas parler de corde dans la maison d'un pendu. M. Challoner ne broncha pas, et du ton le plus naturel plaignit les deux combattants, et surtout la société, qu'ils avaient outragée.

Quand il eut déposé son parapluie dans l'antichambre de sa maison, au lieu de rentrer dans son appartement, comme d'habitude, il se dirigea vers le salon oriental.

Là encore, on parlait de l'affaire Chemnitz. Il s'arrêta un instant derrière la portière de soie ; Ioris plaignait la baronne ; lady Jeanne déclarait que c'était une sotte et accompagnait ce jugement bref et sévère de quelques accords de guitare. M. Challoner ouvrit la portière. Lady Jeanne, fatiguée de ses exploits de la veille, était languissamment couchée sur un canapé. En voyant son mari, elle fronça les sourcils, et d'un regard impérieux lui montra la porte. Cette fois il ne tint aucun compte de cet avertissement, et se plantant devant Ioris, lui dit à brûle-pourpoint :

« Mauvaises nouvelles du pont, Ioris. » Alors, il tira de ses poches des lettres, des papiers et des dépêches télégraphiques.

Ioris, pâle et souffrant, devint encore plus pâle. M. Challoner reprit : « Nous allons certainement subir des pertes, d'énormes pertes, j'en ai bien peur. Lisez ces lettres. »

Ioris tendit la main, mais lady Jeanne saisit les papiers et s'écria : «-A demain les affaires sérieuses. A propos de quoi,

Robert, prenez-vous des airs si lamentables ? Tout va mal, soit !
aussi pourquoi vous êtes-vous entêtés tous les deux, à ne pas
écouter mes conseils ? »

Oubliant qu'elle avait remis au lendemain les affaires sérieuses, elle commença à parcourir les lettres et les papiers, qu'elle
tendait ensuite à Ioris, du bout des doigts. En disant que tout
allait au plus mal, M. Challoner n'avait rien exagéré. Les ouvriers
s'étaient ameutés et avaient réclamé leurs salaires : faute de
fonds le travail était interrompu ; la mer profitait de ce relâche
pour miner les piles ; les actionnaires étaient furieux et ne parlaient rien moins que de nommer une commission d'enquête.

De pâle qu'il était, Ioris devint pourpre d'indignation.

« Mais c'est abominable, s'écria-il en se levant brusquement.
Pourquoi écrivent-ils des choses pareilles ? Ils ne peuvent pas
ignorer que j'ai fait mon possible. Est-ce que mon argent n'a
pas suivi la même route que le leur ? Je ne les comprends pas.
Ont-ils l'intention de m'insulter ?

— En affaires, dit sèchement lady Jeanne, il ne saurait être
question d'insultes. En affaires, les beaux sentiments ne sont pas
de mise. Ne faites pas cette figure-là. Qu'est-ce que cela vous
fait, puisque ces gens-là sont des idiots. »

Ioris ne l'entendait pas. Froissant une des lettres dans sa
main, il s'écria : « Un homme peut-il donner une meilleure
preuve de son entière bonne foi, que de risquer toute sa fortune ? Vous me disiez que c'était une bonne affaire ; tout le
monde autour de vous disait la même chose. J'ai fait de mon
mieux ; je me suis exposé à tous les risques ; ces ouvriers qui
réclament leur salaire, c'est moi qui les payerai, de mon propre
argent ; quand je devrais donner jusqu'à mon dernier sou, je
les payerai tous, et cela, immédiatement. Mais en quoi tout cela
est-il de ma faute ? Puis-je empêcher les vents de souffler, les
vagues de se déchaîner, les sables d'engloutir les travaux ? Ces
gens-là n'ont ni patience, ni pitié. »

Dans son agitation, il parcourait le salon à grands pas, le
visage pâle et décomposé, ne comprenant rien aux réclamations
dont il se voyait assailli de tous côtés.

M. Challoner, enfoncé dans un fauteuil, se faisait les ongles
d'un air réfléchi. Il tenait certainement à son fauteuil et à ses
appointements de directeur, et il était assuré de perdre le fauteuil ainsi que les appointements si les actionnaires le prenaient
sur ce ton. N'importe, le supplice de Ioris était un spectacle
dont il repaissait avidement ses regards. Voilà ce qu'on peut

appeler une vengeance ! et il prenait en pitié ce triple sot de Chemnitz, qui s'était fait trouer le poumon pour le plaisir de tuer l'amant de sa femme.

Lady Jeanne reprit à Ioris la lettre qu'il froissait et passa la main dessus pour en effacer les plis.

« Voyons, Io, dit-elle, n'ayez donc pas l'air si effaré. Tout s'arrangera ; mais, pour l'amour de Dieu, ne parlez pas de payer de votre poche les dégâts de la mer et les journées des ouvriers. Dans les affaires, vous n'arriverez jamais à rien, si vous y portez des sentiments si raffinés.

— Je paierai, dit Ioris entre ses dents.

— Vous ne serez jamais qu'un sot, cria lady Jeanne d'un ton irrité. Vous n'êtes pas plus tenu de payer, et vous n'avez pas plus le droit de payer que le duc d'Oban, par exemple ! Est-ce une raison, parce que son nom est sur les prospectus, pour qu'il se ruine à payer ces braillards ? Les travaux sont arrêtés pour un temps, faute de fonds ; il faut bien que les ouvriers en prennent leur parti ; c'est un cas de force majeure qui a dû entrer dans leurs prévisions quand ils se sont engagés avec la compagnie ; s'ils ne l'ont pas prévu, tant pis pour eux. Dans tous les cas, qu'ils se débrouillent avec les entrepreneurs. Nous ne les connaissons pas, nous.

— Je les paierai, reprit Ioris, ou du moins je donnerai jusqu'à mon dernier sou, dussé-je vendre Fiordelisa.

— Vendre Fiordelisa ! »

Elle se releva d'un bond, comme une tigresse irritée. Elle était changée au point de n'être pas reconnaissable : ses yeux étincelaient, ses lèvres tremblaient, sa tête était rejetée en arrière, sa voix avait des notes perçantes comme celle du clairon et sa respiration était sifflante et entrecoupée.

« Mon amour, vous vous oubliez, dit M. Challoner avec un mélange de dignité et de douceur. Vous vous oubliez, Jeanne. Si notre ami veut vendre sa propriété, nous n'avons rien à y voir. »

M. Challoner ayant ainsi parlé, par acquit de conscience, car il voyait bien que ni le prince ni lady Jeanne n'étaient disposés à l'écouter, ramassa lettres et papiers et s'en alla le plus tranquillement du monde.

Rentré chez lui, il alluma une bonne pipe et déplia la *Pall Mall Gazette*. Avant de se plonger dans la lecture du journal, il tira sa montre, et ayant calculé que lady Jeanne avait trois bonnes heures devant elle, avant le dîner, pour simuler une

attaque de nerfs et pour reprendre ses sens, il se mit à lire la
gazette, avec un sourire moqueur. « Débrouillez-vous, disait ce
sourire, mais que tout soit fini avant le dîner. Nous n'aimons
pas les scènes à table ! »

Les cris de lady Jeanne arrivaient jusque chez M. Challoner,
à travers les portes et les portières. M. Challoner n'en avait
cure. Semblable au sage de Lucrèce, il trouvait que la tempête du dehors ajoutait quelque chose au charme et à la tranquillité de sa confortable petite retraite.

XXVIII

Quelques jours après, les Challoner donnèrent un grand dîner.
Étoile avait été invitée trois semaines d'avance : elle devait
rencontrer à la table des Challoner quelques amis de lord Archie.
Lord Archie leur avait bien recommandé de voir Étoile, et il avait
écrit à sa fille à ce sujet. C'étaient les Denyson de Kingsclere,
qui ne faisaient que traverser Rome. Les Denyson étaient ins-
truits, agréables et distingués. Comme amis de lord Archie, ils
rendirent visite à sa fille ; comme amateurs éclairés, ils ne
purent s'empêcher de rire de ses prétentions artistiques.

Au moment de se rendre à ce dîner, Étoile hésita, elle eut
presque envie de s'excuser sur une indisposition subite ; et de
fait elle ressentait depuis quelques jours une sorte de fièvre et
d'accablement.

Ses amis lui disaient : « Vous avez eu tort de rester si souvent dehors après le coucher du soleil. » Mais Étoile savait bien
que ce n'était pas là la cause de son malaise ; le trouble d'une
autre existence avait fait invasion dans la sienne et en avait à
jamais bouleversé le calme et détruit la sérénité.

« Décidément, se dit-elle, je n'irai pas. Elle frissonnait à l'idée
de toucher la main qui tenait Ioris enchaîné. Debout près de la
fenêtre, elle regardait, toute pensive, le soleil qui se couchait
dans toute sa gloire derrière les lignes sombres de Monte Mario ;
une lumière rose éclairait le pavé de la place et lui donnait l'éclat
du porphyre. Tout à coup, elle aperçut Ioris. A vrai dire, ce
n'était guère son chemin de passer par là en revenant du Quirinal, mais c'était un détour qu'il faisait trop souvent pour

qu'Étoile songeât à s'en étonner. Il leva les yeux et la salua en
souriant. Il lui avait déjà fait une visite le matin.

« Vous êtes déjà habillée? lui dit-il un peu alarmé. Alors je
dois être bien en retard.

— Ma pendule avance; oui, je suis habillée; mais si je ne
craignais d'être impolie, je n'irais pas à ce dîner. Je songeais à
envoyer un mot d'excuse.

— Oh! ne faites pas cela, s'écria vivement Ioris, elle ne vous
le pardonnerait jamais.

— Croyez-vous que je m'inquiète de son pardon et de son ressentiment? répondit Étoile avec une vivacité inaccoutumée.

— Non, non, murmura-t-il; mais c'est une ennemie dangereuse. Je vous en prie, venez-y, venez-y pour l'amour de moi. »

Le regard d'Étoile prit une expression plus douce. « C'est à
cause de vous, reprit-elle vivement, que je voudrais me tenir à
l'écart. D'après tout ce que vous me dites d'elle, je m'en veux de
la voir, et je ne suis plus moi-même en sa présence.

— Nous sommes tous obligés de porter un masque dans le
monde, » dit Ioris en souriant. Ses yeux brillaient de plaisir; car
les paroles d'Étoile en disaient beaucoup plus long qu'elle ne
l'imaginait.

« Je n'ai jamais porté de masque, répondit-elle vivement.
Je ne vais pas chez les gens lorsque je ne suis pas sûre d'y trouver une franche amitié, ou du moins une honnête indifférence.
En me rappelant tout ce que nous avons dit d'elle, j'ai honte de
lui donner la main, de m'asseoir à sa table. Si elle savait tout,
que dirait-elle? »

Ioris ne put s'empêcher de rougir. « C'est la dernière fois,
dit-il, que je vous demande d'y venir. Mais cette fois encore, venez-y... pour moi. »

Il monta sur le soubassement du vieux palais, et, passant sa
main à travers les barreaux, la posa sur la main d'Étoile, en
lui disant avec intention:

« Si vous n'y allez pas, je n'y vais pas non plus. Promettez-
moi d'y venir.

— Oui... mais c'est la dernière fois.

— C'est la dernière fois; donnez-moi une rose, une seule, pour
mettre à ma boutonnière. »

Elle sourit, cueillit une rose dans le jardinet et la lui passa.
Il déposa un baiser sur les doigts d'Étoile, un autre sur la rose,
salua et disparut.

Étoile demeura immobile à la fenêtre. Elle éprouvait une sorte

d'oppression à l'idée qu'elle manquait de bonne foi et de franchise. Évidemment elle n'était pas faite pour vivre dans le monde.

Elle frissonna en montant l'escalier de la casa Challoner,
quoique la soirée fût douce et tiède. Le salon turc était rempli
d'invités. Elle ne distingua qu'une figure, celle d'Ioris.

Quand tout le monde l'eut saluée, Ioris s'avança vers elle avec
sa grâce accoutumée, et lui demanda de ses nouvelles, comme s'il
ne l'eût pas encore vue de la journée.

« Comme il est cérémonieux avec elle ! se dit lady Jeanne avec
un secret mouvement de joie. Marjory doit se tromper. Je suis
sûre qu'il ne la voit pas ailleurs qu'ici. »

Le dîner se passa fort bien. Lady Jeanne le surveillait avec un
soin extrême. Pour faire honneur aux Denyson de Kingsclere,
elle avait invité quelques Russes fashionables, quelques nobles
Italiens, un monsignore et un professeur allemand très instruit.
Tout naturellement Ioris se trouvait relégué au bas bout de la
table.

Étoile, voisine de lady Jeanne, l'observait curieusement dans le
rôle qu'elle jouait devant elle ce soir-là pour la première fois. Elle
rougissait en la voyant mentir avec tant d'impudence ; malgré
elle, l'indignation assombrissait ses regards ; elle était distraite
et entendait à peine ce que l'on disait.

Parfois, ses yeux se tournaient vers Ioris et vers la rose qu'il
étalait à sa boutonnière.

« Votre muse est bien silencieuse, » dit sir Walter Denyson à
lady Jeanne, après avoir observé Étoile pendant quelque temps.

Lady Jeanne répondit, avec un petit rire malicieux : « Elle ne
serait pas silencieuse si Io était auprès d'elle.

— Est-ce qu'elle distingue particulièrement votre ami ?

— Je le crois ; mais jusqu'ici il se montre peu reconnaissant
de cette faveur, dit-elle en baissant la voix. Peut-être réussira-t-
elle à l'amener dans ses filets : il est faible, vous savez. »

Sir Walter se laissa prendre à cette indifférence affectée, et
dit le soir même à sa femme : « Elle a beau demeurer dans la
maison de ce bel Italien, elle ne songe seulement pas à lui. »

Ce soir-là, dans le salon turc, le piano remplaça la guitare.
La guitare suggère toutes sortes d'idées folles, comme séré-
nades, promenades au clair de lune, avec toutes les fantaisies
de la vie de Bohème ; le piano est un instrument respectable et
ennuyeux. Lors donc que l'on pria lady Jeanne de chanter,
elle se dirigea vers le piano, et ce fut Marjory qui l'accompagna.

Pendant que lady Jeanne chantait, Ioris, par une savante manœuvre, se rapprocha d'Étoile, qui était assise sur un canapé, et lui dit :

« Vous avez là, madame, une bien belle dentelle ; « et tout bas, il ajouta : « Comment vous remercier d'avoir daigné venir? mais vous paraissez distraite, grave, presque contrainte.

— Il y a dans ma conduite de la perfidie et du mensonge, répondit-elle avec accablement ; et elle leva sur lui un regard attristé.

— De la perfidie, du mensonge, dans votre conduite, à vous ! réservons ces reproches pour quelqu'un qui les mérite mieux ici. » Il lui parlait avec une sorte de tendresse mélancolique. « Mais, reprit-il aussitôt, en un sens vous avez raison. Cette atmosphère n'est pas faite pour vous. Je ne vous demanderai plus jamais de revenir ici.

— Non, je n'y reviendrai jamais. »

Comme sir Walter s'approchait du canapé, Ioris feignit d'admirer l'éventail d'Étoile et fit, au profit de sir Walter, une petite dissertation philosophique et esthétique sur ce joli éventail Louis XVI. Sir Walter saisit cette occasion de se mêler à leur conversation, mais cette fois encore il trouva la muse silencieuse.

Lorsqu'Étoile se leva pour partir, M. Challoner en personne lui offrit le bras pour la conduire à sa voiture. Ioris, désappointé, trouva cependant moyen de lui dire tout bas, en lui rendant son éventail :

« Je m'en irai avec les autres ; ma soirée est finie ; j'ai un talisman, ma rose !..

» Coquin ! murmura-t-il entre ses dents, pendant que M. Challoner descendait l'escalier, tu fais la police pour ta femme ; » et son cœur battait de colère sous la rose d'Étoile.

« Io, venez ici ! cria lady Jeanne, lorsqu'il reparut sur le seuil du salon turc. Sir Walter est jaloux de vous, il dit qu'Étoile l'a à peine regardé, tellement elle était occupée de vous.

— Mais, vraiment, balbutia sir Walter, je n'ai jamais...

— Monsieur, répondit Ioris de son ton le plus froid, mais avec une grâce parfaite, jamais une muse ne descendra pour moi sur la terre ; et quant aux tendres sentiments... je suis un homme mort.

— Vous n'en avez toujours pas l'air, » dit sir Walter en souriant.

Lady Jeanne fronça ses noirs sourcils.

XXXIX

Après les folies du carnaval, le calme plat du carême. Le carême est une période terrible pour les familles anglaises, qui,
n'étant point fixées à Rome et n'y ayant pas leurs habitudes, ne
savent plus comment tuer le temps. Lady Jeanne exploitait leur
ennui, comme elle exploitait toutes choses.

Avec une complaisance à toute épreuve et une bonne grâce
qui ne se démentait jamais, elle traînait de véritables caravanes
dans les ateliers de ses amis les peintres, chez Mimo, chez
Trillo. Elle invitait des familles aussi ennuyeuses qu'ennuyées à
de petits dîners de carême, ou bien elle les menait respirer
l'air de la campagne, à Fiordelisa. Quand les oiseaux voyageurs,
au retour du printemps, regagnaient le logis, ils emportaient
tous quelque souvenir de lady Jeanne : un Parmesan, un tabernacle, une vieille tapisserie de Modène, quelques-uns même des
actions du pont de Messine. Ceux qui avaient échappé à tous
les pièges emportaient du moins dans leur cœur une profonde reconnaissance, avec l'intention formelle de recevoir lady Jeanne
quand elle viendrait à Londres. Tous, sans exception, chantaient
ses louanges. Le carême était donc pour elle ce qu'on pourrait
appeler le temps de la moisson. Comme elle avait fort à faire,
et que le prince Ioris aurait été plus gênant qu'utile en bien des
occasions, elle lui laissait alors une sorte de demi-liberté. Il mettait cette liberté à profit pour courir chez Étoile. Là, au milieu
des fleurs, des peintures et des livres, il passait des heures délicieuses, dans cette pure extase qui est comme l'aurore de tout
amour naissant, j'entends de tout amour sincère.

Il trouva près d'Étoile un calme plus précieux que la passion. Avec elle, il osait être vrai, et c'était un charme de plus
qu'elle avait à ses yeux. On n'est jamais complètement à l'aise,
quand on est forcé de porter un masque. Il se montrait à elle
tel qu'il était, et s'il n'était pas dans sa nature de dire toute la
vérité, au moins ne disait-il rien qui ne fût la vérité.

De temps à autre, il se demandait : « Où tout cela me mène-
t-il? » mais il n'attendait pas la réponse, et se laissait aller, les
yeux fermés.

Avec sa maîtresse, il n'avait jamais été vraiment heureux. Son
cœur avait brûlé pour un temps du feu de l'amour coupable,

mais ce feu s'était bien vite consumé, ne laissant que des cendres. L'ennui et la satiété avaient depuis des années succédé à la passion. Avec Étoile il était heureux, comme peut l'être un homme distingué, quand la partie la meilleure et la plus noble de son âme est satisfaite, et qu'il n'a à rougir ni de sa passion ni de l'objet de sa passion.

Une fois, deux fois, trois fois dans la même semaine, Marjory n allant au palais Rospigliosi, pour y copier l'*Aurore*, vit Ioris traverser la place. Chaque fois elle aurait voulu croire qu'il se rendait au Quirinal; chaque fois, le cœur dévoré de jalousie, elle lui vit franchir le seuil d'Étoile.

Comme lord Fingal était pressé d'avoir la copie de l'*Aurore*, et Marjory non moins pressée d'avoir l'argent de lord Fingal, elle passait toutes ses journées penchée sur son aquarelle. Pendant que sa main travaillait, sa pensée travaillait bien davantage. Comment s'y prendre pour découvrir leur secret? car il y avait un secret entre eux. Elle descendit sans vergogne au rôle d'espion, traversa la place le matin de bonne heure, ou le soir à la brune, et même fit causer le portier.

Sa haine contre Étoile était encore plus ardente que son amour pour Ioris. Étoile n'avait eu qu'à paraître pour faire naître un amour qu'elle, Marjory, aurait voulu payer du sang de son cœur et du dévouement de toute sa vie. Une simple esquisse d'Étoile se vendait deux cents guinées par toute l'Europe, et elle, une femme de noble race, la petite fille d'un marquis, passait des mois entiers sur un travail ingrat, pour recevoir la moitié de ce que l'autre gagnait en une heure. Par les temps de pluie, les chevaux d'Étoile éclaboussaient la petite fille du marquis. « C'en est trop, se disait-elle dans des accès de farouche désespoir, oui, c'en est trop! » Et alors, comme par une cruelle dérision du hasard, Ioris passait sans la voir, et franchissait le seuil d'Étoile avec l'aisance aimable d'un homme qui sait qu'on l'attend et qu'il sera le bienvenu; ou bien, pendant qu'elle trottait dans la boue, son carton sous le bras, Étoile montait dans son équipage pour aller dîner chez la princesse Véra, ou passer la soirée sans cérémonie au palais Farnèse.

Un jour, elle eut l'imprudence de dire à Ioris: « Io, je vous rencontre souvent sur le Monte-Cavallo.

Ioris répondit avec un naturel parfait :

« Mais certainement; je vais souvent au Quirinal.

— Je ne parle pas du Quirinal, reprit-elle aigrement. Vous allez chez Étoile. »

Ioris regarda le bout de sa cigarette d'un air indifférent, et répondit avec un haussement d'épaules. « Oui, mais rarement. On ne peut pas toujours refuser; elle me demande des renseignements sur Rome : elle traite un sujet romain. Son monde l'a gâtée, elle a l'habitude de commander et n'admet guère qu'on lui résiste. »

Il donna cette explication avec beaucoup de calme. Il avait toujours une réponse prête quand on lui faisait subir un interrogatoire.

Marjory lui lança un regard de défiance; elle n'était convaincue qu'à moitié.

« Que vous importe ce qu'elle admet ou n'admet pas, puisqu'elle vous déplait?

— Mah! c'est une femme; on ne peut pas être impoli avec une femme. Vous savez que je ne dis jamais non. Lady Jeanne et vous, vous me reprochez assez souvent ma faiblesse! »

Marjory fit entendre un petit rire embarrassé.

« Je suppose qu'elle vous mettra dans son tableau, pour que votre image passe à la postérité.

— Ce serait trop d'honneur, répondit-il avec un sourire nonchalant. Non, elle ne me demande que des détails purement archéologiques.

— Et quel est le sujet de ce tableau... archéologique?

— Le char de Tullia, » répliqua-t-il avec une précision qui faisait grand honneur à ses facultés inventives. Il savait bien que Marjory n'oserait jamais questionner la grande artiste.

Marjory le regarda bien en face; elle conservait encore des doutes.

« Je ne crois pas du tout à vos inventions archéologiques. Vous êtes amoureux d'elle, reprit le chien de garde avec un accès de rire nerveux.

— Elle ne m'a jamais plu, » répondit Ioris avec une admirable nonchalance.

Et il pensait en lui-même :

« Elle ne m'a jamais *plu*, puisque je l'ai toujours *adorée*. » Et puis, quand il aurait menti, c'était bien fait : pourquoi se mêlait-on de lui faire subir des interrogatoires?

Le lendemain, lady Jeanne lui demanda brusquement : « Io, qu'est-ce que c'est que toute cette histoire de peinture archéologique? Marjory dit que vous donnez des renseignements à Étoile pour un tableau. Est-ce vrai? Parce que si c'est vrai, je ne le souffrirai pas. Elle y mettra votre portrait, ne dites pas non.

. Quelles sont vos intentions en allant chez elle? Je croyais qu'elle ne peignait plus ; que les médecins lui avaient défendu de peindre? Quelle menteuse que cette femme!

— Ma chère, calmez-vous, répondit Ioris. Ce n'est pas une menteuse; elle ne peint pas; mais elle songe à un grand tableau; elle recueille des renseignements. Où est le mal? »

Lady Jeanne reprit avec un souverain mépris : « Oh! je suppose qu'elle veut faire un tableau, parce qu'elle n'a pas d'autres revenus que le prix de ses tableaux! »

Lady Jeanne ne peignait pas pour vivre, elle vendait les tableaux des autres, ce qui fait une grande différence !

« Mais, reprit-elle, quel besoin avez-vous de vous mêler de ses affaires? C'est ridicule d'aller chez elle; de perdre votre temps auprès d'elle. Elle est d'une grossière impolitesse avec moi ; elle a refusé nos deux dernières invitations sans daigner presque prendre la peine de s'excuser. Je voulais la mettre en présence de Victor Louche. Je crois qu'elle a peur de lui, parce qu'il en sait trop long sur son compte. »

Ioris eut l'imprudence de ricaner ; lady Jeanne, exaspérée jusqu'à la fureur, reprit :

« Je vous défends d'y aller. Si elle ne peut pas faire de tableaux sans qu'on l'aide, qu'elle ne fasse point de tableaux! Je vous ai toujours dit que les tableaux qu'elle signe ne sont pas d'elle. Elle a toujours eu des hommes pour l'aider, toujours! Elle est en train de vous tendre un piège, je vois cela. Jamais elle ne vient me rendre visite, tout au plus laisse-t-elle une carte de temps en temps. Après tout ce que j'ai fait pour elle! Mais je lis clairement dans son jeu. Oserait-elle par hasard vous parler de moi?

— Vraiment, ma chère, me croyez-vous homme à laisser profaner votre nom devant moi?

— Profaner est joli! s'écria lady Jeanne, au comble de l'exaspération. Je suis sûre qu'elle sait, ou du moins qu'elle suppose quelque chose. »

Ioris garda le silence : le sujet était si délicat !

« Vous n'approcheriez pas d'elle si vous aviez le moindre respect pour moi. J'ai deviné ses pensées, le jour où elle est venue à Fiordelisa. Je les lisais dans ses yeux. Je suis sûre qu'elle a écrit à mon père. C'est une infamie. Io, vous n'avez ni sens commun, ni sentiment des convenances, d'aller voir cette femme et de causer de moi avec elle. Ne protestez pas, c'est inutile. De l'archéologie! Quelle pauvre excuse! Depuis quand vous occupez-

vous d'archéologie? Ce qui vous tient au cœur, c'est une figure
nouvelle, des manières qui vous dupent, et des airs qui vous tournent la tête; au prix de tout cela le reste du monde est de la boue,
moins que de la boue, à vos yeux! C'est du nouveau, cela séduit
votre fantaisie, et vous oubliez tous mes sacrifices, tout ce que
j'ai enduré pour vous, tout ce que j'ai risqué, tout ce que j'ai... »
Une crise nerveuse lui coupa la parole.

Ioris se leva et se mit à marcher dans la chambre.

« C'est absurde, c'est intolérable! murmurait-il à demi-voix.
Il eut un moment la tentation de jeter le masque, et de dire la
vérité, coûte que coûte.

« Absurde de prendre une aventurière pour un ange? cria lady
Jeanne, avec une respiration sifflante.

— Je ne prendrai jamais une femme pour un ange, dit Ioris en
l'interrompant : qui pourrait commettre une pareille méprise
après avoir eu le bonheur de vivre avec vous?» Ce compliment
peu chevaleresque blessa lady Jeanne au cœur.

« Oh! moi, reprit-elle avec amertume, je n'ai pas la prétention
d'être un ange; je laisse cela aux créatures qui ont mieux que
moi l'art de feindre, qui vous affolent en vous lançant des regards
d'enfant innocent, en prenant des poses de muse, en vous parlant des dieux et des héros de la Grèce. Puisque c'est pour une pareille femme que vous me négligez... oubliez-moi... insultez-moi!

— Qui parle de vous insulter? Quand donc avez-vous permis
qu'on vous oubliât? Et moi, qu'est-ce que je viens chercher ici?
Vous ne me recevez plus jamais que le reproche à la bouche. »
N'osant pas la braver, il répondait aux reproches par des reproches
comme une femme; il y trouvait d'ailleurs occasion de se soulager
en donnant carrière à l'irritation et à la colère dont son âme
était pleine. « Est-il une de vos demandes que je vous aie jamais
refusée? Y a-t-il dans ma vie un moment qui m'appartienne?
Vous voulez même connaître le fond de ma pensée mieux que
je ne le connais moi-même. Me suis-je jamais révolté? Ai-je
ressaisi ma liberté, comme tant d'hommes l'auraient fait à ma
place, et depuis longtemps? Ma chère, soyez raisonnable. Vous
me traitez comme un épagneul : non contente de m'attacher,
vous me donnez des coups de cravache. Rien ne saurait-il vous
satisfaire? Je suis votre chien, si toutefois ce n'est pas faire injure aux chiens que d'oser me comparer à eux. »

Elle vit ce qui se passait dans son âme, et elle eut peur. S'il
l'avait mieux comprise, il l'aurait maîtrisée facilement. Elle eut
peur de le perdre, mais encore plus de perdre Fiordelisa et elle

se demanda avec effroi si elle n'avait pas commis une imprudence et si elle n'avait pas trop tendu la corde.

Bouleversée par l'émotion, la rage, la crainte, le soupçon, l'appréhension, elle eut une véritable attaque de nerfs et tomba aux pieds d'Ioris. Il eut pitié d'elle, et perdit ainsi l'occasion de redevenir son maître. Quand elle fut plus calme, Ioris agenouillé, lui baisait les mains.

« *Carissima mia*, lui dit-il, il est bien inutile de vous exciter comme vous le faites. Si ce que vous imaginez est vrai, si quelqu'un soupçonne les bontés que vous avez pour moi, raison de plus pour ne pas confirmer ces soupçons en vous montrant jalouse de moi ; vous comprenez cela, n'est-ce pas ? Soyez tranquille.

— Vous ne retournerez plus chez elle alors, jamais ! murmura-t-elle en lui tenant le poignet.

— Jamais, ou du moins je n'irai qu'autant que l'exigeront la politesse et la prudence. Je ne puis pas vous dire combien ces scènes me font de mal. Songez que vos soupçons n'ont pas le moindre fondement. »

Elle se laissa convaincre.

Quant à lui, toujours agenouillé, il était bien loin d'être aussi calme qu'il affectait de le paraître. Ses tempes se serraient au seul souvenir des cris de lady Jeanne, son pouls battait d'appréhension et de colère, et son cœur de honte et de rage contenue. Pour un rien, en ce moment, il aurait jeté le masque et aurait mis lady Jeanne au défi.

Malheureusement, il hésita, l'habitude d'obéir pesa sur sa volonté et paralysa son énergie. Il croyait aussi être nécessaire à son existence, il hésitait à la frapper mortellement, et avait peur de se lever et de dire à son tyran : « Je serai libre ! »

« Ce sera pour une autre fois, » se dit-il. Une autre fois il confesserait toute la vérité et dirait à sa maîtresse : « L'amour ne se commande pas, et mon amour est mort ! »

En attendant cette « autre fois », il prononça des paroles qui étaient autant de mensonges, et prodigua à lady Jeanne des caresses où son cœur n'avait plus aucune part, et ne prenait plus aucun plaisir. Mais il n'eut pas la force de dénouer les bras qui l'enlaçaient, de se détourner des lèvres qui cherchaient les siennes, et de dire une bonne fois : « Notre amour est mort ! ».

Il quitta lady Jeanne, mécontent de lui, honteux de ce qu'il venait de faire, et indigne, à son jugement, de lever ses regards sur les yeux si purs et si fiers d'Étoile.

Et au milieu de tout cela, il cherchait à se figurer qu'il aurait fait encore plus de mal en disant hardiment la vérité à sa maîtresse et en rompant les chaînes criminelles où elle le retenait captif. Par un singulier renversement des lois de l'honneur et de la justice, la femme qu'il jugeait indigne lui était sacrée, et celle qu'il regardait commme sacrée, il la sacrifiait. Et la société, s'il l'eût consultée sur ce point délicat, lui eût donné dix fois raison. En effet, d'après les idées reçues dans la société, un homme peut sans félonie briser le cœur d'une femme honnête en la délaissant; s'il rompt avec la femme parjure, il est un malhonnête homme.

Le même jour, un peu plus tard, lady Jeanne, en présence du beau Grœhme, dit en riant bien fort, pour faire parade d'indifférence: « Vous savez qu'Ioris est amoureux d'Étoile?

— Quelle folie! » s'écria Ioris avec colère. Encore une fois il renia son amour, encore une fois il eut honte de sa lâcheté, sans cesser d'être lâche.

« Je crois que vous l'êtes! cria-t-elle, enchantée de répéter une chose qu'elle ne croyait qu'à demi, devant son beau cousin Grœhme, à qui elle espérait la faire croire tout à fait. Oui je crois que vous l'êtes! Dans ce cas-là, *gare à vous!* Je n'aimerais pas à voir un de mes amis tomber dans ses filets. »

Douglas Grœhme ouvrit ses grands yeux bleus d'un air étonné.

« Vous voulez parler de cette grande artiste que j'ai rencontrée chez vous? Oh! elle est froide comme glace; tout le monde le sait; les hommes sont bien peu de chose à ses yeux. Si Ioris...

— Si Ioris l'a touchée, reprit lady Jeanne avec impatience, il a fait là une merveilleuse conquête! Est-ce bien là ce que vous voulez dire? Merveilleuse en effet; et il aurait triomphé là d'une fière vertu! Vous croyez à son innocence, vous? Vous croyez tout bonnement que sa fortune lui vient de son talent! Mais, mon pauvre Douglas, où avez-vous donc vécu? Sortiriez-vous de nourrice, par hasard?

— Je ne comprends pas, » dit le cousin avec un étonnement qui n'était pas joué.

Ioris pâlit affreusement.

« Vous pourriez, dans tous les cas, dit-il, respecter l'amie de votre propre père, la femme qui s'est assise à votre table. » Il parlait bas, lentement, mais il y avait dans sa parole quelque chose de dur et de menaçant.

« Une femme que mon père a rencontrée deux ou trois fois dans des ateliers! dit-elle avec un mépris sans bornes. Comment osez-vous dire qu'elle est son amie?

— Parce qu'elle l'est réellement.

— Pas le moins du monde. C'est tout simplement la fille de cette vieille brute de Voightel, et pour tout ce qui concerne Voightel, mon père...

— Vous disiez l'autre jour qu'elle avait été ramassée dans le ruisseau.

— C'est la pure vérité. Voightel n'a commencé à s'occuper d'elle que quand elle a eu un nom, si vous voulez appeler cela un nom! grâce à David Israels, qui, comme chacun le sait, était tombé en enfance.

—· Mais il me semble, à ce compte-là, que tout le monde est en enfance à propos d'Étoile.

— Évidemment. Ses tableaux, qu'est-ce que c'est après tout? De pauvres imitations de Gérôme. Des étalages de nudités. C'est le mot même de Tom Tonans. Même en Angleterre, on n'oserait pas les exposer.

— Tant pis pour l'Angleterre. »

Ioris là-dessus se leva et alluma un cigare. Lady Jeanne partit d'un bruyant éclat de rire. « Vous voyez bien, Douglas, qu'il est amoureux.

— Il y a longtemps qu'il l'est, comme nous tous d'ailleurs, ma cousine, » répondit galamment Douglas Grœhme, qui redoutait une scène.

Mais lady Jeanne était trop irritée pour se laisser calmer par un compliment. « Il est amoureux d'Étoile! reprit-elle avec obstination; vous voyez bien qu'il est amoureux d'Étoile! Au premier mot, il fronce le sourcil et ne peut parler d'elle sans rougir et sans pâlir. Pauvre Io! Ne sauriez-vous trouver mieux que cela pour en faire un ange? Une Sappho parisienne qui a traîné dans tous les ateliers de la Bohême. Voyant ce qui vous plaît, elle pose pour la femme innocente qui ne vit que par l'esprit. Montrez donc un peu plus d'intelligence, pour l'amour de Dieu! Prenez-nous quelque Vittoria Colonna; prenez une de vos compatriotes, vous saurez au moins d'où elle sort. »

Ioris tourna le dos en haussant les épaules. « Vous êtes mille fois trop bonne, dit-il pour l'édification du cousin Grœhme, de prendre tant d'intérêt à tout ce qui me touche. Mais soyez tranquille, je puis vous jurer que je ne cours aucun danger. Permettez-moi, en reconnaissance de votre intérêt pour moi, de vous signaler, dans ce que vous venez de dire, une toute petite erreur. Sappho n'était pas peintre. »

Il quitta le salon, profondément irrité contre lady Jeanne, et profondément dégoûté de lui-même.

« Jalousie de femme, » se dit-il en pensant aux calomnies dont
Étoile venait d'être l'objet. Il savait que dans les propos de lady
Jeanne tout était faux, depuis le premier mot jusqu'au dernier ;
ses paroles néanmoins l'irritèrent, pesèrent sur son cœur, et
ternirent pour un instant l'image d'Étoile.

Lady Jeanne, une fois seule, se perdit dans une profonde
rêverie. Quand le calme lui fut revenu, après mûre réflexion,
elle inclina à croire que les rapports de Marjory pourraient bien
être exagérés. Marjory était horriblement jalouse d'Ioris, et n'a-
vait que trop de raisons de l'être, la malheureuse ! Mais lady
Jeanne, au contraire, avait toutes les raisons du monde de se
croire exclusivement aimée. Si les bonnes raisons lui avaient
manqué, sa vanité lui en aurait facilement fourni de mauvaises.

Donc, sa vanité aidant, elle se crut aussi assurée que jamais
de l'amour d'Ioris. Cela ne l'empêchait pas de haïr Étoile ; elle
la détestait pour son influence, sa beauté, ses paroles, son genre
de vie, son mépris à peine déguisé ; et elle la détestait comme
une femme sait en détester une autre. Une fois qu'elle eut décidé
dans sa tête qu'Ioris était toujours à elle, elle renonça sur l'heure
aux questions de sentiment pour s'occuper de questions d'affaires.

Elle alla donc trouver son mari dans son cabinet, et par la
porte entr'ouverte lui dit : « Robert, venez, que nous causions de
mon idée. »

M. Challoner, qui était fort affairé à écrire, ôta son lorgnon
et sortit de son cabinet.

« Cela ne servira pas à grand'chose de causer, dit-il d'un air
morne, ce serait le moment d'agir.

— Justement. C'est pour cela que je suis venue vous trouver.
Il faut agir tout de suite.

— Il le faut, répéta-t-il, de plus en plus morne. Vous ne devriez
plus donner de dîners. La dépense...

— La dépense ! lui dit sa femme. Mais nous tirons tout de Fiordelisa, excepté les vins étrangers et les bonbons. Et je conti-
nuerai à donner des dîners, c'est-à-dire tant que je serai en état
de le faire. Les gens se mettent à parler aussitôt qu'on cesse de
leur fermer la bouche avec des dîners. Ah ! à propos, quel est
votre avis sur ce que Marjory nous a dit d'Étoile ce matin ? Ioris
en serait amoureux ! Avez-vous jamais entendu pareille absurdité ? »

M. Challoner n'était guère en humeur de sourire, cependant
quelque chose passa sur ses lèvres, que l'on pourrait définir le

fantôme d'un sourire. Il répondit d'ailleurs du ton le plus tranquille.

« Cela devait arriver, il y a longtemps que je l'ai prévu, le soir même où elle est venue ici pour la première fois. »

M. Challoner éprouvait une espèce de plaisir à constater ce fait. Les yeux de lady Jeanne lançaient des éclairs.

« Vraiment, vous l'avez prévu ? s'écria-t-elle d'un ton brusque. Vous êtes de ces gens habiles qui distinguent à l'œil nu les taches du soleil, et qui ne voient pas plus loin que le bout de leur nez. Io vient de m'affirmer à l'instant qu'il ne peut pas la souffrir.

— Cela ne m'intéresse pas autrement, répondit sèchement M. Challoner. Est-ce pour cela que vous m'avez appelé ?

— Bien sûr que non, répondit-elle, et, lui plaçant entre les mains une liasse de télégrammes, de paperasses et de chiffres, elle lui dit : « Veuillez parcourir ces documents, et me dire si vous pensez que nous ayions chance de réussir. »

L'affaire du pont de Messine était au plus mal. Le duc d'Oban avait envoyé sa démission de président, avec l'expression de son plus profond mépris, en termes peu voilés. Les actionnaires criaient comme des gens qu'on écorche ; les ouvriers avaient été payés avec l'argent d'Ioris, et si l'on s'entêtait, Fiordelisa serait en grand danger.

A force de songer à cette malheureuse affaire, lady Jeanne avait imaginé d'opérer un transfert. Grâce au transfert, on pouvait tout sauver, c'est-à-dire tout ce qui intéressait lady Jeanne et M. Challoner ; les actionnaires, bien entendu, en seraient pour leur argent, mais lady Jeanne s'inquiétait bien des actionnaires !

Donc lady Jeanne projetait un transfert : même plan, même projet, seulement émission de nouvelles actions et enrôlement de nouveaux actionnaires, et surtout nouveau prospectus. Dans la plupart des spéculations modernes le prospectus est tout ; chacune de ces entreprises peut se comparer à un têtard : une grosse tête, et si peu de corps que ce n'est guère la peine d'en parler. Le nouveau prospectus réclamait un nouveau nom ; Lady Jeanne baptisait son replâtrage du nom sonore et vague de *Compagnie méditerranéenne pour faciliter les communications dans le Sud*. Ce nom donnait à la société le droit de commencer de nouvelles constructions sur les côtes de l'Europe, de l'Asie et de l'Afrique.

Pour faire réussir une entreprise de cette nature, lady Jeanne serait forcée d'aller à Londres. Car Londres est peut-être la seule ville du monde où l'on puisse opérer les replâtrages semblables à celui que méditait lady Jeanne.

Une des plus grandes difficultés de l'entreprise, la plus grande peut-être, c'était l'opposition d'Ioris, qui n'avait pas, comme lady Jeanne, le génie des affaires, et qui appelait crûment les choses par leur nom. Si Ioris avait eu vent de la spéculation, il aurait fait le don Quichotte, et se serait jeté à la traverse pour sauvegarder les intérêts des malheureux actionnaires.

Tout en examinant les paperasses, M. Challoner était terriblement perplexe. Il n'aurait pas demandé mieux que de ruiner Ioris en empêchant le replâtrage qui devait le sauver à son insu. D'un autre côté, le titre et les appointements de Directeur n'étaient pas à dédaigner; or il ne pouvait ruiner Ioris qu'en renonçant à des avantages qu'il prisait fort.

« Pensez-vous que nous puissions réussir? » lui demanda lady Jeanne, quand elle vit que l'intellect un peu lent de M. Challoner avait fini par comprendre son idée.

M. Challoner fixa des regards solennels et profondément réfléchis sur le mur d'en face, et répondit, avec la prudence d'un homme qui n'aime pas à se commettre : « Je crois que vous pouvez réussir; mais vous comprenez, je suppose, qu'il vous faudra absolument faire le voyage de Londres. »

La physionomie de lady Jeanne s'assombrit.

« Oui, je le comprends, » dit-elle d'un air triste, mais avec l'énergie et la vaillance d'une héroïne.

Aller à Londres, et laisser Ioris derrière elle! car elle ne pouvait pas songer à l'emmener. Que de nuits sans sommeil elle avait passées entre le désir de faire son grand replâtrage et la crainte de laisser Ioris en proie à la femme qu'elle détestait.

Si elle n'allait pas à Londres, Fiordelisa s'enfonçait dans le sable avec le pont de Messine, et Ioris sans Fiordelisa, ce n'était plus Ioris. Si elle avait eu à choisir entre les deux, cette femme forte aurait certainement choisi Fiordelisa. Elle était capable d'une violente passion, mais en elle la passion était toujours moins forte que l'intérêt.

Les combats qui se livraient dans son âme la rendaient triste, nerveuse, inquiète tour à tour. Ioris éprouvait des remords en voyant tout le mal qu'elle se donnait pour sauver sa fortune. M. Challoner crut qu'il était d'une bonne politique de faire quelques visites sans sa femme; pendant ces visites, il prenait des airs sombres et préoccupés, comme un homme qui a enterré sa femme la veille; il faisait allusion d'un air désolé à l'acti-

vité surhumaine de lady Jeanne; elle se surmenait, elle se
tuait!

« Quel excellent mari! » disait la société.

— Couple exemplaire, » disait le général Desart, sur les marches
du club, pendant qu'à la casa Desart le duc de Buonretiro aidait mistress Desart à se peindre les sourcils.

XXX

Le printemps est revenu, lady Jeanne n'est pas encore partie
pour Londres.

Un jour, elle demande brusquement à Ioris : « Est-ce vrai
qu'elle a loué Roccaldi?

— Qui a loué Roccaldi? demanda-t-il en levant les yeux.

— Quelle affectation! Comme si vous ne saviez pas bien qui
je veux dire. On dit que c'est vous qui l'avez loué pour elle...

— Pardon, je n'y étais pas; oui, je crois qu'elle a loué Roccaldi; mais je ne suis pour rien dans cette affaire; et même je
lui ai dit que ce n'est pas un endroit très sain. »

Il avait l'air si indifférent, et parlait d'un ton si tranquille que
lady Jeanne s'y laissa prendre, comme toujours.

« Marjory se sera encore trompée, » se dit-elle tout bas, et
elle reprit tout haut, en riant : « Si l'endroit est malsain, il est
sur le chemin de Fiordelisa, cela fait compensation; elle cherche
certainement à vous subjuguer, Io!

— Ma chère, quelle folie! »

Le traître avait passé toute la matinée avec Étoile, dans les
vieux jardins abandonnés de Roccaldi; c'est lui qui avait choisi
Roccaldi pour elle, c'est lui qui s'était occupé de tous les détails
de l'emménagement, avec la satisfaction secrète d'échapper à l'insupportable espionnage de Marjory.

Il ne craignait pas d'être trahi; lady Jeanne et Étoile se rencontraient bien rarement; il n'y avait aucune chance d'intimité
entre elles; d'ailleurs il savait qu'Étoile ne parlait jamais de lui.

« Vous l'avez voulu, » se dit-il tout bas en voyant avec quelle
facilité lady Jeanne se laissait duper. Il n'éprouvait aucun remords de la duper; n'avait-elle pas fait de lui un esclave? et
le mensonge n'est-il pas la suprême ressource des esclaves?

Ioris était Italien; et pour un Italien le mystère et le silence

sont l'essence même de l'amour; les amoureux aiment à se sauver mystérieusement au premier chant de l'alouette, depuis que
Roméo leur en a donné l'exemple. Ce plaisir lui était refusé par
lady Jeanne, qui aurait volontiers convoqué tous les coqs du voisinage pour leur montrer loris sur son balcon.

L'amoureux s'était réveillé en lui, et comme dans toutes les
comédies, l'amoureux se complaisait à déjouer la surveillance de
son geôlier.

Étoile cependant, perdue dans ses beaux rêves d'artiste, ne
voyait pas dans quel labyrinthe sans issue on la faisait entrer.
Étoile ne pensait presque jamais au monde et ne savait absolument rien de son abominable perversité. Naturellement, le
monde ne pouvait croire à une pareille innocence, et cependant
cette innocence était réelle.

Une femme qui a vécu en compagnie d'hommes distingués,
conservera intacte la pureté de son esprit, parce que les hommes
vraiment distingués se feraient un scrupule de souiller l'honnêteté de son âme. Ce sont surtout les femmes qui corrompent
les femmes. Même en parlant du mal, les hommes ont des scrupules de pensée et des délicatesses de langage, auxquels les
femmes entre elles ne se croient point tenues.

La passion et le mal lui avaient été révélés par les grands
écrivains. Elle avait entendu le penseur parler tout haut, le cynique
ricaner, et le poète soupirer sur cette lutte éternelle du dieu et
de la bête dont l'âme de l'homme a toujours été et sera toujours le
théâtre, qu'il vive sous la loi de Nim, de Vishnou, d'Aphrodite
ou du Christ. Elle connaissait donc le mal comme un fait, et
non comme une tentation; elle savait, et cependant elle était innocente; mais le monde ne croit pas volontiers que les sens conti-
nuent de sommeiller paisiblement, quand l'intelligence est éveillée.

Shakespeare connaissait cette vérité : Goethe l'ignorait complètement. Dans sa Gretchen, il n'y a pas de milieu entre une
ignorance stupide et un abandon complet de sa personne. Imogène connaît très bien les périls de sa route, mais si ses yeux
sont ouverts, son pied n'en évite que plus sûrement les précipices.
Toutes les femmes de Shakespeare sont innocentes, mais aucune
n'est ignorante; c'est justement parce qu'elles connaissent le
mal que leur innocence et leur foi prend un caractère d'élévation
morale, de force et de noblesse, qui va jusqu'au sublime.

Dans la vie réelle, le monde refuse de croire qu'une femme
puisse marcher devant elle l'épée à la main et conserver,
comme Imogène, un cœur d'enfant.

Lady Jeanne, qui n'avait point un cœur d'enfant, aurait donné tout au monde pour forcer Étoile à quitter Rome, au moins pendant le voyage qu'elle était forcée de faire à Londres.

«Alors, vous ne partez pas? lui demanda-t-elle brusquement, un jour qu'elle l'avait rencontrée par hasard, dans les bois Borghèse.

— Je ne crois pas, répondit froidement Étoile. J'ai loué une vieille villa en dehors des murs; je compte y rester quelque temps.

— C'est ce qu'Io m'a dit; c'est la villa Roccaldi, n'est-ce pas? J'en suis charmée, ajouta lady Jeanne, qui avait été un moment sur le point d'oublier l'esprit de son rôle. Vous viendrez souvent nous voir à Fiordelisa. Nous nous y installons dans huit jours pour y passer tout l'été. Roccaldi est sur le chemin de Fiordelisa, à ce que m'a dit Io. »

Là-dessus elles se séparèrent froidement.

Lady Jeanne dit alors à son mari, qui l'accompagnait par hasard : « La vie de cette femme est d'une indécence qui n'a pas de nom.

— Je ne vois pas en quoi, répondit M. Challoner avec une agaçante bonhomie.

— Vous ne voyez jamais plus loin que le bout de votre nez, lui dit sa femme. Elle pourrait bien rester ici cent ans, que je ne la recevrais plus jamais à Fiordelisa, cette créature grossière, insolente, ingrate, abominable!

— Quel crime a-t-elle commis, sauf celui de fasciner Ioris?» dit M. Challoner. Sa physionomie n'avait pas changé d'expression, mais l'on peut dire qu'il ricanait intérieurement.

« Fasciner! reprit lady Jeanne avec un souverain mépris. Hé! que m'importent d'ailleurs les sottises d'Ioris? Dans tous les cas, je sais qu'il ne peut pas la souffrir; il me l'a répété cinquante fois; il n'aime pas les femmes qui font parler d'elles.

— Distinguons, reprit M. Challoner, qui aimait à exaspérer sa femme à coups de pointes d'aiguille, qu'entendez-vous par les femmes qui font parler d'elles?

— Vous pouvez vous dispenser de me donner des leçons de grammaire; je m'entends, cela suffit, dit lady Jeanne; n'est-ce pas assez qu'elle refuse mes invitations, qu'elle ne me rende jamais visite, qu'elle se contente de jeter une carte en passant! Songez donc à tout ce que nous avons fait pour elle, à nos bontés, à notre hospitalité. Cela fait frémir de songer qu'elle a seulement franchi notre seuil, quand on sait ce qu'elle est!

— Soyez donc conséquente avec vous-même, et ne vous irritez pas de ce qu'elle ne le franchit plus. » M. Challoner était en humeur de taquiner et de contredire, ayant constaté une fois de plus, par la lecture de certains documents, que c'en était fait décidément de la *Società Italiana Inglese.* »

« Oh ! Io et vous, vous lui donnerez raison, naturellement. Elle peut m'insulter, me fouler aux pieds, sans que vous bougiez seulement de vos chaises. Vous êtes comme mon père...

— Chu-u-ut ! » dit M. Challoner. Cet homme prudent songeait tout de suite au scandale que causerait une scène; car les bois Borghèse sont très fréquentés; et à chaque instant on voyait passer des gens de la maison du roi, en livrée écarlate. « Chu-u-ut ! qu'est-ce que tout cela signifie, au fond ! Rien de plus facile que de dire : « Nous l'avons reçue par suite d'une méprise. » Mon amour, voici lady Norwich. Chère lady Norwich..... »

Ce soir-là Étoile assistait, au palais Farnèse, à une fête donnée en l'honneur de deux voyageurs couronnés, l'Empereur et l'Impératrice d'Amazonie. Lady Jeanne n'était pas reçue au palais Farnèse.

Ioris arriva tard, très tard; il n'avait réussi à s'échapper de la casa Challoner qu'à l'aide d'un mensonge, en prétextant des ordres qu'il aurait reçus d'un Prince. Lady Jeanne, seule dans le salon turc, passa sa soirée à parcourir des colonnes de chiffres, à lire des télégrammes, à fumer du tabac turc et à boire du café noir.

Ioris arriva dans cette belle galerie, qui n'a pas sa pareille au monde; il était là sur son terrain, beaucoup plutôt que dans les salons étriqués de la casa Challoner; pâle, gracieux, pensif et fier, il distribuait à droite et à gauche, tantôt des saluts profonds, tantôt d'aimables sourires, grand seigneur jusque dans ses moindres mouvements, comme ses ancêtres l'avaient été avant lui.

Lentement, sans affectation, il se fraya un chemin dans cette foule brillante où il connaissait tout le monde, et finit par aborder une femme en costume Marie de Médicis; c'était Étoile, qui causait familièrement avec deux ministres étrangers et avec la princesse Véra.

Il remarqua que son regard le cherchait, qu'elle changeait de couleur, et que sa respiration devenait plus rapide; sans entendre ce qu'elle disait, il devina qu'elle se troublait, et que sa parole n'avait plus la même clarté, ni la même éloquence. Il sourit, et se répéta tout-bas :

Je vois bien que tu m'aimes
Tu rougis quand je te regarde.

Alors il l'aborda, et se mit à causer avec elle et avec la princesse Véra.

« Combien j'adore la femme vraiment femme,» pensa-t-il en regardant avec complaisance les plis gracieux de son élégant costume. En même temps, il frissonnait au souvenir de la main virile qui venait de serrer la sienne, et des lèvres hardies qui pressaient la cigarette de tabac turc.

Au bout de quelques minutes, avec l'habileté consommée d'un homme du monde, il l'attira à part; le palais Farnèse est si vaste qu'une réunion de cinq cents personnes n'y produit pas plus d'effet qu'une poignée de feuilles sur la surface d'un lac.

« J'ai une demande à vous faire, si vous me promettez de n'être pas trop sévère, » murmura-t-il, les yeux fixés, avec un regard de tendresse sur les roses de son corsage qui tremblaient d'un mouvement doux au va-et-vient de sa respiration.

« Est-ce que j'ai l'air d'une personne bien sévère? Présentez votre requête.

— Vous n'allez plus jamais *la* voir maintenant, dit-il à voix presque basse.

— Non, vous savez bien pourquoi. »

Après un moment d'hésitation, il reprit, avec cette timidité qui avait tant de grâce et de charme, et qui ressemblait à une caresse :

« Si vous y alliez de temps en temps, cela vaudrait peut-être mieux.

— Pourquoi?

— Hélas! vous connaissez son caractère, sa violence, ses fantaisies; si elle a lieu de se croire dédaignée, elle se vengera...

— Sur vous! dit Étoile, dont les regards exprimèrent aussitôt une sorte de crainte vague.

— Non, sur vous!

— Sur moi! répéta-t-elle d'un ton d'indifférence et de souverain mépris. Qu'ai-je à redouter d'une femme ou même d'un homme? Quelles craintes puériles! N'éprouvez-vous point quelque honte à les exprimer?

— Hélas! » dit Ioris avec un soupir, et il garda le silence; il songeait aux basses calomnies de lady Jeanne, mais il n'osait pas en dire un mot. « Je comprends bien, reprit-il, qu'entre vous toute intimité est impossible, mais il y a certaines politesses mondaines, certains semblants d'amitié, qu'il est plus prudent d'observer; si vous y dîniez quelquefois, si vous y faisiez quelques visites ?

— Je n'en ferai rien. »

Étoile le regarda avec des yeux étincelants d'indignation, et il ne put s'empêcher de l'admirer, tant il y avait de droiture et de loyauté dans son regard.

« Lorsque je suis allée la voir pour la première fois, je ne savais pas ce qu'elle était. Maintenant je le sais. Je suis devenue votre amie, quelque chose de plus même, puisque vous me confiez vos secrets. Peut-être avons-nous tort tous les deux, vous de me les dire, moi de les écouter, peut-être... mais le fait existe. Il n'y a plus à revenir sur ce qui s'est dit entre nous. Si elle vient me voir, je la recevrai, je la recevrai même avec politesse, par respect pour son père ; je ne retournerai jamais chez elle, jamais ! Je ne puis pas affecter avec elle et pour elle une estime que je n'éprouve pas, puisque je la trouve méprisable. Cela, je ne le ferai pas. Je n'ai pas sur ce sujet, ni sur bien d'autres les idées et les pratiques de la société. Si je me rendais envers elle coupable d'un pareil mensonge, je mériterais moi-même tous les mensonges qu'il lui plairait de débiter sur mon compte ! »

Elle parlait avec force et avec émotion ; plus elle comprenait l'antagonisme qui existait entre elle et lady Jeanne, plus elle faisait d'efforts pour être loyale et franche avec elle, en actes et en paroles.

« Vous êtes superbe, mais vous n'êtes pas de ce monde ! » En prononçant ces paroles, il lui baisait les mains en la regardant avec un mélange de tendresse et d'admiration.

« J'essaie d'être juste, » reprit Étoile avec une sorte d'abattement. Son âme loyale éprouvait un pénible sentiment de contrainte à la seule idée d'avoir à cacher quelque chose.

Ioris soupira. Cette inflexible droiture, il l'admirait d'autant plus, qu'il ne l'avait jamais rencontrée jusque-là chez aucune des femmes qui avaient exercé leur influence sur sa vie, mais en même temps elle l'embarrassait singulièrement. Un homme se tire plus facilement d'affaire avec les femmes qui ont cet instinct de l'intrigue et ce goût de la tromperie que jusque-là Ioris avait crus innés chez toutes les filles d'Ève. Il ne pouvait écarter cette idée de son esprit, et il se haïssait pour cela.

« Être juste, c'est bien difficile et bien rare, dit-il avec une sorte d'hésitation.

— Oui, c'est plus difficile et plus rare que d'être indulgent. Mais on doit être juste, même envers un ennemi, sous peine de s'avilir à ses propres yeux ».

Elle s'arrêta brusquement et ses joues se couvrirent d'une brû-

AMITIÉ.

lante rougeur; ce qui venait de lui échapper impliquait qu'elle tenait pour son ennemie la maitresse d'Ioris. Ioris sourit, à la fois ravi et troublé.

« Il y a en vous de la guerrière et de l'enfant, lui dit-il avec tendresse, il y a surtout une muse, mais vous n'êtes pas faite pour un monde aussi vil et aussi banal que le nôtre.

— Il y a autour de vous assez de femmes qui le sont. Adressez-vous à elles. »

Elle souriait légèrement en prononçant ces paroles.

« Non, répondit Ioris.

— Alors ne vous plaignez pas de moi.

— Est-ce que je me plains? »

Ils parlaient à voix basse, complètement séparés de la foule; le parfum subtil des roses remplissait la galerie, au-dessus de leurs têtes les fresques étendaient leurs couleurs à la fois brillantes et douces. Les yeux d'Étoile se baissèrent devant ceux d'Ioris.

« Pourquoi me parler d'*elle*? » dit Étoile, répondant plutôt à ses pensées qu'aux dernières paroles d'Ioris; il y avait à la fois du chagrin et de l'impatience dans le son de sa voix. « C'est être déloyal envers moi aussi bien qu'envers elle. Vous devriez le savoir.

— Il me serait impossible d'être déloyal envers vous, murmura-t-il avec tendresse. Il s'était penché vers elle, effleurant presque sa joue de la sienne. Étoile devint très pâle, son cœur battit avec violence.

— Vous n'êtes pas libre, lui dit-elle, de tenir ce langage.

— Je le serai bientôt. »

Tous les deux gardèrent le silence; mais bientôt ils ne furent plus seuls: le monde, ennemi naturel de la passion, commençait à envahir leur retraite.

L'Empereur et l'Impératrice d'Amazonia s'approchèrent, au milieu d'un petit groupe de personnages décorés, et se firent présenter Étoile.

Ioris, pour dérouter lady Cardiff qui le lorgnait avec obstination, affecta de faire sa cour à une de ses belles compatriotes, la duchesse d'Are Cœli. Mais lady Cardiff ne se laissait pas duper si facilement. Elle suivit Ioris du regard, et pendant qu'elle l'observait avec intérêt, elle pensait en elle-même. « Où en est-il maintenant? Travaille-t-il à se tirer des mains de lady Jeanne, ou simplement à s'emparer du cœur d'Étoile? Quoi qu'il ait entrepris je suis sûre qu'il ira jusqu'au bout. Je voudrais le connaître

14

assez pour pouvoir lui dire un mot à ce sujet, quoique, à vrai
dire, les avis ne servent pas à grand'chose en pareil cas. Mais
je suis effrayée, réellement effrayée. Il est trop bien élevé et
trop courtois pour *mater* lady Jeanne. Quant à Étoile, s'il songe
vraiment à elle, tant pis ; car il faudrait être, pour l'aimer comme
elle mérite d'être aimée, un Pétrarque et un Mirabeau tout à
la fois. Elle n'est pas faite pour être aimée dans le sens que notre
monde donne à ce mot. Qu'en pensez-vous, Ioris ?

— Plaît-il, madame ? » demanda Ioris en prenant congé de la
duchesse.

Lady Cardiff le regarda à travers son lorgnon. « Je pensais
tout haut, dit-elle, c'est une de mes mauvaises habitudes. Je me
disais que l'homme digne d'aimer cette charmante Étoile devrait
être à la fois un Pétrarque et un Mirabeau. Mais les Pétrarque et
les Mirabeau sont rares. Croyez-vous qu'elle puisse se contenter à
moins ? »

Ioris prit un air contrarié.

« Je suppose, dit-il d'un ton froid, qu'elle est seule juge en
pareille matière ; mais j'ai toujours supposé qu'elle n'avait besoin de personne et se suffirait parfaitement à elle-même. »

Lady Cardiff lui répondit en souriant : « Je suis très contente
de ce que vous me dites-là. Vous la voyez souvent, et vous devez
être mieux renseigné que personne. Oui, le génie se suffit à lui-
même, en théorie ; mais une femme de génie n'est après tout
qu'une femme, exposée aux mêmes dangers que toutes les autres
femmes, par exemple à l'envie, à la calomnie. Qu'est-ce que
c'est que cette personne en toilette noire et rouge ? Une princesse roumaine ! très bien ; il paraît que tout le monde est prince
en Roumanie ! »

« Exposée aux mêmes dangers que les autres femmes ! pensa
Ioris quand lady Cardiff lui eut rendu sa liberté ; qu'entend-elle
par là ? Et à propos de quoi me vient-elle parler d'envie et de
calomnie ? » Il fit un retour sur lui-même et se demanda si ses
visites fréquentes chez Étoile n'avaient pas déjà donné lieu à
quelques fâcheuses interprétations. Quel était décidément son
but, en cherchant à se faire aimer d'Étoile ? Il avait toujours
évité de se le demander bien nettement.

Tout le reste de la soirée il l'observa de loin, et il vit plus
d'une fois que ses regards le cherchaient. Elle l'aimait ! il en
était sûr ; il avait donc sa destinée entre les mains. Qu'en ferait-il ?

Il la vit descendre l'escalier au bras d'un vieux diplomate et

se contenta de la saluer profondément. Mais quand elle fut dans
sa voiture, il monta dans la sienne, et arriva à sa porte en même
temps qu'elle.

« Avez-vous cru un instant, lui dit-il, que je pouvais me priver du plaisir de vous souhaiter une bonne nuit ? » L'ayant enveloppée de son cachemire avec les précautions les plus délicates
et les plus tendres, il lui offrit son bras dans l'obscurité du grand
escalier.

Des lampes brûlaient dans le salon, le foyer était encore tiède,
les fleurs répandaient leurs parfums.

Il lui ôta son cachemire et la prit dans ses bras.

« Vous m'aimez, et je vous aime, lui dit-il avec une grande
douceur. Faites de moi ce que vous désirez, ce que vous souhaitez
que je devienne. Je vous appartiens ! »

XXXI

Pendant ce temps-là, voici ce qui se disait au palais Farnèse,
dans un groupe d'invités : « Quelle absurdité de croire qu'il y
avait quelque chose entre loris et Étoile ! n'avez-vous pas vu
avec quelle froideur il l'a saluée. D'ailleurs, vous savez très
bien qu'il est absolument accaparé par cette Anglaise, absolument ! »

Lady Cardiff sourit sans rien dire, en entendant ce propos.

« *Quelle fine mouche*, pensa-t-elle, que ce prince loris. C'est
bon, je garderai leur secret, quoique après tout ils ne l'aient
pas confié à ma discrétion. Seulement, que va-t-il résulter de
tout cela ? car il n'est pas de force à tenir tête à l'*autre*. »

L'*autre*, cependant, était assise devant son secrétaire, la
cigarette à la bouche, classant ses paperasses et donnant des
ordres à sa femme de chambre qui tombait de fatigue. Par moments, lady Jeanne fronçait les sourcils en entendant le fracas
des voitures qui ramenaient les invités du palais Farnèse où
elle n'avait pas ses entrées.

« Avez-vous emballé tout ce que je dois emporter à Fiordelisa ?
dit-elle à sa femme de chambre. L'attelage de bœufs viendra
de bonne heure pour les bagages ; que tout soit prêt. Prévenez
le cuisinier que j'aurai du monde pour le luncheon ; faites mettre
ces lettres à la poste ; qu'on me prépare mon bain pour huit

heures et qu'on prévienne le prince Ioris d'être ici à dix heures
juste. Je mettrai demain ma robe de tiretaine. Je reviens le
soir pour l'Opéra, vous préparerez ma toilette jaune d'ambre et
mes émeraudes. »

Le lendemain matin, ou plutôt le matin même à son lever,
on lui apporta un billet au crayon de la part d'Ioris; il envoyait
ses excuses, avec l'expression de ses regrets les plus vifs, mais
il était obligé de garder la chambre, il avait la migraine. Il
ferait tout son possible pour rejoindre lady Jeanne dans la
journée.

Si elle n'avait pas été si occupée, lady Jeanne aurait couru
chez lui pour le forcer de se lever. Elle dut se contenter d'envoyer M. Challoner. Ioris lui fit dire qu'il était réellement indisposé et qu'il lui était impossible de le recevoir. Lady Jeanne,
en entendant le rapport de M. Challoner, se demanda si elle ne
ferait pas bien d'aller relancer Ioris; mais elle réfléchit qu'a-
près tout il était réellement sujet à la migraine, surtout depuis
ces derniers temps; d'ailleurs, elle était accablée de besogne;
enfin, elle emmenait pour se consoler Douglas Grœhme, Guido
Serravalle et une dame anglaise à qui elle espérait vendre un
tabernacle récemment découvert par Mimo.

Lady Jeanne aimait Ioris à sa manière; elle fut donc sérieu-
ment fâchée de le savoir souffrant. Mais puisqu'il devait avoir la
migraine un jour ou l'autre, peut-être valait-il mieux que ce
fût précisément ce jour-là. La dame au tabernacle était terriblement prude, et peut-être se fût-elle offusquée de la présence
d'Ioris. Et puis, lady Jeanne avait invité un consul anglais, personnage parfaitement ennuyeux, mais homme de principes sévères, et père de famille. Il devait amener ses filles; décidément
Ioris avait été plus avisé qu'on ne devait s'y attendre, de garder
la chambre ce jour-là. Le lendemain, les représentants de la société se diraient les uns aux autres: « Vous savez, le consul un
tel a conduit ses filles à Fiordelisa; donc il est bien avéré qu'il
tient pour parfaitement innocentes les relations d'Ioris et de lady
Jeanne Challoner ! »

« Est-elle partie, Gianino? demanda Ioris à son valet de
chambre.

— Oui, Excellence, répondit Gianino, et il ajouta entre ses
dents : tous les saints du Paradis en soient loués !

— Vous pouvez ouvrir les volets, » dit le prince en sautant
lestement à bas de son lit.

Il y avait dans un verre, près de son lit, un bouquet de roses et de jasmins. Quoique ces pauvres fleurs fussent déjà flétries, il les porta à ses lèvres; elles lui rappelaient le moment le plus doux et le triomphe le plus éclatant de toute sa vie.

Il était très heureux; mais son bonheur ne lui faisait point oublier tout ce que sa nouvelle situation avait de critique et de dangereux.

Il passa toute la matinée à Roccaldi avec Étoile. Elle n'y était pas encore installée; mais elle venait souvent passer des journées entières dans la solitude embaumée des vieux jardins.

Les terrasses étaient envahies par la mousse, les statues renversées ou mutilées, le lierre et la pimprenelle poussaient tout à leur aise au milieu des allées, et pourtant ce jardin avait sa beauté. Il était enclos de tous côtés par de sombres yeuses qui formaient comme un rempart; çà et là, des palmes d'un jet élégant s'élançaient au milieu d'un fouillis de rosiers; le souffle tiède de cette matinée d'avril faisait l'effet d'une caresse; les oiseaux chantaient dans la jeune verdure, et le ciel était d'un bleu humide et profond.

« Ah! combien je suis surprise d'avoir pu vivre jusqu'ici sans... »

Étoile laissa sa phrase inachevée, ou plutôt elle en compléta le sens par un soupir. Quand notre cœur déborde, l'expression nous manque pour exprimer l'excès de notre bonheur. Un soupir alors est plus éloquent que l'éloquence elle-même.

Ioris était assis à ses pieds sur les marches de marbre de la terrasse. Il sourit et porta à ses lèvres les deux mains d'Étoile, qu'il tenait dans les siennes.

« Jusqu'ici, lui dit-il, vous n'étiez qu'une muse, et maintenant vous voilà devenue femme. C'est moi qui vous ai fait descendre du ciel sur la terre.

— Est-ce bien sur la terre? dit-elle d'un air rêveur; c'est à peine si..... »

L'amour, aux yeux d'Étoile, du moins l'amour qu'elle ressentait, planait bien au-dessus des misères et aussi des joies de la terre. L'amour d'Ioris était beaucoup moins éthéré et moins généreux : ce n'était pas impunément qu'il avait vécu si longtemps avec lady Jeanne. Il était fier de l'influence qu'il exerçait sur Étoile, fier d'avoir enchaîné quelqu'un après avoir été si longtemps captif, fier surtout d'avoir été assez fort pour dominer un esprit qui jusque-là n'avait subi la domination de personne, et avait plané bien au-dessus des désirs des hommes.

Tout ce que savait Étoile, c'est que sa vie s'était subitement

transfigurée; elle prenait en pitié tout son passé, qui lui semblait aussi pâle et aussi triste qu'une fleur étiolée. Jusque-là
elle avait sommeillé; au contact des mains d'Ioris, et sous la
tendresse de son regard, elle s'était subitement réveillée, elle
avait commencé à vivre.

« C'est terrible, » dit-elle en pâlissant; l'intensité même de son
bonheur l'épouvantait.

Ioris sourit dans l'orgueil de sa victoire. « Vos rêves, lui dit-
il, étaient les ennemis des hommes, et maintenant ils sont mes
prisonniers; désormais ils ne s'écarteront plus de moi. »

C'était cela, précisément, qui effrayait Étoile. On n'enchaîne
pas toute sa vie sans frémir, même quand on reçoit le bonheur
en échange de sa liberté.

Pour Ioris, cet effroi était la plus douce des flatteries, puisqu'il attestait son empire absolu sur une autre âme; en ce moment il était heureux comme un enfant et orgueilleux comme
un tyran. Sans répondre un seul mot, il se leva, et comme
Étoile fermait les yeux en voyant son visage tout près du sien,
il lui mit deux baisers sur les paupières.

Ils passèrent leur journée dans le vieux jardin jusqu'à l'heure
où une teinte semblable à celle des fleurs du laurier-rose enva-
hit le ciel du côté du couchant.

Ils avaient été heureux.

Par une sorte d'accord tacite, ils n'avaient pas dit un mot de
celle qui maintenant était leur ennemie commune.

Dans sa naïve innocence, Étoile trouvait qu'il était facile
pour Ioris de sceller les portes du tombeau sur une passion
morte. Elle aurait cru faire injure à la loyauté de Ioris, en lui
rappelant qu'il était de son devoir de rompre sans délai. Lui
au contraire trouvait l'effort si pénible et la tâche si difficile,
qu'il n'avait pas le courage de regarder son devoir en face. Il
aimait mieux compter sur quelque heureux hasard pour brusquer
le dénouement.

Voilà pourquoi les heures s'écoulèrent sans que le nom de
lady Jeanne eût été prononcé.

Comme le soleil se couchait, il prit congé d'elle. Elle ne lui
demanda pas où il allait.

Ils s'aimaient; c'était assez aux yeux d'Étoile pour rejeter loin
d'elle le soupçon comme une bassesse et le doute comme un crime.

Au dernier moment, comme il revenait sur ses pas pour lui
dire encore une fois : au revoir! elle lui murmura à l'oreille ·

« Vous allez lui dire la vérité, tout de suite? »

« — Oui. »

Quand il prononça ce dernier mot, ses lèvres effleuraient celles d'Étoile.

Il la quitta enfin ; elle demeura immobile, les mains croisées derrière sa tête, les yeux clos, les lèvres entr'ouvertes par un doux sourire. Désormais elle n'était plus une muse, elle était la femme qui aimait Ioris et qui en était aimée. Gloire, richesses, grandeurs n'étaient plus qu'une vaine fumée au prix de ce bonheur divin.

A chaque pas qui l'éloignait d'Étoile et le rapprochait du salon turc, Ioris sentait faiblir sa volonté. En lui-même, il se traitait de lâche et de misérable, mais l'habitude, plus forte que sa volonté et que sa conscience, amena sur ses lèvres les paroles fatales : « Demain, pas ce soir ! »

« Vous n'avez pas l'air bien malade, » lui dit aigrement lady Jeanne. Ses yeux étincelants avaient une expression de défiance et de menace. « Qu'est-ce qui vous a empêché de venir ? Vous m'accompagnerez à l'Opéra ?

— Je ne suis pas à mon aise, dit-il, mais je vous accompagnerai. »

Il avait pâli, et paraissait souffrir. Elle attacha sur lui des regards jaloux.

« Êtes-vous souffrant ? Je crois que tout cela n'est qu'une affaire d'indolence. Nous avons eu une journée magnifique. J'ai vendu le tabernacle ; tout est prêt là-bas ; nous pouvons nous y installer dès demain. Vous êtes pâle, buvez quelques gouttes de vin ; non ? Pauvre Ioris, vous avez la fièvre. »

D'un geste caressant elle lui écarta les cheveux, et lui posa la main sur le front ; au contact de sa main, Ioris frissonna.

« Voilà votre mari, » balbutia-t-il avec impatience, et il s'écarta d'elle ; elle le regarda avec étonnement ; il fallait certainement qu'il eût la fièvre pour s'inquiéter de la présence de M. Challoner.

Les messieurs qui devaient accompagner lady Jeanne à l'Opéra entrèrent en ce moment.

Par ordre du roi il y avait représentation de gala. La salle était très brillante : le roi-soldat était dans sa loge, les deux mains posées sur la garde de son épée. On jouait le *comte Ory*. Jamais, depuis ce soir-là, Ioris ne put entendre sans un frisson d'horreur les gracieuses mélodies du comte Ory.

Lady Jeanne était heureuse et gaie ; elle avait une toilette qui lui allait bien ; elle riait tout haut en jouant avec son grand éventail de plumes d'autruche. Assis derrière elle, Ioris gardait presque tout le temps le silence.

Elle se retourna pour le regarder, et ne put s'empêcher de croire qu'il était vraiment souffrant. Il était rouge et ses yeux avaient une expression étrange.

« Puis-je me retirer ? lui dit-il peu de temps après le commencement de la représentation. Vous avez plusieurs cavaliers à votre service, et je suis réellement souffrant, assez souffrant du moins pour être incommodé par la musique et par l'éclat des lumières. »

Cette fois elle eut pitié de lui, et voulut bien le croire. Elle lui rendit sa liberté.

Il retourna aussitôt chez Étoile.

« Lui avez-vous parlé ? lui demanda-t-elle.

— Je n'ai pas pu ce soir, répondit-il. Elle est à l'Opéra ; ne parlons pas d'elle. J'ai besoin de repos. Il y a si longtemps que je n'ai joui d'un seul instant de paix Je viens me reposer près de vous. »

XXXII

Le lendemain matin, Ioris se dit : « C'est maintenant qu'il faut parler ! » et il ne parla pas.

Il ne parla pas, parce qu'il avait plus d'imagination que de volonté. Son imagination lui peignait d'avance la scène qu'il lui faudrait affronter et les conséquences certaines de sa démarche. Il connaissait assez lady Jeanne pour voir qu'à la rigueur elle aurait consenti à lui vendre sa liberté ; mais elle aurait exigé de son captif une rançon royale. Or le peu qu'il possédait n'était même plus à lui, les débris de sa fortune s'enfonçaient lentement dans les sables du Faro.

Quand il se réveilla, son âme se trouva donc partagée entre un sentiment de joie et de triomphe et une crainte horrible de la lutte qu'il lui fallait engager. Et puis, pour éclairer loyalement lady Jeanne, il faudrait lui parler de ce nouvel amour, et livrer son doux secret en pâture à la curiosité, aux commentaires et aux profanations de la société. Après avoir été l'amant de lady Jeanne, au vu et au su de Rome tout entière, il trouvait un charme indicible à ressentir une passion, connue seulement de lui-même et de la femme qui en était l'objet.

Un amour proclamé par le monde a perdu la moitié de son charme mystique. Ainsi de jour en jour raisonnait Ioris, pour se justifier de n'avoir pas encore éclairé lady Jeanne, et tranché le nœud gordien.

Pendant quelques jours il fut assez souffrant pour pouvoir s'excuser décemment de ne point se mêler des préparatifs d'installation à Fiordelisa, assez souffrant pour expliquer par l'impatience naturelle à un malade la répugnance qui lui faisait fuir la présence de sa maîtresse ; mais la santé lui revenait tout d'un coup quand il s'agissait de se lever dès l'aurore pour aller retrouver Étoile dans la paisible oasis où elle l'attendait. Une ou deux fois il fut forcé d'aller à Fiordelisa. Alors il se traitait de traître et de misérable. Mais ce n'est pas en songeant à lady Jeanne qu'il s'adressait ces reproches, c'est en songeant à Étoile, car il n'osait pas lui avouer qu'il allait à Fiordelisa, et il lui répétait sans cesse : « Elle est à la campagne ; ne nous occupons pas d'elle. »

C'était une situation dangereuse, mais dont les dangers mêmes avaient leur charme et leur douceur pour une imagination italienne. Quant à Étoile, comme elle était la loyauté même, et qu'elle avait une foi absolue dans la loyauté d'Ioris, elle était à mille lieues de pressentir le moindre danger.

Du moment qu'il l'aimait, il devait tout naturellement rompre les chaînes d'une passion coupable et secouer le joug d'une tyrannie détestée. Les jours s'écoulaient, purs et brillants pour elle, sans qu'elle lui adressât une seule question, sans qu'elle conçût l'ombre d'un doute. « Puisqu'il m'aime, se disait-elle avec un sourire, il lui a parlé ! tout est fini entre eux ! »

Un jour cependant elle lui dit avec un léger tremblement dans la voix :

« Est-ce qu'elle va passer tout l'été dans votre château ? »

Il lui répondit : « Qu'est-ce que cela peut vous faire, du moment que je n'y suis pas avec elle ! »

Or, le jour même il était allé à Fiordelisa, et il s'était engagé à y retourner. Mais il s'était bien promis d'en finir le soir même et de n'y plus remettre les pieds. Malheureusement, il avait déjà pris cet engagement bien des fois, et toujours il avait remis au lendemain. Le lendemain se passait sans qu'il eût le courage de parler. Peut-être eût-il mieux valu pour tous les deux qu'Étoile conçût quelque défiance ; il lui eût été moins facile de la tromper, et il n'aurait pas cédé à la tentation de garder le silence.

Un jour, quelque circonstance fit comprendre à Étoile qu'il n'avait pas encore parlé. Fixant sur lui ses beaux yeux dont la tendresse avait quelque chose de céleste, elle lui dit à voix basse : « S'il le faut absolument, qu'elle reste dans votre maison, dans la maison de votre mère, mais au moins dites-lui la vérité ! Sans cela, vous ne seriez pas juste avec elle.

— Oui, je le ferai. » Il scella sa promesse d'un baiser.

Elle frissonna légèrement : « Dites-lui tout, afin que je ne la voie plus auprès de vous. Cette vue me ferait horreur; il me semble que j'en mourrais. »

Ioris renouvela sa promesse, bien décidé cette fois à en finir. Mais plus il réfléchissait, plus il découvrait de difficultés. Il ne s'agissait pas ici d'une de ces passions de salon où la vanité, la curiosité, le besoin de changement ont plus de part que l'amour, passions bourgeoises qui se dénouent comme tous les drames bourgeois et ne tournent jamais au tragique. Ioris était entre deux passions trop sérieuses pour aboutir à l'indifférence.

En quittant Étoile, Ioris se fit conduire à Fiordelisa. La chaude lumière du soleil couchant inondait la verte campagne. Dans les buissons, qui cachaient à moitié des ruines antiques, les oiseaux chantaient leur chanson d'avril, les papillons blancs dans leur vol capricieux ressemblaient à des pétales de roses blanches que le souffle du vent aurait semés sur la plaine.

Ioris était dans une singulière disposition d'esprit : la beauté de cette tiède soirée de printemps faisait naître en lui une sensation de jeunesse, de triomphe, de sympathie, d'espérance qu'il n'avait pas éprouvée depuis bien des années. En même temps, il ne pouvait s'empêcher de tressaillir en songeant au but de son voyage, à la voix qui allait bientôt retentir à son oreille; il était mal à son aise et plein d'appréhension.

Quand il arriva à Fiordelisa, le soleil était couché; mais une sorte de brume dorée enveloppait encore la campagne. Ayant jeté les rênes à son domestique, il entra par une porte de côté.

Il entendit bientôt un bruit de tasses et de soucoupes, des éclats de rire, les accords d'une mandoline, et la voix de sa maîtresse qui chantait une chanson populaire. Dans cette chanson, il était question d'amour trahi et de vengeance.

Ioris éprouva une sensation de froid comme au contact d'une lame de poignard. Quelle serait sa vengeance, à elle, quand elle apprendrait qu'elle était trahie, dédaignée, abandonnée? Il avait, dans le cours de sa vie, bravé le danger sous toutes ses

formes. Mais l'homme le plus brave pâlit devant la femme outragée.

Avant de se montrer, Ioris essaya mais en vain de se figurer
ce qui se passerait quand il dirait à lady Jeanne : « Levez-vous
et partez, c'est une autre femme désormais qui sera reine ici. »

Il regarda à travers un grillage, et voici ce qu'il vit : M. Challoner sommeillait doucement, la petite-fille jouait au ballon,
les domestiques allaient et venaient pour le service; Burletta
et Serravalle fumaient; Douglas Grœlme faisait le thé; sur un
lit de repos recouvert d'une peau de tigre, lady Jeanne continuait de chanter, en s'accompagnant sur la mandoline, cette
chanson où il était question de trahison et de vengeance.

Il fut impossible à Ioris de ne pas sentir que lady Jeanne se
considérait comme la maîtresse absolue de Fiordelisa jusqu'à
la fin de ses jours. Plus clairement que jamais il comprit qu'elle
ne céderait pas la place; et il éprouva en même temps toute
l'amertume et tout le dégoût de ces liaisons illégitimes, qui ne
sont qu'une triste parodie du mariage et de l'amour, et que
l'hypocrisie du monde sanctionne, à condition qu'elles se dé-
guisent sous le beau nom d'amitié.

Il ouvrit la porte avec l'indifférence désespérée d'un homme
qui fonce sur la pointe d'une épée, tant il était dégoûté de son
esclavage, indifférent au danger, préparé à la lutte. Le moment
était enfin venu pour lui d'affronter sa destinée et de reconquérir
sa liberté, coûte que coûte.

« Io, comme vous arrivez tard! cria lady Jeanne en interrompant brusquement sa chanson. J'ai de mauvaises nouvelles à
vous apprendre. Venez ici. »

Il s'approcha d'elle comme à contre-cœur; sa physionomie
avait une expression étrange. Malheureusement lady Jeanne
n'était pas seule, et il ne pouvait lui dire devant témoins ce
qu'il avait à lui dire. Le moment fatal était déjà passé, emportant tout le courage et toute la résolution d'Ioris.

« Ma grand'mère est très malade, dit lady Jeanne. Il faut que
j'aille en Angleterre. Mais qu'avez-vous donc ?..

— C'est si soudain, » répondit Ioris d'une voix tremblante. Son
cœur bondissait de joie et d'allégresse, à l'idée que lady Jeanne
allait lui laisser le champ libre, pour quelque temps du moins.

Quant à lady Jeanne, elle crut que l'émotion d'Ioris était
causée par l'annonce du coup qui la frappait dans ses affections.

« C'est un coup sensible et inattendu, dit-elle en lui prenant
la main. La main d'Ioris était froide et ne lui rendit pas son étreinte.

« J'ai reçu le télégramme cette après-midi. On craint qu'elle
n'en revienne pas. »

C'était la vérité ; mais du moins le télégramme arrivait à propos pour expliquer et justifier le voyage qu'elle était obligée
de faire à Londres pour l'exécution de son nouveau projet.

Burletta, qui savait le fond des choses, continua de fumer
avec la gravité endormie d'un gros pacha paresseux, et se dit
en lui-même : « Quelle maîtresse femme ! » Il ne croyait pas un
mot du télégramme, en quoi il se montrait trop fin. Il aurait
dû se borner à penser que ce télégramme était arrivé fort à
propos.

« Triste, triste, dit Douglas Græhme, en surveillant la théière.
Est-ce assez ennuyeux ! Juste au moment où nous nous amu-
sions si gentiment. Pauvre vieille lady Archiestoune ! Est-ce
qu'elle ne devrait pas être partie depuis des siècles ! Elle datait
d'avant le déluge, n'est-ce pas ? »

M. Challoner, secouant pour un instant sa somnolence, répondit : « Quatre-vingt-dix années de la vie la plus admirable touchent
maintenant à leur terme ! » Puis, quittant brusquement les
hauteurs poétiques et sentimentales où il s'était élevé d'un seul
coup, il ajouta prosaïquement : « Le train part à 7 heures 45,
je crois. Lady Jeanne, toujours impétueuse, voulait partir ce soir,
mais elle n'avait pas matériellement le temps de faire ses préparatifs. »

Pendant tout ce temps-là, Ioris gardait le silence. Lady
Jeanne sauta de son lit de repos et administra un soufflet à sa
petite fille.

« Petit monstre sans cœur ! comment osez-vous jouer au ballon pendant que votre pauvre grand'maman se meurt ? Savez-
vous que vous ne la reverrez jamais !

— Vous chantiez, maman, balbutia la pauvre petite, vous
chantiez. Je ne savais pas...

— Venez ici, ma chérie, s'écria M. Challoner du fond de
son *rocking-chair* ; ne faites pas attention à ce que dit maman... »

Lady Jeanne adressa à Ioris un signe qu'il connaissait bien,
et auquel il avait l'habitude d'obéir. Sans daigner entrer en controverse avec M. Challoner, elle franchit la grille, et Ioris la
suivit.

« Quelle singulière figure vous faites, Io ! lui dit-elle brusquement. Qu'est-ce que vous avez ? »

S'il avait seulement osé dire la vérité, il était libre de s'élan-
cer vers une lumière plus brillante et plus pure, comme l'alouette

s'élance vers le soleil. Malheureusement, il hésita une seconde, Douglas apparut. Il apportait des gâteaux aux paons.

« Jeanne, que vont devenir vos bêtes et vos oiseaux pendant votre absence? dit-il avec une familiarité qu'autorisait sans doute leur lointaine parenté.

Lady Jeanne, irritée d'avoir été suivie par son cousin au moment où elle désirait être seule avec Ioris, lui répondit avec aigreur : « Ioris sera là pour s'en occuper.

— Comment! vous partirez sans Io! s'écria cet impertinent de cousin Groehme. Partir sans Io, c'est aussi invraisemblable que si vous me disiez : Je vais partir sans... mon mari!

— Trêve à vos impertinences! » répondit lady Jeanne avec un redoublement d'aigreur.

Ioris, très pâle, avait tout le temps gardé le silence; sans dire un mot il se dirigea vers la maison.

« Cruelle que vous êtes! s'écria Douglas Groehme, en riant gaîment; vous voyez bien que vous lui brisez le cœur. »

Cette fois, lady Jeanne sourit, tout en priant le beau Douglas Groehme de retenir sa langue. Il ne lui déplaisait pas qu'on lui reprochât d'être cruelle et invulnérable.

Le dîner fut servi presque aussitôt, et Ioris ne se trouva pas un instant seul à seul avec lady Jeanne. On voyait qu'il était excité, il parlait et riait avec une animation qui ne lui était pas ordinaire. Il y avait par moments dans l'expression de ses regards quelque chose de particulier qui n'échappa pas aux yeux pénétrants de M. Challoner.

« Il est content de nous voir partir, se disait M. Challoner; le pauvre diable! il faut qu'il connaisse bien peu ma femme pour s'imaginer qu'elle ne reviendra pas. » M. Challoner lui-même avait formellement l'intention de revenir; il aimait Fiordelisa; il y pouvait satisfaire ses goûts de chasseur et de fermier; et puis c'était si commode d'y déposer lady Jeanne, quand il partait tout seul pour les villes d'eaux.

« Ne pas revenir! pas si bête   pensait M. Challoner. Ioris avait donné tant de signatures,   sa fortune était singulièrement compromise. D'un autre côté, M. Challoner était si retors, qu'il espérait faire passer quelque jour Fiordelisa des mains d'Ioris dans les siennes. Plus tard, Fiordelisa ferait peut-être une jolie dot pour la petite fille de M. Challoner.

Toute l'excitation d'Ioris était tombée; il était redevenu silencieux et absorbé. Il pensait à une autre femme qui occuperait bientôt la place où trônait lady Jeanne. On entendait chanter les rossignols devant les fenêtres mêmes de la salle à manger.

Lady Jeanne par moments le regardait et se disait : « Pauvre garçon, comme mon départ l'attriste ! »

Le dîner dura assez longtemps, parce que M. Challoner et Burletta étaient deux gourmands. Enfin on se leva de table. Lady Jeanne prit sa guitare et descendit au jardin en disant à Ioris de la suivre.

Après une seconde d'hésitation, il obéit, mais avec une visible répugnance.

Cette fois Douglas Græhme n'eut pas l'indiscrétion de les suivre, il tint compagnie à M. Challoner.

Il était neuf heures. Dans la demi-obscurité du jardin, lady Jeanne étendit la main, passa son bras sous celui d'Ioris, et se pencha vers lui.

Comme il demeurait silencieux et glacé, elle crut qu'il avait du chagrin ou qu'il lui en voulait de partir pour Londres. « Ne prenez pas cela si fort à cœur, lui dit-elle tendrement. Je reviendrai le plus tôt possible ; je vous écrirai tous les jours, et vous pourrez venir me rejoindre à Paris, comme les autres fois. Comme vous êtes pâle, Io !

— C'est, répondit-il, un véritable coup pour moi de vous perdre si brusquement ; » et comme elle se penchait vers lui, il lui passa un de ses bras autour de la taille.

« Je ne puis pas lui dire cela maintenant, pensa-t-il en lui-même. Ce sera bien plus facile de lui écrire, et moins blessant pour elle. »

Il fit ainsi un pas de plus dans la voie du mensonge et s'enfonça plus profondément dans le bourbier d'où il ne lui serait plus jamais donné de sortir.

Pendant qu'il se penchait vers lady Jeanne, dans l'obscurité, et lui rendait ses baisers, il se sentait traître et parjure, non pas envers lady Jeanne, mais envers Étoile, et il avait honte de lui-même.

« *Amor mio!* » murmura sa maîtresse en lui jetant ses bras autour du cou. Après tout, elle l'aimait à sa manière. Il frissonna de tout son corps, mais il n'essaya pas de se dégager.

« Décidément, se dit-il en lui-même, il m'est de plus en plus impossible de lui dire la vérité ce soir ! »

La nuit se passa et la journée du lendemain, et lady Jeanne quitta Fiordelisa sans qu'Ioris eût trouvé l'occasion ou plutôt le courage de lui parler. Il revint à l'idée de lui écrire ; ce serait moins embarrassant pour tous les deux. Voilà ce qu'il se disait à lui-même en regardant partir le convoi qui emportait sa maîtresse.

Elle s'en allait donc, persuadée qu'Ioris était au désespoir, se promettant de revenir le plus tôt possible et de lui écrire tous les jours.

Quand le convoi, lancé à travers la campagne, disparut dans le brouillard doré du soir, Ioris respira, comme un homme subitement débarrassé d'un fardeau qu'il a porté trop longtemps.

Ensuite il alla tout droit chez la femme qu'il aimait. Passionné comme un Italien, il se jeta à ses pieds en criant :

« Réjouissez-vous avec moi, elle est partie !

— Partie ! »

Il se mit à rire. « Oui, elle est partie. Je ne suis plus *esclave ;* car votre amour à vous n'est pas un esclavage ! »

XXXIII

Sans doute, elle était partie; mais elle avait laissé des souvenirs derrière elle, et puis, elle n'était partie que pour revenir. Tout parlait d'elle à Fiordelisa : ses vêtements suspendus aux porte-manteaux, sa guitare négligemment jetée sur un canapé; ses cigares, qui remplissaient un antique ostensoir d'argent; son alpenstock et son ombrelle déposés dans un coin de la loggia; les ordres qu'elle avait laissés derrière elle, et qui pesaient encore sur tous les gens de la maison, et heure par heure les tenaient à la tâche. Quand le lendemain Ioris vint à Fiordelisa, le premier usage qu'il fit de sa liberté fut de détacher le chien; mais il frissonna en retrouvant à chaque pas des traces de lady Jeanne et des présages menaçants de son retour.

Imperator, ivre de joie, bondissant comme un fou, ne s'inquiétait guère de l'avenir. Mais son maître était déjà envahi par de funestes pressentiments.

Lady Jeanne, d'ailleurs, avait grand soin de ne point se laisser oublier. Ce furent d'abord des télégrammes qui tinrent, plusieurs fois par jour, le prince au courant de son voyage. Puis vinrent de grandes lettres de quatre pages, où les expressions amoureuses et passionnées se trouvaient mêlées d'une façon bizarre aux recommandations les plus plates et les plus prosaïques à propos de Fiordelisa, des vignes et de la basse-cour. Ioris jetait ces lettres avec impatience, sans lire au delà des premières lignes. Il n'en est pas moins vrai que le souvenir de lady Jeanne absente s'imposait à lui malgré lui.

Combien de fois il prit la plume pour reconquérir sa liberté, d'un seul mot. Mais au dernier moment le mot magique ne lui venait pas, ou plutôt le cœur lui manquait. Il répondait des lettres d'affaires.

Il était si heureux de la sentir loin de lui, qu'il n'osait frapper le coup décisif, craignant de la voir arriver, altérée de vengeance, et capable de tout oser. Il tâchait de l'oublier, mais elle l'accablait de tant de lettres et de télégrammes qu'il n'y réussissait qu'à moitié.

Il disait à Étoile : « Elle est dans la peine, la mort la menace dans ses plus chères affections, elle n'a pas le temps de songer à moi. Quand elle sera sur son départ, je lui dirai tout : il sera bien temps. »

Étoile n'insistait pas, assurée qu'il ferait toujours ce que l'honneur lui commandait. Mais quand il lui proposait de venir à Fiordelisa, elle refusait toujours ; la seule idée de mettre le pied dans un endroit où lady Jeanne absente régnait encore, lui causait un frisson d'horreur, et sa délicatesse en était blessée.

« J'aime beaucoup Fiordelisa, parce que Fiordelisa est à vous, disait-elle, mais il faut attendre. Quand tout sera fini, et que Fiordelisa sera comme purifié, j'irai avec plaisir. Ce sera alors pour moi un lieu consacré par la mémoire de votre mère. Vous me direz ce qu'elle aimait, et nous nous conformerons à tous ses goûts, en souvenir d'elle, mais il faut attendre. Effacez d'abord les traces de la femme qui a profané votre foyer. »

Cette répugnance lui plaisait, il aimait ces scrupules ; et en même temps il en ressentait un grand trouble. Étoile regardait comme une chose toute simple et toute naturelle une rupture dont les conséquences l'épouvantaient, lui. Il prévoyait une lutte, des tempêtes, peut-être même lady Jeanne le ruinerait-elle pour se venger : elle avait sa fortune entre les mains !

Sans cesse, avec des regrets stériles et impuissants, Ioris revenait sur la même idée : « Ah ! pourquoi ne lui ai-je pas tout dit le dernier soir, au lieu de lui rendre ses baisers. Tout serait terminé maintenant. »

L'orage toujours suspendu sur sa tête et la terreur de l'inconnu gâtaient ses plus belles heures et ses journées les plus heureuses. Chaque matin en se réveillant, il se disait : « Si elle arrivait ce soir ! » En présence d'Étoile, il parvenait à oublier, et alors il était heureux, heureux comme un enfant.

L'affection d'Étoile pour lui était l'idéal de l'amour ; elle avait foi en lui et ne lui faisait jamais de questions ; son esprit avait des ressources inépuisables, et chaque jour Ioris faisait de nouvelles découvertes dans cette âme profondément vraie, à la fois simple comme l'âme d'un enfant, et forte comme l'âme d'un homme véritablement digne de ce nom. Oh ! qu'il se sentait jeune, quand il courait au rendez-vous, le soir, à la clarté de la lune, pour rêver son rêve d'amour, les regards plongés dans les yeux d'Étoile. Sans doute ce bonheur ne durerait pas, du moins sous cette forme innocente et pure comme la douce et fraîche lumière de l'aurore. Ioris avait trop vécu pour ne pas prévoir le désenchantement qui suit toujours l'enivrement des passions humaines. Mais du moins, pour le moment, il se sentait complètement heureux.

Étoile s'abandonnait au charme du présent, sans arrière-pensée. C'était assez pour elle d'entendre son pas, quand il accourait, d'écouter sa voix, de se rappeler ses caresses et l'expression de sa physionomie, quand il n'était plus là ; de sentir que l'air devenait plus léger et plus pur, et que la terre se couvrait de fleurs, parce qu'il était là. Aimer la vie qui vous aime, c'est un bonheur si délicieux qu'on ne peut s'en faire la moindre idée quand on n'a pas vécu longtemps seul, se suffisant à soi-même, dans l'ascétisme de l'art et l'isolement de la gloire, qui a toujours quelque chose d'un peu froid et d'un peu dédaigneux.

En l'absence d'Ioris, Étoile vivait de son souvenir, et sa riche imagination parait l'objet de sa tendresse de tous les mérites et de toutes les vertus d'un pieux chevalier ; quand il était là, elle n'avait plus qu'une pensée, faire renaître en lui la sérénité, l'orgueil, la joie de vivre qu'on lui avait si longtemps refusée.

Les hommes l'avaient déclarée froide, dédaigneuse, difficile : il lui plaisait de s'abaisser devant lui, de guetter son sourire ; de faire montre de sa faiblesse, si toutefois le nom de faiblesse peut s'appliquer à un grand amour. Les femmes vaines aiment à faire sentir leur pouvoir, mais Étoile n'avait pas l'ombre de vanité.

Ioris n'avait pas plus de génie, de grandeur, de bonté que tant d'autres qui avaient plié le genou devant elle ; elle l'avait connu esclave, elle voyait sa faiblesse ; il n'était pas plus maître de lui-même que des autres ; mais c'était l'objet de son amour, et ce seul mot dit tout. C'était le seul être qui eût pénétré jusqu'à son cœur, sa vie était la seule qui lui fût chère ; c'était lui qui lui avait révélé le secret des joies terrestres, la douceur d'un sourire humain et d'un regard humain. En échange de la vie nouvelle qu'il avait évoquée en elle, de la délicieuse surprise qu'elle avait ressentie en se trouvant captivée, elle était prête à tous les sacrifices.

C'était l'excès de la pitié qui avait fait naître l'amour dans son âme, et maintenant qu'elle aimait, elle ne pouvait plus concevoir comment elle avait pu vivre sans amour.

Pour conquérir Ioris sur lady Jeanne, il lui aurait fallu descendre dans la boue et manier des armes qui lui auraient fait horreur, et surtout frapper sans faiblesse et sans pitié ; et la pauvre Étoile ne se doutait même pas de la possibilité d'une lutte, après tout ce que lui avait dit Ioris. Elle vivait donc heureuse et sans défiance, la main dans sa main.

XXXIV

L'été avait fait le vide dans les murs de Rome ; tous les étrangers étaient partis. Lady Cardiff se disposait à faire comme tous les autres flâneurs, lorsqu'il lui vint à l'idée d'aller rendre visite à Étoile.

C'était vers le coucher du soleil, à Roccaldi. Lady Cardiff, femme du monde jusqu'au bout des ongles, n'adressa pas une question à Étoile, mais rien qu'à voir ce quelque chose d'indéfinissable qui la transfigurait, elle devina tout ou presque tout. Du ton le plus léger et le plus indifférent, elle dit, au moment de prendre congé :

« Est-ce que vous comptez rester ici tout l'été ? Ma chère, vous tomberez malade ; ces vieux jardins abandonnés sont de vrais nids de fièvres. A propos, vous savez certainement que la vieille lady Archiestoune vient de mourir à Londres ? Notre chère lady Jeanne a fait le voyage de Londres ; c'est la piété filiale, bien entendu, qui a conduit ses pas ; mais les méchantes langues prétendent qu'elle n'est allée à Londres que pour son fameux Pont de Messine. Quoi qu'il en soit, elle est partie. Ioris doit être heureux comme un écolier en vacances. Vous le voyez quelquefois, n'est-ce pas ? Je me demande s'il va la laisser revenir. Il devrait s'arranger pour qu'elle ne revienne pas, c'est

sa seule chance de salut ; et c'est une occasion qu'il ne retrou-
vera jamais s'il ne sait pas en profiter. »

Ayant vu sur le visage d'Étoile l'expression qu'elle redoutait
d'y rencontrer, lady Cardiff laissa retomber négligemment son
lorgnon.

Cédant à un mouvement de pitié et de tendresse dont elle
dut être fort surprise elle-même, à la réflexion, elle posa ses
lèvres sur le front d'Étoile.

« Dieu vous bénisse, mon amour, lui dit-elle, croyez-moi, ne
restez pas ici. C'est un endroit trop dangereux pour vous. Mais
au fait, vous savez mieux que personne ce qui peut vous convenir, vous êtes votre propre maîtresse, et je ne suis pas une
amie assez ancienne pour avoir le droit de vous gronder. Je donnerais je ne sais quoi pour l'avoir. Adieu. »

Quand elle fut dans sa voiture, elle murmura en secouant la
tête d'un air mécontent : « Il avait bien besoin de venir troubler cette pauvre muse. Si encore il était de force à se débarrasser de lady Jeanne ; mais il n'est pas de force. Et alors ? Et
alors tout retombera sur cette victime innocente. C'est le cours
naturel des choses. Comme elle est loyale envers lui ! Elle ne
prononce même pas son nom. Quel malheur qu'elle ait eu
l'idée de venir ici. Elle était si heureuse, si calme, si froide, enveloppée dans ses rêves et dans sa création, et maintenant...
non, il n'aura pas assez d'énergie. Elle sera sacrifiée, elle mourra
de chagrin ou mènera une vie solitaire, et lady Jeanne triom-
phera insolemment. En vérité, les hommes sont de grands sots ! »

Ce soir-là, pour la première fois depuis des années, lady Cardiff eut les yeux humides, et dédaigna les douceurs de l'existence.

L'ambassade d'Allemagne lui avait envoyé en cadeau quelques
bouteilles d'un certain vieux Johannisberg qu'elle eût fort ap-
précié en toute autre circonstance ; le Johannisberg ne lui fit
aucun plaisir : elle n'ouvrit même pas le *Figaro* du jour qui venait d'arriver, et apprit, sans remercier les Dieux, que lord Cardiff, en punition de ses nombreux péchés, venait d'être cloué
sur son fauteuil par une bonne attaque de goutte. C'est dans ces
dispositions mélancoliques qu'elle partit pour le Nord.

Marjory et ses deux sœurs étaient restées à Rome, bravant les
chaleurs afin de copier des tableaux, et de se faire citer comme
des modèles d'amour filial, pour avoir envoyé leurs vieux parents respirer l'air de la mer.

« Quelles excellentes filles ! dit la société au moment de quit-

ter Rome pour un séjour moins triste, et pour une résidence
moins malsaine. Et pendant ce temps-là, le pauvre vieux père,
tourmenté par le soleil, le sable, les puces et les moustiques,
trottinait sur le bord de la mer, donnant le bras à sa femme
sourde. Il n'était pas si lyrique que la société sur le compte de
« ses excellentes filles ». Il pensait au roi Lear, et préférait en
lui-même Regane et Gonéril à des Cordelias qui serraient les cordons de la bourse, lui mesuraient le whisky, le grondaient du matin au soir, et entassaient leurs sacrifices sur sa tête comme autant de charbons ardents. « Après tout, se disait lord George, le
roi Lear n'était pas déjà si misérable, puisqu'on le laissait tranquille. »

Les trois sœurs avaient espéré que leur bonne amie qui les
aimait tant, ne manquerait pas de mettre Fiordelisa à leur disposition pendant son absence. Pour les payer de leurs services,
lady Jeanne les invitait tous les ans à y passer une partie de
l'été. Elles auraient pu y séjourner sans inconvenance pendant
qu'elle était à Londres, protégées par les aiguilles à tricoter
de leur mère et la béquille de lord George. Mais leur bonne
amie qui les avait embrassées si tendrement au départ, avait négligé de les inviter. Au fond, lady Jeanne ne se souciait pas
de laisser occuper son trône, même temporairement, même par
une amie aussi éprouvée et aussi peu dangereuse que la chère
Marjory. Ioris n'avait pas soufflé mot, il n'avait pas même invité
les trois sœurs pour une pauvre journée, et les trois sœurs se
consolaient en copiant des fresques du Dominiquin pour lord
des Hébrides, et en surveillant Ioris pour le compte de l'ingrate
lady Jeanne.

La tâche n'était pas si facile qu'elles l'avaient cru d'abord. Se
sentant espionné par elles, Ioris s'arrangea pour les mystifier.
Or il était passé maître dans l'art de mystifier les importuns.
Cela ne l'empêchait pas d'être courtois, cordial, compatisssant
même, envers ces pauvres femmes qui se donnaient tant de mal
pour gagner leur vie ; mais aussitôt qu'elles essayaient de l'espionner, il redevenait diplomate.

Il répondait à leurs questions avec une sereine indifférence,
ou les éludait avec un calme imperturbable. « Elles n'ont que ce
qu'elles méritent, se disait-il à lui-même, et il les battait avec leurs
propres armes. De quoi se mêlaient-elles, après tout ?

Une ou deux fois il alla voir travailler Marjory à Sainte-Marie
des Anges et lui donna plus d'un bon conseil. Quelquefois il
allait pour une heure ou deux avec les trois sœurs, dans leur

triste logement. Quand il faisait un pareil sacrifice, c'était généralement pour leur attacher un bandeau sur les yeux.

« Étoile ? disait-il avec une indifférence si naturelle que les trois
sœurs inclinaient presque à le croire. Je ne suis guère en mesure de vous donner de ses nouvelles. Elle est enfermée dans sa
villa, occupée de quelque grand ouvrage pour le prochain
salon. »

Marjory cependant conservait de la défiance. Il lui arrivait de
prendre un fiacre et d'aller rôder autour de Roccaldi. Plusieurs
fois elle vit Ioris sortir de la villa et s'éloigner, sans l'avoir aperçue, au galop de son cheval.

Elle rentrait au logis, le cœur dévoré de jalousie, et elle écrivait de longues lettres à sa chère amie. Un jour, en post-scriptum, elle ajouta comme par hasard : « Je crois qu'Ic se porte
bien. Nous ne le voyons plus depuis votre départ. On dit qu'il
passe tout son temps à la villa d'Étoile ; je suppose qu'il s'agit
toujours de la fameuse peinture archéologique ! Au revoir, ma
très chère ! »

Lorsque lady Jeanne reçut cette lettre, elle était toute seule
dans la petite maison de Mayfair, à Londres. Lady Jeanne s'ennuyait à mourir. Comme elle venait de perdre sa grand'mère,
les convenances lui interdisaient de paraître aux endroits où
elle aurait eu le plus de plaisir à se montrer ; elle était excédée
de la société de ses oncles et de ses tantes et soupirait
après la vie de bohème et la présence d'Ioris. En lisant le
post-scriptum de la chère Marjory, elle fronça le sourcil et pâlit
de colère. Par le même courrier elle avait reçu une lettre d'Ioris,
et c'est naturellement celle-là qu'elle avait lue la première. Elle
la reprit aussitôt, et la relut. Éclairée par les révélations de Marjory, elle trouva que cette missive n'avait point le ton d'une lettre d'amour. Ioris ne lui parlait guère que de Fiordelisa, des vignes et de la basse-cour. Maintenant qu'elle était prévenue,
lady Jeanne trouva que la signature du *devoto ed affettuoso
Ireneo*, était jetée à la diable, comme si le signataire avait hâte
d'en finir avec une tâche pénible et désagréable. Cette fois elle
devint sérieusement jalouse, et toute la journée elle s'inquiéta de
ce qui pouvait se passer à Rome.

Que faire ? Elle ne pouvait songer à appeler Ioris auprès d'elle.
Le fameux transfert était sur le point de s'opérer, dans les con-
ditions les plus défavorables pour les nouveaux comme pour les
anciens actionnaires. Les scrupules d'Ioris auraient tout compromis ; il était homme à se ruiner pour sauver l'honneur de son

nom; il était homme à vendre Fiordelisa. Donc elle ne pouvait
l'appeler en ce moment, et elle endurait la torture à l'idée qu'il
était peut-être aux pieds d'Étoile.

Dans sa triste et sombre chambre de Mayfair, elle songea à sa
chambre à coucher de Fiordelisa, si claire et si gaie, toute par-
fumée de l'odeur des roses ; elle entendit comme dans un rêve le
chant des oiseaux et la voix d'Ioris qui lui criait d'en bas : *Mia
cara, che fai tu?* Elle n'avait pas le cœur tendre, et en général
ne se laissait guère émouvoir par les souvenirs. Ce jour-là cependant elle versa des larmes brûlantes. Ce jour-là elle s'aperçut
qu'elle aimait d'amour ; ce jour-là elle se sentit prête à tout
sacrifier pour se serrer contre la poitrine d'Ioris, et pour plonger ses regards dans ses yeux.

« Si j'amais elle ose me le prendre! » murmura-t-elle entre
ses dents serrées ; et au fond de son âme elle fit un serment
terrible, qui aurait fait pâlir Ioris et réduit Étoile au désespoir,
s'il leur avait été possible de l'entendre,

Une femme faible aurait tout quitté pour courir à Rome, mais
lady Jeanne était une femme forte : jamais l'amour ne lui avait
fait négliger les affaires.

Elle essuya ses larmes brûlantes, dévora son chagrin, et, enveloppée de ses crêpes de deuil, entra d'un pas ferme et assuré
dans la pièce où M. Challoner lisait ses journaux, pendant que
les tantes répondaient aux lettres de condoléance de leurs amis
et connaissances.

« J'ai reçu des nouvelles d'Io, dit-elle avec une hardiesse qui
avait un faux air de franchise. Il est obligé de venir en Angleterre. Croyez-vous que ce transfert puisse être signé dans le
courant de la semaine? Si Io doit venir, j'aimerais à lui faire
cette agréable surprise. »

M. Challoner posa son journal et prit un air grave et réfléchi.

« Je crois que c'est possible, dit-il après une minute de réflexion. Je vais courir à Cannon-Street, pour presser nos gens.
Pensez-vous réellement qu'il vienne? Au fait, le changement d'air
.ui ferait du bien ; il n'est pas très bien portant. »

M. Challoner, comme on le voit, savait saisir la balle au bond.
D'ailleurs, pour sa part, il était pressé d'en finir avec le transfert ; il grillait de partir pour ces eaux d'Allemagne qui étaient
si nécessaires à la santé de sa petite fille. La présence des
vieilles tantes demoiselles, qui avaient des idées surannées sur
bien des points, influa tout naturellement sur son langage. Il

entra dans son rôle d'époux bienveillant, et ses paroles montrèrent que l'entente la plus affectueuse régnait dans le ménage.

« Je vais y aller avec vous, lui répondit sa femme; » et elle se tourna du côté des tantes demoiselles. « Vous m'excuserez, n'est-ce pas, mes chères tantes? Il s'agit d'une affaire importance à laquelle Robert et moi nous nous intéressons vivement, parce que plusieurs de nos amis y sont engagés. C'est une fâcheuse spéculation du pauvre Io. Je ne sais pas trop comment il en sortira, malgré tout le mal que nous prenons pour l'en tirer.

— Naturellement, reprit M. Challoner pour l'édification des tantes demoiselles, nous n'avons rien à voir dans les affaires du prince Ioris, rien du tout, pauvre garçon! Mais comme il y a des capitaux anglais engagés dans cette spéculation, nous croyons qu'il est de notre devoir... de notre devoir... »

Là-dessus M. Challoner essuya avec son mouchoir les verres de son lorgnon, sans s'inquiéter de laisser sa phrase inachevée. Il savait que les phrases vagues sont celles qui produisent le plus d'effet sur l'imagination.

— C'est donc un spéculateur acharné? demanda une des tantes demoiselles.

— Spéculateur par patriotisme, répondit M. Challoner avec emphase.

— Par pur patriotisme! ajouta lady Jeanne. S'il croyait que sa mort pût être utile à son pays, il sauterait dans un gouffre, comme Curtius. Robert, mon ami, envoyez chercher une voiture, vite! »

Les deux époux partirent au triple galop pour Cannon-Street, et harcelèrent les gens pour presser la signature du transfert.

« Elle n'a que les affaires en tête! » dit une des tantes demoiselles. La bonne dame se trompait; pour parler correctement, la chère vieille demoiselle aurait dû dire : « Elle a surtout les affaires en tête. »

Au lieu donc de partir pour Rome, lady Jeanne était partie pour Cannon-Street; mais elle avait expédié un télégramme à Ioris.

XXXV

Pendant que lady Jeanne, à la lueur du gaz, dans le triste et sombre bureau de son agent d'affaires, tissait les fils qui de-

vaient à tout jamais enlacer Ioris et paralyser tous ses mouvements, Étoile, en robe blanche, se promenait au milieu de
l'herbe fleurie. Une cloche sonnait doucement non loin de Roccaldi; des chèvres qui broutaient le chèvrefeuille dans un champ
voisin faisaient gaîment carillonner leurs clochettes; les abeilles
bourdonnaient autour des acacias en fleurs; la chaleur un peu
lourde du jour pesait sur la face de la terre, comme pèse le sommeil sur les paupières alourdies d'un rêveur fatigué.

Un lis au corsage, une palme à la main en guise d'ombrelle,
Étoile marchait nonchalamment, balayant des longs plis de sa
robe blanche les grandes herbes et les fleurs; autour d'elle, tout
était silence et lumière.

« Que Dieu est bon, se dit-elle en regardant tout ce qui l'entourait, et que la vie est belle! »

Elle entendit tout à coup le bruit d'un pas qu'elle connaissait
bien; Ioris s'avançait parmi les fleurs; ses yeux souriaient aux
yeux d'Étoile, et leurs lèvres se rencontrèrent.

« Toujours rêveuse, murmura-t-il.

— Pouvez-vous me le reprocher, puisque c'est toujours de
vous que je rêve. »

Il lui passa son bras autour de la taille, et ils marchèrent lentement, heureux d'être ensemble et heureux de se le répéter à
chaque pas.

En disant qu'elle était heureuse, Étoile disait la pure et
simple vérité, car aucune arrière-pensée ne gâtait son bonheur.
Ioris, au milieu même de son bonheur, était tourmenté par des
appréhensions terribles. Il arrivait bien à les écarter pour un
moment, mais elles revenaient avec obstination l'instant d'après.
Quand il jetait seulement les yeux sur les comptes de la Société
du pont de Messine, il sentait vaguement que la ruine planait
sur sa tête; les lettres et les dépêches de lady Jeanne lui parlaient de la vengeance qui allait fondre sur lui. Il rêvait alors
de quelque hasard inespéré qui retiendrait lady Jeanne en Angleterre, et alors il serait sauvé! Quelquefois il se laissait vivre
passivement, et jouissait d'un instant de sécurité. Mais combien
cette sécurité était précaire et fragile! Dans ces cas-là, il n'o-
sait même pas visiter Fiordelisa, où tout rappelait la main de
fer qui, même de loin, tenait encore le bout de sa chaîne.

« Apprenez-moi, disait-il à Étoile, à oublier toute ma vie. »

Étoile l'aidait à oublier; si elle eût mieux connu la vie, elle
l'aurait contraint de se souvenir, afin de le pousser à une résolution virile. Mais elle l'aimait, et ce seul mot explique pour-

quoi elle était si indulgente pour toutes ses faiblesses. Lui, qui avait été si longtemps esclave, se sentait tout fier d'exercer un pareil empire sur une âme d'élite, sur une femme dont le nom était illustre.

« Savez-vous, lui dit-il un jour, que le monde finira par vous oublier au fond de votre retraite ? » Étoile sourit.

« Qu'il m'oublie donc. Que m'importe!

— Non, vous n'avez pas le droit de vous laisser oublier. J'aime le nimbe de lumière qui entoure votre tête; c'est une parure qui vous va très bien. »

Elle ne put réprimer un soupir en songeant que ce qu'il aimait en elle, c'était peut-être « le nimbe de lumière ».

Comme elle faisait bon marché de la gloire, il lui dit étourdiment: « Peut-être que vous n'auriez pas attiré mes regards, si vous aviez été une femme ordinaire, au lieu d'être Étoile. »

Il disait cela sans y attacher la moindre importance, mais le cœur d'Étoile se serra d'angoisse à l'idée qu'elle n'était peut-être pas aimée absolument pour elle-même.

Elle savait qu'il écrivait en Angleterre, mais elle ne s'en inquiétait pas. C'était, disait-il, des lettres d'affaires. Les Challoner l'avaient entraîné dans des spéculations qui pouvaient le ruiner; il était obligé d'écrire pour arriver à dégager sa signature et à sauver quelque chose de sa fortune.

Un jour elle lui avait dit : « S'ils peuvent vous ruiner, qu'ils vous ruinent. Sauvez l'honneur de votre nom, qu'importe après cela la pauvreté! »

Plusieurs fois il fut tenté de suivre son avis, de jeter Fiordelisa et tout le reste en pâture aux harpies de la finance pour en finir d'un seul coup. Mais il n'avait pas l'énergie nécessaire pour prendre hardiment une résolution aussi virile. Il temporisa, il espéra, attendit, et laissa échapper l'occasion, comme toujours.

Quand elle essayait de comprendre quelque chose à sa situation, il lui fermait la bouche par des baisers, l'appelait mon ange et lui assurait qu'elle n'y pourrait rien comprendre. Bien des raisons l'empêchaient de s'expliquer. D'abord, lorsqu'il était avec Étoile, tout ce qui n'était pas elle lui paraissait petit, misérable et indigne d'attirer son attention. Ensuite, on avait abusé si grossièrement de sa crédulité, qu'il n'avait pas lieu d'être flatté de son rôle. Il craignait, en se montrant tel qu'il avait été, de baisser dans l'estime et dans l'admiration d'Étoile.

S'il l'avait mieux connue, il aurait compris que jamais elle ne tournerait contre lui aucun de ses aveux, puisqu'elle l'aimait

réellement, et qu'elle avait foi en lui. Elle avait l'âme assez généreuse pour lui pardonner un crime, une faiblesse ou même une
trahison. Mais il la connaissait mal, et c'est pour cela qu'il s'ob-
stinait à garder le silence.

« Eh bien, qu'on vous ruine donc, dit-elle un jour; je suis assez riche pour deux! » Il lui ferma la bouche, comme toujours,
par un baiser, et lui répondit : «Ma chère, vous n'y songez pas;
je ne puis pas vivre aux dépens d'une femme; laissez-moi du
moins sauver Fiordelisa. »

Le temps n'était plus où Étoile ne vivait que pour l'art; toujours artiste cependant, elle se servait de son génie pour exprimer son amour; elle reproduisait sans cesse les traits d'Ioris,
soit avec le pinceau, soit avec l'ébauchoir. Les médecins lui
avaient ordonné de se reposer pendant toute une année, mais
elle commençait à se révolter contre leurs prescriptions, elle rêvait une grande œuvre destinée à une gloire immortelle, et qui
conserverait pour la postérité la plus reculée les traits de celui
qu'elle aimait et le souvenir de son amour.

Elle avait installé son atelier dans une grande chambre qui
donnait sur le jardin. C'est là qu'elle passait des heures entières
à rêver d'Ioris, le pinceau en main, comme Raphaël rêvait de
la Fornarina. Ioris, pour qui l'amour était une chose dans laquelle les sens avaient autant de part que les sentiments, ne
pouvait s'empêcher de sourire quelquefois en voyant qu'Étoile
en faisait une sorte de religion. Quelquefois cependant, il était
comme effrayé en présence d'une passion si sérieuse et si profonde; comme il était l'inconséquence en personne, il se demanda même une ou deux fois s'il n'aurait pas mieux fait de ne
point réveiller l'âme de la femme dans le sein de cette muse.

Pauvre muse, elle était bien réellement devenue femme : aussi
avait-elle toute l'abnégation et aussi la généreuse imprudence
de la femme qui aime. Elle traitait Ioris en roi; pour lui faire
oublier qu'il sortait d'esclavage, elle humiliait volontairement
sa force pour qu'il n'eût pas à rougir d'avoir été et d'être encore
si faible. Dans les sacrifices expiatoires, la victime doit être pure
et innocente; Étoile offrait sa pureté et son innocence en expia-
tion des crimes et des cruautés d'une autre.

Un poète inconnu nous a conservé une légende touchante des
temps où le monde était plus jeune. Une reine, amoureuse d'un
esclave, commença par ui rendre la liberté, pour qu'il ne fût
point humilié d'aimer une femme qui était si fort au-dessus de lui,
elle descendit les marches du trône, jeta son sceptre dans la

poussière, et voulut être semblable aux autres femmes. L'ancien
esclave, du consentement de la reine, avait ramassé le sceptre
et était monté sur le trône à sa place; quand il fut souverain
maître, il ne reconnut plus dans la foule celle qui l'avait fait roi.
Car ce qui l'avait séduit d'abord en elle, c'était l'éclat de la cou-
ronne. Un sage dit à la pauvre reine détrônée: « Vous auriez
dû garder votre sceptre, et faire sentir à cet homme la puissance de votre main royale, le maintenir éternellement dans le
doute et dans l'attente, et alors peut-être aurait-il continué de
vous aimer. Je dis : peut-être, car les hommes sont des créatures
aussi légères et aussi inconstantes que les papillons. »

Mais Étoile ne connaissait pas cette histoire; l'eût-elle connue,
qu'elle n'aurait pas saisi le sens de la parabole.

XXXVI

Dans le courant de l'été, on apprit la mort de lord Archie,
cet homme si aimable, si courtois, si charmant; son schooner de
plaisance avait été surpris par une violente tempête et le pauvre lord s'était noyé.

« Mort! » s'écria Étoile, dont les lèvres étaient devenues toutes
blanches. L'idée de la mort était si étrange pour elle, surtout
au moment où elle venait de s'éveiller à la vie !

« Mort! » dit Ioris, et son front se couvrit d'un sombre nuage.
Cette mort soudaine l'avait frappé comme d'un coup de foudre;
car elle brisait les derniers liens qui rattachaient encore lady
Jeanne à la vérité et à la raison. Elle avait toujours redouté l'o-
pinion de son père, qui était un gentleman dans toute la force
du terme, et qui, malgré toute sa douceur, savait être sévère et
même impitoyable pour le mensonge et la déloyauté. A quels excès
lady Jeanne, cette tigresse, ne s'emporterait-elle pas, maintenant qu'elle était absolument libre de ses mouvements?

Une dépêche impérieuse de lady Jeanne montra à Ioris qu'il
avait lieu de tout craindre. Le premier usage que lady Jeanne
avait fait de sa liberté, avait été de lui écrire : « Venez me rejoindre, tout de suite. »

« Est-ce que je ne pourrais pas lui écrire? demanda Étoile, en
regardant Ioris d'un air embarrassé.

— Non, répondit brusquement Ioris, et il retomba dans un
silence farouche. Elle mit sa main dans la sienne.

« Permettez-moi de lui écrire. Ce serait une cruauté de ne pas
lui écrire un mot, en pareille circonstance. Je pourrais lui dire
la vérité sur ce qui vous concerne, en évitant de la blesser.

— Non, dit Ioris, non ! je vous défends... »

Elle baissa la tête. Elle n'insista pas, ne se révolta pas contre
la dureté de ses paroles ; elle pensait qu'après une si longue servitude, c'était un soulagement pour lui de commander en maître.

Il l'attira à lui, et les bras d'Étoile s'enlacèrent autour de lui.
Alors il lui dit tout bas, en se servant d'un mot qui revenait
souvent dans leurs entretiens : « Ma *femme* ne peut pas écrire à
ma maîtresse. »

XXXVII

Un matin, Étoile était dans son atelier. Des pluies récentes
avaient rafraîchi l'atmosphère. Sur les collines voisines, les
vendangeurs étaient à l'œuvre, leur cris, adoucis par la distance,
se mêlaient aux cris des enfants et aux bruits des chariots.

Elle venait de travailler deux heures de suite. Ioris était en
ville. Les personnages du tableau commençaient à prendre vie
et à sortir de la toile. C'était un épisode de la vie de Sardello ;
Sardello, bien entendu, était représenté sous les traits d'Ioris.
Étoile aimait son œuvre, non plus, comme autrefois, pour l'amour
de l'art, mais pour l'amour de *lui*.

L'été touchait à sa fin, les feuilles de la vigne s'empourpraient,
signe que l'automne s'avance. Étoile, qui se reposait de son
travail sur un canapé, revoyait par la pensée cet été de bonheur
dont la fin était proche ; et comme dans la fin de toute chose
il y a de la tristesse et de la mélancolie, Étoile se demandait
avec une certaine mélancolie si jamais, dans le cours de sa vie,
elle retrouverait un second été aussi pur et aussi éclatant que
le premier.

La porte de l'atelier s'ouvrit tout à coup. Ioris entra sans rien dire,
et vint s'asseoir à côté d'Étoile. Il était pâle et défait ; s'étant
laissé glisser aux pieds de sa « femme », il couvrit ses mains de
baisers, et lui dit tout bas :

« Mon amour, je suis forcé de vous quitter. Il faut que j'aille
à Paris ; ce ne sera pas pour longtemps... mais... »

Par un mouvement involontaire, Étoile l'éloigna vivement, et, les joues brûlantes, les regards fixés sur ses yeux, lui dit :

« Vous allez... la rejoindre.

— Sur ma vie, je vous jure que vous vous trompez; » alors il se leva, et lui dit avec un dédain superbe : « Vous m'insultez, Étoile, en me croyant capable de vous outrager, vous; car ce serait vous outrager que de suivre cette femme. Non, je vais à Paris pour cette triste affaire où mon honneur est engagé, je vais voir ce que je pourrai faire pour ceux qui ont eu confiance en moi. Quant à elle, elle est en Écosse; pouvez-vous douter de moi à ce point? »

Elle lui serra les mains d'une étreinte convulsive et devint aussi pâle qu'un lis.

« Vous n'irez pas la rejoindre... vous n'irez pas ?

— Faut-il que je jure sur la mémoire de ma mère? Non! Par le ciel qui est au-dessus de nous, non! mille fois non! »

Elle s'affaissa sur le canapé en pleurant, et pendant qu'elle pleurait, elle le serrait contre elle, aussi fort qu'elle pouvait.

« O ma vie, mon amour, pourquoi me quitter? En quoi puis-je vous avoir déplu? Est-ce que vous n'êtes pas heureux? »

Il la prit dans ses bras, et lui couvrit les paupières de baisers passionnés.

« Nous sommes trop heureux, les dieux sont jaloux du bonheur humain. Me croyez-vous capable de vous quitter sans un sérieux motif! C'est mon honneur qui exige que je parte; je n'ai pas d'autre moyen de sauver ceux qui ont eu foi en mon nom. Écoutez-moi bien, et tâchez d'être calme. Je serai de retour avant la fin de l'automne. »

Sa voix tremblait, un sanglot lui coupa la parole; et pendant qu'il la tenait serrée sur sa poitrine, elle s'aperçut qu'il versait des larmes brûlantes.

En ce moment, il ne mentait pas ; ses larmes étaient sincères et il disait la vérité, telle qu'il la voyait, ou du moins telle qu'il croyait la voir. Longtemps il avait résisté aux ordres et même aux prières de la femme absente. Lady Jeanne, devant ce silence et cette froideur inaccoutumée, avait deviné une partie de la vérité. Elle avait été mordue au cœur par la jalousie, et, dans sa rage, elle s'était juré qu'il viendrait à elle, et il allait à elle.

A l'époque où elle était partie, les iris de mai étaient en fleur; les dahlias et les asters de septembre commençaient à fleurir quand elle triompha de sa résistance.

Lorsqu'Ioris quitta Étoile, il crut qu'elle allait mourir de douleur, et cependant elle ne savait rien, et elle avait une foi aveugle en lui. N'avait-il pas juré?

Quand elle prenait ses pinceaux, ce n'était plus pour évoquer sur la toile des anges ou des esprits, c'était pour caresser son portrait, pour évoquer son image, et faire revivre ses grands yeux rêveurs et sombres. Mais elle jetait bien vite ses pinceaux et pleurait amèrement. Ioris, en même temps que son cœur, avait emporté son génie.

Une crainte vague pesait sans cesse sur son âme, comme un caillou sur une fleur délicate. Elle le croyait sur parole; mais pourquoi n'était-il entré dans aucune explication? Savait-il lui-même quel danger il pourrait courir et dans quel piège on espérait peut-être le prendre?

Il était parti pour sauver son honneur, et si son honneur allait faire naufrage!

Plus d'une fois elle fut violemment tentée de partir pour Paris. C'est là qu'était son foyer et le centre de sa vie : elle avait donc les deux raisons les plus naturelles d'y retourner : tous ses intérêts souffraient de son absence prolongée. Cependant elle ne partit pas, elle craignait d'avoir l'air de le suivre, de le suspecter, de l'espionner. On ne lui avait que trop prodigué ce genre d'insultes. Voilà les raisons qui la décidèrent à rester.

Lorsque, plus tard, Étoile jeta un regard en arrière sur cette période de sa vie, elle ne put s'empêcher de la comparer à une longue maladie, pleine de langueur, de tristesse et de découragement.

Sa santé même s'altéra, au point que les médecins s'inquiétèrent, prononcèrent avec une gravité de mauvais augure le mot de fièvre romaine, et supposèrent même quelque mal secret dont la malade elle-même n'avait pas conscience.

De jour en jour elle devenait plus mince, plus pâle et plus faible; la nuit elle inondait son oreiller de ses larmes. L'époque fixée par Ioris pour son retour était déjà passée depuis longtemps, et il ne parlait pas de revenir.

Étoile avait une âme forte et vaillante, toujours elle avait tenu tête avec une fierté héroïque aux ennemis que sa renommée avait fait naître sous ses pas. Elle fut sans force contre l'abandon de l'homme qu'elle aimait. Elle vivait dans une atmosphère de morne désespoir. Car s'il avait pleuré en la quittant, il avait eu cependant la force de la quitter. Pourquoi l'avait-il quittée? En quoi lui avait-elle déplu? Elle gardait encore envers lui une si profonde reconnaissance et une foi si sincère, qu'elle

cherchait à se trouver coupable. Si elle était coupable, sa faute
était de l'avoir trop aimé, et de s'être trop complu à s'humi-
lier devant lui.

Ioris, en franchissant les Alpes, avait tourné vers Rome des regards désolés; son cœur était triste et, malgré cela, sa vanité
lui murmura à l'oreille : « Quand même elle devrait ne plus me
revoir, jamais elle ne se donnerait à un autre. »

S'il n'eût pas été aussi sûr d'elle, rien au monde n'aurait pu
le décider à la quitter, même le soin de son honneur.

Tout ce qu'elle savait, c'est qu'il se portait bien, et qu'il était
à Paris, rien de plus. Elle ne songea pas un instant qu'il pût
être tout ce temps-là aux côtés de la femme qui l'avait ruiné.
N'avait-il pas dit que c'était l'insulter que de le penser un seul
instant?

Et pourtant, Étoile sentait qu'il y avait entre elle et lui comme
un abîme obscur, qui se creusait tous les jours, et elle était
hantée des plus sombres pressentiments.

Une insomnie douloureuse torturait ses nuits; pendant des
journées entières elle demeurait immobile, envahie par une
langueur mortelle. La poussière s'amassait silencieusement sur
ses œuvres commencées ; et quand parfois elle leur donnait un
regard en passant, c'était pour s'étonner d'avoir cru jadis que
l'Art suffisait au bonheur de la vie. Elle n'avait plus la foi.

XXXVIII

Par une belle journée d'octobre, sur les quatre heures, lady
Jeanne était tranquillement assise, dans un appartement de la
rue de Rivoli. Elle était en grand deuil, mais sa physionomie
était radieuse et triomphante.

Elle avait enfin remporté la victoire. Le transfert était signé,
et Ioris était assis à côté d'elle.

Il est vrai de dire qu'Ioris avait l'air fatigué et abattu. Quand
il avait quitté Rome pour Paris, il emportait avec lui l'espoir
de sauver l'honneur de son nom et les intérêts qu'il avait mis
en péril. L'honneur de son nom se trouvait compromis, sans
qu'il sût comment, dans une nouvelle entreprise aussi hasar-
deuse que la première, et les intérêts qu'il avait cru pouvoir défendre avaient été impitoyablement sacrifiés. Son voyage n'avait

abouti qu'à le rejeter dans les bras d'une femme jalouse et passionnée.

« Io est venu pour ce transfert, » disait lady Jeanne à ses connaissances.

« Io est venu à moi, au moment de mon épreuve douloureuse, » disait-elle à ses intimes.

M. Challoner était parti pour les eaux, quoique la saison fût déjà avancée.

« Io, vous avez l'air tout à fait souffrant, s'était écriée lady Jeanne, le jour même de l'arrivée d'Ioris. Vous n'avez pas pu supporter de vivre loin de moi. Pauvre ami! Je ne vous quitterai plus jamais, jamais! »

Il avait frissonné, sans répondre.

Elle parlait sincèrement, du fond de son cœur; car elle l'aimait, autant qu'elle était capable d'aimer.

Et voilà qu'ils vivaient ensemble depuis des semaines, dans cet hôtel de la rue de Rivoli; lady Jeanne était heureuse. Ioris avait de nouveau les mains liées par le transfert qu'il avait fini par signer; il ne pouvait plus échapper à lady Jeanne.

Le soir même de son arrivée, elle lui avait dit à l'improviste en le regardant bien en face :

« On m'a dit que vous ne bougiez plus de chez Étoile, depuis mon départ! »

Ioris s'attendait à cette attaque: il répondit tranquillement :
« Je l'ai vue quelquefois, naturellement.

— Est-ce bien tout ?

— Que voulez-vous de plus ?

— On me disait que vous y alliez très souvent, trop souvent.

— Croyez donc ce que vous voudrez, je n'y puis rien...

— Vous êtes cruel, Ireneo.

— Aussi vous êtes odieuse avec vos soupçons!

— Odieuse, après tous les sacrifices que j'ai faits pour vous; après tout ce que j'ai enduré pendant les derniers mois, pour servir vos intérêts?

— Ce n'est pas une raison pour me faire des reproches à propos de rien.

— A propos de rien?

— Oui, à propos de rien.

— Vous n'avez pas multiplié les visites chez Étoile?

— Qui peut vous avoir dit que je les avais multipliées?

— C'est Marjory.

— Marjory aime à brouiller les gens; elle est envieuse.

— Mais avouez au moins qu'Étoile est amoureuse de vous.

— Ne me dites jamais de ces choses-là, n'importe à propos de quelle femme ; elles me déplaisent.

— C'est pourtant vrai.

— Vrai ou non, je vous prie de ne pas le répéter, si vous ne voulez pas me contrarier.

— Alors, voulez-vous me jurer que vous ne l'aimez pas?

— Pourquoi cette nouvelle exigence? Rien ne saurait-il vous satisfaire? Est-ce que ma seule présence ici n'est pas une preuve suffisante? »

Non, ce n'était pas une preuve suffisante; mais, aveuglée par la vanité, lady Jeanne s'en contenta. Elle ne remarqua pas combien les réponses d'Ioris étaient évasives, et comme il était loin d'avoir le ton ferme et franc de l'honnête homme injustement soupçonné.

Ioris n'éprouvait aucun scrupule à tromper lady Jeanne; mais il s'en voulait à mort de renier la femme qui l'adorait.

Tous les matins, au réveil, il se disait : « Je ne puis tarder plus longtemps, je suis décidé à lui dire la vérité aujourd'hui. » Il survenait toujours quelque empêchement, à point nommé, et voilà comment son séjour à Paris se prolongeait indéfiniment.

Il se passa bientôt en lui quelque chose qui aurait dû le faire frémir, s'il avait été capable de regarder la vérité en face. Il commençait à se demander comment il oserait retourner vers Étoile et lui dire : « J'ai péché contre vous, et j'ai été parjure ! »

Il avait fait quelques efforts pour quitter lady Jeanne et retourner seul en Italie, alléguant les vendanges et je ne sais quelles raisons encore. Lady Jeanne lui avait péremptoirement prouvé que sa présence était absolument nécessaire à Paris. Pour une fois on ferait les vendanges sans lui; mais les affaires sont les affaires. Il baissait la tête, mais ses pensées s'en allaient errer à travers les jardins de la villa Roccaldi, où se promenait une femme en blanc, triste et solitaire.

Quelquefois, quand lady Jeanne était en compagnie d'un agent de change, d'un artiste, ou d'un de ces spirituels auteurs qui écrivent des comédies si parfaitement indécentes, Ioris s'esquivait et s'en allait regarder une certaine petite maison, aux environs du Luxembourg, et causer d'Étoile avec ses vieux domestiques.

On le connaissait bien, et on lui permettait d'entrer dans l'atelier d'Étoile qui donnait sur le jardin. Il s'asseyait tout pensif, et regardait autour de lui; plus d'une fois il eut honte de lui-même

16

et baissa les yeux devant un portrait d'Étoile modelé par Clésinger.

Il aimait aussi à rechercher les œuvres d'Étoile dans les musées et dans les collections particulières. Il éprouvait une jouissance égoïste à se dire : « La femme qui a créé ces merveilles de
grâce et de force ne vit que pour moi; la muse qui règne ici
tremble de me déplaire, et pâlit quand je fronce le sourcil. »

Ces escapades étaient rares, car lady Jeanne ne le quittait
guère. De temps à autre, elle lançait comme au hasard quelque
hideuse calomnie ramassée dans la boue du ruisseau ou quelque
grossière insulte à l'adresse d'Étoile. Blessé au cœur, Ioris n'o-
sait protester, de peur de se trahir; mais il sentait au moins toute
l'infamie de sa conduite, et descendait chaque jour plus bas dans
sa propre estime.

« Elle donnerait sa vie pour moi, se disait-il, et moi je n'ai pas
le cœur de la défendre contre les absurdes calomnies d'une haine
jalouse ! »

Voyant qu'il ne relevait pas ses attaques, lady Jeanne le croyait
indifférent, et s'en réjouissait au fond de son âme.

Par moments, il éprouvait une envie féroce de frapper du poing
la bouche qui mentait si impudemment; mais il se retenait, parce
que lady Jeanne était une femme. Un soir, lady Jeanne avait eu
à dîner un comédien et un auteur d'un talent au-dessous du
médiocre et d'une réputation équivoque. Le comédien avait vainement sollicité un rôle dans une comédie en vers qui avait été
l'occasion d'un des triomphes les plus éclatants d'Étoile. L'auteur avait vu refuser une de ses pièces au théâtre même où Étoile
peu après avait remporté de si brillants succès. Ces deux drôles
éprouvaient à l'endroit d'Étoile une de ces haines épouvantables
que le génie inspire toujours à la médiocrité envieuse.

Lady Jeanne prit un malin plaisir à jeter comme au hasard le
nom d'Étoile dans la conversation. Ils se lancèrent sur cette piste
comme deux chiens qui poursuivent un daim. Pendant tout le
dîner, ils profanèrent le nom d'Étoile par toutes les calomnies
que peut inventer la méchanceté la plus cruelle et la plus stupide.
Ioris les écouta tout le temps en silence. Lady Jeanne l'observait
avec attention; mais elle perdit sa peine à l'observer. On aurait
dit qu'il était sourd et muet.

Quand ses deux convives prirent congé d'elle, elle le pria de
les reconduire jusqu'au bas de l'escalier.

Il se leva et obéit avec une courtoisie qui flatta singulièrement
leur vanité, et les reconduisit jusque dans la rue. Une fois sur

le trottoir, il les souffleta tous les deux avec un gant qu'il avait
tordu entre ses doigts, pendant qu'il les reconduisait avec une
si exquise politesse.

« Messieurs, leur dit-il tranquillement, vous êtes deux lâches. »
Et il y avait dans ses regards une expression si terrible, que les
deux drôles en furent épouvantés.

Avant qu'ils fussent revenus de leur étonnement, il leur avait
tourné le dos et était rentré dans l'hôtel.

Ce soir-là, pour la première fois depuis son arrivée à Paris,
il fut assez content de lui.

Le lendemain, il attendit en vain les témoins de ces messieurs.
Le surlendemain il apprit que le comédien avait été arrêté pour
dettes, et l'auteur pour un délit de presse qualifié : Offense aux
bonnes mœurs.

« Vous choisissez bien vos amis, dit-il à lady Jeanne, qui lui
répondit avec aigreur.

— Ils m'ont écrit que vous les aviez insultés tous les deux
l'autre soir ; à quel propos, je vous prie ? Ce sont d'excellents gar-
çons, qui n'ont contre eux que d'être imprudents et de n'avoir
pas de chance.

— Ils avaient parlé grossièrement devant vous, » répondit négligemment Ioris. Lady Jeanne fut flattée et ne put s'empêcher de
sourire.

« Et c'est pour cela, dit-elle, que vous risquez de vous attirer
un duel, de faire un horrible scandale et de me compromettre !
Je vous défends de recommencer, Io, c'est un jeu trop dangereux. »

Io éclata de rire. Heureusement que lady Jeanne ne comprit
pas ce qui le faisait rire. Sa vanité triompha du zèle qu'il mettait
à la défendre ; néanmoins elle fut un peu effrayée de lui voir dé-
ployer une énergie à laquelle elle n'était pas habituée et dont
elle l'avait cru jusque-là absolument incapable.

Que ferait-il, par exemple, le jour où il s'apercevrait que de
mensonge en mensonge, et de tromperie en tromperie, elle
l'avait amené à compromettre sérieusement l'honneur de son
nom ?

« Mais après tout, se dit-elle, que puis-je avoir à redouter ?
Si j'ai fait sa fortune, il serait mal venu à se montrer difficile ; si
je l'ai ruiné, il aura absolument besoin de moi pour se tirer
d'affaire. »

En somme elle était contente ; les jours se succédaient et Ioris
continuait de vivre avec elle à Paris.

Mais combien les journées lui paraissaient longues et tristes, et combien il était fatigué de la vie qu'elle lui faisait mener! Ses matinées se passaient à voir des gens qui lui déplaisaient, et à s'occuper d'une affaire où il ne comprenait rien, sinon que sa conscience la condamnait absolument. Le soir, ils dînaient en tête à tête dans un café, se promenaient dans les rues encombrées de badauds, faisaient le tour du lac en voiture, et terminaient la soirée par un souper au restaurant. Cette odieuse routine le dégoûtait, l'énervait, le rendait malade.

Chaque minute passée aux côtés de lady Jeanne lui semblait une trahison nouvelle; quelquefois, les yeux fatigués par l'éclat de cette mer de lumières qui flambloient aux Champs-Élysées, il levait ses regards vers la voûte d'un bleu sombre où scintillaient les étoiles; sa pensée s'envolait loin de Paris; il songeait à une femme qui, le soir, se mettait à genoux, priait pour lui, et ne songeait qu'à lui pendant ses longues insomnies. « Elle m'aime tant, se disait-il, qu'elle me pardonnera même cela! » En même temps, il se sentait avili au point de frissonner rien qu'à l'idée de la regarder en face.

Dans ces moments-là, il s'arrachait aux étreintes de lady Jeanne avec une impatience fébrile.

« Vous êtes bien changé, lui dit-elle un jour.

Il lui répondit d'un ton maussade:

« Vous avez agi, en dehors de moi. Vous avez mis l'honneur de mon nom en péril; vous m'avez imposé le fardeau de nouvelles obligations. Pouvez-vous sérieusement compter sur ma reconaissance? Ne me faites pas de scènes, pour l'amour de Dieu! »

Elle se contraignait alors, et elle conservait des craintes vagues, sachant qu'il serait peut-être ruiné par sa faute. Mais ces alarmes ne duraient guère. Si l'entreprise réussissait, elle aurait le mérite d'y avoir intéressé Ioris malgré lui; si elle échouait, elle comptait bien rejeter la faute sur d'autres.

Ce jour-là, pendant qu'elle faisait sa correspondance, Ioris, étendu sur un canapé, pâle, fatigué, rêvait, les yeux fermés. Il rêvait à la femme qui l'aimait tant, et se demandait s'il ne ferait pas bien de partir pour Rome, tout seul, le soir même.

Lady Jeanne, ayant terminé sa correspondance, s'approcha du canapé, et posa doucement sa main sur le front d'Ioris. Il tressaillit, et se leva si brusquement qu'il fit tomber une lettre cachée entre sa chemise et son gilet. Il la ramassa vivement; néanmoins lady Jeanne avait pu entrevoir l'écriture de l'adresse.

« C'est l'éc iture d'Étoile, » s'écria-t-elle; et elle lui saisit le poignet.

« C'est son écriture, dit-elle entre ses dents serrées ; donnez-moi cette lettre ; il me la faut ! »

Ioris dégagea brusquement son poignet, et jeta la lettre au feu.

« Vous avez des secrets pour moi ! Elle vous écrit ! Vous osez me tromper ! Cette femme vous aime ; elle vous écrit ; et vous portez ses lettres sur votre cœur... et moi !... Traître, lâche !... »

Il leva sur elle ses yeux sombres et la regarda pendant quelques instants avec une rage froide ; un peu plus, il aurait eu le courage de reconquérir sa liberté et d'assurer les joies de toute sa vie. Il fut sur le point de dire : « Si je suis un traître et un lâche, je suis ce que vous m'avez fait ! » Et il aurait été entraîné naturellement à révéler toute la vérité. Mais encore une fois la chance tourna contre lui.

Un homme d'affaires entra, apportant d'excellentes nouvelles de la Bourse. Lady Jeanne eut la force de sourire au financier, qui était un juif de Galicie. C'était un homme fort et habile, mais qui manquait de tact et d'éducation. Il prolongea sa visite, bien qu'il sentît qu'il y avait de l'orage dans l'air. Comme c'était un homme qui pouvait nuire, lady Jeanne n'osa pas l'éconduire.

Ioris avait remis son masque. On ne pouvait rien lire sur son visage. A peine la porte se fut-elle refermée sur le visiteur malencontreux, que lady Jeanne lança sur Ioris des regards étincelants.

« Maintenant, dit-elle, répondez-moi, si vous le pouvez, si vous l'osez.

— Je n'ai pas de secrets pour vous, répondit-il froidement ; mais vous me permettrez bien de garder les secrets des autres. Je n'ai fait que mon devoir en brûlant une lettre de femme plutôt que de la laisser lire par une autre femme... même par vous. »

Elle lui lança des regards irrités, qui auraient voulu lire jusqu'au fond de son âme. Mais dans la profondeur de ses grands yeux noirs elle ne vit rien qu'une impénétrable sécurité. Il s'était mis dans la tête de la duper, et il y réussit.

« Les secrets des autres ! répéta-t-elle. Dois-je comprendre qu'elle a une passion pour vous, et que vous ne répondez pas à sa passion ? Est-ce là ce que vous voulez dire ? Est-ce pour cela que vous avez brûlé cette lettre ? »

Il ne répondit pas. Qui ne dit mot consent.

« Vous auriez bien dû me la montrer, murmura-t-elle. Telle qu'elle était j'aurais voulu la voir. En la brûlant...

— La femme que j'aime est la dernière à qui j'aurais consenti à la montrer, » répondit-il avec son froid sourire, et son regard impénétrable. Il aurait ri volontiers de cette équivoque ironique, et cependant son sang bouillonnait dans ses veines. Lady Jeanne, aveuglée par la vanité, ne vit dans sa réponse qu'un éclatant hommage rendu à sa puissance.

« Alors, vous admettez qu'elle vous aime ? cria-t-elle tout haut.

— C'est ce que je n'admettrai jamais d'aucune femme, devant n'importe quelle autre femme, ou devant n'importe quel homme! »

Sa voix était d'une douceur parfaite et d'un calme surprenant, son regard était toujours impénétrable.

Lady Jeanne poussa un cri de joie et frappa dans ses mains, tenant ses bras élevés au-dessus de sa tête.

« Est-ce que votre réponse même n'est pas un aveu? Io, don Quichotte que vous êtes ! à quoi bon tous ces grands airs, qui nous ont presque amenés à nous quereller, nous! Quelle sottise! quelle mauvaise plaisanterie! J'ai toujours dit qu'elle cherchait à vous prendre dans ses filets; j'ai toujours dit qu'elle était folle de vous...

— Chut! chut! la belle proie qu'un homme ruiné!

— Ruiné! vous avez Fiordelisa, et vous êtes en passe de faire fortune, grâce à moi. Et puis, n'êtes-vous pas toujours le prince Ioris? Je vous dis que j'ai toujours vu clair dans son jeu; depuis le jour où elle est venue chez nous pour la première fois. Elle a beau avoir un talent admirable, elle n'a pas su me donner le change. Et voilà maintenant qu'elle ose vous écrire, sans y être même autorisée par vous. C'est une conduite infâme, indigne d'une femme. Vous avez été beaucoup trop bon et trop indulgent en brûlant sa lettre. Quelle considération méritent de pareilles espèces? Au fait, comment sait-elle que vous êtes ici? »

Un soupçon subit avait arrêté net le flot de son indignation légitime, et de ses chastes récriminations.

Ioris était en ce moment debout devant elle, tournant le dos à la lumière. Une femme moins prévenue en faveur de son propre mérite n'eût pas manqué d'observer que son calme avait quelque chose de tendu et d'affecté. Mais si lady Jeanne était d'un naturel soupçonneux, elle n'avait pas le génie de l'observation.

« Comment sait-elle que vous êtes à Paris! répéta-t-elle avec

impatience. Il répondit froidement : « Mon voyage n'est pas un
secret à Rome. Mes domestiques...

— Oh! par exemple, si elle est assez avilie pour faire parler
des domestiques! Et de fait, elle en est capable, je le sais ; si
elle les a fait parler, elle sait que vous êtes avec moi. Et alors,
comment ose-t-elle vous écrire...

— Chère, dit Ioris, avec un sourire dont elle ne remarqua
pas l'amertume, chère, vous n'oubliez qu'une chose. Notre amitié si douce, et si sacrée qu'elle soit pour moi, n'est pas une de
ces liaisons que le monde se croit tenu de respecter ; il est possible qu'elle n'en connaisse pas la sainteté. C'est bien possible.

— Alors, dit lady Jeanne, il faut qu'on la lui fasse bien comprendre. »

Ioris ne répondit rien.

L'impudente drôlesse ose écrire ; et elle considérait d'un
œil jaloux les cendres du foyer ; elle ne pouvait pardonner à Ioris d'avoir brûlé cette lettre sans la lui faire lire d'abord.

« Sortons en voiture, dit-elle d'un ton radouci, je vous redirai
tout ce que mon père m'a dit d'elle avant ce malheureux voyage
qui lui a coûté la vie. Nous dînerons à Madrid, les soirées sont
si belles ; et justement c'est aujourd'hui la pleine lune. Personne
ne me reconnaîtra avec mon voile, n'est-ce pas ? »

Pendant les heures qui suivirent, Ioris fut en proie à une
sorte de fièvre. Tout le temps il se disait : « Quel misérable je
fais ! »

XXXIX

C'est la fin de l'automne, à Rome, par une journée pluvieuse,
triste et maussade. Les Scrope Stairs ont rouvert leur salon, du
moins ce qu'ils appellent leur salon, et ont distribué du thé et
du *muffins* à un certain nombre de matrones et de vierges anglaises et américaines, en attendant le retour des autres, qui ne
saurait tarder.

La société des buveurs de thé s'est peu à peu retirée, il ne
reste pour le moment que les intimes. M. Silverly Bell, mistress
Macscrip, et la vieille demoiselle qui a écrit un livre si remarquable sur les privilèges et châtiments des Vestales.

« Est-ce qu'elle est encore ici ? demanda mistress Macscrip.

— Elle est encore ici, répondit M. Silverly Bell.

— Elle a loué cette belle propriété que l'on appelle Roccaldi?

— Sans compter cet appartement près du palais Rospigliosi. Il faut avoir beaucoup d'argent pour mener la vie qu'elle mène.

— Cet argent, d'où lui vient-il? Comment se le procure-t-elle?

— Ah, voilà! comment? Vous savez qu'elle n'a pas de capital. Elle gagne de l'argent certainement; elle gagne de l'argent, mais qu'est-ce que c'est que cela?

— Pourquoi ne retourne-t-elle pas à Paris? On dit qu'elle y a une maison; il semblerait que tous ses intérêts....

— Ah! » dit M. Silverly Bell, avec un sourire qui fut suivi d'un profond soupir.

« Les artistes sont tous les mêmes! ajouta M. Silverly Bell avec un soupir de regret compatissant, que lui arrachaient les aberrations du génie.

— J'espère qu'on ne la rencontrera plus dans le monde, dit la vieille demoiselle, auteur des priviléges et châtiments des Vestales. Et elle était si émue qu'elle frissonnait après chaque mot.

— Ce n'est pas probable, » dit M. Silverly Bell avec un second soupir, et il tira une lettre de sa poche.

« Il y a, dit-il, une partie de cette lettre que je puis vous lire sans indiscrétion. Je l'ai reçue il y a quelques semaines de notre chère amie actuellement absente. Elle me rappelle ce que lui disait son père avant le malheureux voyage sur les côtes d'Écosse. Il ne trouvait pas de termes assez forts pour exprimer son indignation à l'idée qu'on pût le croire capable d'avoir présenté cette femme à sa fille. Tout cela est bien triste... »

Il lut une partie de la lettre, avec une touchante mélancolie de ton et de manières. « Mon pauvre père me disait, quelques jours avant son départ, qu'il ne la connaissait pas, ou du moins qu'il la connaissait comme les hommes peuvent connaître une femme d'un caractère équivoque; il la rencontrait dans les ateliers et quelquefois au Salon. Il se mettait dans une véritable colère à la seule idée qu'on pût le croire capable de me l'avoir présentée. Je vous autorise donc à démentir ce bruit partout. Mon père a toujours eu la plus mauvaise opinion de cette femme... J'ai des raisons de croire que ses tableaux ne sont pas d'elle... »

« N'est-ce pas réellement triste? répéta le lecteur, quand il eut achevé sa lecture.

— Pauvre lady Jeanne, s'écria mistress Macscrip, quelle infamie d'avoir à ce point abusé de son hospitalité! Mais elle est si bonne et si confiante!

— Si franche, si incapable de soupçonner le mal.

— C'est un beau caractère.

— Un noble caractère ; aussi n'en est-il que plus facile de la tromper.

— Aussi ne se fait-on pas faute de la tromper, et de l'exploiter, dit M. Silverly Bell. Elle aurait dû se renseigner avant de recevoir une femme recommandée par le baron de Voightel, un homme si mal famé ! C'est un grand homme, personne ne songe à le nier, mais il n'a pas l'ombre de scrupules ni de délicatesse. »

Il poussa un soupir auquel toutes les dames firent écho ; la vieille lady George, quoique sourde, avait attrapé quelques mots.

« Des scrupules, de la délicatesse ! s'écria-t-elle : c'est un cannibale. Il a mangé de la chair humaine ; il en est convenu devant moi.

— Si ce n'était que cela, répondit doucement M. Silverly Bell, on pourrait encore lui pardonner et admettre les circonstances atténuantes de la faim et de la nécessité ; mais introduire de sang-froid chez une noble lady, dont le caractère est sans tache et sans reproche, une pareille aventurière ! »

Le vieux lord George protesta et demanda si l'on pouvait traiter d'aventurière une femme de génie.

« C'est une manière de parler, se hâta de dire M. Silverly Bell : c'est une expression reçue et qui a cours dans la société, pour désigner une personne dont on ne connaît ni les antécédents ni les moyens d'existence.

— Étoile a des fonds chez Hottinguer ; je voudrais bien pouvoir en dire autant de moi-même, reprit le bonhomme avec un regard malicieux. Si elle a une fantaisie pour Ioris, Ioris est un heureux coquin, tout à fait digne d'envie ; je voudrais bien être à sa place. Quelle idée de s'en aller à Paris ? C'est un sot en trois lettres s'il ne sait pas apprécier son bonheur.

— Son bonheur ! s'écria M. Silverly Bell en prenant un air terrifié. Mon cher monsieur, excusez-moi, mais je vous demanderai si vous comprenez bien ce que vous dites. Que pouvait-il arriver de pire à un homme irrésolu comme notre charmant ami, que de tomber dans les mains d'une femme de génie, sans scrupules...?

— Aimeriez-vous mieux une femme sans scrupules qui n'aurait pas de génie ? Dans ce cas, on peut dire qu'il est servi à souhait ! » Heureusement pour le bonhomme qu'il n'avait plus la parole très intelligible. D'ailleurs ses filles eurent soin d'étouffer sous leurs cris d'indignation ces propos malsonnants.

« Oh! papa! comment pouvez-vous, comment osez-vous dire
des choses pareilles? Vous plaisantez, on le sait bien, mais... »

Pour échapper à la tempête, le vieux lord George se sauva
dans sa chambre. M. Silverly Bell reprit son développement,
juste au point où il l'avait laissé.

« Cette femme ayant du génie et point de scrupules comprend
la bassesse des passions illégitimes, mais elle est absolument
incapable de comprendre la pureté d'une simple et franche
amitié, comme la peut concevoir une femme qui est tout *esprit*;
une femme qui est tout *esprit* n'a pas même l'idée des fausses
interprétations auxquelles peuvent donner lieu son innocence
et ses nobles actions; lady Jeanne est tout *esprit*. Elle a fait des
merveilles à Londres et à Paris; par son énergie et sa promptitude, elle a sauvé toute l'affaire du pont de Messine qui allait
croûler; les actionnaires ne sauront jamais à quel point ils doivent lui être reconnaissants. Un ami, un simple ami, qui se trouve
être un des directeurs de l'entreprise, reçoit un télégramme
d'Erlanger ou des Rotchschild et part pour Paris : aussitôt voilà
la calomnie qui se déchaîne contre elle; on prétend qu'il est
parti uniquement pour aller la rejoindre, qu'il est son amant,
qu'il... oh! c'est ignoble, positivement ignoble..... »

Ici M. Silvelry Bell s'interrompit brusquement, comme suffoqué par la violence de sa généreuse indignation.

La bonne petite mistress Macscrip lui caressa doucement le
bras pour le consoler. Elle fut assez heureuse pour y parvenir, car
il reprit bientôt le fil de son discours. « Lady Jeanne est tout *esprit*,
et ne songe pas que les gens méprisables trouveront toujours à
toutes vos actions des motifs méprisables. Elle tomba de son haut
en voyant Ioris à Paris, preuve qu'elle ne s'attendait pas à l'y
rencontrer. C'est elle-même qui me l'écrit. Appelé par Erlanger
ou Rothschild, je ne sais plus trop lequel des deux, il alla la
voir; quoi de plus simple et de plus naturel que cette démarche?
car, outre qu'ils sont amis, ils ont des intérêts communs. C'est là-dessus que la calomnie s'est fondée pour se déchaîner contre elle. »

Les yeux pâles de M. Silverly Bell se remplirent de larmes à
l'idée du tort que l'on faisait à lady Jeanne.

En ce moment, une des sœurs Scrope Stairs apparut, un télégramme à la main. « C'est une dépêche de lady Jeanne, s'écriat-elle, pouvant à peine articuler ses paroles, tant elle était émue.
La dépêche est datée de Pérouse; lady Jeanne arrive ce soir, et
nous allons tous à sa rencontre, à sept heures. »

Les derniers invités se retirèrent, sauf M. Silverly Bell qui devait escorter ces dames. Ces dames, tout en émoi, allèrent se revêtir de leurs waterproofs les plus imperméables et de leurs voiles les plus épais, pour affronter le mauvais temps, en l'honneur de la noble dame qui était tout *esprit*.

Le cœur de Marjory battait à se rompre, quand elle dit à M. Silverly Bell : « J'espère bien qu'elle ne revient pas seule, vous savez. Je suis sûre qu'Ioris est avec elle.

— Naturellement, répondit M. Siverly Bell : Challoner est encore en Allemagne, et ne voudrait pas la laisser voyager toute seule avec sa femme de chambre. Naturellement, Ioris doit l'accompagner, c'est tout simple. »

Marjory était si émue qu'elle ne remarqua ni la pluie qui tombait à torrents, ni le vent qui était terriblement froid et perçant. Ioris revenait, elle en était sûre, sans cela lady Jeanne ne serait pas revenue. Il ne serait pas plus à elle que par le passé, mais du moins elle le verrait, et elle se fiait à lady Jeanne pour l'empêcher de fréquenter Roccaldi.

Le train était en retard, et la soirée était de plus en plus froide et pluvieuse. M. Silverly Bell, malgré l'ardeur de son amitié, frissonnait de tout son corps en faisant les cent pas. Marjory était toute à la joie et à l'espérance. Elle prêtait l'oreille au moindre bruit qui pouvait annoncer l'arrivée du train ; elle cherchait à percer le brouillard, sa figure si pâle d'habitude était couverte d'une vive rougeur.

Enfin, le train est en gare ; les voyageurs commencent à défiler. Marjory est dans les bras de lady Jeanne ; et en même temps, son œil découvre dans l'ombre, derrière son amie, une figure pâle, froide, fatiguée ; c'est la figure d'un homme naturellement fier, mais qui ce soir-là semble honteux de lui-même.

A ces signes, Marjory reconnut que les chaînes d'Ioris étaient plus fortement rivées que jamais, et du fond de son âme s'éleva un cantique d'actions de grâces.

« Chers amis, vous êtes tous là ? Et le cher Saint-Paul aussi ? cria lady Jeanne. Comme c'est aimable à vous d'avoir bravé un temps pareil ! Ah! oui, mon chagrin... quel chagrin! en effet, et quelle perte! Io, vous n'avez pas égaré ma cassette à bijoux, j'espère ? Les billets ? Oh! c'est Io qui les a. »

Quel retour triomphal !

Qui donc oserait lui demander ce qu'elle était allée faire à Paris ? Qui donc s'inquiéterait de savoir comment elle était revenue, et avec qui ? n'avait-elle pas été reçue comme une reine, par la fine fleur de la haute respectabilité ?

XL

La nuit était venue, Étoile était seule dans son atelier. On venait d'apporter les lampes, qui répandaient une lumière adoucie sur la pâleur des bustes et des statues de marbre, sur les vigoureuses esquisses au fusain, sur les massifs de palmes et de fougères, et sur les couleurs passées des vieilles tapisseries.

Le tableau de Sordello était posé sur un grand chevalet de chêne; l'artiste n'y avait pas touché depuis le départ d'Ioris. Une seule partie du tableau était achevée, c'était la figure de Sordello, qui était en même temps le portrait d'Ioris.

Étoile était assise sur un canapé, les mains inoccupées. Où était-il le temps où ses heures était si bien remplies, et où la journée lui paraissait toujours trop courte?

Elle songeait à ces choses, faible, abattue, les yeux pleins de larmes, et cependant pour rien au monde elle n'aurait voulu renier son amour et le faire rentrer dans le néant; même alors, elle ne regrettait pas d'avoir rencontré Ioris.

Avoir connu le bonheur, ne fût-ce qu'un moment, c'est une grande chose dans la vie. A celui qui vous l'a fait connaître on peut tout pardonner, même l'abandon.

Au dehors, le vent se déchaînait avec une sorte de fureur sur les feuillages flétris, la pluie battait les grandes herbes du jardin et les volets de bois de la villa.

Sur une partie de la muraille où la lumière des lampes ne parvenait pas, il y avait un crucifix d'ébène, et au-dessus de ce crucifix un portrait d'Ioris: elle l'avait fait au commencement de leur liaison, c'était le premier. Elle s'agenouilla au dessous, et pria pour Ioris, en pleurant amèrement.

La porte s'ouvrit doucement.

Ioris traversa la partie obscure de l'atelier et apparut en pleine lumière. Il était pâle comme un spectre, fatigué, défait, honteux. Elle leva les yeux et l'entrevit au milieu du brouillard de ses larmes; alors, poussant un cri de joie, elle s'élança vers lui.

Au bout de quelques instants, il cessa de la serrer dans ses bras et se jeta à ses pieds.

« Vous êtes, dit-il, le bon ange de mon âme! Que puis-je vous dire? me pardonnerez-vous? »

Elle se pencha vers lui, les deux mains posées sur ses épaules pour le forcer à lever la tête. Et alors, quand elle vit l'expression de son visage, elle sentit que son cœur était percé d'un glaive de douleur.

« Vous avez été.... avec elle? »

Elle parlait à voix basse, et comme oppressée par sa propre parole.

Il baissa la tête et se cacha le visage contre ses genoux. Elle reconnut alors qu'il avait péché contre elle. Et lui, il sentit toute l'horreur de sa trahison.

Il y eut un long silence, troublé seulement par le bruit de la pluie qui tombait dehors. Ses bras la retenaient encore, et il avait toujours la figure cachée contre ses genoux.

« Pouvez-vous me pardonner? murmura-t-il enfin. Ma chérie, je vous ai dit la vérité. Je n'avais pas, en partant, l'intention d'aller la rejoindre. J'ai été trompé, joué, et amené enfin là où j'avais horreur d'aller. En vous quittant je ne prévoyais pas ses desseins. J'ai péché contre vous, mais jamais du consentement de mon cœur. »

Elle se dégagea de son étreinte, et leva la tête comme pour reprendre haleine, tant les paroles d'Ioris lui étaient tombées lourdement sur le cœur.

« Vous avez été avec elle, « répéta-t-elle en frissonnant comme si ses lèvres venaient d'être souillées, comme si elle ne voyait plus dans sa vie que honte, humiliations, outrages.

Elle répéta encore : « Vous avez été avec elle, » et il lui sembla qu'il venait de lui enfoncer un couteau dans le cœur.

« Je l'ai avoué, murmura-t-il avec accablement. Les hommes sont faibles et méprisables; nous ne sommes pas dignes qu'on nous accorde seulement une pensée. Tout le temps, je me faisais horreur, et cependant... Mon ange, regardez-moi! N'ayez pas cette expression terrible, Étoile, vous me faites peur.

— Votre ange! et vous avez pu... »

Une rougeur brûlante couvrit son visage, qui, le moment d'après, devint d'une pâleur mortelle. De ses pauvres mains tremblantes elle essayait vainement de se dégager des bras d'Ioris; elle ne pouvait souffrir d'être touchée par lui; un murmure confus remplissait ses oreilles; elle ne voyait plus rien et se sentait près de défaillir.

Alors, tout d'un coup, l'horrible étreinte où son cœur se mourait se relâcha, un sanglot souleva sa poitrine, elle s'arracha des bras d'Ioris et, se réfugiant sur le canapé, se mit à pleurer.

Pendant qu'elle pleurait, Ioris s'assit à côté d'elle, la prit dans ses bras, la serra sur son cœur et couvrit de baisers ses paupières qu'elle tenait baissées.

« Maintenant, se dit-il, elle me pardonnera. Si elle était résolue à ne pas pardonner, elle ne pleurerait pas. Les femmes vaniteuses et implacables ne pleurent pas, elles se vengent. »

Et sa faute lui paraissait déjà moins lourde, parce qu'il entrevoyait le pardon.

« Mon trésor, lui dit-il, oubliez le passé, et pensons à l'avenir, à l'avenir qui vous sourit. Non, non, ne pleurez pas. Me voici revenu pour toujours. Et, vous me pardonnez... oui, vous me pardonnez, vous êtes de ces femmes qui pardonnent. Vous baiseriez la main qui viendrait de vous donner un coup de poignard! »

XLI

Cependant lady Jeanne fumait dans le salon turc, aussi à son aise et aussi tranquille que si elle ne venait pas d'arriver à l'improviste après un voyage long et fatigant. C'est qu'elle était heureuse, c'est qu'elle nageait en plein succès. On bavardait gaîment autour d'elle ; Mimo était sur le canapé, à ses côtés, Guido Serravalle se tenait assis à ses pieds sur un tabouret ; Marjory Scrope lui faisait du thé, et M. Silverley Bell s'était chargé des lampes.

« Io est rentré chez lui avec un mal de tête, » dit-elle à ses compagnons. A vrai dire, le mal de tête ne lui causait pas grand souci. Après tout, le transfert était opéré et elle avait ramené Io pieds et poingts liés, c'était bien assez pour la tenir en joie. D'ailleurs il avait toujours la migraine après un voyage, et les voyageurs avaient eu grand froid au passage des montagnes.

Quant à elle, elle n'avait jamais de migraines, ni de malaises d'aucune espèce, à moins qu'elle n'eût un intérêt quelconque à paraître souffrante. Elle avait le teint bronzé, le regard brillant, animé ; elle était dans les plus heureuses dispositions du monde, et même plus gaie que d'habitude, lorsque tout à coup elle se souvint qu'elle était en deuil et modéra sa gaîté.

Profitant d'un moment favorable, elle dit tout bas à Marjory : « Vous vous êtes trompée, ma chère, absolument trompée. Il ne

peut pas souffrir Étoile; c'est elle qui le persécute; elle a l'ef-
fronterie de lui écrire à Paris; auriez-vous jamais cru cela? »

Les joues pâles de Marjory se couvrirent d'une subite rougeur
« Êtes-vous sûre, dit-elle d'une voix agitée, qu'il ne songe
pas à elle?

— Sûre? croyez-vous qu'on puisse me tromper, moi?

— Cependant, cependant... bégaya la pauvre Marjory.

— Il ne peut pas la souffrir, dit péremptoirement lady Jeanne.
Il a froissé et déchiré sa lettre sous mes yeux! il était révolté!
Io n'a pas de secrets pour moi, vous savez; pas plus qu'il n'en
aurait pour une sœur. »

Marjory l'embrassa avec effusion.

« Je suis si heureuse de votre retour, chérie, » murmura-t-elle
tout bas. Et de fait, elle était réellement heureuse. Le geôlier
était revenu, le captif était rentré dans sa prison; et elle, Marjory, aurait au moins la consolation de le voir à travers les barreaux, c'était bien quelque chose. Au fond de son âme, elle était
sûre que lady Jeanne se laissait tromper; elle ne pouvait pas
oublier ce qu'elle avait vu, de ses propres yeux, lorsque parfois
le soir elle s'en allait espionner Ioris aux alentours de Roccaldi.
Mais elle s'abstint d'insister pour faire partager sa conviction à
lady Jeanne; si lady Jeanne tenait à fermer les yeux, pourquoi ne
les fermerait-elle pas aussi, jusqu'à nouvel ordre? D'ailleurs elle
savait que lady Jeanne était une femme de ressource, et qu'elle
saurait toujours agir selon les circonstances. Voilà pourquoi elle
venait d'embrasser lady Jeanne avec tant d'effusion.

Comme elle retournait à son misérable logis, par une pluie
battante, elle éprouvait une joie cruelle à penser que lady Jeanne
saurait bien séparer Ioris d'Étoile. Cette insolente étrangère qui
gagnait tant d'argent, qui regardait Marjory avec un dédain si
tranquille, qui osait se faire aimer d'Ioris, serait un jour honnie,
bafouée, grâce à l'énergie et au savoir-faire de lady Jeanne! Elle
ne savait pas encore quel tour il plairait à lady Jeanne de donner à toute cette histoire, mais elle savait que lady Jeanne ex-
cellait dans l'art de mentir et de calomnier, et, d'avance, elle
savourait les douceurs de la vengeance, en son âme étroite de
vieille fille dédaignée.

Pendant les quelques jours qui suivirent, lady Jeanne vécut
dans un tourbillon d'affaires et dans une atmosphère de béatitude.
Elle avait d'abord la besogne courante, c'est-à-dire le petit
commerce d'antiquités; elle avait à flatter la société, pour l'empêcher de mal interpréter son séjour à Paris, et son retour en

compagnie d'Io ; elle avait à dresser le plan de sa campagne d'hiver ; surtout elle avait à faire valoir sa nouvelle entreprise. La plaque de cuivre de l'ancienne société fut remplacée par la plaque de cuivre de la nouvelle société, sur la porte du bureau de M. Challoner ; de nouveaux prospectus furent lancés dans le public, où il était beaucoup question de Tunis et de Malte. Les actionnaires de l'ancienne société avaient toutes les facilités du monde à devenir actionnaires de la nouvelle, en payant, cela s'entend.

Ils avaient déjà perdu le l'argent, c'est incontestable ; mais c'était la faute des vagues et des vents ; de quoi se plaignaient-ils, du moment qu'on leur offrait une occasion unique de réparer leurs pertes et même de s'enrichir? Ioris était mécontent et attristé, mais, comme le disait lady Jeanne, Ioris n'avait jamais rien compris aux affaires d'argent. Le duc d'Oban s'était retiré en jetant feu et flammes, mais le duc d'Oban était un idiot, tout le monde savait cela. Lady Jeanne était satisfaite, et quand elle était satisfaite, elle trouvait bien étonnant que tout le monde ne le fût pas comme elle.

Si la nouvelle entreprise, contre toute attente, ne donnait pas tout ce qu'on espérait en tirer, si réellement on arrivait à une catastrophe, eh bien quoi? on donnerait l'exemple de la résignation ; on restreindrait ses dépenses, et même, pour faire de sérieuses économies, pourquoi n'irait-on pas s'établir définitivement à la campagne, comme qui dirait, à Fiordelisa?

Lady Jeanne en parlait bien à son aise.

N'ayant point mis de fonds dans l'affaire, elle était bien sûre de n'en point perdre. Jusqu'à la catastrophe, si catastrophe il y avait, M. Challoner toucherait son traitement de directeur. Quant à lady Jeanne, elle s'était adjugé certains profits auxquels ont droit, à ce qu'il paraît, les promoteurs de toute grande entreprise. Si la société tombait en déconfiture avant le moment prévu, lady Jeanne y perdrait certainement le surcroît de bénéfices sur lequel elle comptait. Si donc elle prononçait le mot de ruine, ce n'était pas un pur artifice de langage. N'avoir pas de fortune du tout, c'est une tare aux yeux de la société, mais avoir perdu une fortune, c'est un titre sérieux. La société méprise les gens pauvres ; elle peut s'intéresser à des gens ruinés, surtout lorsqu'ils se sont ruinés dans une généreuse tentative pour améliorer le sor de l'humanité! En pareille occurrence, la société trouverait tout naturel de les voir s'installer définitivement à Fiordelisa.

AMITIÉ. 257

Chère lady Jeanne! Comment n'aurait-elle pas été satisfaite et heureuse, en dépit du mauvais temps? Tout lui réussissait. M. Challoner n'était pas revenu d'Allemagne; elle avait autour d'elle toute sa cour d'adorateurs. Son deuil la rendait intéressante et lui attirait des marques de sympathie sur lesquelles elle n'aurait même pas osé compter; elle reçut à propos de la mort de son père des visites après lesquelles elle avait soupiré vainement pendant des années; enfin de naïfs actionnaires venaient mordre à l'hameçon de la nouvelle société. Ioris, il est vrai, faisait mine de bouder, il prenait des airs froids et graves, et sous prétexte qu'il était souffrant, mettait de longs intervalles entre ses visites; mais il n'y avait pas là de quoi s'inquiéter. S'il boudait à propos du transfert, le transfert n'en avait pas moins été signé; devant le fait accompli, il n'avait plus qu'à courber la tête. Quand il serait las de bouder, il redeviendrait aimable, voilà tout. En attendant, lady Jeanne avait pour se distraire le beau Douglas Grœhme, qui revenait de chasser le chamois, Guido Serravalle, qui ne se lassait jamais de chanter avec elle, Mimo et Trillo, ces deux Tyndarides de l'art, toujours prêts à lui servir d'escorte dans les réunions de la société.

Quand lady Jeanne eut couru au plus pressé, elle songea à visiter Fiordelisa. Les deux mains dans les poches de son manteau, le cigare à la bouche, elle partit en voiture entre M. Silverly Bell et le jeune Guido Serravalle.

« Le prince a-t-il amené quelqu'un pendant mon absence? » demanda-t-elle aux gens de Fiordelisa.

Le prince était venu très rarement, et toujours seul.

« Alors, pensa-t-elle, Marjory ne sait pas ce qu'elle dit. S'il y avait quelque chose de sérieux entre Étoile et lui, la première chose qu'il aurait faite, ç'eût été de l'amener ici. »

Il ne lui vint pas à l'idée qu'Étoile avait pu refuser de venir, par un scrupule de délicatesse.

Ayant remis Imperator à la chaîne et grondé tout le monde, lady Jeanne revint le soir, enchantée de sa journée.

« Est-ce que cette aventurière est encore ici? demanda-t-elle à son compagnon.

— Quelle aventurière?

— Étoile.

— Oui, elle est toujours dans sa solitude de Roccaldi.

— Ah! elle est toujours à Roccaldi?

— Oui.

— Est-ce qu'elle peint?

17

— On dit que non ; elle n'a rien achevé ; on prétend qu'elle
est malade. »

Lady Jeanne sourit.

« Malade ! dit-elle en allumant un nouveau cigare. Elle
n'est pas venue me voir ; elle ne m'a pas écrit un mot. Je savais d'avance qu'elle n'oserait pas revenir, quand elle saurait
que j'avais vu mon père. »

M. Silverly Bell soupira ; son cœur débordait toujours de com-
passion.

« Elle est amoureuse d'Ioris, vous savez ; elle lui a écrit pendant qu'il était à Paris, reprit-elle après un moment de si-
ence.

— Vraiment ? dit M. Selverly Bell avec circonspection, et
lui ?

— Lui, il la déteste ! répondit lady Jeanne ; Io n'entend rien
à l'amour ; il est comme moi, il ne connaît que l'amitié ! »

M. Silverly Bell, ne sachant trop que dire, eut une petite
quinte de toux. Fort heureusement, il put se rejeter sur le coucher du soleil, qui était magnifique, comme il le fit observer
avec beaucoup d'à propos.

Lady Jeanne regardait devant elle, le sourire sur les lèvres ;
elle aimait à se représenter Étoile, malade, au milieu de ses
tableaux inachevés.

Ayant déposé ses deux compagnons à la porte de leurs do-
miciles respectifs, elle tourna la tête des chevaux du côté de la
Piazza del Gesù, où demeurait Ioris.

Il était absent, mais elle passa tranquillement devant le domestique et monta à la chambre du prince.

« Je viens chercher quelques papiers pour votre maître, » dit-
elle en manière d'explication.

Le domestique n'osa pas lui refuser la porte. Il est très vrai
d'ailleurs qu'elle avait à prendre quelques papiers d'affaires.
Elle pensait les trouver sur la table. Comme il faisait déjà nuit
elle alluma une bougie ; et sans se gêner commença à fouiller
parmi les lettres, les papiers, les livres et les documents de toute
espèce dont le bureau était encombré. Comme elle connaissait
tous les tiroirs et toutes les cachettes, elle se mit à fouiller partout, sans l'ombre d'un scrupule.

Tout à coup elle aperçut une écriture dont la vue lui fit monter le sang au visage.

C'était un billet d'Étoile, écrit le jour même. Par une négligence inexplicable, Ioris l'avait laissé traîner parmi ses pa-

piers, au lieu de le cacher dans un certain tiroir dont lady Jeanne ne connaissait pas le secret.

Lady Jeanne lut le billet. Il n'était pas long, mais il contenait des expressions qui lui révélèrent la vérité d'un seul coup. Elle le relut trois fois, les joues pâles et les dents serrées.

Ainsi donc elle avait été jouée, bafouée, trahie !

XLII

Elle fut saisie d'une sorte de folie furieuse. Dans le premier moment, elle eût tué Ioris d'un seul coup, s'il eût été là, sous sa main. Des millions d'étincelles dansaient devant ses yeux, il lui sembla qu'on lui frappait le crâne à grands coups de marteau ; tous les objets tournaient autour d'elle, et elle aurait poussé des cris de rage, si sa langue n'eût été comme paralysée. Elle restait debout, regardant toujours le billet à la lueur tremblante de la bougie. Elle avait été jouée, bafouée, trahie : elle ne pouvait pas penser à autre chose.

« Je me vengerai, » se dit-elle enfin, quand elle eut repris ses sens ; mais elle ne songeait déjà plus à tuer les deux coupables, elle se vengerait autrement. Les femmes qui tuent sont des femmes qui aiment assez pour préférer la vengeance à la vie. Or, si lady Jeanne aimait Ioris à sa manière, elle aimait encore plus lady Jeanne. Dans le calme et le silence de la petite chambre faiblement éclairée, sa fureur se calma, et elle se souvint des égards que l'on doit à la société.

A quoi bon tuer les gens ? D'abord, la société réprouve toutes les manifestations violentes ; ensuite, les gens que vous tuez souffrent quelques minutes seulement, et vous, vous souffrez toute votre vie.

D'ailleurs, en poignardant Ioris, ou en le chassant d'auprès d'elle avec ignominie, elle perdait d'un seul coup l'espoir de posséder jamais Fiordelisa.

Elle commençait à n'être plus de la première jeunesse ; il viendrait un jour, jour peu éloigné, où son sourire n'ensorcellerait plus les hommes. Si elle s'exilait volontairement de Fiordelisa, elle perdait du même coup tout espoir de s'assurer une vieillesse heureuse, tranquille et confortable. M. Challoner, dans un moment de franchise, ne lui avait-il pas dit, un

tour : « Jamais vous ne trouverez un second Ioris, aussi sot et
aussi imprudent que le premier » ?

Perdre Fiordelisa! à cette seule pensée son cœur se serrait
d'angoisse et son sang se glaçait dans ses veines.

Perdre Fiordelisa, et voir une autre femme y régner à sa
place! Elle aurait plutôt brûlé le château de ses propres mains.

Il faisait tout à fait nuit; le temps avait passé vite sans
qu'elle s'en aperçût, pendant qu'elle était perdue dans ses réflexions. On n'avait pas osé la déranger ; Ioris n'était pas rentré.

Redevenue maîtresse d'elle-même, elle remit la lettre à l'endroit où elle l'avait trouvée, prit les papiers qu'elle était venue
chercher, souffla la bougie et sortit de la chambre.

Une lampe éclairait l'escalier; le domestique d'Ioris accourut
en entendant le pas de lady Jeanne, et balbutia, dans l'excès de
sa surprise :

« Je croyais madame sortie depuis longtemps. »

Elle lui répondit d'un ton calme, presque enjoué :

« Non, Gianino, votre maître m'avait laissé beaucoup de lettres
à écrire; » et elle ajouta en riant : « J'aimerais mieux qu'il fît sa
besogne lui-même. Allez me chercher une voiture; je serai en
retard pour le dîner. Savez-vous où est le prince? »

Gianino le savait bien, mais il jura ses grands dieux qu'il ne
le savait pas.

Rentrée à la casa Challoner, lady Jeanne s'enferma dans sa
chambre. Elle y passa, en tête-à-tête avec elle-même, l'heure
la plus douloureuse et la plus amère de toute sa vie. Mais
l'heure était à peine écoulée, que déjà lady Jeanne avait pris
son parti et choisi sa vengeance.

Quand elle reconnut sur l'escalier le pas nonchalant d'Ioris, et
qu'elle entendit sa voix ennuyée dans l'antichambre, elle se leva,
tira le verrou, et invita son amant à venir la rejoindre. Au moment où il entra, elle lui passa un de ses bras autour du cou.

« Je tremble la fièvre, Io; tâtez mes joues et mes mains. Je
me suis surmenée pour vous à Fiordelisa. Où avez-vous passé
votre journée? »

Elle lui donna un baiser. Voyant qu'il frissonnait, elle lui en
donna un second. Elle commençait à exercer sa vengeance, une
vengeance qui ne lui ferait pas perdre Fiordelisa.

Si elle n'avait pas connu la vérité, elle se serait montrée soupçonneuse, importune, tracassière, jalouse et curieuse ; elle aurait pu le fatiguer de ses questions et de son espionnage; Ioris
se serait impatienté; un jour ou l'autre, il aurait laissé échapper

une de ces paroles irréparables qui auraient trahi son secret et assuré sa liberté.

Connaissant la vérité, et fermement résolue à faire semblant de l'ignorer, elle jouait la confiance, la sécurité; elle croyait tout ce qu'il lui disait; elle lui montrait tant d'affection, et une affection si pleine de dévouement et de désintéressement, qu'il ne savait plus où se prendre pour chercher querelle et amener une rupture.

Depuis le fameux hiver où elle avait pris possession de lui, il ne l'avait jamais connue si tendre et si caressante; sa voix avait une douceur inaccoutumée; il remarqua qu'on avait cessé de le surveiller et de l'espionner. Quand un homme a affaire à une femme qui le suspecte, il a toute facilité pour lui dire: « Je vous ai trompée; » mais il lui est impossible de le faire quand on lui montre que l'on a foi en sa parole.

Lady Jeanne le savait bien; aussi s'étudiait-elle à ne pas laisser percer l'ombre d'un soupçon. Pendant que la neige de l'hiver blanchissait les rues et les plaines, elle annonçait en souriant l'intention de passer l'été prochain avec lui à Fiordelisa.

Elle parlait quelquefois d'Étoile, comme par hasard, et toujours du ton le plus indifférent.

« Elle a compris qu'elle ne pouvait plus venir me voir, dit-elle un jour, j'en suis contente pour elle. Elle se doute évidemment de ce que mon père m'a dit sur son compte. Vous persécute-t-elle toujours, Io, et vous écrit-elle encore?

— Ai-je jamais dit qu'elle me persécutait? « murmura-t-il en se détournant. Il était mécontent de lui.

— Oh! non, cela vous flattait plutôt; les hommes sont toujours flattés de leurs *bonnes fortunes*, n'est-ce pas, Marjory? »

Marjory saisit la balle au bond.

« Io en est très fier, je crois. Il n'est pas donné à tout le monde de fasciner une grande artiste qui peut immortaliser les gens à coups de pinceau.

— Quelle folie! « dit Ioris, en rougissant malgré lui. Lady Jeanne et Marjory se mirent à rire; mais les choses n'allèrent pas plus loin.

Quand il était préocupé, distrait, qu'il affectait de lui désobéir et refusait de l'accompagner dans le monde ou de paraître en public avec elle, elle se montrait d'une indulgence et d'une patience admirables: « Vous avez raison, cher, lui disait-elle, peut-être vaut-il mieux que l'on nous voie moins souvent ensemble.

Cette douceur énervait Ioris et paralysait sa volonté.

Un jour, lady Jeanne lui dit tendrement : « *Caro mio*, je suis honteuse de cette scène que je vous ai faite à Paris. Vous qui m'êtes si dévoué, j'ai pu vous insulter en supposant que vous pourriez m'être infidèle, ne fût-ce que pendant cinq minutes ! Je m'en veux à mort, Io, je vous assure. »

Pour lui tenir ce langage, elle choisissait toujours le moment où ils étaient au milieu de la foule, soit dans la rue, soit dans un salon, pour lui ôter toute chance de faire une de ces réponses qui auraient pu être le prélude d'une explication. Avec un malaise qui croissait de jour en jour, Ioris se pénétrait de l'idée des obligations qu'il avait à lady Jeanne ; il sentait, sans qu'elle le lui dît, ce qu'elle se croyait en droit d'attendre et même d'exiger : c'était une chose convenue qu'il était à elle pour toujours !

La haine et la fureur, la crainte et la jalousie dévoraient le cœur de lady Jeanne ; sa vanité était blessée à mort ; et cependant elle imposait silence à sa haine et à sa fureur, elle mettait un frein à sa violence, elle était douce et caressante, elle fermait les yeux à l'évidence, elle dévorait les paroles amères et brûlantes qui cent fois par jour lui montaient du cœur aux lèvres ; c'était une contrainte de tous les instants, et une lutte terrible que lady Jeanne soutenait contre elle-même. Mais le monde lui avait appris à se contraindre, et le but qu'elle avait devant les yeux lui donnait la force de lutter sans défaillance. Tout endurer plutôt que de perdre Fiordelisa !

Cependant M. Challoner était revenu pour les fêtes de Noël. Il n'aurait pas manqué pour un empire à une fête de famille. Qu'auraient dit les représentants de la société, si M. Challoner, cet excellent père de famille, n'avait pas été à son poste pour les réjouissances de Noël ?

Lady Jeanne, préoccupée de mille soins et minée par sa lutte de tous les instants, maigrissait beaucoup, et ses yeux brillaient du feu de la fièvre.

« C'est la mort de son père, disaient les Scrope-Stairs.

— C'est l'énergie surhumaine qu'elle a déployée, » murmurait M. Silverly Bell. Et les représentants de la société répétaient après eux : « Grand chagrin, énergie surhumaine — tout à fait admirable ! » Aussi, voyait-on à sa porte plus de voitures qu'on n'en avait jamais vu en aucun temps.

On supposait qu'elle avait remporté une grande victoire financière ; et les gens ont toujours beaucoup de sympathie et d'admiration pour ce genre de succès.

Les succès d'Étoile n'étaient pas à beaucoup près aussi popu-

laires. Le vulgaire suppose toujours qu'un grand artiste est
disposé à le mépriser.

Donc lady Jeanne était en faveur et voyait beaucoup de monde,
elle en profitait pour miner la réputation de sa rivale.

« Etoile? je ne la vois plus, et n'ai nulle envie de la revoir.
Elle n'ose pas venir depuis que j'ai vu mon pauvre père. Si je
croyais la rencontrer quelque part, ce serait une raison pour
moi de m'abstenir d'y aller. Après tout, elle n'est peut-être pas
pire que les autres artistes! Je crois qu'elle cherche à prendre
Io. Il la déteste, mais il est si faible! Pauvre Io! Dire qu'il y a
au monde une personne capable d'en faire un héros! je suis
peut-être mauvais juge; il y a longtemps que nous vivons comme
frère et sœur. Pauvre Io! »

Au fond, elle souffrait le martyre, et la pensée de sa rivale
préférée ne la quittait ni jour ni nuit, et malgré cela elle ne
manquait à aucun des rites ni à aucune des minuties que la
société exige impérieusement de ses adorateurs.

Quand tout le monde était parti, elle se jetait sur son canapé,
respirait de l'éther et disait à sa femme de chambre : « Marianna, envoyez chercher le prince Ioris. Dites que je me sens très
malce soir. » Alors il venait à contre-cœur; elle constatait combien
son regard était froid, son esprit préoccupé, son langage contraint.
Elle imposait silence à son propre cœur, passait doucement sa
main sur les cheveux de l'infidèle, et murmurait à son oreille :
« Je me sens très mal ce soir; non! ne vous en allez pas, *amor
mio*, passez-moi ces gouttes d'éther; je suis d'une faiblesse! »

Il s'agenouillait devant elle, avec un mélange de maussaderie
et de repentir. La voyant malade, il avait naturellement pitié
d'elle : et puis, elle était si douce qu'il ne pouvait douter de
son amour pour lui.

« Si elle pouvait seulement me haïr, » se disait-il quelquefois.
En attendant, il se haïssait lui-même.

Mais elle ne voulait pas le haïr, c'était un parti pris. Il y avait,
bien entendu, des moments où elle l'aurait volontiers souffleté
ou poignardé; mais elle avait mille raisons de n'en rien faire.
D'abord, quelque étrange que cela puisse paraître, elle l'aimait
encore, du moins autant que son égoïsme féroce lui permettait
d'aimer quelqu'un ; et puis, elle se complaisait à le torturer de
ses caresses et de ses prévenances; et puis, elle tenait au solide.

Elle s'étendait donc sur son canapé, prenait de l'éther, envoyait chercher Ioris, et quand elle l'avait auprès d'elle, elle
lui emprisonnait le poignet entre ses doigts amaigris, et lui disait :

« Vous ne pouvez pas me quitter, cher. Vous voyez que je suis très faible et très malade. Je serai plus forte au printemps ; cela me remettra d'habiter notre cher Fiordelisa ! »

XLIII

Étoile avait pardonné du fond de son cœur ; mais elle ne pouvait s'empêcher de frissonner au souvenir de ce qui s'était passé ; un sentiment de terreur et d'humiliation attristait désormais toutes ses pensées et corrompait toutes ses joies.

« Elle est revenue, demanda-t-elle à Ioris, et revenue sans connaître la vérité ? » Il avoua en détournant la tête et en rougissant. Étoile sentit qu'elle perdait même l'espérance.

Comme elle l'aimait tel qu'il était, elle ne lui montra point de colère et ne lui adressa point de reproches. Mais sa foi s'affaiblit ; elle comprit que l'élu de son cœur était un homme sans volonté, et qu'elle ne pouvait faire aucun fonds sur ses promesses. C'était terrible à penser. En croyant le délivrer de ses chaînes, elle n'avait fait que s'enchaîner elle-même.

Il s'efforçait de la rassurer par de tendres paroles et par des promesses. Il la priait d'avoir de la patience, d'attendre encore un peu : tout finirait par s'arranger. Elle l'écoutait et lui obéissait, redoutant pour lui je ne sais quels périls mystérieux. Cependant il y avait un point sur lequel elle montrait une ferme volonté de ne point céder.

« Si je la vois, disait-elle en frissonnant, — et que Dieu m'en préserve ! — il me sera impossible de lui parler, ni même de la regarder ; elle pensera de moi ce qu'elle voudra.

— Bien entendu ! voudrais-je maintenant vous demander une chose pareille ! » Il n'aurait pas voulu, pour un empire, voir ces deux femmes face à face. La résolution énergique d'Étoile flattait sa vanité ; la grande haine qu'elle éprouvait contre lady Jeanne prouvait la grandeur de son amour pour lui. Pourtant, à la réflexion, il lui en voulait un peu d'être si énergique ; il aurait mieux aimé lui voir prendre les choses plus doucement. Dans le monde où il avait vécu, la femme sourit à la maîtresse de son mari ; le mari serre la main de l'homme qui le déshonore, les plus cruels ennemis sont les meilleurs amis du monde, en apparence ; rivalités, intrigues, crimes même disparaissent sous les dehors

de la courtoisie et de la cordialité. Il aimait Étoile, justement
parce qu'elle ne ressemblait pas aux autres femmes, et par une
inconséquence dont il ne se doutait même pas, il eût souhaité,
dans ce cas particulier, qu'elle se fût pliée momentanément aux
habitudes d'un monde d'hypocrisie et de mensonge.

« Pour quelques semaines, jusqu'à ce que je sois libre, elle
aurait bien pu garder les apparences avec sa rivale! » Voilà ce
qu'il pensait; mais aussitôt il se repentait de l'avoir pensé. Cette
comédie lui paraissait indigne de lui-même et d'Étoile. Mais alors
comment s'y prendrait-il pour se délivrer de lady Jeanne? Il
n'en savait rien lui-même. Il se laissait aller à la dérive, comptant sur quelque occasion imprévue. Mais il avait déjà laissé
échapper l'occasion; et rarement l'occasion revient, quand nous
avons négligé de la saisir.

Étoile, toute sa vie, avait été forte, parce qu'elle avait plané
au-dessus de l'humanité, indifférente aux chagrins et aux plaisirs
de la terre, drapée dans l'égoïsme du génie; du jour où elle
aima, elle fut faible entre les faibles; c'est le sort de toute
femme qui aime sincèrement. Dans une grande passion, les yeux
ne voient plus, les oreilles n'entendent plus, les lèvres sont closes
et la volonté paralysée.

Les gens faibles manquent généralement de prudence. Étoile
frissonnait à l'idée de rencontrer la femme qu'elle ne pouvait,
sans rougir de honte, appeler sa rivale. La routine de la vie lui
paraissait insupportable; elle ne pouvait prendre sur elle de
traiter comme une simple connaissance celui qui lui avait pris
sa vie en lui prenant son cœur. Les petits mensonges, les petites
supercheries que la société regarde comme des péchés véniels,
comme de simples mesures de prudence, elle les regardait comme
autant de lâchetés; elle ne pouvait s'abaisser jusqu'à la feinte.
Elle consentait à garder le silence parce qu'Ioris le désirait; elle
pouvait supporter les chagrins qu'il lui plaisait de lui infliger,
elle était capable même de supporter les calomnies que sa conduite ne pouvait manquer de faire naître autour d'elle. Mais elle
refusait absolument de jouer la comédie; elle fermait donc sa
porte au monde, et refusait de paraître dans la société, au risque
de ce que la société pouvait en penser.

Au milieu de tout cela elle était heureuse, sinon toujours, du
moins presque toujours; elle croyait qu'Ioris ne voyait presque
plus sa rivale; elle avait confiance dans sa parole, elle avait foi
dans l'avenir. Si elle recherchait la solitude, c'est que la solitude
lui paraissait préférable à tout, lorsqu'il n'était pas là. Elle priait

pour lui, elle lui souriait, au moment même où les larmes lui
venaient aux yeux; en son absence, elle se livrait de nouveau à
l'étude de son art, afin qu'il fût fier de sa gloire. Quant à sa
rivale, elle la bannissait de sa pensée aussi complètement qu'elle
le pouvait. Jamais il ne lui vint à l'idée d'entrer en lutte ouverte
avec elle; elle était trop fière pour manier les seules armes avec
lesquelles elle aurait pu triompher d'elle. Lady Jeanne profitait
de cette généreuse imprudence, et ne rougissait point de frapper une ennemie qui ne se défendait pas.

La foule élégante du Pincio causait d'Étoile avec aussi peu de
gêne que l'année précédente, et l'on pouvait voir aux propos qui s'échangeaient que lady Jeanne n'avait pas perdu son
temps.

« Est-ce qu'elle est toujours à Rome?

— Oui, à Roccaldi,

— Qu'est-ce qu'elle peut faire à Roccaldi?

— Hum! »

Alors les gens riaient sans trop savoir pourquoi

« Expose-t-elle quelque chose, cette année?

—Non.

. — Est-ce qu'elle est malade?

— On n'en sait rien.

— Est-ce qu'elle sort en voiture?

— Oui, on l'a vue en voiture.

— Seule?

— Oui, cette année, elle sort seule.

— C'est bien étrange.

— Ces femmes-là ont toujours quelque chose d'étrange.

— Elle a l'air de se claquemurer comme une religieuse, peut-
être que son gros chien est un homme déguisé ! »

Les gens riaient de nouveau, et se savaient un gré infini d'avoir
tant d'esprit.

Lady Jeanne, qui était en deuil, ne pouvait aller en soirée, mais
elle offrait une tasse de thé à ses amis le mercredi.

« Vous devez m'en vouloir, disait-elle en manière d'excuse, de
vous avoir exposés à la rencontrer chez moi. Que voulez-vous,
elle s'était présentée au nom de mon père, sans son assentiment;
ses dernières paroles ont été des paroles de colère contre elle;
mais vous savez, je lui pardonnerais volontiers: je ne suis pas
prude, mais je ne saurais faire trop d'excuses aux chers amis qui
l'ont rencontrée chez moi. »

Alors elle ajoutait avec un sourire : « Tout cela est fort désa-

gréable pour le pauvre Io; elle s'était éprise de lui; et maintenant qu'elle ne vient plus ici, elle n'a plus aucune occasion de
le voir; aussi elle le persécute et fait tout ce qu'elle peut pour
l'attirer. Il n'y va pas, naturellement, mais pour un homme aussi
délicat et aussi courtois que le pauvre Io, c'est une situation intolérable. Oui... les artistes sont des gens étranges; en vérité,
c'est une grande pitié! »

La société brodait sur ce thème, et M. Silverly Bell se serait,
au besoin, chargé de broder pour elle. « Avoir abusé à ce point
de la noble hospitalité de lady Jeanne, et de sa noble amitié!
C'est triste, c'est choquant, c'est honteux. Non, je ne sais pas
du tout qui est-ce qui paye le loyer de Roccaldi. Ce n'est pas
elle. Pauvre Ioris! Quel ennui pour lui! Il ne l'a jamais vue
ailleurs qu'à la casa Challoner, jamais! »

Voilà les propos auxquels la retraite d'Étoile laissait le champ
libre. Indifférente aux sarcasmes comme aux flatteries du monde,
elle vivait dans sa solitude, comptant les heures jusqu'au retour d'Ioris. Il lui disait qu'il voyait rarement lady Jeanne, et seulement pour affaires. Douter de lui, c'était bien difficile; le surveiller, c'était impossible, à supposer qu'elle se fût abaissée jusqu'à vouloir l'espionner.

Par un sentiment de délicatesse exagérée, elle ne prononçait
jamais devant personne le nom d'Ioris, ne passait jamais dans
une rue quand on pouvait la soupçonner de chercher à le rencontrer, et ne faisait jamais de questions pour s'assurer s'il
mentait ou s'il disait la vérité. Il l'aimait, c'était assez pour
elle. C'était lui qui tenait entre ses mains leurs deux destinées.

« Ainsi vous voilà confinée dans votre Thébaïde, « lui dit un jour
lady Cardiff. Comme lady Cardiff était venue en qualité de visi-
teuse, elle prononça ces paroles d'un ton enjoué, mais la résolution
d'Étoile était loin de lui plaire. « Évidemment, ma chère, vous avez
bien fait d'arranger votre vie selon vos goûts, sans vous inquiéter des autres. Peut-être cependant ne feriez-vous pas mal de
vous montrer quelquefois dans le monde. Ce serait, à l'adresse
de la société, une petite marque de condescendance dont la société
vous tiendrait compte. Vous aimez mieux vivre seule! à votre
aise, puisque c'est votre goût. Pour ma part je n'ai pas le cœur
de vous désapprouver. Seulement, vous savez, à votre âge et
avec votre talent, c'est une pitié de vous claquemurer dans une
sorte de Paraclet. Naturellement, Tsar vous tient compagnie.

— Naturellement. »

« Et Ioris aussi, » pensa lady Cardiff. Elle était un peu piquée de la discrétion d'Étoile. Et, poursuivant sa pensée, sans cesser de babiller, elle se disait en elle-même: « Ioris est fait pour embellir un Paraclet. Mais elle commet là une erreur qui pourra lui coûter cher. Elle aime en poète, et lui en homme du monde. Cela, j'en suis aussi sûre que si je les avais là tous les deux devant moi. A quoi bon se retirer du monde, comme elle le fait? ce n'est pas en se retirant du monde qu'elle battra lady Jeanne; au contraire, elle devrait passer sa vie dans le monde, à enlever les amis de son ennemie, un à un, à contreminer ses mines, à briller, à réussir, à réunir autour d'elle des rivaux dont Ioris aurait peur; elle établirait ainsi son pouvoir et mènerait le prince à son caprice. Voilà comment on s'y prend quand on veut battre ses rivales et retenir les hommes. Mais elle ne voit pas cela; et si elle le voyait, elle n'accepterait pas la lutte. Elle attendra tranquillement sous l'orme qu'il vienne la rejoindre. Quand il ne viendra plus, elle restera dans sa solitude pour y mourir de chagrin. Je suis sûr qu'Ioris la bat, au figuré, bien entendu, uniquement parce qu'il est las d'avoir été battu par une autre. Aussi, pourquoi cette autre femme n'est-elle pas restée à Damas?... »

Lady Cardiff était trop bien élevée pour provoquer des confidences. Elle continua donc à causer gentiment de choses et d'autres.

En ce moment Tsar s'amusait à jouer avec un gant d'homme. C'était un des gants d'Ioris; lady Cardiff en était sûre, mais elle ne dit rien.

Pour opérer une diversion, Étoile lui demanda : « Avez-vous entendu parler de ma pauvre amie Dorotea?

— Oui, on m'a raconté cela?

— Le monde n'est-il pas bien cruel? Peut-on voir une sentence plus honteuse, une injustice plus criante?

« Pas plus criante que celle dont vous serez probablement victime, » pensa tout bas lady Cardiff. Elle répondit tout haut : « Est-ce qu'elle ne vous a pas donné de ses nouvelles?

— Non, pas depuis plusieurs mois.

— Mais vous croyez à son innocence?

— Comme à la lumière du soleil.

— Alors, je la plains. Il vaudrait mieux pour elle qu'elle fût morte.

— Qu'elle fût morte! »

Des larmes s'échappèrent des yeux d'Étoile, et elle se détourna pour les cacher.

Lady Cardiff reprit d'un ton léger :

« Ma chère, Tsar va déchirer ce gant. Est-ce qu'il est à vous?

— C'est un des gants d'Ireneo. Il gâte Tsar, répondit Étoile sans faire attention à ce qu'elle disait; tout à coup elle pâlit, craignant d'avoir trahi le secret de celui qu'elle aimait.

— Ioris? Ah! il aime beaucoup les chiens; lady Jeanne les bat, » dit tranquillement lady Cardiff.

Étoile rougit et garda le silence.

« Après tout, pensa lady Cardiff, le Paraclet n'est pas si austère qu'on l'aurait cru. Tant mieux, cela me fait plaisir. »

Néanmoins, elle emporta une pénible impression de sa visite. Il lui arriva même pour la seconde fois de ne pas lire le *Figaro*. Et cependant le *Figaro*, ce soir-là, était particulièrement intéressant. Comme tous les journaux de l'Europe, il publiait un compte rendu du procès intenté par le duc de Santorin à sa femme, connue dans le monde des arts sous le nom de Dorotea Coronis. Le tribunal avait donné gain de cause au mari, à cause de certaines lettres écrites par un soupirant qui était mort depuis.

Lady Cardiff alla faire un tour sur le Pincio. Tout le monde parlait du procès Santorin, tout le monde donnait raison au mari.

« Elle n'a pas chanté une note depuis la mort de ce Russe, dit la charmante mistress Desart. Cela seul suffirait à prouver qu'elle est coupable.

— Et elle s'est renfermée dans un couvent, en Espagne, » ajouta lady Eyebright.

Mistress Desart fit observer qu'elle aurait dû s'y renfermer *avant*, et non pas *après*.

« Pourquoi les couvents ouvrent-ils leurs portes à ces femmes-là? » dit lady Jeanne Challoner d'un ton sévère.

Un gentleman charitable voulut faire observer que les lettres ne prouvaient pas qu'elle eût manqué à ses devoirs, puisque à chaque page celui qui les avait écrites lui reprochait sa cruauté.

Lady Jeanne, mistress Desart et lady Eyebright se récrièrent. Les lettres étaient une preuve plus que suffisante. Si l'on ne s'en contentait pas, le témoignage des domestiques...

— Le témoignage d'une femme de chambre congédiée et d'un valet de Santorin ne prouve pas grand'chose, reprit le gentleman charitable. La vieille Espagnole qui ne l'a jamais quittée jure qu'elle est absolument innocente.

— La vieille Espagnole radote, le juge le lui a bien dit. D'ailleurs, ce Russe n'était pas son premier amant.

— Oh! mesdames.

— C'était une dévergondée.

— Cela apprendra à Santorin à aller chercher femme dans le ruisseau, dit lady Jeanne sans se départir de sa sévérité. Du reste, il devait bien s'y attendre les artistes sont tous comme cela.

« Hélas! hélas! pensait lady Cardiff. Cette chanteuse se meurt dans un couvent, et Étoile s'appuie sur un roseau qui lui percera la main et le cœur. En vérité, c'est bien la peine d'avoir du génie pour ne pas savoir même se tirer d'affaire en ce monde! »

Étoile resta seule, se promena pendant longtemps sur la terrasse. Le malheur de son amie l'attristait et l'indignait; depuis qu'elle aimait elle-même, elle en comprenait mieux toute l'étendue. Le nom que lady Cardiff avait rapproché de celui d'Ioris l'avait frappée comme un coup de poignard.

C'est pour éviter cette humiliation et cette amertume qu'elle vivait dans la solitude, laissant le monde interpréter sa retraite comme il lui plaisait. Était-il donc possible que le monde s'habituât à considérer lady Jeanne comme sa rivale? A cette pensée, ses joues devenaient brûlantes et son pouls battait avec violence. Combien de temps se prolongerait encore ce secret, ce silence, ce mystère? Elle était tout pour lui, et elle avait l'air de n'être rien. Elle avait accepté cette situation à contre-cœur, et uniquement pour plaire à Ioris. Pour une femme qui avait toujours poussé le courage et la franchise presque à l'excès, c'était le plus dur et le plus méritoire des sacrifices de se cacher et de jeter un voile sur la vérité.

A force de vivre seule, elle avait oublié le monde; le monde venait de se rappeler cruellement à son souvenir. Mais le monde mentait, Ioris ne pouvait la tromper.

Elle en était là de ses réflexions lorsqu'elle entendit le pas d'Ioris; dès que la main d'Ioris toucha la sienne, elle se sentit heureuse, et ne lui adressa pas une seule question.

« Quand je ne suis pas là, elle pense toujours à moi, » se disait Ioris en lui-même. La sécurité engendre la négligence, et dans l'intérêt de leur bonheur à tous les deux, Étoile aurait dû s'appliquer à le rendre jaloux. Sûr de sa maîtresse, il la cachait à tous les yeux, s'amusait du secret même et du mystère comme un homme dont l'amour a été trop publiquement affiché par la femme qui s'était emparée de lui. Si l'atelier d'Étoile eût été plein d'adorateurs, il les aurait tous écartés d'elle en criant bien haut à la face du monde : « Elle est à moi! »

Les hommes sont toujours les mêmes.

« N'est-ce pas qu'elle n'est plus rien pour vous? » lui demanda-t-elle ce jour-là. Elle cacha sa figure contre la poitrine d'Ioris,
honteuse déjà de lui avoir adressé une pareille question.

« Ce doute est offensant pour moi, » répondit-il avec une vivacité où il entrait un peu de colère. Elle se hâta de lui demander
pardon

XLIV

« Ai-je pris le bon moyen? » se demandait souvent lady Jeanne
avec un mélange de fureur et de crainte.

Elle connaissait heure par heure l'emploi qu'Ioris faisait de
son temps et savait à une minute près la durée de ses visites
chez Étoile. Au moment même où il lui racontait un mensonge,
elle aurait pu lui dire à coup sûr d'où il venait. Par moments
elle résistait à grand'peine à l'envie de le frapper en plein visage, et pourtant elle était toujours assez maîtresse d'elle-même
pour paraître calme, et pour jouer dans la perfection son rôle de
dupe volontaire. Connaissant les hommes comme elle les connaissait, elle finissait toujours par se dire qu'elle avait pris le bon
chemin ou, pour mieux dire, le seul qui pût la conduire à son but.

On était à la fin du carnaval, c'était le jour du *Veglione;* ce
jour-là avait toujours eu un attrait particulier pour lady Jeanne,
parce que ce jour-là était le jour des réjouissances équivoques,
parce que ce jour-là on pouvait sauter, crier, chanter, intriguer
les gens, et dire mille méchancetés impunément, sous prétexte
que l'on a un domino sur les épaules et un loup sur la figure.

La nuit était très froide, et lorsque Ioris sur le minuit, se
sépara d'Étoile et franchit le seuil de sa porte, il ne put s'em-
êcher de frissonner.

« J'ai, dit-il, des masses de lettres à lire, et je ne sais combien de réponses à écrire.» Il lui donna un baiser, et la laissa au
milieu de ses toiles, de ses bronzes et de ses fleurs.

Alors, le cœur serré, il alla devant lui, malgré lui, regrettant
à chaque pas d'aller où il allait, et de n'avoir pas le courage de
rebrousser chemin. Le vestibule de l'*Apollo,* quand il y pénétra,
fourmillait de dominos noirs et de masques de toutes les couleurs. Il monta lentement l'escalier qu'il montait depuis tant
d'années; et, à peine entré dans la salle de bal, fut interpellé par
une voix trop connue!

« Vite, Io, donnez-moi le bras, et descendons. J'ai changé ma rosette, et personne ne me reconnaîtra ! »

Il offrit son bras à lady Jeanne, sans dire un mot. Sa pensée était ailleurs : elle était dans l'atelier doucement éclairé, où Étoile donnait la dernière touche au buste en marbre de l'homme qu'elle aimait.

« Comme cela, vous serez toujours avec moi, » lui avait dit Étoile, au moment même où il la quittait pour aller au bal masqué.

Lady Jeanne avait l'air de s'amuser beaucoup ; elle poussait de temps à autre de véritables cris de bacchante et interpellait les masques dans un langage peu mesuré. Ioris était au supplice. Depuis des années il était blasé sur les plaisirs vulgaires du carnaval ; ce soir-là ils lui parurent odieux et insupportables.

Elle savait très bien d'où il venait ; cela ne l'empêcha pas de lui dire, d'un air de tendre intérêt : « Pauvre cher Io ! vous avez mal à la tête ; vous restez trop enfermé en tête-à-tête avec toutes ces odieuses paperasses ! » Il convint d'un air ennuyé que les paperasses lui donnaient la migraine, mais il ne vit pas le regard pénétrant que lady Jeanne attachait sur lui.

Il allait où elle le menait, assourdi par le vacarme, ébloui par l'éclat des lumières. Tout en répondant machinalement aux masques et aux dominos qui l'interpellaient au passage, il se disait : « Pourquoi n'ai-je pas eu le courage de tout lui dire, l'autre fois, à Fiordelisa ? Comment n'ai-je pas le courage de lui parler ce soir, en ce moment même ? »

Personne ne savait que lady Jeanne était au bal, sauf ses amis éprouvés, Mimo et Guido, qui étaient incapables de trahir son incognito. Tout le monde la croyait au fond de ses appartements, en grand deuil, pleurant la mort de son père. M. Challoner aurait peut-être protesté contre une offense si grande envers la société, mais M. Challoner était à Venise pour affaires.

Lady Jeanne jouissait donc doublement de son plaisir, puisque c'était un plaisir défendu. Après le bal, on soupa dans une loge.

« Io, dit lady Jeanne, est-ce que vous n'avez pas reconnu ce domino noir appuyé contre la porte ? Non ? Eh bien, moi, je l'ai reconnu. C'est votre Corinne, c'est Étoile. »

Ioris devint très pâle ; il savait que lady Jeanne mentait, mais son mensonge l'exaspéra.

« Elle ici ! dit-il avec amertume. Où avez-vous la tête ? Est-ce que vous croyez qu'elle vous ressemble ? »

Mortellement blessée, lady Jeanne eut cependant le courage de rire

« Mon cher Io, prenez donc garde à ce que vous dites ; elle nous attend peut-être à la porte pour nous poig   rder. Donnez-moi une sandwiche. Je vous réponds bien que c'est Étoile en personne ; elle est ici pour vous espionner. Quand on a le bonheur d'être adoré par une Corinne, il faut bien payer son bonheur. Guido, buvons à cette dixième muse, « qui ne me ressemble pas, » à cette dixième muse qui adore Io et qui l'attend à la porte avec un poignard! »

Elle vida son verre en riant. Ioris demeurait silencieux, les bras croisés, la tête baissée.

En présence des autres hommes qui étaient là, il ne pouvait pas parler : c'eût été une profanation de défendre Étoile dans un tel lieu et en pareille compagnie.

Le lendemain, lady Jeanne disait à ses amis et connaissances : « Ces messieurs m'ont raconté qu'Étoile était hier au *Veglione* : il paraît qu'elle suivait Ioris partout. Pauvre Io, il était allé au *Veglione* parce qu'il y était forcé, comme tous les membres de son club. Quel scandale! et combien je m'en veux de l'avoir exposé à rencontrer cette malheureuse femme chez moi. Il en est excédé, mais il est si courtois qu'il prend sa défense. Quel vacarme faisaient les masques au sortir du *Veglione*. Je n'ai pas pu me rendormir de toute la nuit, et vous? »

Le lendemain Ioris alla chez Étoile : il avait la tête lourde et les yeux battus : il ne put s'empêcher de soupirer en se rappelant où il avait passé la nuit.

Étoile lui jeta ses bras autour du cou : « Qu'est-ce qui vous fait soupirer? lui dit-elle. Voyons, contez-moi vos pensées. Si vous vouliez seulement avoir pleine confiance en moi!

— J'ai en vous la confiance la plus absolue. Je soupire en songeant que, pour être digne de votre amour, il faudrait être un Pétrarque.

— Laissons Pétrarque en repos; si vous êtes à moi, bien à moi, je ne demande pas autre chose.

— Tel que je suis, mon ange, je suis entièrement à vous.

— Entièrement? Pour toujours? En êtes-vous sûr? » murmura-t-elle, en le regardant avec un mélange de tendresse et de crainte.

« Entièrement, et pour toujours, » répondit-il, et il lui donna un baiser.

« L'autre, pensait-il, c'est le souci qui me ronge, et le poison qui me tue, rien de plus. »

Rien de plus! Hélas, n'était-ce pas déjà cent fois trop?

Lady Jeanne était toute seule dans le salon turc, toute seule

18

avec ses pensées amères. Son visage était sombre et ses yeux
menaçants. Elle était là toute seule, et elle savait qu'à l'heure
même Ioris était aux pieds d'une autre. Elle méditait en ce moment sa vengeance, mais elle était trop habile et trop pratique
pour se venger par le fer ou par le poison.

« Je crois que cela fera bien l'affaire, se dit-elle à elle-même
en posant sa main sur quelques lettres qui étaient devant elle.

Dans le cours de sa vie aventureuse, lady Jeanne s'était fait
beaucoup d'amis. Un de ces amis, celui auquel elle pensait en
ce moment, était un petit attorney retors qui avait renoncé à la
chicane pour se lancer dans la spéculation. Ce petit homme,
que lady Jeanne appelait familièrement Théodore, avait le don
de l'intrigue au plus haut degré. Il arrivait d'un voyage aux
îles de Corail, dans l'océan Pacifique; il avait conçu le plan
d'une entreprise qui consistait à relier les îles de Corail entre
elles par un réseau de bateaux à vapeur et à les mettre en com-
munication avec l'Europe. Les îles de Corail renfermaient
d'immenses trésors, il suffisait de se baisser pour les ramasser;
à vrai dire, Théodore ne croyait pas que les bateaux des îles
de Corail dussent jamais sortir des chantiers; tout ce qu'il
voulait, c'était d'obtenir une concession, et de la repasser, moyen-
nant finance, à des spéculateurs naïfs qui s'y ruineraient. Il avait
écrit à lady Jeanne, et lady Jeanne avait en ce moment sa lettre
sous les yeux.

« Les actionnaires du pont de Messine, se dit-elle, se plaignent
amèrement du transfert, les ouvriers nous assourdissent pour
être payés de l'arriéré qu'on leur doit. Ioris, si je le laisse à
portée de les entendre, va se ruiner pour les satisfaire. Il faut
qu'il parte pour les îles de Corail. Le voyage lui fera du bien,
et puis cela le tirera des griffes de cette femme! »

Elle écrivit à Théodore de mûrir le projet, et de venir la
trouver ensuite pour en causer avec elle.

Elle mit la lettre à la poste, elle-même, et fit une petite tournée
de visites, pour lancer quelques allusions au génie de Théodore
et à la merveilleuse richesse des îles de Corail.

« Allez-y vous-même, si vous voulez, lui dit brusquement
Ioris, la première fois qu'elle lui parla de faire le voyage. » Il
connaissait son Théodore pour un vulgaire petit intrigant, et il
l'avait pris en grippe, à première vue.

« C'était, dit-elle prudemment, une simple plaisanterie. Quelle
idée de vouloir m'y envoyer, moi! Comme si je pouvais vivre ailleurs qu'à Fiordelisa! cher Fiordelisa! Maintenant, *amor mio,*

parlons sérieusement. Savez-vous ce que vous avez dépensé pour
ces brutes d'ouvriers de là-bas! J'ai fait le calcul, et si vous voulez...

— Une autre fois! une autre fois! dit-il précipitamment.

— Comme vous voudrez; seulement, si un beau jour vous vous
trouvez dans l'embarras, ce n'est pas à moi qu'il faudra vous en
prendre. »

M. Challoner survint, les mains pleines de journaux et de
lettres, qui disaient merveilles des îles de Corail. Comme Io se
montrait rétif, lady Jeanne décida qu'ils iraient tous les trois
ensemble, un de ces jours, entre les vendanges et le printemps,
puisque depuis le printemps jusqu'aux vendanges Fiordelisa ne
pouvait se passer de lady Jeanne.

« Il faut qu'il y aille et qu'il y reste, » se dit lady Jeanne. Maintenant qu'elle n'était plus aimée, elle aurait volontiers fait disparaître Ioris, pour ouvrir tout de suite sa succession. Car elle
avait quelque part, dans le fond d'un tiroir, un chiffon de papier
qui lui assurait la propriété de Fiordelisa, en cas de décès du
prince. Il avait signé cela en riant, dans une heure de folie, et
il l'avait oublié ensuite. Mais lady Jeanne n'oubliait jamais rien,
et ne laissait rien traîner.

« Ruinez-moi, se disait Ioris, en les regardant tous les deux
d'un air sombre, mais du moins rendez-moi ma liberté! » Un
homme qui veut sa liberté doit la conquérir, et ne pas attendre
qu'elle lui soit bénévolement rendue.

Lady Jeanne continuait sa campagne contre Étoile. « Quelqu'un
devrait l'avertir, dit lady Cardiff à la princesse Véra.

— C'est bien difficile d'avertir une personne qui se tient à
l'écart, qui se dérobe et ne veut pas être avertie; cependant j'es-
saierai. »

XLV

Après la fameuse discussion sur les îles de Corail, Ioris quitta
la casa Challoner et rentra chez lui. Le portrait de lady Jeanne
n'était plus à son ancienne place; il l'avait fait enlever soi-
disant pour éviter les mauvais propos et les fâcheuses interprétations. Mais c'est en vain qu'il avait remplacé le portrait par
une délicate et tendre peinture de l'école ombrienne. Il sentait

toujours les yeux perçants de lady Jeanne fixés sur lui, pour le surveiller.

Il s'assit et appuya sa tête sur ses deux mains. Il se sentait honteux et repentant ; il était dévoré de remords, et accablé par la conscience de sa propre lâcheté.

Il comprenait qu'il était ruiné, ou du moins qu'il le serait avant peu. Cette certitude l'énervait et l'empêchait de prendre une décision et d'agir. Il y avait devant lui, sur sa table, des monceaux de lettres et de dépêches non ouvertes ; il s'en détourna avec un mélange de dégoût et d'aversion. A cette heure-là, d'habitude, il était chez Étoile ; d'un geste caressant, il lui passait la main sur le front pour relever ses cheveux, et il la regardait longuement, en souriant.

Dans son angoisse et dans son impuissance, il alla jusqu'à s'en prendre à elle. « Elle n'aurait pas dû m'écouter, pensait-il, je ne suis pas l'homme qu'elle imagine, et je ne le serai jamais. »

Il éprouvait cependant des remords de l'avoir rappelée du ciel en terre, et de l'avoir tirée de sa naïve et heureuse indifférence ; mais le cri même de sa conscience le rendait capricieux et injuste. « Pourquoi a-t-elle eu confiance en moi ? Si seulement elle me connaissait tel que je suis ! »

Puis subitement il se sentait pris d'un retour de tendresse ineffable pour la femme de génie qui lui avait sacrifié son génie ; pour la femme fière et froide, qu'il avait rendue humble, aimante et craintive.

Et malgré ce retour de tendresse, il aurait donné tout au monde pour ne l'avoir point connue et pour n'être point aimé d'elle.

Il en était là de ses réflexions, lorsque la porte de sa chambre s'ouvrit ; Étoile était debout sur le seuil.

Il se leva brusquement, épouvanté de l'expression de sa physionomie. Pour l'amener à franchir le seuil de sa maison, il avait dû se passer quelque chose de terrible.

Elle avait les cheveux en désordre, les yeux humides et sombres, et les lèvres pâles. Elle s'élança vers lui, et il sentit que ses mains tremblaient en le touchant.

« Je suis venue : j'ai peut-être eu tort ; mais il m'était impossible d'attendre une minute de plus. On traîne mon nom dans la boue, chez cette femme ; et cela devant vous, et sans que vous protestiez ; on me l'a dit. Est-ce vrai ? Il est impossible que ce soit vrai, car enfin vous n'êtes pas un lâche. »

Ce reproche mérité lui perça le cœur comme un coup de poignard, et il devint aussi pâle qu'elle.

Il lui répondit d'une façon évasive : « Est-ce ainsi que vous avez foi en moi? » et comme, par un mouvement de colère, il repoussa les mains d'Étoile, qu'elle avait mises dans les siennes.

« Cela ne peut pas être vrai, murmura-t-elle. D'après les propos du monde, vous ne répondriez rien à ses calomnies ; vous renierez...?

— Je renierais, quoi?

— Notre amour.

— Personne ne connaît notre amour, et c'est ce mystère même qui en fait le charme. Qui vous a fait ce beau rapport ?

— Une femme qui est mon amie et la vôtre ; elle a entendu ces propos à plusieurs reprises, et elle a cru devoir me prévenir. Mon bien-aimé, ce n'est pas vrai, n'est-ce pas?

— Qu'est-ce qui n'est pas vrai? demanda impatiemment Ioris, qui n'était pas encore revenu de la confusion où l'avaient jeté les paroles d'Étoile. Je ne comprends rien à vos allusions. Qu'avez-vous fait de ce beau calme et de cette belle sérénité ? Vous aussi, vous partez en guerre contre des visions et des chimères; je ne vous reconnais pas là !

— Est-il possible que vous lui permettiez, à *elle*, de me calomnier, *moi?* »

Il détourna la tête avec un mouvement d'impatience, et regarda le soleil qui se couchait derrière les branches des orangers. Comme sa conscience lui faisait d'amers reproches, il se réfugia dans une indignation de commande.

« Comment puis-je savoir ce qu'elle dit et ce qu'elle fait ? Je ne suis pas chargé de la surveiller. »

Étoile ouvrit la bouche comme pour parler ; mais il ne lui en laissa pas le temps, de peur de perdre les avantages de sa situation d'homme indigné.

« Voilà donc, dit-il, la confiance que je vous inspire! Un propos en l'air, tenu par je ne sais qui, et aussitôt vous me croyez capable de toutes les bassesses.

— Vous m'aviez juré de ne pas la revoir, et cependant vous avez été tout le temps avec elle, à Paris. »

Elle parlait à voix basse, comme si elle s'adressait à elle-même. Ioris bondit comme s'il venait de recevoir un coup de fouet en pleine figure.

« J'ai été avec elle à Paris. Oui. Je vous en ai fait l'aveu, de mon propre mouvement. Je vous ai dit que j'avais péché contre vous, et vous m'avez pardonné. Quel sens attachez-vous donc au mot de pardon? Vous m'avez accusé d'être un lâche...

— J'ai dit justement le contraire.

— Oui, de façon à me faire comprendre que j'étais un lâche. Qu'est-il donc survenu de nouveau? et à quels propos avez-vous prêté l'oreille? C'est moi qui pourrais vous reprocher de laisser traîner mon nom dans des conversations oiseuses avec des étrangers, des sots, des calomniateurs ! *Vous?* Puis-je empêcher ce qui se dit dans sa maison? Si elle vous déteste, c'est parce que je vous aime. Est-ce à vous de vous en plaindre ? C'est une ennemie terrible, dont la langue est redoutable ; ne vous l'avais-je pas dit? Je ne puis pas l'empêcher de parler. A Paris, j'ai souffleté deux hommes qui avaient dit du mal de vous ; elle, je ne puis pas la souffleter, c'est une femme.

— Vous devriez au moins rompre avec elle. »

Elle parlait d'une voix basse, mais ferme ; ses yeux baignés de larmes avaient une expression énergique et résolue.

« C'est, dit-il, la solitude qui vous fait venir en tête toutes ces chimères. Vous vivez trop seule! » Avec l'inconséquence si naturelle au cœur de l'homme, il lui reprochait la solitude où elle s'était renfermée uniquement pour se conformer à sa volonté. « Vous devriez, reprit-il, aller dans le monde, comme vous y alliez quand nous nous sommes rencontrés. Ce serait beaucoup plus sage et cela dissiperait toutes ces idées folles qui hantent votre imagination,

— Quand vous n'êtes pas avec moi, répondit-elle, il vaut mieux que je sois seule. Vous le savez bien. D'ailleurs... d'ailleurs, je ne puis pas m'exposer à vous voir à côté d'elle ; je ne pourrais pas le supporter.

— Quelle folie ! répondit-il avec un certain embarras. Vous êtes tout pour moi, et elle n'est rien. Cela ne vous suffit-il pas?

— Le monde pense que c'est elle qui est tout, et que je ne suis rien. »

Ioris pâlit et reprit avec une sorte d'irritation nerveuse : « En vérité, j'ai peine à vous reconnaître ! J'ai cessé avec cette femme toute relation dont vous pourriez prendre ombrage. Pensez-vous... pouvez-vous croire un seul instant que vous ayez lieu d'en être jalouse ?

— Jalouse ! »

Elle avait répété ce mot avec un mépris sans bornes. Il la ravalait au niveau de la femme dont elle parlait, en donnant à supposer qu'elle pût s'abaisser jusqu'aux intrigues, jusqu'aux pensées dégradantes, jusqu'aux passions grossières de son ennemie. Jalouse ! elle, qui l'avait trouvé captif, et qui avait appris de lui, de lui seul, à mépriser la main qui avait rivé ses chaînes !

« Je ne crois pas être jalouse, reprit-elle froidement. Ce n'est pas le mot qu'il convient d'employer entre nous. Comment pourrais-je être jalouse d'une femme dont vous êtes las et dont vous rougissez depuis si longtemps ? Non, ce n'est pas cela !

— C'est pourtant cela, » dit-il, flatté malgré lui du chagrin qu'elle éprouvait, et amusé de la vivacité qu'elle mettait à se défendre d'être jalouse. « Oui, vous êtes jalouse, ma belle orgueilleuse, mais vous pouvez vous dispenser de l'être. Pour le moment, je ne puis pas rompre avec elle, en qualité d'ami, bien entendu, et vous savez pourquoi. Quand à ses calomnies, comment pourrais-je en avoir connaissance, puisque la plupart du temps elle parle anglais en ma présence. Mais vous, mon amour, qui a pu vous changer à ce point, et vous faire descendre au niveau des autres femmes, jusqu'à écouter les sottises que débite le monde. Je ne vous aurais jamais crue capable de me juger si mal ; ce n'est pas digne de vous ! »

Un faible sourire parut sur les lèvres d'Étoile, elle regarda Ioris, et il put lire tout son amour dans ce regard.

« Cher, dit-elle, si vous me donnez votre parole, je suis contente. »

Il évita de la regarder en face, quand il lui répondit : « Je vous l'ai déjà donnée, cela doit vous suffire. »

Elle sentit dans son cœur comme la morsure cruelle d'un doute, mais elle garda le silence.

« Pardonnez-moi, murmura-t-elle enfin. Je savais bien que vous ne pourriez pas entendre dire du mal de moi, surtout par *elle*, sans protester. Mais l'idée seule me faisait un mal affreux. Pardonnez-moi d'avoir été injuste envers vous. »

Il pardonna, lui qui était le seul coupable, et il embrassa Étoile. Pour la première fois, elle frissonna au contact de ses lèvres.

« Attendez, dit-elle comme à regret, est-ce qu'elle ne sait pas encore la vérité ?

— Non. Je ne parle jamais de vous, c'est le parti le plus sage, du moins d'ici à quelque temps.

— Vous me dites toujours · d'ici à quelque temps.

— Si je n'étais pas à moitié ruiné, je parlerais ce soir même.

— Qu'avez-vous donc à craindre ou à attendre d'elle ?

— Une femme abandonnée ne peut-être qu'une ennemie, et celle-là serait une ennemie implacable. »

Étoile se leva toute pâle et la regarda en face.

« Dans tous les cas, dit-elle, vous l'empêcherez d'aller à Fiordelisa ! Vous ferez bien cela pour moi ! »

Il ne répondit pas tout de suite. Il y avait dans la physionomie et dans la voix d'Étoile une résolution et une fermeté impérieuse qu'il n'y avait jamais vue. Plût à Dieu qu'il l'y eût vue plus tôt et plus souvent, car ils auraient peut-être été sauvés tous les deux.

« Vous l'empêcherez, répéta-t-elle d'un ton ferme, d'aller à Fiordelisa, du moins si vous m'aimez.

— Je l'en empêcherai, je vous le jure. »

Au moment même où il engagea sa parole, il était sincère et sincèrement décidé à agir.

Alors Étoile quitta cette maison, où elle n'entrait jamais pour longtemps, et toujours avec répugnance, la trouvant souillée, comme Fiordelisa, par la présence de l'*autre*.

Au moment où elle franchissait le seuil, deux personnes passaient de l'autre côté de la rue : c'étaient les deux sœurs Scrope-Stairs.

« Voilà ses chiens de garde, murmura Ioris. Elles vous ont vue. Vous n'auriez pas dû revenir ici ; je serais allé vous trouver avant la nuit. »

Il lui fit un profond salut et resta debout, la tête nue, jusqu'au moment où ses chevaux l'emportèrent au galop.

Les chiens de garde coururent tout d'une traite à la casa Challoner.

« J'ai maintenant une preuve positive, ma très chère, s'écria l'admirable Marjory ; ma sœur et moi, nous l'avons vue, de nos yeux vue, sortir de chez lui, il n'y a pas cinq minutes. »

Lady Jeanne, dévorée de jalousie, répondit tranquillement : « Je sais cela ; elle est continuellement chez lui. Io, toujours poli, ne peut faire autrement que de la reconduire poliment. S'il n'était pas si courtois, il la jetterait tout simplement à la porte.

— Mais c'est scandaleux !

— Sans doute, mais que peut-on attendre de cette femme ?

— Enfin c'est scandaleux ! » répéta le chien de garde, toujours disposé à montrer les dents quand il s'agissait de défendre la morale outragée.

Lady Jeanne répondit froidement, le sourire sur les lèvres :

« Pauvre Io, le voilà bien puni d'avoir pris innocemment cette femme pour une dixième muse. C'est bien dur pour lui de se voir ainsi pourchassé et relancé jusque chez lui, et tout cela pour s'être montré poli chez moi avec une étrangère.

— Est-ce que vous ne lui direz pas un mot d'avertissement? demanda le chien de garde avec hésitation. C'est vraiment par trop scandaleux.

— Lui parler de cela! répondit lady Jeanne en riant. Je ne m'en charge pas. Est-ce que cela me regarde? L'essentiel, pour vous et pour moi, c'est d'être débarrassées de cette femme, et nous en sommes débarrassées. Io est assez grand pour veiller sur lui-même, tant pis pour lui s'il s'est mis dans une fâcheuse situation. »

C'est le thème qu'elle développa dans toutes ses réceptions. « Je m'en lave les mains, » disait-elle avec un sourire plein de franchise. Mais quand elle était seule, elle versait des larmes amères, et endurait toutes les souffrances de la femme abandonnée.

Cependant Étoile parcourait, d'un pas agité, les vieilles terrasses aux pierres grises de Roccaldi, à la clarté douteuse du crépuscule; elle était en proie à un grand trouble et à une profonde humiliation. Pendant qu'Ioris l'écoutait et lui répondait, elle avait senti qu'il devait mentir et qu'il était coupable; sa voix n'avait pas cet accent franc et sincère où l'on reconnaît la noble indignation d'un honnête homme calomnié.

Elle méprisait la calomnie, comme elle l'avait toujours méprisée; mais ce qui lui perçait le cœur, c'était de savoir qu'il écoutait les propos calomnieux sans rien faire pour la défendre et pour la justifier.

XLVI

A partir de ce jour-là, il y eut entre elle et lui comme une ombre de gêne et de contrainte.

La conscience de son erreur pesait sur Ioris comme un fardeau, Étoile vivait désormais dans l'angoisse du doute. Il y avait un nom qui se dressait entre eux comme un spectre menaçant; ils évitaient de le prononcer, mais il leur venait sans cesse aux lèvres. Ioris affectait une sérénité qui était loin de son cœur, Étoile cherchait vainement à montrer une confiance qu'elle ne ressen-

tait plus. Ils étaient agités et inquiets, l'un parce qu'il se sentait
déloyal, l'autre parce qu'elle vivait dans les transes d'une appréhension perpétuelle. Le charme infini qui naît d'une parfaite
liberté et d'une foi parfaite s'était comme évaporé.

« Elle me trouve lâche, » pensait-il, et cette pensée le blessait
d'autant plus qu'elle contenait une grande part de vérité; il lui
en voulait d'avoir toujours été trop ferme, trop loyale, trop courageuse pour comprendre ses hésitations, ses subterfuges et ses
faux-fuyants. Pour elle, dire la vérité, quelle qu'elle fût, c'était
la chose la plus naturelle et la plus simple du monde; pour lui,
c'était la plus ingrate et la plus rude de toutes les tâches.

« Vous ne pouvez pas comprendre! » lui disait-il parfois avec
une sorte d'irritation; elle ne répondait rien, de peur de le blesser,
mais il était blessé même de son silence.

Il quittait Étoile, se jurant à lui-même de ne plus revoir lady
Jeanne, et de reconquérir sa liberté, fût-ce au prix de sa fortune
et de l'honneur de son nom. Mais il retombait aussitôt sous l'influence qui s'était rendue maîtresse de sa volonté, de sa liberté
et de sa dignité.

Il avait formellement promis que lady Jeanne ne remettrait
plus les pieds à Fiordelisa. A peine cependant le printemps jeta-
t-il ses premières fleurs sur la campagne, que lady Jeanne parla
tranquillement de retourner à Fiordelisa, et commença ses préparatifs, sans qu'il osât dire un seul mot. Il était comme paralysé;
l'assurance de cette femme lui faisait sentir sa propre impuissance.
Elle le voyait et agissait en conséquence. Vingt fois par jour,
devant lui, elle formait des projets, invitait des amis et prenait
possession de Fiordelisa pour la vie. Cette assurance, cette sécurité le confondaient, et surtout l'épouvantaient, en lui montrant
quelle lutte terrible il aurait à soutenir le jour où il voudrait dé-
posséder lady Jeanne de ses droits.

Un jour il dit à Étoile: « Vous qui êtes si fort au-dessus de
moi, pourquoi faut-il que vous vous soyez abaissée jusqu'à moi! »
Ce jour-là, il était profondément sincère.

Étoile, cependant, continuait de l'aimer, de lui tout accorder,
d'avoir confiance en lui, et c'est peut-être pour cela qu'elle ne
sut pas le conserver. L'amour qui espère est capable de fidélité
et de constance; l'amour qui a tout obtenu est facilement ingrat.

Renfermée dans les jardins de Roccaldi, Étoile laissait le monde
penser d'elle et dire ce qu'il voudrait; sa rivale, plus avisée et
plus froide, faisait la cour à la société et disait en souriant:

« Je pars bientôt pour Fiordelisa. Mon mari est fou de Fiordelisa. Nous pouvons dire que si Ioris possède encore cette terre, c'est bien à nous qu'il le doit. Quel plaisir nous éprouvons à servir un ami ! »

Et là-dessus lady Jeanne prodiguait les invitations. À chaque invitation nouvelle, l'angoisse d'Ioris s'accroissait, sans qu'il fît rien pour s'en délivrer.

Si lady Jeanne eût montré le moindre doute, la moindre hésitation, la moindre anxiété, il aurait saisi la balle au bond et lui aurait dit une bonne fois ce qu'il avait à lui dire. Mais si lady Jeanne éprouvait des doutes ou des hésitations, elle était beaucoup trop politique pour les laisser paraître. Elle avait raison à son point de vue : pour réussir dans le monde, il faut avoir une confiance aveugle en soi-même.

Les attelages de bœufs commençaient lentement le déménagement de lady Jeanne. Ioris la voyait faire et ne savait comment l'empêcher et cependant il avait juré de l'empêcher lorsque Étoile lui avait dit : « Faites cela du moins, si toutefois vous m'aimez ! » Il comptait comme toujours sur un heureux hasard, qui arrangerait les choses.

« Ma femme, » murmurait-il à l'oreille d'Étoile pendant qu'il la tenait serrée entre ses bras. En ce moment il pensait réellement à la réhabiliter aux yeux du monde, et à lui donner tout ce qui lui restait à donner en échange de tout ce qu'elle lui avait sacrifié elle-même.

Et pendant ce temps-là la femme d'un autre poursuivait imperturbablement l'exécution de ses desseins pervers ; elle franchissait son seuil ; s'asseyait à son foyer, et mettait la main sur son avenir, et il la laissait faire.

Par moments, la vanité le poussait à faire savoir au monde qu'il avait touché le cœur de cette femme si froide et si inaccessible, mais aussitôt il reculait, n'ayant pas le courage de réclamer pour sienne aux yeux de la société, une femme que poursuivaient les calomnies de la société. Il savait bien cependant que c'étaient de pures calomnies !

« Calomniez, calomniez, il en restera toujours quelque chose. » Lady Jeanne calomniait Étoile nuit et jour, et il en restait quelque chose, puisque la calomnie faisait reculer Ioris.

Les heures, les jours et les semaines s'étaient donc écoulés sans qu'il eût tenu sa promesse. Il commençait à baisser les yeux devant Étoile, après l'avoir si souvent trompée. Il n'est peut-être pas de crime, de péché, de faute, de folie, qui cause

des maux aussi irréparables qu'une de ces terribles erreurs pro-
duites par l'irrésolution.

C'était par une journée lourde et étouffante quoiqu'on ne fût
encore qu'au printemps. Étoile était seule dans son atelier. Le
Sordello n'était pas achevé; mais la couleur en était aussi fraîche
et aussi brillante que s'il eût été conçu et exécuté à Venise, aux
beaux jours de la République et de la Renaissance; il y avait
dans l'atelier plusieurs ébauches de terre glaise, et une tête de
marbre, qui toutes reproduisaient les mêmes traits.

« Mon bien-aimé, murmura-t-elle, vous avez fait de moi une
femme, mais vous avez tué en moi l'artiste! » Elle était en effet
une trop grande artiste pour ne pas sentir le changement qui
s'était fait en elle; l'art n'était plus une vision; pour elle ce n'é-
tait plus qu'une réminiscence.

En pensant à cette sorte de déchéance, elle avait les larmes
aux yeux; elle se mit à marcher, à travers l'atelier, perdue dans
les souvenirs du passé.

Ce jour-là, Ioris n'était pas venu. Elle se reprochait sa faiblesse et cette apathie terrible dont elle ne pouvait triompher.
Elle se sentait pour ainsi dire à l'ombre d'un nuage qui recélait
la tempête dans ses flancs; de jour en jour ses appréhensions
augmentaient. Pourquoi Ioris ne se décidait-il pas à parler, à
dire la vérité? Quand ils étaient ensemble, ils étaient heureux,
mais derrière eux se dressait comme un spectre menaçant cette
passion violente et haineuse qui se sentait trahie.

« Si je lui disais la vérité? » pensa-t-elle; mais l'idée lui manqua
à la pensée d'être déloyale envers Ioris et de paraître douter de
sa parole. Et cependant, elle éprouvait une humiliation profonde
en le voyant hésiter à dire : « C'est ici désormais que j'ai donné
mon cœur et ma foi. »

Parfois, en entrevoyant au milieu de la foule la femme qui la
faisait si cruellement souffrir, elle avait ressenti un frémissement
d'horreur et de dégoût. Il lui semblait voir un serpent s'enrouler
autour d'Ioris, tandis qu'elle était elle-même condamnée à le voir
périr dans les replis du serpent sans pouvoir courir à son
secours.

Ce jour-là, il n'était pas venu; le lendemain, il ne vint pas
non plus, et n'écrivit même pas un mot pour s'excuser de son
absence ou pour l'expliquer.

Étoile lui écrivit quelques mots. Mais aussitôt elle déchira sa
lettre, ne voulant pas avoir l'air de se montrer exigeante et de le
persécuter, comme faisait sa rivale.

Des terrasses, elle pouvait voir dans le lointain les vieilles tours grises de Fiordelisa, parmi les sombres cyprès et les bois d'yeuses.

« Du moins, se dit-elle, voilà un endroit où elle n'ira plus; et pour lui interdire Fiordelisa, il faudra bien qu'il lui explique tout le reste. »

Par un mouvement machinal, elle cueillit un iris et le mit à son corsage blanc. Elle se rappela aussitôt qu'Ioris, l'année précédente, en avait cueilli un qu'il lui avait mis au corsage. Il viendrait certainement ce soir-là.

Un domestique lui apporta une lettre juste au moment où le soleil se couchait et où la brume du soir cachait les tours de Fiordelisa.

En quelques mots, on lui faisait savoir que sa maison de Paris avait brûlé : on n'avait rien sauvé que son buste, par Clésinger. Comme un malheur ne vient jamais seul, une autre lettre lui apprit que son homme d'affaires l'avait volée et avait pris la fuite.

C'est à Ioris qu'elle pensa tout de suite : « Quel effet produira sur lui cette nouvelle? » Elle perdait, en effet, une grande partie de sa fortune.

« Faites atteler, » dit-elle au domestique.

Et aussitôt que les chevaux furent à la voiture, elle partit pour la ville. Son premier mouvement était d'aller tout raconter à celui qu'elle aimait, son devoir était de l'avertir, de prendre son avis, mais surtout de ne pas lui laisser croire un moment qu'elle fût encore riche.

Ioris n'était pas chez lui.

Elle demanda où il était; c'était la première fois qu'elle se permettait une question de ce genre à propos de lui. Le domestique, qui savait une partie de la vérité, et qui devinait le reste, qui de plus détestait lady Jeanne parce qu'elle était impérieuse et avare, leva les bras au ciel et se mit à rire.

« Où serait-il, madama mia, s'il n'était pas à la casa Challoner? Il est venu ici sur les cinq heures avec Milady, et il est reparti avec elle. »

Étoile, sans répondre un mot, se rejeta sur ses coussins de la voiture, pâle et froide, comme si elle venait de recevoir un coup de poignard.

« A la casa Challoner! » dit-elle au cocher d'une voix brève.

L'expression de sa physionomie et le son de sa voix épouvantèrent le domestique d'Ioris.

Étoile avait subitement perdu tout souvenir des pertes qu'elle venait de faire ; elle n'avait plus qu'une seule idée : « Il était là-bas, et il avait manqué à tous ses serments. »

Elle cédait, pour l'heure, à un de ces mouvements que le monde blâme sévèrement chez les femmes ; et en cela le monde est souverainement injuste ; dans l'excès de leur angoisse, elles savent à peine ce qu'elles font ; un instinct plus puissant mille fois que leur raison et que leur volonté les pousse à agir tout de suite, pour se délivrer de leur angoisse.

Pendant que ses chevaux l'emportaient rapidement vers la casa Challoner, elle n'avait qu'une idée : aller trouver Ioris chez cette femme, dire la vérité en deux mots, et le forcer à choisir entre les deux femmes qu'il trompait en même temps ; surtout, elle accablerait son ennemie de son mépris, de son dédain, et lui jetterait une bonne fois ses vérités à la face, après avoir gardé si longtemps le silence.

A la porte de lady Jeanne, il y avait deux chariots attelés de bœufs sur lesquels on empilait des bagages ; comme les chariots obstruaient l'entrée, un domestique des Challoner dit au cocher d'Étoile, en manière d'explication :

« Nous sommes en train de charger les caisses de milady ; nous partons tous demain matin pour Fiordelisa. Est-ce que votre maîtresse vient faire visite à cette heure-ci ? Je ne sais pas si on reçoit, je vais demander. Il n'y a personne ici que le prince Ioris. »

Le domestique se mit à rire en prononçant ces derniers mots, fit reculer les bœufs et rentra dans la maison.

« Allez plus loin ! » dit Étoile à son cocher. Elle fit arrêter sa voiture dans une ruelle écartée, et revint seule, à pied.

Le rire grossier du domestique l'avait fait réfléchir et l'avait décidée à prendre quelques précautions ; elle avait été saisie d'une grande honte et d'un indicible malaise en apprenant de cette façon qu'il était là, lui, son idole, lui, le trésor en comparaison duquel le monde n'était rien ; il était là, aux pieds de la femme qu'il avait reniée !

Même en ce moment de mortelle angoisse, Étoile avait conservé une perception très nette de la vérité ; elle savait bien que ce qui amenait Ioris aux pieds de lady Jeanne, ce n'était pas un sentiment dont elle pût être sérieusement jalouse : il venait parce qu'il était indécis par tempérament, habitué à se laisser dominer et à craindre les fureurs d'une virago. Comme elle était elle-même d'une nature courageuse, elle se sentit envahie par un immense mépris.

Sa rivale partait pour Fiordelisa ! Cette nouvelle insulte combla la mesure. Pour la première fois depuis que les lèvres d'Ioris avaient touché les siennes, elle pensa à elle-même et non pas à lui.

Elle allait et venait dans le voisinage de la casa Challoner, cherchant à mettre de l'ordre dans ses idées et à prendre un parti. L'endroit était désert, les deux attelages de bœufs étaient partis ; la grande porte restait ouverte ; le portier était allé plus loin faire la causette avec quelques amis. On voyait des lampes allumées dans le vestibule. Les fenêtres des étages supérieurs étaient éclairées ; de l'une d'elles partaient les accords d'une guitare et le son d'une voix qui fredonnait les paroles amoureuses d'une chanson populaire.

Étoile hésitait, et s'arrêtait chaque fois qu'elle passait devant la porte : « Entrerait-elle ? jetterait-elle la vérité à la face de lady Jeanne et d'Ioris ? » Alors une réflexion la tenait indécise : Agir ainsi, serait-ce rompre les chaînes d'Ioris ou simplement exercer une brutale vengeance, digne de lady Jeanne, mais indigne d'elle-même ?

Cependant les heures s'écoulaient, et Étoile n'arrivait pas à prendre une décision.

Dans le silence de la nuit, elle entendit un petit rire étouffé et le murmure d'une voix d'homme qu'elle reconnut tout de suite. Elle s'éloigna vivement de la porte, comme une femme qui vient de recevoir une mortelle insulte.

Il pouvait rire aux côtés de cette femme, lui ! qui avait dit à Étoile : « Faites de moi l'homme que vous désirez que je sois, car je suis tout entier à vous ! »

Bien décidée cette fois à ne pas franchir le seuil de la porte, elle ne put prendre sur elle de s'éloigner, et continua à marcher d'un pas agité et incertain.

Onze heures sonnèrent. Tout à coup dans le silence de la nuit retentit avec fracas le bruit d'une porte qui se referme. En ce moment Étoile était près de la casa Challoner ; elle vit Ioris qui en sortait.

Il s'en allait tranquillement, sans se presser ; tout à coup il la vit et s'arrêta brusquement, avec un mélange de plaisir et de mécontentement.

« Ma chère, qu'est-il donc arrivé ? » En prononçant ces mots, il jeta rapidement un regard autour de lui, et voyant qu'il n'y avait personne, fit le geste de lui prendre les mains. Mais elle le repoussa brusquement, et le regardant bien en face à la clarté de la lune, lui dit d'une voix très basse, mais très distincte :

« Est-ce ainsi que vous m'êtes fidèle? »

Pour faire diversion, Ioris fit semblant de se mettre en colère.

« Est-ce ainsi que vous me surveillez? Que faites-vous ici seule à pareille heure? Est-ce que vous m'attendiez? Je ne veux pas que vous preniez de pareilles habitudes...

— Elle est allée chez vous, aujourd'hui! »

Il ne répondit pas.

« Elle va à Fiordelisa? est-ce vrai? »

Il continua de garder le silence. Il était très pâle, et il cherchait à lui reprendre les mains.

« Vous êtes irritée, excitée, vous n'êtes pas vous-même en ce moment, lui dit-il. Comment vous trouvez-vous dans les rues si tard? Où sont vos domestiques? Est-ce pour me surveiller que vous êtes venue? Je ne veux pas être surveillé; on m'a surveillé trop longtemps d'un autre côté. Pourquoi êtes-vous ici? répondez-moi. Je ne comprends pas; je ne veux pas être surveillé. Si vous avez à me faire des reproches...

— Je ne veux pas vous faire de reproches, répondit Étoile à voix basse et entrecoupée. Venez un peu plus loin. »

Il marcha à ses côtés dans l'ombre de la rue: ils s'arrêtèrent à un endroit que la lune éclairait.

« Allez-vous prendre l'habitude de venir m'attendre tous les soirs, quand je ne serai pas avec vous? » Il prononça ces paroles d'un air sombre et irrité, mais sa colère était plutôt feinte que réelle. « Je croyais n'avoir pas à craindre cela de vous; vous m'avez dit que vous aviez confiance en moi; qu'est-ce que c'est qu'une confiance si facile à ébranler! Je vous l'ai dit, je suis las d'être surveillé!

— Alors, pourquoi retourner vers ceux qui vous ont fatigué de leur surveillance?

— Des reproches! Allez, vous êtes pareille aux autres femmes; vous suspectez, vous accusez comme elles.

— Je ne suspecte rien: je vous vois sortir de chez elle, et vous êtes forcé de convenir qu'elle va retourner à Fiordelisa, malgré vos promesses.

— Je n'ai pas fait de promesses.

— Vous n'avez pas fait de promesses! »

Il pâlit et garda le silence.

« Je vous avais demandé de la patience, répondit-il au bout de quelques instants; sans doute j'ai promis, mais on n'est pas toujours libre de faire ce que l'on veut. Elle n'est rien pour moi; n'est-ce pas de quoi vous satisfaire?

— Non ! »

Il vit qu'elle avait les yeux humides.

« Cher, dit-elle, je suis fatiguée; êtes-vous en colère, et ne pouvez-vous me comprendre? Je ne suis pas de marbre ou d'argile; je suis une femme qui vous aime et que vous aimez. M'est-il possible de supporter ce qui se passe : je suis tout pour vous, et je vis comme si je n'étais rien; car aux yeux du monde c'est à elle que vous êtes, et non pas à moi. Oh! mon amour, j'ai eu de la patience, j'ai gardé le silence jusqu'à en avoir le cœur presque brisé. Pouvez-vous vous figurer ce que je souffre quand je sais que vous êtes auprès d'elle, quand j'entends, comme ce soir, le son de votre voix dans sa chambre à elle? Non, vous ne pouvez pas vous le figurer. Ce n'est pas que je sois jalouse d'elle dans le sens que vous croyez, mais je suis profondément humiliée.

— Vous, humiliée! murmura-t-il, et sa joue pâle se couvrit d'une ardente rougeur.

— Oui, humiliée! humiliée de ma faiblesse, de mon impuissance, car je ne puis vous sauver de la dégradation où vous vivez. Ah! vous ne pouvez pas me comprendre! A quoi me sert mon nom, ma gloire, mon influence, s'il faut que je lui cède la place, à elle?

— Vous ne savez pas ce que vous dites, murmura-t-il sans oser la regarder en face. Vous êtes agitée, vous avez la fièvre, permettez-moi de vous reconduire. Demain...

— Demain elle part pour Fiordelisa. »

Il ne répondit pas.

Elle fit entendre un rire nerveux dont il fut épouvanté.

« Et vous maudissiez votre esclavage, lorsque nous nous sommes rencontrés pour la première fois! A quoi bon faire appel à ma pitié, et venir vous plaindre à moi? Qui donc est trompée, trahie, bafouée? Est-ce elle ou moi? Que signifiaient toutes vos plaintes? votre douleur n'était donc qu'une comédie? »

Chacune des paroles d'Étoile pénétrait dans son âme comme une épine dans une blessure; tous les reproches qu'elle lui faisait, sa conscience les lui faisait aussi : c'est justement pour cela qu'il se mit en colère.

« Vous m'insultez! Peut-être l'ai-je mérité. Que peut-on faire quand on a deux femmes autour de soi qui comptent toutes vos minutes et surveillent toutes vos paroles? Je mène la vie d'un chien. Vous parlez de fausseté? Oui, quand on n'est pas libre, on tombe toujours dans le mensonge. Mais vous ne me laissez pas plus de liberté qu'elle.

— Je vous laisse toujours assez de liberté pour que vous puissiez aller chez elle! »

Elle était si malheureuse, si désespérée, si humiliée, qu'elle savait à peine ce qu'elle disait.

Elle reprit avec véhémence: « N'êtes-vous pas libre d'aller chez elle? libre de traîner mon nom dans la boue, pour la distraire? libre de me laisser calomnier et insulter par elle, sans prendre seulement une seule fois ma défense!

— Elle ne prononce jamais votre nom.

— Ce n'est pas vrai. Elle m'accuse de vous aimer sans être aimée de vous, et vous laissez sans réponse cet odieux mensonge!

— S'il vous plaît d'ajouter foi aux mensonges des autres...»

Étoile ne l'interrompit que par un sanglot.

« Mon amour, reprit-elle doucement, qui donc pourrais-je croire de préférence à vous? Mais pouvez-vous m'affirmer sur l'honneur qu'elle sait toute la vérité?

— Non, répondit-il avec une rudesse de ton qui contrastait avec sa courtoisie habituelle. Non, elle ne connaît pas la vérité. Je ne la lui ai pas révélée. Je suis un lâche, comme vous avez jugé à propos de me le dire. »

Elle ne répondit pas.

« C'est le temple du mensonge, reprit-il, en désignant la casa Challoner d'un geste de mépris; à force d'y vivre, je suis devenu menteur. Ce qu'elle sait? Elle ne sait rien. Si elle pouvait se douter seulement que mes lèvres ont effleuré les vôtres, elle me tuerait.

— Vous avez donc peur? »

Le regard de froid dédain qu'elle lui lança en prononçant ces paroles lui parut plus insupportable que les plus violentes colères de l'autre.

« Vous m'insultez, » dit-il entre ses dents; ses yeux lançaient de sombres éclairs, mais ils se détournaient devant ceux d'Étoile.

Brusquement, elle lui prit les deux mains dans les siennes, et lui dit, en les serrant contre son cœur :

« Mon bien aimé, je vous demanderai pardon à deux genoux, si vous voulez me promettre, les yeux fixés sur les miens, de rentrer dans cette maison, à l'instant, et de lui dire à elle tout ce que vous devez lui dire. »

Le cœur d'Joris battait avec violence, mais il tenait obstinément ses regards fixés sur le sol.

« Vous n'êtes qu'une femme comme les autres, dit-il avec une feinte irritation; ce que vous demandez, ce n'est pas d'être aimé de moi, mais de triompher d'une rivale! »

Elle rejeta vivement ses deux mains qu'elle avait tenues jusque-là dans les siennes, et se détourna de lui :

« Allez la retrouver, dit-elle avec un geste de superbe dédain, allez la retrouver, vous êtes digne d'elle, et elle est digne de vous ! »

Ces paroles les séparèrent à tout jamais.

Sans tourner une seule fois la tête, elle regagna l'endroit où ses gens l'attendaient. Quant à lui, il demeura immobile, semblable à un homme qui vient de recevoir le coup de la mort, mais qui reste debout, par orgueil.

Il ne la suivit pas.

A quelques pas de là, une fenêtre de la casa Challoner se referma doucement. Derrière le rideau, dans l'ombre, une femme se mit à rire, heureuse et fière du succès de sa diplomatie. Tout vient à point à qui sait attendre.

« Et nous partons demain pour Fiordelisa, » se dit lady Jeanne, en posant sa tête sur l'oreiller.

XLVII

Cette nuit-là, Étoile lui écrivit ce qu'Ioris n'avait pas osé dire. Elle ajouta :

« Vous n'avez plus rien à craindre de moi. Nous sommes séparés pour toujours, vous pouvez donc m'écouter un moment. Vous êtes plus forte que moi ; vous avez su le garder contre sa volonté, vous avez su détruire sa force, son repos et sa fortune ; n'aurez-vous pas pitié de lui désormais? Ayez pitié de lui. Il ne vous aime pas ; il y a longtemps, bien longtemps qu'il est fatigué de vous. La première fois que je l'ai rencontré, il maudissait son esclavage ; vous auriez pu, si vous aviez voulu, deviner la vérité. Je viens vous demander aujourd'hui de lui rendre sa liberté. Je ne plaide pas ma cause, en parlant pour lui. Je vous jure que désormais nous ne serons plus rien l'un pour l'autre; un gouffre sans fond nous sépare, creusé par le mensonge. C'est donc par pitié pour lui que je m'adresse à vous. Voyez quelle vie vous lui faites : une vie sans joie, sans espoir, sans dignité, sans avenir. Vous ternissez son honneur, vous flétrissez son nom, vous faites de lui un objet de dérision et de mépris. Vous appelez cela de l'amitié, mais ce n'est qu'un mot à l'usage du monde.

Et moi je vous le dis : c'est la passion la plus basse et la plus
cruelle qui ait jamais assouvi sa vanité au prix de la ruine
d'une autre âme. Je lui ai rendu sa liberté, et je ne songerai
jamais à la lui reprendre. Si vous, de votre côté, vous consentez
à le laisser libre, il pourra chercher un bonheur plus noble et
plus pur que celui que nous aurions pu lui offrir; libre de regarder l'avenir en face, assuré désormais que cet avenir est à lui,
et non pas à vous ou à moi. Que vous dire? Comment vous
émouvoir? Vous avez le cœur placé trop bas pour l'avoir aimé
une heure, une heure seulement, dans le sens noble et élevé du
mot. Sacrifiez-moi comme vous voudrez, raillez-moi, bafouez-moi,
traînez mon nom dans la boue; tirez de moi telle vengeance qu'il
vous plaira, pourvu que vous lui rendiez à lui sa liberté. »

Les larmes lentement roulaient le long de ses joues, et tombaient sur le papier. Quand sa lettre fut achevée, elle la déchira
brusquement et la jeta au feu.

A quoi bon supplier une pierre! car le cœur d'une femme
cruelle est plus dur que la pierre la plus dure.

XLVIII

C'était par une belle journée d'été, à Fiordelisa, vers les cinq
heures du soir, dans la grande cour, entourée de vieux murs
gris. On entendait le bruit des tasses à thé et les accords d'une
guitare, et l'on sentait l'odeur pénétrante du cigare. Le bignonia
qui est adossé au mur du midi était tout rouge de fleurs; le paon
se promenait dans les grandes herbes; les abeilles bourdonnaient
autour des fraisiers en fleurs. Lady Jeanne, assise sur une chaise
basse cannée, fredonnait et tirait quelques notes de sa guitare.
Elle riait, elle était heureuse.

Elle avait offert un lunch à une société de gens très respectables qui s'en allaient flânant et bavardant, par petits groupes,
à travers la cour et les jardins. M. Silverly Bell disait à mistress
Macscrip :

« Oh oui! c'est déjà une vieille histoire; malheureusement
l'histoire est trop vraie.

— Vraiment? Ainsi elle le guettait à minuit passé.

— Elle le guettait; et cela à la porte de notre chère lady

Jeanne. Comme si l'amitié de lady Jeanne pour notre ami commun était un sentiment de nature à éveiller sa jalousie.

— C'est honteux, s'écria un chœur de gens respectables.

— Et elle a essayé de l'assassiner avec un poignard qu'elle av ait pris dans son atelier ? demanda la sémillante mistress Henry V. Clams en cueillant un brin d'héliotrope.

— Pas précisément, soupira M. Silverly Bell; on a exagéré la chose; du moins, je crois qu'on l'a exagérée. Ioris est si bien élevé! il ne dit jamais un mot; de sorte qu'on n'a jamais rien pu savoir de précis; mais il paraît que quelqu'un, de loin, à assisté à la scène... C'est très pénible! Moi, pendant un certain temps, Étoile me plaisait assez. Oui, on trouve réellement qu'il y a comme un charme en elle, jusqu'au jour où on la connaît bien. Mais au fond c'est une femme sans aveu... et sans capitaux. Il me semble qu'elle a fait de grandes pertes et que si, ce soir-là, elle guettait Ioris, c'était pour lui demancer de l'argent; cette circonstance rend sa démarche encore plus équivoque.

— Évidemment, dit mistress Macscrip; chez moi, c'est un parti pris de ne jamais me lier avec des artistes, et je suis bien heureuse de n'avoir pas fait d'exception en sa faveur.

— Vous avez lieu, en effet, de vous en applaudir, reprend M. Silverly Bell avec un soupir.

— Vous ne lui faites plus de visites ? » demande mistress Henry V. Clams.

A cette question blessante, M. Silverly Bell sent ses cheveux blancs se dresser d'horreur sur sa tête.

« Des visites! des visites? Ma chère madame! »

Miss Marjory jette un regard de reproche à mistress Henry V. Clams. « Le cher M. Bell pense comme nous tous. Quiconque est l'ami de lady Jeanne est naturellement l'ennemi de cette femme; comme aussi quiconque aime notre pauvre Io. D'ailleurs il suffit d'être femme pour rougir d'un pareil scandale. Pourquoi faut-il que le talent soit toujours uni à une moralité équivoque? »

Pendant ce temps-là, Ioris écoute lady Jeanne, qui dit, en réponse à une question qu'on vient de lui adresser :

« Oui, oui, j'ai tant à faire ici, et l'on a si grand besoin de moi! Je crois même que nous passerons l'hiver à Fiordelisa. Il y fait beaucoup meilleur qu'à Rome, et nous y sommes si bien ensemble! D'ailleurs, vous savez, le pauvre Io est ruiné, ou à peu près. Nous lui serons très utiles en vivant ici; vous savez que mon mari l'aime beaucoup, et moi aussi. Nous ne reculons devant aucun sacrifice quand il s'agit d'un ami. J'ai dans l'idée de faire construire quatre nouvelles chambres; il y en a déjà quatre-vingt-seize; les quatre nouvelles compléteront la centaine. Cent chambres, cela a tout à fait grand air. Les quatre nouvelles chambres resteront nues jusqu'à l'arrivée de Tom Tonans et de Pietra Infernale. Ils passeront ici l'automne avec moi, et se feront un plaisir de me peindre ces quatre chambres. Io ne sera peut-être pas avec nous à cette époque. On compte sur Théodore pour lui trouver quelque chose. »

Ioris entend tout cela, et il a perdu le droit, aussi bien que le pouvoir de se venger.

Alberto, sur l'ordre de mistress Henry V. Clams, a fait atteler et avancer le drag de mistress Henry V. Clams, et y monte avec elle. Les autres invités suivent leur exemple. Il ne reste plus à Fiordelisa que Marjory et le fidèle Burletta, qui écrit des comptes sur un calepin, au milieu des fraisiers. En passant près de sa chère amie, Marjory baise la main qui a si solidement rivé les chaînes du prisonnier.

Le soleil descend à l'horizon, le parfum des fleurs devient plus fort et plus pénétrant, Burletta ferme son calepin, et vient s'asseoir sur un tabouret aux pieds de lady Jeanne.

M. Challoner est étalé dans un fauteuil à bascule. La petite fille joue au volant.

Lady Jeanne chante et rit alternativement.

Elle a condamné Ioris à une servitude perpétuelle, à une vie sans joie et sans espoir, à une dégradation qui n'aura ni fin ni trève. Jamais un enfant ne lui sourira, d'un sourire qui rappelle celui de la femme aimée, et n'égayera de ses rires et de ses jeux l'antique demeure de ses pères; c'en est fait de sa liberté, par conséquent de son bonheur en ce monde.

Que lui importe, à elle? N'a-t-elle pas triomphé? n'est-elle pas la reine de Fiordelisa?

Profitant d'un moment où personne ne faisait attention à lui, Ioris s'est sauvé dans sa chambre. Son âme est triste, et la vie lui pèse. Pour avoir manqué de courage et de franchise à un certain moment, il a tout perdu, même l'honneur!

Pour une âme ulcérée et malade comme la sienne, la solitude du moins est un relâche, mais un relâche qui ne dure guère.

« Io, Io! crie une voix perçante et impérieuse, descendez tout de suite ou je monte vous chercher. »

Entre deux maux, il choisit le moindre, et le voilà qui descend d'un pas lourd, les yeux mornes, le front couvert d'un sombre nuage.

Arrivé dans la cour, il se jette, comme accablé, sur un siège de jardin.

Lady Jeanne fait retentir sur sa guitare un vigoureux arpège.

« Io, vous avez l'air aussi morose qu'un hibou! Ingrat que vous êtes, au moment où nous nous occupons de tirer pour vous une fortune des îles de Corail!

— Je suis fatigué, » répond-il d'un air abattu.

Fatigué ou non, que lui importe à elle pourvu qu'elle le tienne à tout jamais? Elle se met à rire.

Les derniers rayons du soleil enflamment les fleurs de pourpre du bignonia. L'enfant joue toujours. La fumée s'élève en spirales légères à travers les fleurs et les feuilles. Il fait chaud, le moment est propice pour rêver.

M. Challoner rêve donc, étendu tranquillement dans son fauteuil, à moitié assoupi, la figure couverte d'un mouchoir. Les îles de Corail sont bien loin. Encore une ou deux spéculations comme celle du fameux pont, et, qui sait, Ioris est peut être ruiné. Fiordelisa est un endroit charmant. Ioris n'est pas d'une bonne santé. Après lui, Fiordelisa serait un joli douaire pour la petite Effie, sans compter qu'il y a un titre attaché à la terre! Dans son rêve, M. Challoner voit Effie souveraine maîtresse de Fiordelisa; les enfants d'Effie jouent dans les jardins, au lieu et place des enfants qu'Ioris aurait pu avoir et qu'il n'aura jamais.

Le chien de garde rêve aussi, tout en travaillant à un coussin que lady Jeanne a commencé et qu'elle n'a pas eu la patience de finir. Marjory, sans en avoir l'air, dévore Ioris du regard et se dit en elle-même: *Festina lente! Pazienza!* Qui sait? le beau papillon dont l'aile est brisée tombe quelquefois dans la toile de l'industrieuse et patiente araignée. Qui sait? »

Si la vigilante épouse de M. Challoner pouvait s'abaisser jusqu'à une pareille faiblesse, on serait tenté de croire qu'elle rêve aussi, les yeux à demi fermés, tenant d'une main négligente le manche de sa guitare. Si elle ne rêve pas précisément, elle pense du moins. A quoi pense-t-elle? A quoi pensait Napoléon le Grand au faîte de la puissance? Elle pense aux conquêtes qu'elle a faites; le monde est à elle. La société lui sourit, et Fiordelisa ne saurait plus lui échapper.

Ioris seul n'ose pas rêver. A quoi rêverait-on quand l'espérance est morte, et qu'on a perdu pour toujours sa liberté?

A la même heure, au moment où le soleil va toucher l'horizon, Étoile, agenouillée, prie dans la solitude de sa chambre :

« Pardonnez-moi l'erreur que j'ai commise dans ma précipitation et dans mon angoisse. Pardonnez-moi de n'avoir eu ni assez de sagesse, ni assez de force. Ah Dieu! pardonnez-moi et faites qu'il soit heureux, quand même je devrais éternellement souffrir ! »

Est-ce que la prière aussi est un rêve?

FIN

Coulommiers. — Imp. PAUL BRODARD. — 230-90.

www.ingramcontent.com/pod-product-compliance
Lightning Source LLC
Chambersburg PA
CBHW052002020726
47501CB00004B/962